那一片云

NAYIPIANYUN

莫文 著

中国文联出版社
http://www.clapnet.cn

图书在版编目（CIP）数据

那一片云 / 莫文著． -- 北京：中国文联出版社，2020.11
ISBN 978-7-5190-4367-4

Ⅰ.①那… Ⅱ.①莫… Ⅲ.①长篇小说—中国—当代 Ⅳ.①I247.5

中国版本图书馆 CIP 数据核字（2020）第202512号

那一片云

作　　者：莫　文	
终 审 人：闫　翔	复 审 人：郭　锋
责任编辑：刘　旭	责任校对：伍　李
封面设计：圣立文化	责任印制：陈　晨

出版发行：中国文联出版社
地　　址：北京市朝阳区农展馆南里10号，100125
电　　话：010-85923043（咨询）85923000（编务）85923020（邮购）
传　　真：010-85923000（总编室），010-85923020（发行部）
网　　址：http://www.clapnet.cn　http://www.claplus.cn
E－mail：clap@clapnet.cn　liux@clapnet.cn
印　　刷：河北盛世彩捷印刷有限公司
装　　订：河北盛世彩捷印刷有限公司

本书如有破损、缺页、装订错误，请与本社联系调换

开　　本：710×1000　1/16	
字　　数：300千字	印　张：20
版　　次：2020年11月第1版	印　次：2020年11月第1次印刷
书　　号：ISBN 978-7-5190-4367-4	
定　　价：58.00元	

版权所有　翻印必究

序

陆 原

  在玉犬辞岁,金猪送福之际,莫文女士送来她的新著小说《那一片云》,并一再要我为之写序。我谢绝再三,建议请文联的行家里手作序。但她执意要我这年届九旬的老翁着笔,我推辞不了,不得已乃勉强而为。

  小说,是文艺百花园中一种绚丽花卉,源远流长,品牌斑斓,脍炙人口。小说这种文艺形式是反映多主题、运用多题材、发挥多功能的文化宝藏。

  莫文新著《那一片云》,是记述、描绘当今中国特色社会主义经过改革开放进入新时代的新人、新事、新气象、新风尚的小说。它以全国最年轻的直辖市——重庆市(小说中称为"山城都市")为背景,记述、描写了一群为工作、生活、理想而奔波、拼搏的人物,突显了普通百姓平凡而生动的故事。小说以北方总公司派来山城都市的代表、精明能干的基层管理者杨青松为主线,以有着留学经历、敢想敢干的女强人曾岳红为副线,记述、描写了这座充满活力的山城都市中的拼搏工作和多彩生活的故事,展现出这里山水秀丽、人杰地灵的都市百态,突显出他们努力打拼、勤奋工作、顽强生活、坚忍不拔,终于获得人生价值,发掘人生真谛。这有如一片斑斓的彩云，引人观赏，耐人寻思，激人奋发。

小说中的故事人物，围绕主线杨青松出现的（按书中出场顺序），有杨青松在飞机上遇到的女乘客后来发觉是公司分部员工的夏梦，杨青松女朋友付静，远亲一家（圆圆爸爸、圆圆、圆圆妈妈、表姨、表姨父），与杨青松同住一栋楼的老人，设计师崔耿生及妻子顾晓敏，公司分部李部长，崔耿生同事老吴等。送外卖的石小磊的出场，是因为崔耿生乘坐出租车，在红绿灯处看见骑摩托车的送外卖者石小磊，并交代了石小磊、妻子赵永芳和孩子南南的故事，以及来山城都市帮忙照看南南的家中老人；曾岳红父母到山城都市看望失恋的女儿，遇到乘坐的网约车与石小磊送外卖的摩托车相撞的车祸，以及前面对曾岳红故事的交代。

从整部小说来讲，故事内容丰富，人物众多，有血有肉，饱满丰厚，每位人物的故事都交代清楚，每位人物都有着他们自己曲折感人的事件。作者在写作中用的笔墨浓淡不一，有的描写详细，有的简略点儿。小说中的几个主要人物，虽然背景不同，生活目标不一致，但都是生活在山城都市期间发生的故事。他们勤奋工作，积极进取，快乐生活，展现出都市快捷多变的节奏，多姿多彩的生活，寓意深长。

小说主人翁杨青松，奇迹般救活了严重亏损、濒于倒闭的山城都市分部，公司老总们一致认为：山城都市分部这么个烂摊子，都能转危为安，扭亏为盈，那还有什么办不好的事情？杨青松在向老总们汇报时，据实而讲，并未将自己描述成一位从天而降、手持尚方宝剑的将帅，而是将山城都市分部员工发扬自强自救精神，讲述得充分，这就让老总们看到了公司发展的重要途径之一，那就是给公司员工更大的发挥空间，更多的激励机制，从而提高员工自力、自强的热情，积极、主动地开拓公司的新局面。老总们认为，杨青松和山城都市分部员工，不仅救活了分部，也树立了巨大亏损下的企业实现自救的榜样，值得向公司各部门推广。这之后，总公司便将杨青松和山城都市分部的先进事迹，作为正面典型，将杨青松作为"拯救大众于危机的英雄人物"，将山城都市分部全体人员当作自救、从逆境奋起的标兵，予以表扬、奖励、升职。这就使得山城都市分部的重新崛起，为全公司树立了榜样。

小说中的典型人物，在拼搏工作和多彩生活中，有着共同的领悟：家是心灵的港湾，没有家及家人，便是漂泊之人，孤独寂寞之魂。且看主人翁杨青松在山城都市的表亲一家，展现出祖孙三代之间浓浓的亲情。人们标榜、羡慕崔耿生，他在一心一意做好工作的同时，还一心一意对待所爱对象，不怕过程艰辛，不惧时光漫长，终于建立起幸福美满的家庭，并喜得双胞胎，被同事称赞为"幸运儿"。这岂不是为幸福生活树立了可贵的榜样吗！

这部小说虽然没有着墨于大气磅礴的历史背景，没有突出恢宏壮观的耀眼事件，但却展示出了山城都市人工作生活的感人画卷。那积极进取、奋力工作的快乐生活；虽有意外波折，起伏不定，困难重重，但却挡不住勇往直前的脚步。作者着眼于写实，以细腻的文笔，婉转的情节，缠绵的情调，环环紧扣，令人揪心，激人共鸣，引人思考。

作者莫文女士本是学理工的，获工程硕士学位，高级工程师，在专业技术上得到世界认可。她酷爱文艺，热衷创作，在写作出版散文集《饮食记》之后，又新创出版小说《那一片云》。作者可谓理文全才，绩效可观可赞。其勤奋广学，深入生活，积蓄体验，乐于钻研，勤于笔耕，勇于创作，将笔触描绘、歌颂在新时代的新征程中敢于、善于担当、奋斗拼搏的典型人和事，不懈写创文艺作品的精神，值得弘扬。

愿莫文女士在自己选定的现已迈出良好开端的这条文艺创作道路，坚持不懈地走下去，我国古代唯物主义思想家荀子（名况字卿）说得好："积土成山，风雨兴焉；积水成渊，蛟龙生焉；积善成德，而神明自得，圣心备焉。故不积跬步，无以至千里；不积小流，无以成江海。"诗人陆游也道出了自己的体会："古人学问无遗力，少壮工夫老始成。纸上得来终觉浅，绝知此事要躬行。"希望莫文女士精益求精，创作的文艺作品益今惠后！

2019年2月于蓉

（陆原，笔名鲁言、吴垠、白丹等。1928年出生于四川三台。幼读国学打基础。1945年考入国立四川大学文学院外文系，爱好写作。1948年在《西方日报》《建设日报》《路和碑》等报刊发表作品。1949年大学毕业。1950年以来在成都、川西、四川人民广播电台、四川省广播电视厅（局）做宣传、研究工作，曾任文艺组组长、广播电视网处处长、新闻研究所所长、省广播学会副会长等。曾组织评选省、市、县优秀广播电视节目（含文艺节目），编印文集如《带声的花朵》《巴蜀新蕾》等。1952年入党。1987年被评为高级编辑。参与编撰或主编《中国广播电视学》《文艺广播学》等8部。本人著作有《觅璞品玉》《书怀寄兴》《仰观俯察》《史海掇珠》《声屏琐论》《视听回首》等，还有译作。退休后仍笔耕不辍，所写诗词、散文、专稿等刊发在全国和省、市多家期刊上，有的获奖。曾获国务院颁发有突出贡献证书，被评为全国优秀新闻工作者，全省修志先进工作者、优秀共产党员等。）

自　序

　　《那一片云》这部小说，以全国最年轻的直辖市——重庆市（小说中称为"山城都市"）为背景，描写了一群为工作和生活奔波的人们，他们的事业、爱情、亲情的故事。小说以即将到达山城都市之时，在飞机上看见地面上四通八达的高速公路上飞驰的汽车，由于距离远，看上去就像奔驰的蚂蚁，寓意年轻的大都市快捷多变，展现出变幻莫测的都市特色。讲述山即是城，城就是山，山水共存，坚强与柔和并存的大都市中发生的故事。

　　小说开局以从北方总公司来山城都市的杨青松为主线，都市女性代表曾岳红、送外卖者石小磊、公司技术员崔耿生的故事为副线，描写出在山城都市这座年轻充满活力的都市中普通人的故事，展现出山城都市这个有山有水、人杰地灵之地的都市百态：人们努力打拼，勤奋工作，顽强生活，坚韧不屈，在工作中，在拼搏中，获得人生价值，发掘人生真谛。

　　小说故事曲折，场面丰富多彩，情节多变。所描写的内容，均是平常之事，没有波澜壮阔的历史背景，没有大富大贵，没有翻天覆地、你死我活的争斗，没有尔虞我诈的奸诈，更没有极端黑暗事件发生，而是平淡中见真情，平凡中表现出不平凡。

　　小说以某公司分部处于危难时期为故事发生背景，既描述出现实的残酷，更有着温馨的一面，感人的温情，都市人的亲情、爱情、友情以及大众之情，有着发人深省感人肺腑的情节。故事中的主角们均是平凡之人，即或是走在大街上正面相遇，也不会被人们认出，他们没有博人眼球的超能，也不是一掷千金的富豪，更不是粉丝众多的明星，被人们顶礼膜拜、效仿的对象。他们是任何事情都得经过自身的努力，方才有所收获的都市普通人，是大都市芸芸众生的代表，都市的发展，离不开他们。小说没有宏大的历史背景，却有着都市人浓缩的影子。在他们身上，读者或多或少地会感同身受，好像事情就发生在身边。

都市芸芸众生，都市故事多姿多彩，早已经不是文学巨匠列夫·托尔斯泰在名著《安娜·卡列尼娜》中写的那样："幸福的人有着相同的经历，不幸的人各有不同。"现代社会，大千世界，很难区分幸福与不幸福之间的界限。就像小说中的人物曾岳红那样，事业的成功辉煌，带来的却是感情的挫折；人前表现强大，回家与男朋友相聚时，却像小鸟依人般；而当男朋友离开后，独自一人时，却常以泪洗面，痛苦不堪，甚至以酗酒来麻痹自己，来减少因失恋而带来的痛苦。但她并未消沉，而是就地崛起，最后获得了属于自己的幸福。

小说中的人物，都是都市的基层人物，他们中有管理层的杨青松，有技术一线的崔耿生，有都市打拼的女强人曾岳红，还有在都市打工送外卖者石小磊。杨青松事业成功，却感情迷茫，在山城都市工作生活中，领悟到家才是心灵的港湾，没有家及家人，便是漂泊之人、孤独寂寞之魂。崔耿生一心一意地工作，就像一心一意地对待感情一样，属于自己的，终归会来到，无惧漫长的时光，不管过程的艰辛，最终收获爱情，并喜得双胞胎，被同事称为"幸运儿"。因热爱工作而遭遇感情疏远，这是现代女性经常遇到的事情，事业和感情很难兼顾，通常情况下，女性会选择后者，"跟着感觉走"，就像歌词所唱，而将这首歌唱红大江南北的，恰巧是一位女性。但小说中的女性代表人物曾岳红，却偏偏选择了前者，在努力工作中，收获一份平等互补的感情，而不是一人强势另一人弱势的畸形情感。等待是痛苦的，在终于明白等不回感情后，她选择新的生活，获得美满结局，就像凤凰涅槃，浴火重生，华丽蝶变。终日奔波于都市大街小巷的送外卖者石小磊，遇到车祸，虽然并没有生命危险，但受伤后的种种事情，却是独自在都市打拼，从农村来的石小磊夫妻俩所无法预料的——在现实中是很具体的事情，因送外卖用的摩托车摔坏，而影响到工作，在遇到车祸事故时，首先想到的不是自身的伤情，而是工作必不可少的交通工具摩托车——读者看到这，有些心酸，但这就是现实，而现实往往是很残酷的，无法回避。遇到车祸，人受伤，摩托车受损，这还不是全部，而牵连宝贝女儿生病，以及之后的照料，一通电话，偏远山区的老父启程前来都市，却姗姗来迟，使得不能耽搁工作的送外卖者石小磊和妻子赵永芳，只得在雨中将生病尚未痊愈的女儿带在身边，却遭到热心的都市居民的担忧和责怪。这一切虽说不免误会，但人们的心是热的，好人无处不在，对人对事，充满关爱。

小说中展现出一幅山城都市人们工作和生活的众生百态图，这其中包括上面提到的四位主要人物，还有老派守旧的分部李部长；与崔耿生邻座的员工老吴；崔耿生的妻子顾晓敏，一位才貌双全的高才生，凭自己的努力，在大都市拼搏；异地分居的博士小杜，有着花粉过敏症，春天花香四溢时，却戴着大口罩，仿佛将自己隔离，而终究等到夫妻团聚；守候办公大楼的保安，兢兢业业，任劳任怨，为大家的幸福和平安，在万家团聚之时的春节，坚守岗位，得到大家的尊重，等等，具有鲜明的人物特色。

小说中的老人，如圆圆的爷爷奶奶，杨青松的邻居老夫妻，与杨青松同住一栋楼的白发身形高大老人，他们有的忙于带孙辈，有的炎炎夏季外出避暑，他们有着自己的业余爱好，戏剧表演惟妙惟肖，他们的生活丰富多彩。有个性且懂事的小男孩儿圆圆，自己选择题材画画，虽然没有得到大奖，却是颇有主见的孩子。随着打工的父母到都市生活的小女孩儿南南，则是父母和祖辈的掌上明珠，生病时全家齐动员，老辈人从偏远的农村来到大都市，人生地不熟，对都市的繁华感到眩晕，出门不远便迷路找不到家，虽然有着自身适应性的限制，但回到农村，却是能手，别看一把年纪，却过得丰富多彩。田园般的生活，是农村人的平常，却是都市人的奢望。

自私而自我，离开山城都市，到外地工作的曾岳红的前男友夏雨，虽然不讨人喜欢，但毅然决然地离开事业成功的女友曾岳红前往外地，却是在努力实现自我，有着都市男性的自我觉醒和价值的实现，在某种程度上是可理解的，但感情上太突然，虽说快刀斩乱麻，却让人始料不及，没考虑到恋爱对象曾岳红的感受，而使得曾岳红久久不能平静。然而曾岳红表现出的不是消沉，而是遇到死神般的自我救赎，如接二连三的开车事故，到地下停车库停车，却感到裹尸布般的恐怖和绝望，好一副绝望中的挣扎。都市生活压力大，这压力，不单是来自工作，也有生活的烙印。

同样有着留学经历的曾岳红的秘书薛芩芩，却有着与曾岳红大相径庭的个性特征，曾岳红像是一位敢想敢做放开手脚大干一番的女性成功者，无论是在与客户的交往中，还是在帅气助手谢士强面前的表现，总是霸气凌人；而薛芩芩却更像是一位乖乖女，一位出国镀金，回国后安于现状的女性，有着条件不差的家庭背景，很容易获得异性的青睐，因为男性更喜欢照顾弱者，而不是强悍之人。同样是都市女性，心理素质的不同，表现在遇事时，有着不一样的反应，如与曾岳红一同回炉学开车的灰衣女子，遇事不冷静，差点出现重大车祸。

才貌双全的女高才生顾晓敏，为何就偏偏选择了相貌平平的崔耿生？崔耿生既无富裕的家庭背景，也没有吸引人的外貌，平常的动手能力都十分欠缺，甚至工作多年连车都不会开，而顾晓敏却早已拿到驾照。冥冥之中似乎有着"命运"的安排，如顾晓敏上大学后第一次舞会上，与崔耿生的四目相遇；崔耿生不经意间闯入顾晓敏的寝室生日聚会；以及毕业工作又在同一座大都市，选择了在山城都市拼搏后的安宁。而崔耿生恰巧是这类人士，被同事称为"幸运儿"。

从偏远农村来都市的打工者石小磊及其妻子赵永芳，他们不单是打工在山城都市，而是有着更为远大的目标，希望下一代南南能获得与都市小孩子同样的教育，做一名真正的都市人，而不断地努力。遇到车祸，家中一时忙不过来，但他们独自承担着。他们坚强得就像一棵歪脖子树，在夹缝中求生存，顽强生活着。虽然只是作为都市的跑腿者，做着简单而重复的工作，却是都市生活中不可缺少的部分，为都市的发展添砖加瓦，贡献他们的力量。都市热心居民、电视台新闻频道的节目组的到访等，无不彰显现代化大都市的宽容和热忱。

使分部起死回生，返回北都总公司的杨青松，来山城都市原本是一场胜仗，而离开的时候，却显得有些冷清，与处理好了位于山城都市分部事情，回总公司接受奖励的美好结局，反差极大。这冷清不是分部没有开欢送会，却是杨青松突然地要求离开。当初杨青松来到山城都市，有着特殊使命，却没有告知分部员工，因此临别时不愿造成不愉快，再让分部员工担惊受怕，而选择独自离开。

虽然如此，杨青松却受到远亲表姨妈，也就是圆圆的奶奶一家的热烈欢迎，无论是素未谋面而突兀地到来，还是没有先兆的突然离开，都受到了真正山城都市人圆圆的爷爷奶奶、爸爸妈妈以及圆圆的热情款待。也看到了同样经常不在家的圆圆爸爸，却拥有一个幸福美满的家，以及生活惬意的老辈人，圆圆的爷爷奶奶。杨青松的远亲表姨父表姨妈一家，让杨青松明白了，家是多么的重要，无论成功，还是失败，无论遇到怎样的处境，家是幸福的港湾，是快乐的源泉，没有家，就没有了欢乐。尽管事业成功被人们赞誉，成为人们眼中的成功人士，但现实却是成功后黯然离去，那么的孤独，那么的无奈，那么的冷清，使得杨青松蓦然回首，想着自己的感情归宿。最终要勇于面对，在现实中寻找到契合点，有家有亲人，才是生活事业的根基，就像有祖国，人们才会生活平安幸福。

小说没有大气磅礴的历史背景，没有恢宏壮观的大事件，却以细腻的描写，绘制出一幅大都市形形色色的人们，多姿多彩的生活图景。小说情节紧凑，故事内容跌宕起伏，令人魂牵梦绕，就好比故事发生地的山城重庆一样，有着魔幻般立体的地理环境和人物故事。小说情节缠绵婉转，环环相关，扣人心弦，细腻的文笔，描绘出发生在山城都市中的人和事。故事好像就发生在每一位都市人的身边，十分的亲切，读者从中能发现自己的身影，产生共鸣。

《那一片云》是我的第一部长篇小说，小说中的人物和故事，均为虚构，如有雷同，实属巧合，希望广大读者不要对号入座，以免造成不必要的困扰。

都市人的人生百态，积极进取，努力工作，快乐生活，虽然有着波折，虽然有不如意的事情发生，但终归奋进，就像小说中海滨公园遇到的一群少年，纵然矛盾不断，起伏不定，甚至困难重重，却挡不住勇往直前的步伐。

莫 文

2019年1月27日于重庆

目录

001. 序
005. 自　序

001. 引　子
004. 一、初来乍到
010. 二、公司分部
019. 三、表亲一家
028. 四、风筝
042. 五、买车
049. 六、心痛
060. 七、回炉学车
065. 八、办公室的灯光
071. 九、大刀阔斧
077. 十、戴黑框眼镜的小伙子
093. 十一、事故
098. 十二、洗衣店
104. 十三、开会
108. 十四、红绿灯处的摩托车

114.	十五、	忙碌
119.	十六、	客户
125.	十七、	事故现场
137.	十八、	检查身体
143.	十九、	南南
153.	二十、	深夜到医院
158.	二十一、	夜色朦胧
173.	二十二、	公司同事的猜想
184.	二十三、	雨
192.	二十四、	思考
196.	二十五、	产品出问题
200.	二十六、	固执的圆圆
212.	二十七、	回老家
219.	二十八、	都市的老人们
224.	二十九、	山地自行车
232.	三十、	婚后
236.	三十一、	幸福
249.	三十二、	出差
255.	三十三、	海滨公园
262.	三十四、	滨城游览
268.	三十五、	回到总公司
274.	三十六、	返程
279.	三十七、	房屋
283.	三十八、	公司团年
289.	三十九、	尾声
300.	后　记	

引 子

  天空聚集了厚重的乌云，预示着暴雨即将来临。

  飞机升上天空，离开北都。阴沉的天空，像一张巨大的脸，沉思着。飞机起飞不久，一缕阳光穿过云层，洒落在广袤的平原上，给大地增添了一抹明媚的色彩，就像顽童假装阴沉的脸上，露出一丝天真而顽皮的笑靥。

  飞机平稳地在天空中飞行，杨青松不时瞄一下窗外，由于不是靠窗的座位，只能平视天空中的云，一望无际，很难看清地面上的景物，于是将眼光转回机舱内。坐在窗边的年轻女乘客，正在玩手机，乘务员经过时提醒她关机，她将手机收起，放进衣服口袋里。当乘务员再次经过，看到她又在玩手机，便提醒在飞机上不能使用手机，她斜眼瞟了一下乘务员，不情愿地把手机关闭。乘务员又耐心地告知她，应将放在腿下的双肩包放入行李舱中，还有空间。她听了并没有起身，而是将包放到前面座位下方。乘务员请她将包固定，以免飞机遇到气流颠簸或是下降时，行李随处移动造成安全隐患。她随即弯下腰，将背包上两条背带的锁扣扣在前排座椅下方的金属架上。见背包固定好了，乘务员没再说话，转身离开，到别处检查去了。

  年轻女乘客拿起一本杂志，翻阅着，漫不经心。杨青松眼睛盯着飞机上的屏幕，认真地观看着，视频内容大都讲述目的地的风土人情、著名景点、都市繁华、购物中心等。

  窸窣的响声，使得杨青松转头看过去，却见旁边的年轻女乘客，正在将座椅靠背放下，然后仰躺着，戴上黑色的眼罩，像是要睡觉。不知她是因为经常乘坐飞机，感到无聊而玩手机，还是被手机迷住，一刻都离不开，就像人们常说的"手机控"——一种手机依赖症，时刻都在看手机，没了手机便不知做何事，完全被手机控制，就连乘坐飞机也是如此。当被告知不能玩手机后，她便一脸无奈，将机舱窗户上的遮阳板拉下，戴上眼罩准备睡觉。

杨青松低声对她说："能否换一下座位？"

她没有立即回答，而是将眼罩挪开，眼睛盯着陌生男子，神情有些疑惑。

"换一下座位，可以吗？"杨青松又说道。

这回她明白了，取下额头上的眼罩，解开安全带，起身站在一旁，等杨青松进入靠机窗的位置后，又安静地躺在旁边的座椅上闭目养神。

杨青松见年轻女乘客如此的从容，好奇地多看了一眼，却发现她已经沉浸在自己的世界里，不再理会旁的事情。

望着机窗外的景物，杨青松心情舒畅，两个多小时的空中旅程，要是全部花费在电视前……尽管播放的都是美丽的景色，和一些轻松搞笑的节目，但看久了便容易疲惫，不知是因为飞机上的屏幕小，还是机舱狭小的空间本身就给人一种压抑感。

由于到机场的时间晚，换登机牌时，被告知没有靠窗的座位了，杨青松只得到靠过道的座位，无法看清外面的景物，内心很是懊恼，好在上飞机后，与年轻女乘客调换座位，满足了愿望。旅行足有两小时，杨青松却一刻也不离座位地往外观望，目不转睛。

飞机跨过大海，朝内陆方向飞去。晴空万里，艳阳高照，辽阔的平原上，遍布着黄色或者绿色的庄稼，土地是红棕色的。飞机掠过时投到地面的影子，从高空俯视，就像一只紧贴地表的飞鸟，那么的小巧，那么的灵动。

到达秦岭，飞机仿佛紧贴山顶而过，山色苍翠，如一块巨大的绿宝石。远处的河流，在崇山峻岭间蜿蜒，好似一条柔美的银丝带缠绕着翡翠原石，为大山增加了灵动可爱。一座大桥横跨两岸，仿佛生命的纽带，接续着人生的旅程，那是一种淳朴的人生，人们脚踏实地，与自然和谐共存。虽然从飞机上看不清步行于乡间小道上人们的形迹，却因这座朴素的水泥搭建的平直桥，显现在青山绿水之间，让人浮想联翩。从灯红酒绿、嘈杂喧闹、空气混浊、交通拥挤的北都中来，掠过这幅清新的风景画，就像抚平骚动不安的内心的一服良药，杨青松享受着简单和平静，心灵得到慰藉。

飞机飞行高度不高，好像飘浮在云朵之下，地面上的景物尽收眼底：棕红色的大地，郁郁葱葱的农作物，蓝色天空映衬下的碧蓝的河流延绵不绝直到天际，好一派美丽的风光。

广播传来飞机即将抵达山城都市的通知，随后飞机逐渐降低飞行高度。机身离地面越来越近：绿树布满的山峦，浑浊带着泥沙的江水穿梭其间，阳光下，就像金蛇盘绕，十分妩媚。一座跨江大桥跃入眼帘，好像一条浅灰色缎带系在其上，一只白色蚂蚁般大小的物体十分灵活地在缎带上移动。

飞机继续下行，杨青松凝神注视，发现了行驶在高速公路上的白色汽车，不时有大一些的呈长方形的物体在其间移动，那是大客车，车身颜色不同，或金黄、或浅蓝、或橘红。离城市越近，进入视线的缎带越多，纵横交错，那是高速路段，四通八达；看不见成片的农田，地处山地的大都市，有着只属于山城都市的风景。突然间，心细的杨青松察觉到，为何没有黑色的汽车出现在地面的高速路上？铁锈色的大货车因其体形大，明显可以辨识得出；大客车也可辨别出；连穿梭其间的白色和银灰色等浅色系的小车，定神细看，也是能够辨别出的。只是一直不见黑色的汽车，很是遗憾，因为黑色是小车最普遍的颜色。于是，杨青松怀疑自己的眼睛，难道看到的情况不是真实的，而是一种幻影，海市蜃楼般？

杨青松让眼睛休息了一下，便又转过头朝机舱外看。

山还是那样的绿，随着飞机高度的不断降低，原本的深绿色在阳光下变得翠绿迷人，就像巨大的一望无垠的绿宝石。在绿宝石之间，浅灰色长长的飘带，见不着来源，也望不到尽头。一个亮闪的小黑点在阳光下奔驰着，就像在地面观察到的黑蚂蚁般，灵活、快速、勇往直前，一路奔腾，要不是定眼细观，很容易忽略。由于深灰色的高速路面，从高空中看，越发的晦暗，黑色的小车身在其间，难于区分，不易被人们发现。此时，抓住了特色，发现奔驰在高速路上的黑色小车越来越多。行驶在高速路上的大小车辆，就像奔驰在地面上的蚂蚁：远离都市方向的车流，就像离开巢穴的蚁群；奔向都市方向的车流，好比满载而归的蚁群；穿梭其间的大车，就像蚁群中大块头的兵蚁。

高速公路上各式各样的汽车，就像奔驰在缎带上。

一、初来乍到

飞机着陆，滑行一段距离后，停在机场上，人们纷纷起身，从行李架上取出自己的行李。坐在窗边的杨青松，没有随人群行动，而是静静地坐在座椅上。旁边的年轻女乘客，从随身携带的小挎包中掏出一面小镜子，照了照脸，见头发有些凌乱，便用手当了回特长的梳齿捋了捋长发，三下五除二，动作熟练迅速，快得连旁边的人还来不及思索，化妆盒便"啪"地关闭并塞入小包中，动作娴熟，干脆利落。

杨青松自己也不明白为何将目光转向年轻女乘客，是声响太大，吸引了他的注意力？还是原本侧头望着窗外停机坪上地勤人员忙碌的身影，巨大的发动机声音轰鸣，感觉嘈杂，而将注意力转向机舱内？看着年轻女乘客熟练的动作，杨青松却有意避让，不愿抢在她之前起身离开座位，随人流走向飞机出口，其原因一是礼貌，让年轻女乘客先行；二是他个子高，从座位上站起来等待，头必须埋着，比较难受。因此，在人们纷纷行动的时候，杨青松选择了待在座位上，比其他的旅客慢半拍的举动，显出了他的绅士风度。

年轻女乘客跨入人行通道，随人流往前移动，杨青松这才站起身来。由于个子高，担心头会撞上行李架，他猫着腰，缓缓地挪到过道边。打开行李架上的货柜箱盖，往里瞧了瞧，空荡荡的，只剩下他的黑色皮包在角落处。杨青松把包拎在手上，跟在人群后面走出机舱。

往机场出口走，需要转几道弯，按指示牌，有一条长长的通道，好几百米，且只有一个方向，旅客们均往外走。杨青松人高腿长，虽然迈步频率不快，但速度屡屡超越其他旅客。

前面一处为平面安装的履带式电梯，人站在其上，不用动脚，便会前进，但踏上履带的旅客，并不会停止不动，而是继续步行，履带的速度，加上人的速度，几乎双倍于地面上旅客的速度，像是快步跑似的。遇到前面站在履带上静止不动的人，则侧身绕过，当到达履带电梯尽头时，杨青松已经将大多数旅客甩在身后。

通道之后，便是一个弯道，然后是自动扶梯，到了下面一层，便来到托运行李领取处，旁边便是出站口。杨青松看见传送带尚未开启，此时，陆陆续续有乘客到来，分散地围着传送带站立。

在飞机上坐杨青松旁边的年轻女乘客，手里拿着电话，不时地往人群后面的出口处张望，说道：

"T3航站，5号门，对，我取了行李后马上出来。"

她话语中有些不耐烦，不知是否因为下飞机十几分钟后，步行到机场出口附近才接到电话，感到被怠慢。

此时，电话铃声响起，她又举起电话：

"我已经叫了出租，你们就不用来了，我没提前通知你们，就怕你们着急，路上堵车，啊，我一会儿就到了。"

她不知是在和谁讲话，听口音，应该是对长辈等尊敬的人。看来，年轻女乘客也是有着良好教养的人，不是一般的街头霸女，粗鲁傲慢，标新立异，处处显得与众不同。虽然挺有个性，在飞机上甚至将规定不当回事，但骨子里却是大家闺秀。

出站口外已经拥挤了很多前来接机的人：有的将厚厚的字牌高高地举过头顶，想让被接的人第一时间看到；有的挤在人群前排，将字牌放在胸前，眼睛四处张望寻人，也不阻挡别人的视线；有人不举字牌，也不拿任何标志物，直接挤在最前排，死死地盯着出口，生怕错过，那种急切的目光，穿透力很强，好想将出来的人逐一扫描，这大概是急切想见一面的人才有的表情。

手机铃声响起，是来接机的司机打来的电话，告知车已经在机场出口门外。杨青松一心想早点带着行李出机场，显得有些迫不及待，将有些相似却并不一样的行李，也当作自己的行李巡视一番，并站在行李传送带出口处守候，全然不顾等在后面同样急切的乘客的感受，那样子，有些专横，好在四周的人都不认识。同机到达的乘客，才刚刚陆续来到取行李处，因此没有人在意杨青松有些怪异的举动。杨青松本来就是雷厉风行的作风，极少会顾及旁人的感受。

望着传送带上陆续运出的行李，杨青松仔细对照着手里的行李托运标签，过了一会儿，才找到自己的行李箱。黑色大概是行李箱最普遍的颜色，居然有那么多相似的行李箱，杨青松感到有些意外，难道众人的审美观如此的高度一致？仿佛复制出来似的。

年轻女乘客通完电话，拎起行李传送带上的一只粉红色皮箱放在地上，熟练地拉出拉杆，竖立着滑动行李箱离开了，直奔出口处。她驾轻就熟地直接往5号门而去，丝毫不犹豫，大概是经常乘坐飞机，对机场了如指掌的缘故。

杨青松来到出口，不经意间看到接机人群中有个人衣着随便、手里半举着一张A4白纸，纸上用黑色签字笔写着名字，看不清究竟是什么，只是那人漫不经心的样子，与众多守候在出口处的人们对比鲜明。后者急切寻人的目光，像一群缩小版的探测灯似的，打量着因长途飞行略带疲倦的旅客，又像是旅客从检测通道中出来，被机场设备以外的X光机扫描。那人面对从未谋面的陌生人，仅凭一张薄薄的纸片上细细的字迹，便可找到所等之人。

杨青松扫视一番出口，随一群拥挤的人往前走，直到听到耳边有人问：

"是杨青松吗？"

听到声音，杨青松本能地停下脚步，发现一位身着棕色外套的年轻人，手里举着一张雪白的A4复印纸，上面写着他的名字。大概是来接机的司机吧，杨青松心里想着。

"是的。"

"这边。"

棕色外套男子放低声音说道，从密集的接机人群中出来，与杨青松会合。当走近杨青松时，礼貌地问了一下：

"需要帮忙吗？"

"谢谢,不用。"杨青松的回答简洁。

果然是来接机的司机。杨青松将行李放在车的后备厢,回到车里。

"坐前排,视线好。"司机热情地告诉杨青松。

"就在后排坐。"

坐在后排,为的是车辆进入主城后,可观赏道路两边的风景,而不受任何限制,至少不被司机侧面影像干扰。司机在前排开车,整个后排都属于杨青松,也不用像坐前排那样必须系安全带,好像刚抵达陌生城市,便被束缚住。

杨青松在后排,低头摆弄着手机,又有几条新消息,杨青松一一做了回复。这是现代奇迹,信息不断涌入,旁人却无从得知,就像被冷落的傻瓜似的,比如此刻开车的司机。如果是乘坐出租车,会有一道冰冷的发着金属光泽的栅栏,将司机和乘客人为地隔离开,即或是乘客坐在与司机并排的前排,司机也会感觉到隔膜。而此时的司机,正通过车内后视镜,不时观察着杨青松的一举一动,只见他一会儿抿嘴微笑,仿佛手机上的消息让他开心;一会儿双手操作盘面不大的手机键盘,急着回复信息,像是着急解释什么,那么的专注,全然不顾车里还有另外的人。

"周末出城的车多。"司机说道,打破了车内的沉默。

"哦。"杨青松应了一声,没有多说。

于是,司机就像打开了话匣子,连续不断地讲述着。杨青松操作着手机,断断续续听到司机讲述平时高速路口收费处,虽有ETC通道,一种不用停车的电子自动识别收费系统,但须降速到20码,在高速路上,这么低的速度,与停车几乎没有什么区别,后面高速驶来抵达收费站的车辆,其通行效率自会大大降低,车辆降低了通行速度,也会造成拥堵。而另一种正常行驶中在高速路上塞车的缘故,便是变道上高速的车辆。目前在中国大部分地区的高速路都只是三车道,其最右边的车道是应急车道,平时不允许车辆通行,除了警务车、急救车、救援车在紧急情况下通行,平时应急车道确保畅通,以备不时之需,如救援抢险。有报道,在节假日的第一天,高速路塞车拥堵,等候几小时后不见开动,着急的司机便将车开上了应急车道,以便往前赶路,却被交警拍照取证,因为那次交警动用了无人飞行器,而地面开车的司机丝毫没有察觉到，直接从空中取证，而不是像国外警匪片中的追车场景，在高速路上追赶违法车辆。

　　许多欧美国家的人来到中国，特别是第一次来中国，乘坐中国司机开的车，即或是行驶在内环这样限制了最高车速的高速路上，也常常被堵，不得不从较快的几十码车速，在短距离短时间里降速到静止，而且还要与前车距离很近，以便阻止旁边的车辆加塞，这种情景下，外国友人表情夸张，惊异地大喊大叫，堪比坐过山车，只是没有忽然上蹿、忽然自由落体般降落的颠簸。但外国友人的表情震惊了车里的其他乘客，开车的司机不时说着"no problem"（没问题），问外国友人在国外开车吗，外国友人回答说开车的，当被问可以在中国开车吗，外国友人连连摇头，说不敢在中国开车。其实，即或是土生土长的中国人，在国外待久了，回到国内，也是不敢开车的，因为中国人口多，高速路上行驶的车辆密集，在中国开车，不单要驾驶技术熟练，还要有快速的反应能力，对突发事情的应急处理能力。这些能力，不是会开车、开好车便可拥有的，除非完全不用人的全自动驾驶，不过有人说无人驾驶技术在世界范围内推广，尚待一定的时日。即或这样，有人预测，全自动驾驶车即使在世界范围内正式使用，也绝不会在中国普及，因为中国人口这样密集、车辆这样密集。

　　司机侃侃而谈，表情激动，杨青松却不发表任何意见，权当一名忠实的听众。

　　"你是头一次来山城都市？"司机终于趋于平和，回过头来，问杨青松。

　　此时，车辆驶入主城繁华区，杨青松收起手机，把目光转向车窗外。

　　"是的。"

　　"你不是本地人？"

　　"不是。"

　　杨青松的回答依然简洁。他觉得这位年轻的司机问话有些烦琐，既然已经表明了是第一次来都市，怎么会是本地人，这不是废话吗？好奇心大于理解力。便索性开启车窗，将头微微探出窗外，直接感受风吹脸颊的刺激，以洗去车内密闭空间的郁闷，车内顿时流淌着清新的空气。先前车在机场路行驶，而机场路属于高速公路，时速高达上百公里，因此，路上的车辆无一不是车窗紧闭。

周末的街上，人头攒动，熙熙攘攘，热闹非凡。行车道上，车流拥堵，四辆甚至五辆车并排行驶，缓缓向前，不是因为避让行人，如今高架天桥和地下人行通道并存的都市，人们过街不再从车道横穿，而是自觉遵守交规，绕到不远处的人行通道。车辆在山城都市行驶缓慢的缘故，大多是岔路多，转弯多，信号灯多。商业繁华区，并不禁止车辆通行，但是辗转于高楼大厦之间的车辆，虽不与行人争道，但车与车之间的通行，比如三岔路口，直行车通行，左转弯车就得停车；十字路口，横向车辆行驶，纵向行驶的车辆就得静止，等等，诸如此类情况。都市里，特别是闹市区，相隔不远便设有信号灯，车辆刚起步不久便不得不停下，等待禁止通行的红色交通信号灯转变为可通行的绿灯。排成三五行的车流，蓄势待发，等候着前方信号灯的指示，驶向各自的目的地。

分布在都市各处的居民，不超过十公里的距离，便可驶入没有信号灯、不用停车等候的高速路。市区的道路，常因车流量大，在变道、并道多的路面，造成大量的车滞留，这一现象，在山城都市显得格外的突出。杨青松在北都时，也时常开车，虽说北都的拥挤程度比山城都市更严重，但那明显是车多造成的。或许是，山城都市特有的山地地势造成的道路复杂吧，杨青松这样想。

二、公司分部

"到公司，还是到公司招待所？"

杨青松的遐想和目不暇接的观赏，被前排司机的问话拉回到现实。

"到公司。"

"今天周末，没人上班。"

"有人在公司等候。"

"哦，今天有专人接待，在公司里？"

杨青松没有回答。

"需要将行李送到公司招待所吗？"司机继续问道。

一般到机场接人的司机，特别是迎接远道而来的人，第一时间便会安排好住宿，将行李送到来客下榻处，比如公司附近的酒店，来访者通过接待部门预订，价格会有一定幅度的优惠，因为公司与附近的酒店有协议，协议单位住宿有折扣。除非来者有些特殊，比如因为经常乘飞机，每年的飞行里程足够多，那样的话会有一些跟旅行相关的信用卡，帮助经常外出的乘客订到折扣更低的酒店，不限于本地，而是在全国，甚至世界各地的连锁酒店。可是对于一般人来讲，乘飞机并不是经常的事情，每年没有足够的飞行里程，也无法拿到折扣很低的优惠，常常是委托目的地工作联系的公司，帮助预订酒店。当然，将来者送到下榻的酒店，是接机司机工作的一部分。

"就一个箱子，我自己带着。"杨青松回答道。

司机将车停在公司办公大楼门口，杨青松推着行李箱进入大楼。从机场迎接杨青松的年轻司机，望着杨青松的身影从视线中消失，才开车离开。

由于是休息日，办公大楼内的人极少，只见保安守在前台。保安向杨青松表明，在非工作时间进入大楼，需要登记，表明来访者的姓名、来自何地、到何部门、由谁接待，并出示随身携带的有效证件等。当所有填写完成后，保安与办公楼的接待者通了电话，问清情况后，便让杨青松进入，并详细地告诉杨青松到几楼的几号办公室。

杨青松推着行李箱，过道上没有遇到任何人，静静的，走路的脚步声回荡在走廊里，十分清晰。刚开始，他还不适应，觉得怪怪的，有些不知所措，就像毫无准备的情况下，被偷拍，被监视。又像是一个人表演的舞台，人们全都退避到台下，等候着他精彩的表演，并把舞姿投影在面前，那种既惊讶又兴奋，使他走了几步，渐渐地被自己脚步声的节奏所迷，喜欢上了这没有音乐伴奏的舞步，宛如踢踏舞的前奏。他情不自禁地展开双臂，做出拥抱大自然的姿势，又好似翩翩起舞之时，却来到电梯旁，脚步声戛然而止。

杨青松这次之所以来山城都市，是受总公司的委派，解决位于山城都市的分部公司业绩大幅下滑的问题。此行，对于分部公司来说可谓来者不善，是来实施总公司高层的决议：对业绩不佳、长期亏损的分部公司，要么在限期内将业绩大幅度提升，要么将分部公司关闭。当然，关闭亏损的分部公司，是当前行业的惯例，企业就是要挣钱，不挣钱的企业，是无法生存下去的。只是对于分部公司的员工，特别是在分部公司待了很多年的老员工，要是分部公司倒闭，这些老员工们的安置，将会是很大的问题。他们为公司的发展付出了青春和汗水，却遇到不景气，不得不面临失去工作，落到没有收入的境地；而上了年纪的人，再找工作，很难找到适合的，已有的技能无法发挥出来，而且，还受到年纪大的限制，新工作干不了几年，便面临退休，这是哪家招聘公司都忌讳的事情。因此，一般公司招聘，对应聘者的年龄都有严格的要求，而老员工再次应聘，就意味着很难找到合适的工作，会受到各种因素的制约。

现实就是这样的残酷，达尔文早在一百五十多年前，就揭示了自然界中适者生存的道理：大鱼吃小鱼，小鱼吃虾米，被吃掉，消失，这是自然的法则。曾经的辉煌，说明不了以后便是前途光明，风云变幻的市场，是一个永无止境的战场。如果提前退出，不参与竞争新岗位新工作，那就意味着靠可怜的救济生活，这是谁也不愿落到的境地。

杨青松身负重任，来到分部公司。因无法确定分部公司的未来，因此，没有提前与分部公司经营层打招呼。分部公司的人，除了李部长一人知道杨青松来此的目的，其余管理者们和员工们，均不知道他这次到来的真实目的，只晓得他是总公司派来的，到分部公司工作一段时间，协助管理分部公司。之所以如此行事，为的是给人们的印象是悄然而来，而不是作为手握尚方宝剑、由总公司派来的专务，到分部公司执行特殊使命。

作为年轻的管理者，一方面杨青松有着年轻人的活力和闯劲；另一方面，临时受命而来，带着尚方宝剑，却是来夺人职业，不免有些于心不忍，因此不便张扬。此时的杨青松，心里没再多想，只觉得，事情的发展应该顺其自然，就像那句古话所讲，尽人事以听天命。他打定主意，尽力而为，要真到了必须关闭分部公司的时候，分部公司的人员也要妥善安置，不过，到那时，心情就没有这么轻松了。之前，他到过别的分部公司，处理过类似的事情，虽然只是作为副手，不是操刀者，而当事情结束后很长一段时间，内心依然备受煎熬：原本青春无忧，却突然间发现世间的残酷和无奈，炼狱般撕扯人心，过了很久才得以恢复。这次来山城都市，杨青松心想，权当一次旅行，打算长时间地深入陌生领地。

电梯一路上升，杨青松在乘坐电梯的短暂时间里，想着出了电梯到讨道，变换脚步的频率，应该是另一番感受。于是，还没等电梯门完全开启，便一个劲地往外探出身体，只听到一声尖叫：

"哇！"

杨青松立马收回往前倾的身体，要不是反应及时，定与对方相撞。他定眼看了一下，发现站在电梯门口的是一位年轻女子，一个粉色的旅行箱搁在地上，肩上背着双肩包，手里拿着手机。之所以惊叫一声，是因为低头看手机，而没有及时发现走出电梯门的杨青松，直到几乎撞上，便惊慌失措地喊出声来。

使杨青松惊讶的，不是因为差点儿撞上，而是电梯门外站着的这位女子，正是飞机上坐他旁边的那位女乘客。事情这么巧，又在分部公司遇见，是来分部公司出差，像杨青松一样，还是原本就是分部公司的员工。

还未等杨青松回过神来，年轻女子便往旁边挪动了一步，动作自然，毫不犹豫，这快速的动作，反倒显得他有些碍事。这下子，他顿时感觉到，在电梯门口发愣不合时宜，于是边走出电梯边道歉。年轻女子没有回应，只是斜眼瞄了一下电梯，拖着粉色行李箱站到一旁继续等候，都没看他一眼，使他顿时感到尴尬。原本在好奇心驱使下，想与年轻女子打招呼，但看到年轻女子表情淡漠，最终还是将话咽回肚里。

办公楼保安告知门牌号的办公室，在过道的尽头，原本欢快的脚步，却因突然遇到这位女子，变得有些迟疑——杨青松还在想这位女子是否就是飞机上那位女乘客，觉得很像，特别是那漫不经心的神态，极为相像。他忍不住往电梯方向回看了一眼，发现年轻女子正低头看手机，旁若无人，看上去她除了手机，别的事情一概不管不问。从她的外表和习惯上看，应该是同一人，只是她是否也认出他来，就不得而知了。

在进入办公室之后，杨青松为什么带着行李箱得到了解答，因为他带的资料就放在行李箱内，而不是挂在肩上的包里。

办公室接待者见他进来，立即从座椅上站了起来，接过他递过来的资料，问了几句话，确定身份，便递给他一个临时工作牌，无身份标志：没姓名，没工作部门，没职务，一张到公司来的所有出差者都可用的临时工作牌，用于刷卡进出公司各道门。接待者又将一些资料交给他，这都是事先准备好的，只等他到来。

随后，接待者带着杨青松离开了办公大楼，来到离公司不远的招待所，说到周一上班时间，李部长将与他面谈。又告诉他：周末公司不上班，趁周末休息时，到都市逛逛。并将都市热闹区、购物区、风景优美之地，用简单的几句话向他讲述：市中区的国际购物中心，江南岸、江北岸的夜景，江中心的游船，欣赏热闹与安静的都市。杨青松微笑着点头，表示赞同。

接待者临走时又说，公司食堂，上班时间，就是周一至周五的中午，提供全体员工一顿免费的午餐；如果是加班，晚餐是免费吃的；其余时间，可自己掏钱在食堂吃。食堂有几处，有公司员工吃工作餐的专属地方，也有向外供餐的场地。杨青松心里一亮，想着吃食堂倒是很方便。上班职工因中午休息时间短，没时间做饭，公司附近的餐馆寥寥无几，根本无法满足众多员工就餐，而公司食堂经营灵活，既方便了上班的职工，也方便了附近的居民。杨青松问公司是否配了专业厨师，接待者说，是招租的专业餐饮连锁店，公司免费提供场地，连锁店经营。

接待员离开后，杨青松没有考虑是否去食堂吃饭，而是简单地收拾行李后，也没有小憩片刻，便离开了招待所。尽管长途飞行上千公里，凭着年轻身体好，杨青松并不感到疲惫。

杨青松到山城都市之前，就听说山城都市是一座美丽的山水城市，两条大江穿城而过，却不像珠三角被冲刷出的平原，而是山城，山即是一座城，城就是一座山。虽然江水汹涌，常年奔腾不息，却永远被局限于河道中，就像被驯服的野兽，沿着既定的路线前行；又像孙悟空，纵然有万般的能耐，却逃不过如来佛的手掌心。

公司总部在北都，在北都的时候，杨青松深切体验过风沙雾霾——虽在大都市，房屋却常常沙尘满布，比如阳台原本是房屋与外界相通的过渡带，在北都，却是封闭的，被装修得密不透风，目的不是扩大房屋内部使用面积，因为不论房屋面积是大是小，其阳台均被密封。据说，在北都，如果房屋的窗户开启，哪怕只有半天的工夫，便满房屋沙尘，很是烦人，房屋会因窗户没关严实而遭受风沙的侵扰。但是长久关闭门窗，与外界隔离，房屋内部空气不流通，空气质量不好。于是，家中自备各式各样的空气净化器、清洁器、防雾霾、释放氧气等，花样百出。因此，防风沙雾霾，常年将门窗紧闭，也只是北都特色，而在空气湿润的西南部，却是另一番风景。

初到陌生都市，处处感到新奇，其诱惑力远大于静谧的办公区。旅途中的新鲜感，此时在杨青松心里尚未消失。站在长江大桥上，看山峦上斜阳孤零零地挂在天边，辉煌、灿烂夺目，却似远离尘嚣，遥不可及。

江边青石板小道旁的座椅上，横躺着一位身着浅色短袖的男子，脸朝向椅背，后背留给路过的人，看不清脸面。江边非常安静，连草丛中虫子蠕动的声音都听得清清楚楚。远处一块突起的像是江堤的地方，有一个人，走到江边，掏出背包里的东西，由于距离远，看不清究竟是什么，也看不清那人的模样，只见他用手不断拉伸，然后架在岸边。原来是一根钓鱼竿，那人偶尔甩动鱼竿，静静地待着，只等鱼虾愿者上钩。

　　在杨青松与钓鱼者之间的树荫，一对年轻的夫妇，带着年幼的孩子，坐在草坪上，中间平铺一块方正的碎花布，上面摆满各式食物和餐具，五颜六色，大概是这一家三口精心准备的户外聚餐。就在他们旁边不远处，一辆白色的城市越野车，静静地停在白色的停车线内。

　　杨青松将视线从钓鱼者身上移开。远处的江心，波涛滚滚。望着激流涌动的大江，杨青松心潮澎湃。身旁的寂静，与远处江水的奔涌，就像身未动，心已远，仿佛一下坠入思绪的江河。

　　是呀，为什么到这儿来？为了此地的山山水水，为了在从未涉足之地，开辟一片新天地，远离父母亲人？杨青松开始思索。女朋友付静的离开，让他痛彻心扉。原本准备结婚，付静却被国外某著名大学邀请做访问学者，并且将在国外待一段时间。到了谈婚论嫁的时期，却遇到这事。原本是件好事，许多人梦寐以求的事情，到国外名牌大学当一段时间的访问学者，加入世界先进科研课题组团队，多少人可望而不可及，是莫大的荣耀。杨青松不是那种有强烈欲望的大男子主义者，如果说付静在国外待的时间不长便回国，也就罢了。可这回，付静收到的邀请，没有具体说明什么时候回国，只是加入项目组，当然要强的付静也不会中途退出，半途而废，这样时间便无形中成了杨青松和付静两人之间的隔阂。他俩就像天边的云，天各一方，不知何时相聚。

　　这使得杨青松为难。因为两人恋爱多年，年龄都不小了，父母催着结婚，但付静却更想要事业，担心结婚后，因生小孩等一系列家庭琐事，成了相夫教子的家庭妇女。虽然两人商量过，结婚后，杨青松不要求女方放弃事业，但是如果付静放弃这次加入世界顶级项目组的机会，她的事业发展定会大打折扣。杨青松虽然并不要求付静有多么大的事业成就，也不是大男子主义者，但作为男性，天生就应当有所担当，做家中的顶梁柱，可是付静不愿放弃自己的事业，一心想着等事业有所发展后再结婚，所以时间就无法确定。杨青松想着双方年纪都不小了，过几年再结婚，就过了最佳生育年龄。因此，在结婚这事上，杨青松与相恋多年的付静产生了分歧。付静坚持自己的选择，出国离开了北都；杨青松则向总公司主动请缨，承担了处理亏损最严重、距离北都最远的分部公司，承接了人人唯恐躲避不及的艰巨任务，朝着祖国的西部飞去。因没有牵挂，独自一人，就像传说中的唐朝僧人一样，朝西方而去，虽然目的不一样，唐朝僧人是到西方取经，而杨青松的这次西行，却是带着总公司高层的决策，前来决定西部分公司的命运。

离开老家北都，选择一座从未踏足的西部都市，来后瞬间便喜欢上了这颇有江南风韵的都市。高低错落，沿山而建的高大建筑，越发地显示出其独特魅力。记忆的碎片，被眼前的美景所掩盖，渐渐地，就像被水浸湿的水墨画般，洇出一阵或浓或淡的墨汁，消失在一汪清水中。

身边依然毫无动静，躺在长椅上的人，要不是用东西挡住了脸，杨青松真想近距离观察一下，如此酣睡，究竟是怎样的一个人，老人？贪睡的少年？或是像杨青松一样的青年人，偷得片刻悠闲？

杨青松一直站立着，腿脚有些麻木，于是沿着小道的石梯缓缓地下行。到一截台阶的平缓处，抬头看了看前方，远处一群人，三五个，有男有女，正围着钓鱼者比划着什么，由于距离远，听不清他们在说什么，但从远处观赏几位哑剧般的动作，可猜测是钓到了鱼，正高兴着。不知为何，杨青松心里感到了轻松，就像久久地悬在心中的重物，原本压得人差点喘不过气来，此时，见垂钓者有所收获，也莫名地高兴起来，那种担心无果的莫名悲哀，顿时消失得无影无踪。先前那种紧张的情绪，使得杨青松将目光转向别处，就像瞬间凝结的空气，让人不敢轻举妄动，而当知道了好的结局，杨青松长长地松了一口气。

杨青松是个善感之人，随时会浮想联翩，此时，坐在长椅上，触景生情，不由自主地遐想，却没有头绪。

不知过了多久，听到清脆的铃声，有人骑着自行车经过。在江边的小道，可通自行车，有四人两排座的，有双人前后排座的，也有单人骑的，同样浅颜色的车身，使人想到是租用的自行车。那人或许是还不熟悉车况，骑上车后，摇摇晃晃，差点撞上路边的障碍物。一路上遇到有人时，便拼命按铃，清脆的铃声响在宁静的江边，提醒着行人：有自行车来到，快快躲避。

有的行人大概早已习惯自行车经过，刚开始毫不在意，没有让到一边，以为留出足够的宽度，便可让自行车经过，却听到骑车者大喊"撞上了，黄司机"，步行者立马躲闪到路边，见到自行车经过时，问道：

"是刚骑自行车吧？不熟悉的样子。"

"是刚骑这样的自行车。"骑车者回答。

"嗯。"

步行者意味深长地"嗯"了一声，像是喉咙堵塞，没有再说话。

连绵十多公里的滨江路，步行的话，花费的时间肯定很长，骑自行车倒是不错的选择。而且江边公园上方的滨江路，虽然没有专门的非机动车道，但一群人，老老少少，老的像是退休人员，少的像是中学生，在人迹稀少而宽阔的人行道上骑得很开心。

杨青松询问在哪里可租到自行车，得到的回答是在前面就有。没走多远，便有一处整齐排列的自行车，各式车型样样齐全，只是颜色与先前看见的有所不同，一问方知，是属于不同租赁公司。由于骑车的人多，租赁地的自行车没有单人款式了，而杨青松感到肚子很饿急着返回，便骑了一辆前面带有一小凳的自行车，那小凳子对于成年人来说太小了，应该是幼童可坐的亲子自行车。

骑行十几公里，没看到一家餐饮店，大概由于地势的缘故：一边是迷人的江边，一边是杂草丛生的山坡，分列滨江公路两侧。不是旅游旺季，没有游客，只有骑自行车急着赶路的人，和来此散步的市民。苦了杨青松，没有吃的，哪怕是一片面包；没有水喝，看着涌动的江水，却不能入肚，忍饥挨饿。这里很难遇到一班公交车，出租车也不愿意到达，却环境优美，景色迷人。

而空空的肚腹，不时提醒着他需要吃东西。

返回都市闹市区时，已是华灯初上。游逛在灯火辉煌的街面上，不用着急赶时间，也不用待在屋子里，守着无聊的电视剧消磨时间。

夜是热闹的，人头攒动。超市里的年轻情侣，成对成双地推着一辆辆购物车，挑选着他们喜爱的物品；青年夫妇，带着蹒跚学步的幼儿，在零食区闲逛；还有溺爱孩子的成人，推着坐在购物车的椅座上的幼儿在超市里到处转悠。

超市里，更多的是上了年纪的老人，在精心挑选着需要的物品。退休后时间充裕的老人们，才能将心思和精力投入到烹饪中。

回到住所，杨青松打开一瓶灌装饮料。晚餐吃的饺子，饱满如鸡蛋般大小，一斤饺子，听上去很实在，实际上也就十多个，吃完后，觉得特饱，也没喝汤，过了这么长的时间，感到了口渴。冰箱中有饮料，可缓缓口渴。静下来的杨青松，打开书桌的灯，开始了分部公司资料的阅读。

三、表亲一家

　　中国人最牢固的关系，便是血缘和婚姻，以家庭为节点的树状分布的关系，将人们紧密连接。有了这层亲属关系，无论相隔多远，哪怕是从来都未见过，只要见面，内心的情感便会马上被唤醒。因为有了这层关系，即使相互间未曾谋面，却依然有着千丝万缕的联系。虽然如今信息发达的时代，地理距离不再是问题，只因各自的忙碌，使得彼此忽视。而杨青松所要拜访的这家表亲，便是如此。

　　山城都市这位表亲，说起来算是姻亲，没有直接的血缘关系，是杨青松母亲的姐姐的丈夫的妹妹，这亲戚关系得绕几个弯，但还是理清楚了。对于称呼，母亲的姐姐的丈夫，习惯上称为姨父，至于姨父的妹妹，杨青松便称其为表姨。中国人将不同姓氏的亲戚，称为表亲，而相同姓氏的亲戚，称为堂亲。中国人的姓氏，习惯上按父亲的姓，也就是说，父亲姓什么，家中的孩子就姓什么，也有例外随母亲姓的，但那只是少数。

　　到达山城都市的第二天，杨青松来到表亲家，表姨和表姨父外出了，他们的儿子热情地接待了杨青松。刚开始有些尴尬不适应，但很快便熟悉起来，彼此问候寒暄一番。

　　由于从小到大未曾见过面，几乎没有共同的话题，因此，几句客套话之后，便陷入了沉默之中。然后按中国人待人接物的方式，端茶倒水，递送水果盘、小吃盘，小吃包括糖和一些小点心等。表亲家儿子用白色瓷壶泡了一壶茶，将茶水倒入茶杯中，绿黄色透明，一眼便看到洁白细腻的杯底，茶水的味道微苦。对于不爱喝浓茶的人们来讲，清茶是最好的，一小勺茶叶，用开水冲泡，展开的茶叶叶片，缓缓地沉入茶壶底部，那微黄带绿的茶水，清澈透明，清香扑鼻。

年轻人，由于生活节奏快的缘故，喜欢喝成品茶水，比如瓶装冰红茶。也有买白色小纸袋装的碎末状茶叶，称为袋装茶，使用时，将整个茶袋子浸入茶杯开水中，为了尽快泡出茶水，可用手牵着茶袋上一端的细线轻轻摇晃，浓浓的茶汁便从白色小袋中渗出。咖啡的味道是苦涩的，茶的味道也是苦涩的，而苦涩的味道，却很能解渴。碎茶末的小袋装茶，常见于宾馆和酒店中，这种有些西化的饮茶方式，在中国家庭中比较少见，特别是有老人的家庭，人们还是习惯于传统的茶叶——整片的茶叶，原本茶树顶端的嫩芽，脱水后制成的干茶叶，用来泡水，才味道纯正。而被磨成细碎粉末的袋装茶，尽管方便人们冲泡，却使得使用者难以辨清茶的品种，是嫩茶，还是老茶，是高档茶，还是劣质茶。因此，家庭喝茶，大多选择整片的茶叶，即或不是很高档的，也必须是品牌茶——从采摘、加工，到茶叶的成型，都有严格的要求，所出的茶叶，形状、大小相似，泡出的茶水才具有独特的颜色。不同品种的茶叶，各具特点，比如西湖龙井茶的扁平，铁观音的球状，普洱茶因发酵需要而做成的沱茶或是茶饼，等等。

表亲家的儿子与杨青松年龄差不多，但个子略矮，身材更壮一些。

表亲有位孙子，小名叫圆圆，在幼儿园读大班，模样胖乎乎的，讨人喜欢，只是圆圆一个劲地嚷着要去看江。

表亲儿子即圆圆爸爸对杨青松解释说，他父母外出，一时半会儿回不来，又对圆圆说：

"表叔刚到，"圆圆爸爸向圆圆称杨青松为表叔，"我们在家陪陪，等婆婆爷爷回家后，我们再去。"

"不嘛！"圆圆执拗。

"听话，要懂礼貌。"圆圆爸爸说话口气有些强硬。

"那婆婆爷爷他们啥时候回来？"

"还有一会儿。"

"那我们开车去接吗？"圆圆的话，提醒了在屋子里的成年人。

"我打电话问问。"

然后礼貌地对杨青松说道：

"不知我爸妈去哪儿了，打个电话，你坐一会儿。"

杨青松点头。不知是阳台上的信号要好些，还是担心在客厅打电话会影响到旁人，圆圆爸爸拿着电话去了阳台。打完电话回到屋子里，对杨青松说：

"一时半会儿回不来，我妈在做头发，可能还要等一个小时。"

"那叫爷爷先回来吧。"圆圆着急了。

"爷爷在陪婆婆，咋能独自回来？"圆圆爸爸轻声对儿子说。

"那我们走吧，爷爷也没说要和我们一起去。"

"表叔专程来看婆婆爷爷，还未见着，怎么能走？"

"那让表叔自己在家等，我们出去嘛。"

"表叔一个人在家，没人陪着呀。"圆圆爸爸说着，对杨青松笑了笑，意思是在逗小孩子玩，让杨青松别当真。

"是呀。"圆圆一本正经地回答。

"说好的今天下午去的，明天孩子要上学，我们也要上班，就没时间陪他去了。"圆圆爸爸露出一脸的无奈，对杨青松解释道，"我们计划好今天去码头看涨水。"

杨青松突然意识到自己来得不是时候，表亲家里人都有事，便急忙起身，准备离开，说道：

"不用在家陪我，你们忙你们的事儿，既然表姨表姨父不在家，我改天再来拜访。"

"要不，你跟我们一块儿去？"圆圆爸爸邀请杨青松说，"你是头一次来山城都市吧？"

"第一次来。"杨青松轻声地回答道。

"下午没什么事吧？"

"没什么事。"杨青松的话刚出口，便觉得后悔，因为还有一大堆资料要看，怎么就说没事？

"圆圆，请表叔一块儿去。"圆圆爸爸对儿子说。

"嗯……"圆圆在犹豫,或是害羞,不敢说。

"快呀,快说呀,请表叔一块儿去。"圆圆爸爸鼓励儿子道。

"请表叔一块儿去。"圆圆望着杨青松,认真地说道,那种带着祈求的目光,好像杨青松是决定能否外出的关键。

"好吧,表叔陪圆圆一块儿去。"杨青松看到圆圆的表情十分可爱,便一口答应。

"哦,出发了!"圆圆欢呼道,仿佛期盼已久的愿望终于得以实现。

"东西收拾好了吗?"圆圆爸爸问儿子。

"嗯……"圆圆思考着。

"你背的包包,还有装包包里的东西,检查了吗?都齐备吗?"

"哦。"圆圆被爸爸这一提醒,立马回到自己的屋子里去了。

杨青松听着这对父子的一问一答,觉得有些纳闷,不就是带孩子外出游玩吗?至于要小孩子家带东西吗?圆圆跟着大人不就行了。

这时,圆圆爸爸对在一旁发愣的杨青松说:

"市里要搞一次幼儿绘画比赛,都是学前儿童参加,主题是'可爱的家乡',正在给圆圆找素材呢。"

"哦,幼儿园学绘画。"

"当然,是专程参加的绘画班,另外交钱学,老师说圆圆画得好,叫圆圆去参加比赛。"

"都画些什么内容呢?"杨青松好奇,幼儿的眼睛,会发现什么呢?

"别的小朋友都画蓝天白云,树木花朵,可爱的花蝴蝶和小动物。"

"那不是挺好的吗?"

"在区里的选拔赛已经画过了,现在是要参加市里的比赛。"

"准备新的素材?"

"是呀,平时没时间,一直没带圆圆去,我出差才回来,只有今天带着出去转转,寻找画画的题材。"

"出差的时间多?"

"是呀,平时都是老人管圆圆,我们上班较远,又经常出差,偶尔周末在家。"圆圆爸爸说,"住的地方离上班的公司远,因为堵车,平时走得早，只有周末有点儿时间陪圆圆，一到周一，又得将圆圆交给老人了。"

"当时买房的时候，为什么不买离公司近一些的房子？"

"公司搬迁了。"圆圆爸爸解释道。

"爸爸，我准备好了。"圆圆的声音很大，打断了两位成年男子的谈话。

"跟我们一块儿，去看看山城都市的风景。"圆圆爸爸对杨青松说。

"表姨表姨父他们呢？"杨青松问道。

"到时候一起吃午餐。"

"好吧。"

能见着表姨家儿子和孙子，杨青松很高兴，一起出行也可以增加对山城都市的了解，毕竟这次来是要待一段时间的。

"出发啰！"

圆圆爸爸朝屋子里喊了一声，不大不小的声音，足以使在房屋里任何角落的人听到，却又不会使旁边的人感到刺耳，这或许是长时间家庭生活训练的结果。

"出发啰！"

圆圆学着爸爸的口气，回应道。就在杨青松与圆圆爸爸短暂的交谈中，圆圆已经换好了出门的装备，斜挎着小包，站在门口。

从路上的聊天中，杨青松得知，对于圆圆，圆圆爸爸有些内疚，因为平时陪圆圆的时间太少，内心自责，却又无可奈何。生活总是这样，有所得必有所失。为了工作，为了挣钱养家，不得不在职场上打拼，每天工作量大，加班是常事，劳累不说，还常常吃饭没规律。圆圆平时跟着老人生活，老人有时间有精力，使得圆圆的生活有规律，饮食有保证。至于老人宠孙子，在当今的社会是普遍存在的，只要平时多训练小孩子的独立性，是可以避免养成娇气的性格的。但在当下的中国，要实现这些特别困难，因为老人自己年轻时吃过苦受过累，那时物资缺乏，生产力落后，身体大负荷劳作却还填不饱肚子。于是，老人在身体健康，有时间有经济能力的时候，一心为孙辈提供好的生活条件，不愿让他们再受苦，且百般地呵护：含在嘴里怕化了，捧在手里怕摔了。

对于老人特宠隔代的孙辈，杨青松早有所闻，得知跟着老人长大的孩子，生活能力差，个性刁蛮，不懂事，究其原因：老人娇惯溺爱孙辈。老人退休后闲着，带带孙子，当宝贝疙瘩似的，生怕哪里照顾不周，孩子要什么，都会不遗余力地满足。据说，孙子周末早上赖床，睡醒了不起来，老人来喊起床，便对老人提出各种要求，比如已经准备了丰富的早餐，但是孙子想吃别的，老人就会走很远的路去买，无论刮风下雨，严寒酷暑。尽管为此，老人付出了很大努力，甚至冒着雨天地滑摔跤的危险，但是，只要看到孙子开心、满意的笑脸，一切的辛苦便会烟消云散，心里顿时美滋滋的。

圆圆爸爸又讲了一件事情。周五晚上，他们夫妇有应酬，便由老人将孩子接回家照顾。因为周末不上学，圆圆睡懒觉，婆婆爷爷叫不起床，又担心圆圆饿肚子，对生长发育不利，因此很是着急，想了各种办法，让圆圆按时吃东西。

爷爷像个老管家老仆人似的，问躺在床上被叫醒、满脸不悦的圆圆："爷爷去买油条好吗？圆圆爱吃的油条。"

卖油条的小店，在小区外面的街道，得走好远的路，而且，山城都市，山高地不平，得爬坡上坎。爷爷乐呵呵地问，但圆圆却不感兴趣，连连摇头，说不想吃，背对着爷爷，连看都不看一眼。爷爷不灰心，依然乐呵呵地站在床前。圆圆睡眼蒙眬，对年岁已高的爷爷爱理不理，要是圆圆的爸爸像圆圆这样，爷爷早就掀被子、打屁股了，必定不会如此忍让耐心，但对于孙辈的圆圆，爷爷就是发不起脾气。

平时担心爷爷血压高的婆婆，绝不会让爷爷如此担心操劳，但在圆圆面前，两位老人便没了脾气，婆婆也不担心爷爷着急上火、血压升高，因为爷爷从未因这类事血压飙升过，倒像是爷爷与圆圆之间做游戏。婆婆时不时地插一句话，就像精彩乐章的滑音，起着过渡的作用，调节情绪，也使得爷爷有短暂的时间，想出更有效的办法。爷爷将所有圆圆爱吃的早点，一一背诵一遍，最终才得知圆圆想吃的食物，便立马不辞辛苦，出门跑腿，为圆圆买回家。当闻到爷爷送到床边的早点味道，圆圆才慢慢地、懒懒地起身。此时的两位老人，像打了一场攻坚的胜仗，无不欢欣鼓舞，开心得比圆圆还像孩子，心里仿佛比吃了蜜还甜。

杨青松听着，觉得圆圆的婆婆爷爷很可爱，很是值得尊敬。却听到圆圆爸爸说，当后来他们夫妇俩得知这一情况，便狠狠地训斥了圆圆，责怪圆圆不懂事：都要上小学了，还不明白事理。婆婆爷爷年岁大了，周末，让婆婆爷爷那么辛苦，不怕婆婆爷爷病倒，或是摔倒受伤？那圆圆不就是罪魁祸首？年轻的父母认为，老人如此对待孩子，也不是什么好事，会让孩子变得任性、娇气、不理解人，着实担忧。只是老年人退休后，可干的事情少，带孙子，有事情忙碌着，觉得充实，而且看着孙子慢慢长大，也获得了成就感。无论孙子孙女，还是外孙外孙女，老人们只要说起孙辈是他们带大的，便一脸的幸福，仿佛人生重过了一遍。

圆圆爸爸又说，圆圆在他们两口子的面前，不会这样任性。当圆圆表现得很不懂事，他们可没时间迁就，只会厉声责备，甚至采取"粗暴"的方式应对。比如，圆圆睡懒觉赖床，明明睡醒睁着眼睛了，就是不起来，他们夫妇俩，或是其中一个，便会拽圆圆的手和胳膊，硬拉起来，绝不会像婆婆爷爷那样有耐心，更不会像婆婆爷爷那样，老顽童似的，跟圆圆表演天真烂漫。

圆圆爸爸说得认真，杨青松却听着开心，心想，中国人常说，六十为一甲子，六十岁过后的老人，就像重新生活一样，返老还童，因此与孙辈相处融洽。但杨青松不知该怎样回答圆圆爸爸，是表示支持他们夫妇的行为，还是对圆圆的婆婆爷爷点赞？最终只得一笑了之，嘻嘻哈哈，既不得罪人，又不致陷入窘境——不会因为生活中没有经历过而显得无知，被圆圆爸爸嘲笑幼稚。

杨青松曾听人说，外国老人，特别是西方的老人，却没有带孙辈的习惯。有的外国老人，甚至当孙辈在医院出生时，作为祖辈，只是到医院礼节性地看望一下，看到母子安好，便万事大吉，拍拍照留个纪念，随即转身走人，产妇和新生婴儿，一概不管。在西方人的观念里，年轻人生孩子之前，要想好应该承担的责任，小孩生下来之后，要负起责任。在西方人的观念中，年轻人生小孩，是年轻人自己的事情，与老人无关，而不能将责任抛给家中的老人，老人没有抚养孙辈的义务。另一方面，在西方，人老了，退休后，靠退休金和保险生活，子女所起的作用是有限的。比如最早实行保险制度的德国，规定德国公民老了之后，如果生活困难，首先申请政府救济，在子女有经济能力的情况下，政府会将所用的救济费用，转为子女负担。换句话说，当子女没有经济能力，或是已经生活在贫困线之下，生活困难的老人便会受到来自于政府的救济，而不是老人的子女的赡养，不像在中国，子女必须承担赡养老人的义务。

在解放前的民国时期，曾经火遍全国的口号：新生活，各顾各。那是西方人的观念，是有事实依据的，我们是学西方人的生活模式。但无论以何种方式推广的新生活，不根据中国国情，而是蜻蜓点水般地行于表面，是动摇不了中国几千年的传统的。因此，命中注定，这口号只能是暂时性的，像滑稽闹剧般，草草收场。传统观念，根深蒂固，长久不衰，现在看来，这也是中国人凝聚力之所在。

老人带孙辈，是当今大多数中国老人的生活选择。现在生活水平提高了，他们退休后，有退休金，有时间有精力的时候，带带孙辈，培养教育孙辈，等孙辈长大，就像是老人自己又重新过了一遍人生，幸福感满满。等孙辈再长大一些，读中学，住校，那时的老辈便抽出时间，组团各处旅游，结识更多的上了年纪的人，也会到国外旅游观光。

如今的老年人生活丰富多彩，比上班族的年轻人更加潇洒：没有工作压力，有的只是游山玩水，长见识长知识。只要身体吃得消，也不乏冒险的老年人：自驾到西藏，翻越海拔5150米的唐古拉山垭口，所到之处平均海拔4500米。还有更为浪漫的：周游世界，坐飞机、乘轮船绕地球旅行，不赶时间，优哉游哉，尽情享受异国他乡不一样的浪漫，弥补前半生的不足。但更多的老一辈，却是待在家里，或是到子女家，照顾孙辈，这是他们的幸福所在，他们是牢固联系一个家族的纽带。

老人带孙辈，是老人的自觉自愿，没有丝毫的强迫——许多年轻人这样误认为。"老人带孙辈，对老人身体好。""老人退休后，有事情可干。""老人带孙辈之事，对老人有百利而无一害。"事实上这些话有失偏颇，不知老人的辛苦和付出。现今独生子女那代人已经长大成人，结婚生小孩儿后，双方父母共四位老人，如果都退休了的话，那带孙辈的事情便会很热闹，甚至还因此发生纠纷，原因是两家老人争着带孙辈。特别是节假日时，更是争执的焦点，当年轻夫妇的家离两边老人都远的时候，便越发地难以调和。每当春节，中国传统的举家团聚的节日，在哪边老人家过节，便成了年轻夫妇难以决定的事，甚至成为闹不和的因素，因为两边老人都喜欢孙辈。现在的老人，并不偏爱，无论孙辈是男是女，老辈们都喜欢。老两口除了安排好自己的生活外，把精力都放在儿女和孙辈身上，因儿女工作忙，无法总在一起，但陪伴幼小的孙辈，是可以做到的，有的老人到外地避暑避寒，也会带上放暑寒假的孙辈一同前往。

但也有人说，现在中国的老一辈，忙完子女，还得忙孙辈，没有自己空闲享福的时间。事实上，不是老人天生如此"命苦"，不愿享清福，现在的中国，特别是年轻人，生活工作压力大，老人不管孙辈，年轻人很难做到圆满。越来越多的年轻人，做了丁克族，而且决心将丁克的生活进行到底——一辈子不生小孩，单单两口子组成家庭生活到老。有的年轻人最终有了小孩，却说，要不是有老一辈帮着带孩子，他们是不会要小孩儿的，言外之意，家里老人身体不好，或是不愿带孙辈，年轻人也不会要小孩子。从这个意义上讲，老一辈是否能带孙辈，或多或少会对中国的下一代产生影响。

四、风筝

圆圆爸爸已在山城都市开车多年,算得上是老司机,对都市的道路了如指掌。但是初来乍到的杨青松,却对这里的道路感到迷糊:上坡下坡不说,弯道多,隧道多,桥梁也多,一会儿在江对岸,一会儿绕弯360度,为的是转道;一个环形道过来,面前是两条离开地面的高架桥起点,不知晓情况的定会误入歧途。让杨青松不解的是,一座双向六车道的桥面,一车道硬生生地被画成实线,而不是没连接到一块儿中间有空隙的虚线,虚线表示可变道,而实线是不允许变换车道的。据说这样可提高道路的通行能力,可提高车辆行驶速度达七分之一,杨青松第一次见到这样的车道线,不得不对山城都市人的智慧而由衷地赞叹。

如果仅仅是车道线的虚实不同,杨青松也不至于惊讶山城都市道路的复杂。比如经过市中心的一个转盘,有着多达数条的岔道,在进入转盘之前,必须预先选好从哪条岔道转出,不然则会迷路,以至于硬着头皮前行,会离目的地越来越远,要行驶很远的距离,才有机会掉转车头,重新返回原先的转盘,并再次选择出口。如果恰巧司机患有道路选择综合症——有选择障碍,那么就可能出现绕着转盘往来很多次,却一次次地选错。就像一个傻子,在迷宫般的转盘处,无数次地瞎转,却找不到出口。

都市道路的复杂性,还不止这些。两车道的路面,遇到从下面低坡行驶来的车,或是从上面坡道开过来的车,就会陡然间并为六车道。要命的是,这新组建的六车道,不到一百米远便是分岔路,有左转的道路,有下河道的直行道，还有右转的道路。于是，从左边两车道驶来的车辆，司机需要在短时间内至少变换三条车道，才可将车开到右边车道，以便右转到目标方向；要是行驶在最左边的车道，那就需要变换四次车道……是很恐怖的事情，因为每条道路都有直行车辆，阻碍着向左、向右变道的车辆，短时间内如此频繁地变换车道，需要胆识，更需要精力的高度集中。

就这一处地段，就已经使人头晕目眩，方向感完全丧失。杨青松原本也是开车多年的老司机，此刻，却对山城都市的道路产生恐惧。以往在平原的北都，出门辨清东西南北，便是外出一切顺利的方法，但在山城都市，这方法是绝对行不通的，因为不明白车辆是从西到东，还是从南到北，是从上到下，还是从下到上——山城都市很少有距离稍长的直道，更说不清车辆行驶的方向，因为车辆不停地变换着方向。事实上，绕山而行的车道，怎能分清东南西北呢？分辨上下左右尚可，但还不能准确标明车辆行驶的方向。

圆圆爸爸看着杨青松呆愣的表情，笑了起来，说道，在山城都市，出门是不分东南西北的，而是分前后车道或岔路。有时，需要明白是走上坡的道路，还是穿行下河道，这里所说的下河道，不是真正驶向河边的道路，而是在行驶车道下方的车道；在同一水平面上的道路，要分清前后左右，会不会遇到左右变道而来的车辆；对于不在同一平面的道路，比如上、下半城的道路，走路的话，可通过青石板路铺成的台阶相连——虽然实际的直线距离并不远，但是开车的话，却要绕行半个小时，这并不是危言耸听，是居住在山城都市的人们习以为常的事情——如果单从空间上来讲，就在头顶上，或是脚底下，开车却要绕很远。听到这儿，杨青松将信将疑，脸上略带恐惧，张望窗外，看到的却是陡峭的山坡；抬头望上观察，看不到山坡的上方，只见路边郁郁葱葱的树木花草，沿着山坡茂盛地生长。

圆圆爸爸看到杨青松滑稽的样子，忍不住笑出声来，解释说，他们现在要前往位于坡顶端繁华的CBD（中央商务区），即处于山城山顶位置的现代化城区。下半城还有古衙门旧址、古城门、会馆等古建筑。杨青松这才反应过来，原来车辆行驶到了都市的"母城"，也就是老城区，在山城都市人心目中，都市分为上、下半城，而此时，车辆行驶在下半城的车道。

圆圆爸爸又说，车辆前往市中区，那是来山城都市的人必去的地方。

古时陆路交通不发达，进入山城都市，水路最便捷。因此，三面环水、两江围绕的市中区，是老城区，位于古时进入都市的咽喉要道上，也因古时地方官员恭迎皇上圣旨和钦差大臣而得名。当时帝都传出的圣旨，由钦差大臣带着，经过长江水路抵达山城都市，市中区码头便是迎接的第一关。

市中区的地理位置，正好位于两江交汇处，在市中区码头广场边上，可看到一侧江水清澈，另一侧则是江水浑浊，两江交汇，在宽阔的江面上，留下一条长长的分水线，十分醒目，是山城都市的一道天然景观。

圆圆爸爸还说，原先从他家阳台，便可看到市中区码头广场，夜幕降临时，华灯绽放，景色非常迷人壮观，远远地观望，就像领航者汇聚船头，带领都市人们乘风破浪，不畏艰险，勇往直前。后来，圆圆爸爸家阳台的视线，被新建的高楼挡住了，没法看到了。

将车停在停车场后，杨青松和圆圆父子一行三人，便来到市中区广场。圆圆被位于广场上的巨大广告牌吸引，站在广告牌旁，歪斜着小脑袋，端详了好一会儿，并乐此不疲，看来平时圆圆爸爸带圆圆出来的机会不多，也难怪，圆圆爸爸说，圆圆平时跟老人在一起。到了江边的广场处，圆圆凑到一堆卖小玩意儿的地摊边，饶有兴趣地观察：玩偶随着小贩的手指舞动，跳着欢快的舞蹈。不远处，两架飞在天空中的巨型风筝，引起大家的注意。一般来说，巨型风筝的起飞，需要一个长长的跑道，就像大型飞机的跑道一样，但是广场横向短，怎么能使几百米长的风筝飞上天空？几乎望不到风筝远处的末端，只是一只一只地，沿着放风筝者手中粗粗的线，一直延伸到天空。仔细数了一下，大概有三十多只，每只的体形比成年人大，这些风筝，被一条长而粗实的线串连着，翱翔在远处天空中。

圆圆爸爸继续介绍，江对面属于江北区，江的另一边则是江南区。在江北面，有着都市标志性建筑大剧院和科技馆。大剧院矗立于江北嘴，沿江与市中区广场对望，模块化的建筑，如积木拼接而成，非常具有特色。大剧院旁边的科技馆，则像巨大的扇形的水晶宫，晶莹剔透。

江南的滨江路，往来穿梭的车辆，来来去去，或聚集在交通灯前，或畅行在道路上，或停泊在寺庙广场。圆圆爸爸说，那是全国重点寺院，有着西南地区第一棵菩提树。树龄近两千年，寺院中的玉佛、金刚杵、千佛衣、藏经、菩提树并称为五绝。寺院尽管地处繁华区域，却不失清幽、宁静，人们在其中悠闲漫步。

江中，蓝色船底的两艘巨船，是挖沙船和运沙船，不停地在河道中开采，好似挖掘永不枯竭的宝藏。江对岸边，白色大游轮，好似巨大的白色蛋糕，吞噬着观赏两江美景的游客。身后，矗立的几座巨型塔吊，像一群螳螂挥舞着长臂，堆砌修建着，不久后，崭新的建筑将出现在人们视野中，与市中区广场一起，带给人们更加震撼的视觉冲击。

平视远方，橘红色的大桥，将市中区、江南区和江北区相连。双层结构的大桥，下通轻轨，上行汽车，由于观看的距离远，加上江面起了薄雾，桥面上的汽车、桥下层的轻轨列车，是如此的暗淡。客车永远行驶在列车的上方，虽然沿着相同方向行驶，却是永远平行的，永不汇合，互不相见。就像是两世相隔的情侣，奋勇直前，不停奔波，毫不怠慢，不知疲惫，心无旁骛，却无法牵手，永不相见。杨青松触景生情，眼神发呆，思绪万千。

不时从空中传来轰鸣声，那是客机掠过，渐渐地消失在远处的天边。坐上飞机，仿佛就可伸手触天，就像立地顶天的盘古，瞬间感受到人类的伟大。

头顶飞过的客机，江中出现的挖沙船和运沙船，橘红色大桥上飞驰的汽车和轻轨，重建的市中区广场，现代派的几何造型的大剧院，以及滨江路川流不息的车辆，幽静的寺庙，彰显着都市的繁华喧闹，却更显佛庙的清幽和静谧。寺庙、碧墙、天空、车道、河道、江岸、大桥，好一幅美不胜收的画卷；静与动，水中、地面、天空，好一幅立体的画卷，震撼着人们的心灵。

这时，圆圆站在广场中央，大声地喊着爸爸，将两位成年男人的注意力拉回到了广场上。圆圆爸爸给摆出各种造型的圆圆拍照，忙得不亦乐乎，而圆圆时不时向着相机镜头做鬼脸，父子俩十分开心。这欢乐的气氛，感染了杨青松，使得杨青松对此产生羡慕之意，越发觉得女朋友付静不该如此无情地离开，独自出国而去，像是未考虑杨青松的感受，将杨青松弃之不顾，这也是杨青松不能原谅之处。

漫步于市中区广场，观看嘉陵江和长江交汇——两条不同颜色的江水，一条清澈碧绿，一条浑浊带着大量泥沙，在广场码头前方相聚，相交处形成一条长长的分界线。两条江水的力量在此合二为一,滔滔不绝,奔流向前。广场上,清新的江风吹拂着人们脸颊,江岸边人潮涌动,观赏着眼前江水的变化、对岸的风情、远处起伏的山峦,面对美丽的风景,感慨岁月流逝,人生变化莫测。

"天热,晒不晒?"看了看手表的时间,圆圆爸爸问身边兴致勃勃的圆圆。

"想喝水。"圆圆说。

"赶紧喝,晒成肉干了。"圆圆爸爸将带在身上的一瓶纯净水递给圆圆。

"没有。"圆圆一本正经地回答,目不转睛地望着爸爸,仿佛不这样,便会真的变成肉干似的,表现出孩童的天真可爱。

父子俩拍完照,与杨青松会合。

"中午就在市中区吃饭。"圆圆爸爸对杨青松说道。

"表姨和表姨父他们还没来。"杨青松担忧地说。

"马上就到,车已经在来的路上了。"

"表姨父会开车?他都那么大年纪了。"

"不,不,"圆圆爸爸连着说了几个"不"字,"是圆圆妈妈开车送他们过来。"

"你两口子都会开车?"杨青松听说圆圆妈妈开车,有些惊讶。

"嗯,"圆圆爸爸回答得很平静,"他们一会就到。"

"我连这儿方向都弄不清楚,"杨青松说,诧异于圆圆妈妈作为女人,空间方位感理应不强,却能在山城都市这么复杂的道路穿梭自如,"一会儿上行,一会儿下行,一会儿转街串巷,一会儿高架,一会儿隧道,弯道岔道很多,确实容易迷路。"

"久了就自然而然地熟悉了,都是这样的,"圆圆爸爸似乎看出杨青松的心思,"我刚开车时就迷了路,绕了很大的圈子,从江的南岸,踩一脚油门,便开到其他区域,连怎么跨的江都不明白。还有一次,原本从江南的滨江路,到位于身后的南山,却不知咋的开到了江北——江南与江北之间有江河隔断,只有从大桥上才可通过,都不知道怎么开过的大桥。而返回江南,从一条从未行驶过的路,凭着导航和副驾驶位置人员的指引,转了八个右转弯才到南山，好几次差点错过岔道口，幸好副驾驶位置有人，不然，光看导航，很容易转错路。"

八个右转，才到身后的山上，听着挺滑稽，也很恐怖。然而这么复杂的路段，这么魔幻的道路，却被生活在山城都市的圆圆爸爸，轻描淡写地讲述出来，仿佛见怪不怪了。

"不是有导航吗，怎么不按导航行驶？"杨青松问道，觉得很好奇。

"转弯太急，根本就反应不过来，那天要不是坐在副驾驶位置上的人人工辅助导航，车不知会开到哪里，转多少个弯。"

一个岔路错过，便得转八个弯才可到达，还是没有再转错道的情况下，想想都不可思议。大概对于圆圆爸爸来说，也是极少遇到的事情。杨青松晕了，究竟哪是哪，已经记不清了，只是觉得山城都市的道路相当的复杂，在导航的指引下也难免出错，看来，要在山城都市开车，迷路是常事。

离市中区广场不远，拐几道弯，便来到一处中式屋顶模样的建筑，远远地看过去，像是一处中式凉亭，屋檐翘角上翻，如展翼高飞。在外面不大的空地上，有一处雕塑，巴渝风吊脚楼，也称为巴渝文化的"活化石"——吊脚楼群像，沿山而建的建筑群，层层叠叠，颇具特色。

在来市中区的途中，圆圆爸爸曾说过，市中区分为上半城和下半城，这座11层的仿古建筑，便将上下半城连接在一起。进入电梯便看见标志"11"（层），杨青松有些疑惑，难不成是什么标新立异，或是语不惊人死不休、雷人的标题党，还是楼层不按常规排序？电梯启动，一直往下行，有人出电梯时，从敞开的电梯门看出去，每层都有商业门店，琳琅满目的商品各具特色，美食、玉石珠宝、土特产等，原来这里将餐饮、休闲、娱乐、保健和特色文化购物等有机整合在一起，形成了别具一格的"立体式空中步行街"，是山城都市最具有层次感的大型商业建筑群。

山城都市的人们，很是挑剔，美食还需美景相伴。圆圆爸爸说，他电话预订了靠窗边的位置，坐在窗边朝下观望，便是清澈江面。滚滚江水奔涌向前，与山城都市人们那直肠子性格很是吻合。人们说黄河十八道弯，那么的缠绵，与西北汉子的耿直正好相反。山城都市的江水，几乎没有转弯，总是奔流直前，就像充满能量的骏马，永远奔驰着，毫不畏缩，无论遇到什么。

江岸、江风,古香古色的餐厅,木质的地板和座椅,深沉而稳重,就像回到气派华丽的传统中式的老屋。等候在堂屋中的人们,盼望着长辈的到来。

杨青松被景色吸引,圆圆却跟他爸爸讨论起比较"专业"的问题,那就是圆圆画画的素材。一位幼儿园大班,还未上小学的孩童,这么认真地探讨着自己的"大作",杨青松觉得有趣。因为圆圆准备画的,不是一般的小景物,熟悉的人,如父母,或是居住地附近的花花草草、小动物什么的,这也是大多数与圆圆同龄小孩子的"大作",而圆圆这次要与众不同。

"你可以自己先想一想,构思一下。"圆圆爸爸耐心地指导圆圆。

"我想画风筝。"圆圆坐在椅子上,小声地说道,听起来有些胆怯。

"哦,飞在天空中的巨型风筝?"

"嗯。"

"能看得清楚吗?"圆圆爸爸关心地问,像位老师,正在认真地讲授课程。

"嗯,要全画下来呀?"圆圆抬头看了看爸爸。

"可以不画那么多。"

"哦,那要画多少呢?"圆圆天真的脸庞,像是在求助。

"想画多少就画多少,不一定全部都画完。"

"还要画人?"圆圆想了想,又说,像是拿不定主意。

"可以呀。"

"那还画什么?"

"你看到了什么?"

"很多呀,船、水……"

"水可以不画,水在广场下方,方向不好把控。"圆圆爸爸说。

"哦。"圆圆认真地回答了一声。

此时,电话铃响起,圆圆爸爸拿起手机看了看,对杨青松说:

"到了,他们到了。"

杨青松明白,圆圆爸爸是指表姨和表姨父他们到了。圆圆爸爸的样子很是兴奋,拿着手机到外面迎接。杨青松起身想跟着一块儿去,圆圆爸爸劝其留下照看圆圆。

杨青松和圆圆相对而坐。圆圆由于人小个子矮，坐在椅子上，头比餐桌稍高，小小的身体完全隐匿在桌面下。先前刚到餐厅时，圆圆爸爸将成人坐的椅子往后挪了挪，圆圆便爬上座椅坐下，然后，圆圆爸爸将座椅连同圆圆一并推到餐桌旁。由于圆圆人小，圆圆爸爸担心圆圆够不着餐桌，便往餐桌下推近一步，使得圆圆和座椅一并塞入餐桌下，只露出一个脑袋，又给圆圆加一个小凳子在餐椅上，以增加圆圆的高度。但圆圆不愿意加小凳，因为坐在加了小凳子的座椅上，就不能随意动弹……几经折腾，圆圆最后还是接受了。

"你要画的画想好了吗？"还是作为成年人的杨青松打破僵局，开口说话了。

"嗯。"圆圆的回答很简单。

"画巨型风筝？"

"嗯。"

"为什么不画花草和小动物？那可是小朋友们最喜欢画的。"

"那，"圆圆停顿了一下，"太简单了。"

"哦，"杨青松对回答有些意外，"画好了就不简单了。"

"小朋友们都画那些，没意思。"

"咦……"

圆圆的回答再次让杨青松感到意外，这不是小人大智慧嘛，要不然是小孩子咿呀学语，模仿成年人的话语。

"是爸爸让你画的？"

"我自己想画。"

"不是爸爸要求你画的？"

"嗯。"

"为什么想画复杂的？"

"想嘛。"

"自己想画就画？"

"嗯。"

"万一你画出来，评委老师看不懂，咋办？"

"那就让评委老师看懂呗。"

"相信自己能力？"

"嗯。"

圆圆使劲点着头，那自信满满的样子，大有初生牛犊不怕虎的姿态。

圆圆小小的年纪，便能明白自己想要什么，而杨青松感到自己已过而立之年，却不知自己究竟想要的是什么——工作忙碌的时候，便什么都不想，而一旦清闲下来，便不知所措。与女朋友付静这种若即若离的现状，让杨青松不知该如何面对，只是双方都没承诺，也让杨青松感到心累，既舍不得，又无法面对。就像有一汪泉水，被积蓄在山顶上，四处悬崖峭壁，使得山下饥渴难耐的生灵无法逾越阻碍、无法企及、无法饮用。那种焦灼，实在不好受，却无法忘怀，内心备受煎熬。

杨青松的思维不停息，只是一边的圆圆全然不知，安静画着画。

圆圆爸爸一行已经走进餐厅，杨青松立即站起身来准备迎接。餐桌对面的圆圆，也想学着杨青松的模样，要站在地板上，被杨青松阻止了。

圆圆爸爸走在前面，身后跟着一位穿着浅色衣服的老人，个子比圆圆爸爸稍矮，也比圆圆爸爸显得单薄；老人身后，一位皮肤白净的女子，与一位上了年纪的老太太，边走边说着话，紧跟着走进餐厅，来到餐桌旁。杨青松已经站起身等候，圆圆依然坐在餐椅上，抬着头，一双小眼睛往上瞧，伸长脖子，以增加高度——由于座椅的缘故，圆圆自己脚挨不到地面，无法起身。圆圆爸爸看了一眼圆圆，然后将杨青松介绍给家人。

"长这么大了。"老太太打量一番杨青松，说道。

仿佛表姨的记忆中，杨青松还是乳臭未干的小儿，即使表姨从未见过杨青松本人，只是与杨青松的父母经常联系，保留有杨青松小时候的照片。

圆圆爸爸的家人一一与杨青松见面，寒暄一番，表姨和表姨父坐下，紧挨着圆圆，圆圆爸爸妈妈则与杨青松坐到了对面。

"圆圆要稳重。"圆圆妈妈对圆圆说。

圆圆看了一眼妈妈，小嘴唇微微上翘，有些不满，似乎妈妈的补充话语使他形象大跌。圆圆妈妈坐在圆圆爸爸身旁，与圆圆之间隔着桌子。

"本来就是嘛。"圆圆妈妈说道。

"上小学了，就是正式的学生了，而不是小朋友了。"表姨一边给圆圆挑选着喜欢吃的菜，一边说道。

"嗯。"圆圆很是自豪。

"平时你妈都忙什么呢？"表姨问道。

"已经退休了。"杨青松回答。

"在家煮饭？又没有孩子带。"

"忙着呢，"杨青松说，"比上班还忙。"

"跳舞旅游？"

"嗯，倒是挺充实的。"

"退休了，身体好，可到处走走。你爸还在上班？"

"也退了。"

"你爸妈不操心你？快三十岁了吧？"表姨说道。

"已经过了三十岁了。"

"怎么，不想结婚？"

表姨神秘地问道，杨青松笑了笑，没作答。

圆圆爸爸看杨青松表情有些不自然，觉得有难言之隐，不便说，于是插话道：

"这里的夜景挺不错的，沿山而建，11层，灯火通明，层层叠叠，跨江便是位于江北的大剧院和科技馆，很具特色；挨着江边，可近距离欣赏江水流淌，江风清新，在很热的三伏天，吹着江风，很是惬意，也可到江边喝茶品咖啡，享受悠闲清静的生活。与人头攒动的景区，路边拥堵的车辆，咫尺相邻，却天壤之别，这才是闹市中的福地，清闲幽静，只观江河风景，不受嘈杂喧嚣，宛若世外桃源，却又不远离红尘，闹中取静。"

圆圆爸爸一口气说出来的话，宛如精心准备的台词，不带一点儿停顿。杨青松看着圆圆爸爸，一句话也说不出来，也不知道说什么，因为没来过，无从知晓感受，只是感到很好奇，真想体验一把。

此时老人们的表情却很平淡，像是已经习惯。

"爸爸明天要出差，今天圆圆就跟婆婆爷爷住，好吗，圆圆？"表姨对圆圆说道。

"爸爸妈妈也过来住吗？"圆圆说。

"你们晚上过来吗?"表姨问道。

"我们还有事儿要忙,他还要到公司去一趟,明天一早又得上班,过来住,开车不方便,我们晚上就不过来住了。"圆圆妈妈说道。

"其实我们两家相隔不远,原本想着我们不开车,就没买车位,现在才觉得不方便,主要是年轻人过来,停不了车,走路耽搁时间,不像我们退休了,时间充足。"表姨解释道。

大家吃过午餐,圆圆爸爸自告奋勇要送杨青松返回,因此,其余人,搭乘圆圆妈妈的车回家,走到电梯口,便分手了。之所以在电梯口就分开,是因为圆圆妈妈是从市中心的下半城开车过来,到了后将车停在地下车库,也就是B1层;而圆圆爸爸带着圆圆和杨青松,却是在上半城的市中区广场游览,将车停在11层上街面的停车场。吃完饭,杨青松和圆圆爸爸乘电梯时,需要往上行,而圆圆妈妈和表姨、表姨父、圆圆,都要乘电梯往下行。

一家子出来吃顿饭,因为不是一起来的,就要在还未出餐厅大楼便分手告别。前几秒还热热闹闹的场面,圆圆向爸爸撒着娇,现在却要一本正经地与爸爸告别。就在短时间内,团聚告别,杨青松觉得无法适应这节奏。谁知下一秒又会是什么?杨青松心里想着,但看到圆圆那习以为常的样子,杨青松感慨小孩子的适应能力真强:如此小的人儿,却如此适应这多变的环境,从心里感到佩服。

此时,杨青松想,要是有人住11楼,窗外有人影晃过,别以为是在做梦,或是发生幻觉,遇到蜘蛛侠?实际为11楼临街,换句话说,街道就在11层楼,1楼临街,沿山而建的建筑的11楼同样也是临街,这就是山城都市老城区的上半城、下半城的奥妙之所在。而这种情况,在城就是山、山就是城的山城都市,并不少见,山城本地人对此毫不在意,反而到了外地,看见一马平川的城市,倒觉得不可思议。而对于外地人来讲,特别是第一次来到山城都市的人,十分惊叹这魔幻般的立体都市,就像现在的情景,需要上升到11楼开车。

"就这么与儿子分手,心里受得了吗?刚才圆圆还缠着你呢。"圆圆爸爸将杨青松送往公司的路上,杨青松说。

"没事儿,我一会儿还要过去。"圆圆爸爸回答道。

"也不远，我打个出租车回去就行了。"

"你刚来这儿，还不熟悉环境，再说，有车将他们送回家，没事的。"圆圆爸爸说。

"你两口子一人开一辆车，天天开车，不就不在一起了吗？"

"平时上班都开车，周末，一家子一辆车就行了，一般是我开车多，但遇到我有事，便是圆圆妈妈开车，就像今天。"

"这里，两口子都开车的多吗？"

"多着呢，这才叫平等。我们也不是开的什么豪车，一般的代步车，也花不了什么钱。"

"不是钱的事情。"

"那有什么可担心的？"

"别人都说，车是男人的玩具，要是女人都玩车，而且玩得挺好，还要男人干吗？"

"各有各的作用。要是不开车，坐公交车，或是搭乘轻轨，挤车是很头疼的事。现在，都市的轻轨世界闻名，技术出口到好多国家了。就拿高峰时期来说，一两分钟就发一趟轻轨，"圆圆爸爸越说越激动，"虽然现在人们素质提高，都能自觉排队上车，但乘客太多，轻轨车上实在是太拥挤，常常被挤得脚都落不到地。"

悬着？杨青松心想，圆圆爸爸说话有些夸张吧，那用什么来支撑悬空的人？旁边的人？但也足以说明其拥挤。杨青松不再说话了，心想还是有辆车方便。可转而一想，自己在山城都市待不了多长时间，不想买新车，于是问道：

"要是我想开车咋办？"

"出去玩呀？"

"不一定。"

"可借车呀，周末我们可借车给你用。"

"老是借你们的车也不方便。"

"油费你得自己出。"

"那当然，可……"

"要是你明天马上想开车，我可以把车借给你，反正我出差去外地，用不着车。"

"也不能长时间借你们的车。"

"那有什么。"圆圆爸爸一副满不在乎的样子,显示出山城都市人特有的直率性情。

"平时上班你两口子不都开车吗?"

"哦,你是说你不能天天开车。"

"那倒不是天天需要开车,因为说不定什么时候就要开车,有一辆自己可开的车就好了。"

"随时可开的车?"圆圆爸爸觉得这话有些难懂。

"想用车的时候,就有车用。"

"你在山城都市长期待吗?要是时间长,买一辆代步,也挺好的。"

"我在北都有车。"

杨青松说,心想他的车并不比圆圆爸爸的车差,只是是否将车托运到山城都市,还拿不定主意。因为办公事,可用分部公司的车,还有专职司机,而在山城都市,除了圆圆他们这门远亲也没别的亲属,除了工作以外,无须太多的走动,并且住处离办公地点很近,隔一条路上了斜坡便是,也不用开车上班。杨青松之所以提起用车之事,是因为与圆圆爸爸妈妈都是同龄人,见别人在道路复杂的山城都市开车很顺,也有一种想试试的冲动,毕竟年轻,大胆尝试是天性。

"想把车托运过来?"

"还没定。"

"上班远吗?"

"不远,就在公路对面。"

"隔一条公路,很近嘛。"

"还要走一个斜坡。"杨青松解释道。住地门口就是一条长斜坡,不同于北都,北都可谓一望无际的平原。

"要是开车上班的话,开车快,还是走路快?"圆圆爸爸问话直接。

"应该是走路快,开车堵车不说,还得等几个红灯。"杨青松回答道。

"工作需要自己开车吗?"

"有公司的车。"

"也就是平时不用车,也没必要将车托运过来,要是没有停车位,停车都困难,停车远了,用车也不方便。"

"住地附近没有停车位了,停车位早被住户买完了。"

"这样,反正待的时间不长,平时也不怎么用车,有事要用车的话,说一声,我将车借给你。"圆圆爸爸说,"我这车不嫌弃吧?"

"这车挺好的。"

"代步,或是出去玩,足够了。"

"我暂时还用不着。"杨青松说,"没车不方便,我在北都出门都开车的,一下子没车可用,觉得不习惯,比如出去办事,或是参加聚会。但要是在山城都市开车,还得熟悉环境。"

"这也不难,现在车上有导航,按导航开,一般情况下,是没问题的。至于有事要出门办理,有出租车、网约车,挺方便的,哦,"圆圆爸爸像是想起了什么,"都市还有共享汽车。"

"共享汽车?"

杨青松有些惊奇,除了自己开车,还乘过出租车、网约车、租赁车(到出租车公司租车用),甚至拼车,却没乘坐过共享汽车,难道是另一种从未见过的用车方式?杨青松有些好奇。

"共享汽车,与共享单车相似,采用软件扫码形式获得,可随时随地租用,属于迷你适用车型,作为代步车,是很好的。"

"哦,是共享汽车,现在北方也要开始推行了。"

"山城都市前两年就开始推行了,现在满大街都可找到这种两座、四座的车,有使用汽油的,也有电动的,不仅有国外品牌的车,还有众多国产车。"

"哦,倒是用起来挺方便的。"杨青松说。

"那得看你用车的位置,起点和终点是否正好有共享车的停车位,要是都合适的话,比坐出租车还便宜,挺方便的。"

"嗯。"杨青松赞同圆圆爸爸的话。

五、买车

　　近期有消息说，政府将对私家车限购。当今社会，人们不会再为柴米油盐酱醋茶担忧，却有着更担心的事情，比如汽车、住房的限购等，而买车买房的话，花费都不会是小钱，这些应该算是普通家庭的头等大事。比如换房居住，原先由于资金短缺，买了一套小房子，满足刚需，后来手头宽裕了，需要提升生活品质，改善住房条件，于是想换一套面积大的房子居住，这便成了一家人的大事。有些积蓄，却又担心限购房屋的政策一旦颁发，买房的门槛定会提高，越发地难买，甚至连回旋的余地都没有——这不是钱的问题，因为即或有钱，有充足的购房资金，如果突然颁布了新的政策，政策规定不允许购买多套房屋，那不就是有钱也买不了吗？况且，这种政策的颁布，为了防止有人在短时间大量囤积，造成社会动荡，不会预先透露丝毫的风声。这不同于其他行业标准的颁布，从征求意见、拟定、初稿、审议、修改，到最后的正式文件，往往需要数年，乃至十几年，而且在正式实施前，还会提前几个月，甚至半年的时间，全国范围通告，为的是让广大群众有充足的时间，去熟悉了解，便于标准的贯彻执行。

　　限购令，无论是针对汽车的，还是房屋的，却恰恰相反，在制定时，会广泛征求民众的意见，但颁布时，却是云雾缭绕，民众猜疑纷纷。人们预计的时间，偏偏不出现，而在等待的过程中，在人们渐渐忘却、不再想的时候，在房屋价格疯长，或是私家车保有量猛增，销售大好的情况下，突然颁布新政策，抑制这种近乎疯狂的涨势，而且立即执行，让不知情者纷纷受限。

例如已经签订房屋购买合同，而且到了房管局办理，排了一天的队，前面就剩一位顾客，马上就要轮到时，却恰好到了下班时间，就因几分钟的延迟，导致事情发生根本性的变化。因当天晚上出台新政策，限购令颁布，并且从颁布时间开始便立即执行，使得第二天的办理被迫告停，房屋买卖取消。而向房屋开发商预交的定金，也只能等退费手续完成后返还，购房者无可奈何。这种事情无法预测。政府为了防止一旦消息泄露，市场搞突击、暗箱操作，半夜三更办理过户手续，弄虚作假，赶在限购令执行前将文件办理完毕等违反规定的操作，造成社会不安、人心不稳，因此，选择在人们毫无准备的情况下，颁布限购令，让任何人都没有机会搞特权，也防止了社会混乱。

之前听说别的大都市，想买房之人，却遇到限制房屋购买的政策颁布——限制了购房者的自身条件，如本地户口还是外地户口，有房还是无房首次购买，而且提高了买房的成本，以及向银行贷款的成本，使得颁布新政后，再买房，却发现已经买不到了。因此，一听说将要限购车辆，曾岳红便有了买车的想法。

一年前，山城都市便有小道消息宣称即将出台汽车限购令，被人们传播得好像限制汽车购买的政策会立即出台并执行。使得山城都市政府的相关人员随即专门做了解释，说山城都市的市内交通，上下班高峰时期拥堵，是在个别地段；由于设置规划布局的不合理，造成车辆行驶缓慢，再加上道路施工维修，或是市政府管网改造，占据道路，极易造成堵车现象。但山城都市市内的平均车流速度，还是高于北京、上海、广州等许多大城市，汽车的人均保有量，与上述城市还有着差距，因此，暂时不施行限购计划。

虽然有政府相关人员出面辟谣，但限购车的谣传却越演越烈，甚至传出具体的时间，造成人们争相购买汽车。随着时间的推移，限购令并未颁布，谣言不攻自破。但也给那些持币观望的人敲响了警钟：限购是必然趋势，毕竟都市的容量有限，不可能无限地扩张。换句话说，想买车的人，可下决心了。

因此，各种关于限购汽车的消息满天飞，如果什么都不做，抱着侥幸的心理，也不是事，特别是那些还未购车的人，担心一旦限购令出台，买新车的愿望便化为泡影。于是，人们抓住这"最后"的日子，表现出对购买汽车的极大愿望，纷纷拥到车辆展销会，看车选车买车。

　　清晨，从城市的南边，乘轻轨列车，经过三十多座停靠站，换乘三次，才到达位于城市北端的展馆。在最后一次换乘时，曾岳红发现站在对面的两位高个年轻女生，穿着薄纱长裙，戴着长长的假睫毛，浓浓的眼线，使得眼睛显得特别大，她为狭小的脸颊托起了如此的巨眼而感到惊讶。更加惊奇的是，两位美女的眼瞳很特别，虽然也是黑色的中心与浅棕色的外围，但如绿豆般大小，硕大的白色眼底，像斗鸡眼似的，显得十分滑稽。大概是车模表演的装扮，曾岳红没多在意。

　　位于山城都市北部的汽车展览馆，举办的这一场规模庞大的车展。八个展厅，外加进门的正中央大厅，全都是各式各样的豪车、名车以及新上市的车型，各家厂商打着各种优惠的招牌，明码标价，高悬于汽车上方，让过往的人们一眼便可知晓。在展示大厅和大厅外围的车辆，各色各样，鳞次栉比。展厅外围的车辆，虽有玻璃穹顶遮风挡雨，却没有炫目的灯光，没有灵动的展台，没有车模以及明星的呐喊助威，只是孤零零地并排停放，扩音器里的宣讲，好像底气不足似的，均是价格和性能算不上中高档的低端车型。展厅内，豪车云集，各厂家的高音喇叭震耳欲聋，高挑艳丽的车模们，或斜倚在名车旁，或三两随着节拍走动着。厂商还邀请名人到场助威，或是将上百万的豪车摆在醒目的位置，吸引人们的眼球。虽然在展会的第一天上午，豪车就已被人订购，但车还留在现场，于是不乏好奇的人，钻进驾驶室乘坐、感受一番——尽管明知买不起，但试乘一下富人才能拥有的车辆，暂且满足了渴望成为富人的愿望。更多的人，理性对待，驻足观望，仔细观看豪车的优势之所在：为何价值上百万，其外观只是在尺寸上比别的车稍大些而已，但内部构造和配置，无论是技术含量，还是使用的材料方面，确实要高档许多。

　　从汽车展览馆的中央大门进入，便是二手车展厅。众车如新车般锃亮，要不是车的前窗玻璃上，黑底白字醒目地写着优惠价多少，而在其左下角，细小得几乎忽略的字标明原车价多少，当人们第一眼看到，平日里遥不可及的豪车，此时居然以亲民价格出售，不禁怦然心动，还以为是车展的优惠价。这些二手名车、豪车在不大的空间聚集，让参观的人们在短暂的时间里，近距离观赏到，甚至少数车辆还让参观者进入驾驶室，亲身体验驾乘豪车的满足感。这些车在做了美容之后，表面上与新车一模一样，但一看清是二手车，尽管好奇观看的人不少，却没有哪一位出手购买。

对二手车不敢购买的主要原因，是担心车过去有着不同程度的磨损，对以后的使用有影响，还有车的原主人是出于什么原因要卖车，其关系、债务、车况等诸多因素尚待查明。尽管各家二手车都表明没有出过车祸，人们只是观看，却无人问津，虽然二手车的展厅位于正中，是进入展览馆的必经之地。第一次到展览馆的人，当看到中央大厅装饰华丽，二手名车豪车整齐排列，大厅外却是国产低价车型，便觉茫然，怀疑展会的主题是否就是为了推销二手车。其实，如果仔细阅读车展的宣传资料，便可明了远不止一个中央展厅，而是以中央展厅为中心，像人字形排列的展馆。

新车展厅内热闹的场景，与二手车在中央展厅的受冷落的情况截然不同。二手车展厅就像是静谧的停车场，连工作人员都难以看到，只是有些车辆静静地待着。新车展馆则高音喇叭大势宣讲，名人亲临，车模互动，工作人员站在展车旁耐心讲解，极力向顾客推荐，给前来参观的人们赠送小礼品等，大造声势。

先前戴美瞳的两位高个子美女，在车展会场没有发现，曾岳红想，或许是在展台上，已经无法辨认出了。

逛展会，由于长时间走动，觉得腿有些酸软，驻足歇息，掏出手机看看时间，却发现有五六个未接电话，查看才知是同事打来的——原本相约一起来看车展，却因住址相距太远而分别到达。

展会大厅里，各家展商激烈地竞争，高音喇叭不断，手机铃声响起却丝毫没有察觉。拿起手机，与扩音器的高分贝声音抗争，无奈手机声音被淹没，只勉强能听清一两句话，用尽全身气力说着普通话，这种情况下，要让对方明白，一句话往往需要反复多遍才行。由于分别在展厅的东西角，相距较远，于是，电话中互相问候几句，询问对方中意的车型，却得知观展许久，都未有中意的。同事是与老公一同来看车的，买车的愿望更强烈，因此，在车展上就一心想着订购到优惠力度大、价格便宜的车，但一直徘徊着。双方互通消息后，又各自在展会上观看比较各大厂家的车型。

曾岳红见到同事，气色很好，皮肤白皙中泛着天然的粉红，却在头顶露出白色发根，发福的腰围，不加修饰的衣着，不知道的，第一眼会把她当成中年大妈，而白皙光滑的肌肤，显得同事平日里保养很好。曾岳红皮肤红黑，像是在阳光下过度暴晒，如果是男性，会显得英俊健康，而在一位身材苗条、五官清秀的女性，却显得不同一般。同事说，下班后在家做饭的结果，加上平时缺乏锻炼，便身材走样，膀大腰圆。说完笑起来了，轻松愉快，就像在说别人。

逐一将展厅参观完，已在车展逛了三个多小时。同事的老公与汽车销售计算车价，同事却在一边旁敲侧击，说着谁买的车多么的优惠，意思是能讲到更优惠的价格，而同事的老公却说那是小钱，看准了的车型，只要大体差不多，几十万终将花出去，何必在意几千元。

曾岳红不愿在车展上匆匆订购车辆，而是将车展作为样本，展会后，到看好的车型的实体店，参加团体购买，得到的优惠幅度会更大。

曾岳红的父母，是普通工薪阶层，就像中国其他上了年纪的人一样，不会开车，也没买车。在市内，出门乘坐轻轨或是公交车，偶尔也搭乘出租车，但不是经常的事，只在遇到买的东西多，又无法拿回家的时候，因为是多家商铺购买，未达到商家规定的送货上门的最低消费额度，所以商家不包送。之所以不在一家店面购买齐全，而是分散购买，是因为各商家打折优惠的商品不同，而曾岳红的父母选择最实惠的物品。

由于是零碎小件，没有大件，曾岳红的父母还能拿得动，只是无法带回家——虽然公交车站就在商场外面，可到达离家最近的车站后，还要步行一段才能回家，这路程说长不长，说短也不短，可在山城都市，处处爬坡上坎，难得见着平地，上了岁数的人带着物品步行，确实吃不消，毕竟岁月不饶人，没有足够的体力。只有在这种情况下，曾岳红的父母才愿意搭乘出租车，将所购物品带回家，这样省力不说，出租车还可以开到居住的楼栋下。现在的居住楼都装有电梯，这样几乎能将物品送到家门口了。

曾岳红的父母生活节俭，不愿浪费。他们这一辈人，经历过物质不丰富的时代，那时的中国，从国家领导人到普通百姓，无不勒紧裤腰带。为了使每一位中国人都能生存下来，国家控制物资的供给，采取限量购买，用发票证来限制生活物资的采购。比如，买粮用粮票，买糖用糖票，买肉用肉票，就连做衣服的布，都是凭手中的布票购买。那时的人们，谁也不会想到"奢侈"这词，能穿上一件新衣服，吃上一顿肉，便是人生莫大的幸福。因此，经历过那个时代的人们，无不珍惜物品，无论是吃的、用的、穿的，都不会轻易扔掉。哪怕是一只烂苹果，曾岳红父母的做法是，将变色的果肉用刀子削去，留下完好的部分继续食用。曾岳红到父母家时，见此情景想阻止，却无奈固执的父母执意坚持，拗不过，只得作罢。

之后，曾岳红拎着一大袋新鲜、颜色诱人的苹果来到父母住处，对父母说多吃水果，有益于身体健康。父母却惊讶曾岳红为何一次买那么多，曾岳红解释说，以后吃好苹果，家里的烂苹果、蔫苹果一概扔掉，不要再吃。却得到父母一阵指责，说是买多了，吃不完，而已有了苹果，不用这么奢侈地又买，搁坏了，还不是得吃坏苹果，至于放蔫了的苹果，吃起来特甜。

听到这儿，曾岳红竟无言以对。想不到自己一片苦心，跑那么远到最大的超市精心挑选的水果，却被父母当作毒药似的，只因父母不忍丢弃旧苹果。本想表示对父母的感恩，送上一片孝心，却被当作驴肝肺般，内心觉得委屈，又不敢表露出来，心里如倒翻的酱缸，滋味难以描述。父母太节俭，自己做事也欠考虑，曾岳红想，要知道父母说什么也不愿扔掉旧苹果，就不会买这么多的新苹果给父母送来。想到因为自己的一时冲动，造成父母吃更多的烂苹果，便一阵难受、心酸。曾岳红赶紧离开，她不愿父母为自己担忧——当心情不好时，曾岳红总是躲避亲人，哪怕是自己的亲生父母。只愿父母见到的是自己高兴的面容。

离开车展时，同事老公已经订车，是一直想买的轿车车型，为的是上下班开车方便。曾岳红并不喜欢轿车，老套不说，过于严肃，相比之下，她像大多数年轻人一样，喜欢偏越野型的车。虽说女性个子小，难于操控身躯庞大的车型，但外出旅游，郊区的路况难免坑洼不平，越野车由于底盘高、通过性好，更适合山间小道行驶。有人给曾岳红建议，作为女性，可以买小型的进口车，如甲壳虫、奔驰的迷你两厢车，既显身份，也便于驾驶。但曾岳红还是选择了一种偏向于在都市内行驶的越野车，也称为城市越野车，简称SUV。这种车，有着与硬派越野车一样的骨架和结构，但从外形上看要柔和些，车厢尺寸、车辆悬挂系统以及轮胎等都与轿车不同，有着轿车不具备的离地间距，在平坦大路上行驶比硬派越野车更加舒适。

逛了几个4S车店，在近乎下班的时间，来到一家位置偏僻的4S店面，说其偏僻，其实并不完全符合实际，只因曾岳红无意闯入，而发现正在搞活动，降价幅度大，店里聚集了许多的顾客。有人在与销售谈论，有人在店里做游戏，有的顾客为了得到奖励，用一升装大啤酒杯喝酒，这些人都是身材苗条、皮肤白皙的年轻女子，连看热闹的男性店员都感慨其"豪爽"，站在一边自叹不如。

曾岳红与销售谈好了一辆满意的车型，价格比其他4S店便宜几千，觉得十分的满意。出了店，准备搭乘出租车回家，却在等候出租车时，与同时等车的一对中年夫妇交谈中，得知他们购买的是同一车型，却拿到更优惠的价格。第一次买车的曾岳红，顿时有种被欺骗的感觉，而中年夫妇却说，买车就是要与销售讨价还价，就像在菜市场似的。这对中年夫妇是老司机，这次买车是准备将家中的旧车换掉，因此，经验丰富。曾岳红返回4S店，责问刚才签订买车意向的销售，为何同一家店的同样车型，却卖了不同的价格。销售得知情况后，大呼不知道，随即说去问问他们的销售经理。得知消息属实，于是，曾岳红也跟着买了一辆"特优惠"的车。

也许有人不在意价格的差别，就像曾岳红同事的老公，见着喜欢的车辆，便急着先开回家，而不是将价格战进行到底，以最低价格获得。只是，曾岳红不经意间的搭讪，却得到很大的"优惠"，就像突然间获得大奖般，十分的高兴。如果不是因为塞车晚到4S店，也不会知道4S店在搞优惠活动，因为4S店只在下班后开展活动；如果第一次走出4S店后，曾岳红没有理会中年夫妇，便不会得知特别优惠的消息，也就不能以最优惠的价格买到车。这一切，就像做梦似的，让原本对买车不熟悉的曾岳红，突然间成了行家里手般，获得最大利益。

回到家中的曾岳红，感到腿脚麻木，身体发沉，瘫坐在沙发上，一时没有了动静。过了一会儿，曾岳红却莫名地想哭，因为想起男友夏雨的离开。

六、心痛

那天夜里，曾岳红回家比较晚，掏出钥匙窸窸窣窣打开房门，原本以为屋子里没人，借着屋外霓虹灯光，却发现夏雨正在黑暗中独自等待，没开灯，没看电视，几乎没有出声，仿佛屋子里没人似的。夏雨就像被忽视的小狗，却不搞破坏，乖乖在家中等候主人的归来。这举动有些反常，曾岳红愣了一下，并未在意，开灯后看见夏雨坐在沙发上有些惊讶，因喝了酒说话不那么利落，笑嘻嘻地与他打招呼，还沉浸在刚刚获得的项目签订权中。

"我今天拿到一个大项目签单。"曾岳红很自豪，仿佛胜利凯旋者。

夏雨的眼珠子随着曾岳红的身影转动，人却坐在沙发上纹丝不动，仿佛雕像般。

"今天比别的项目经理多喝了几杯，拿到了订单签订权。"曾岳红不以为然，继续着述说。

曾岳红高举手臂，向空中挥舞，像是想抓住什么，又像是任意挥洒着什么。

"你喝醉了。"夏雨起身离开沙发。

"你要走了？"原本兴奋的曾岳红，立即变得呆滞。

"你早点儿休息吧。"

说完，夏雨径直地离开了屋子，头也不回，无论曾岳红如何挽留，如何哀求，关门的声音，如钢针般扎在她的心上。此时的曾岳红，是多么希望有人能与她一道分享成功，听她获胜的感言，却不料被冷落。曾岳红不愿这样，却也无能为力，因为此时她十分的疲倦。回到卧室，她一头栽倒在床上，不再动弹，直到清晨。

曾岳红起床很晚，头撕裂般疼痛，特别是两侧的太阳穴。冲一杯咖啡，来到窗前，打开手机，里面有好几个未接电话。昨晚喝酒太多，一倒在床上，便不省人事，虽然酒量还可以，还不至于酩酊大醉、酒后失态，但喝了酒，后劲十足。就像有人喝酒容易脸红，却越喝越多，最后还未倒下；有人喝酒，面不改色，人们都认为很能喝，却不料，突然地倒下，或是一下就言不由己，动作不协调，偏偏倒倒，那就一定是醉了。于是，人们说，喝酒容易脸红的人，看上去容易醉，而实际上却很能喝，在人们的关注中，一杯接着一杯，不见倒下。昨晚回家，酒劲上来，忙碌了一天，体乏人困，一觉睡到第二天近中午。

未接电话全是公司打来的，曾岳红一一作了回复，并告诉秘书薛芩芩，自己要晚一点儿到公司。洗漱一番，简单地吃了一些食物，便往公司去。

踏入公司大门，从前台，到公司管理人员，曾岳红受到了贵宾似的尊重，人人恭恭敬敬地站立两旁，向曾岳红行注目礼。曾岳红感到公司的消息散布迅速，昨天晚上的事情，今天一早，整个公司的人都知晓了。

来到总经理办公室，总经理高兴地说他已经知道了曾岳红的成绩，并说了一声谢谢，当然说这话，就意味着曾岳红会加薪，会有奖赏。只是曾岳红感到疲倦，没有众人想象的那样高兴，而是深深地感到一种空虚，就像翻越一座大山，却不知通向何处，也为昨晚夏雨的离开而感到不安。

总经理问了一些细节，见曾岳红有些疲倦就没有多问，便说要签订合同，准备资料，并做一份详细的报告，越快越好，说是合同签订了，就要按时完成，才算最后胜利。曾岳红强装笑脸，离开总经理办公室。

回到自己办公室，她舒展身躯，靠在靠背椅上，背对办公室门，眼睛朝向落地窗外林立的高楼。虽然近在咫尺，却不能知晓对面楼里的情况，因为对面的窗户都是向上推开的，而不是平常的左右移动，不能平行窥视。夏雨就在对面大楼办公。

心情稍微平静下来的曾岳红，给夏雨打电话，没有为昨晚夏雨的离去而责怪对方，只是问在哪里吃晚餐。夏雨说他有事，晚点过来。曾岳红有些失望，却也没多说，因为还有好些事情正等着她去做。

天色转黑，华灯绽放，大街小巷，霓虹灯、广告灯牌以及路灯等，将黑夜装扮得格外靓丽。如果说，白天的都市是阳光普照，那么夜晚的都市，则是五彩斑斓，就像夜间出动的精灵般，黑夜笼罩下，被装扮得更加多姿多彩。

伏案写报告的曾岳红，此刻舒展了一下双手，抬头看了看天花板，脖颈有些酸疼，便用手揉了揉，长长地舒了一口气，起身望望身后的窗外，夜已深了，对面大厦已经漆黑一片。走出办公室，过道空荡荡的，早已是人去楼空。曾岳红突然想起夏雨，连忙掏出手机打电话，对方已经在家，得知消息后，悬着的心落下了，整个人轻松下来，高兴地说马上回来。

家里并没有灯光，曾岳红怀疑是否有人，夏雨是否等得不耐烦，已经离开了？失落的心情顿时达到了极点。于是拿出手机，想立即拨打夏雨的电话，让对方告知方位，却转而收回，没有按下按键。还是回家看一下再打电话，曾岳红理性地提醒自己。

果不出所料，回到家的曾岳红，开灯后，看到夏雨背靠沙发侧躺着，眼睛对着大门，从黑暗到光明，显然不适应，眨了眨眼睛，望着曾岳红，依然是没有表情，但并不酷。曾岳红认为夏雨不是很"男人"，虽说都市白领不讲究肌肉发达的体形，但他脸庞光洁、肌肤细嫩，总给人一种奶油小生的感觉，其实他身板并不弱，按现在人的说法是很"英俊"。

看到夏雨在家，曾岳红的脸上露出了笑容，她知道夏雨对她一直都很迁就，因此总是觉得亏欠了夏雨，但无奈工作忙，没时间陪伴。

"你吃饭了吗？"曾岳红关切地问，她早已饿了，只是见到夏雨在屋子里，很是兴奋。

"我吃了。"

"我还没吃呢，一忙完就给你打电话，"曾岳红说，"我煮点儿饺子。"

说完，曾岳红将随身携带的包放在一旁，到厨房烧水，从冰箱里拿出速冻水饺放在案板上，顺便剥了几瓣蒜放在碗里，等待水烧开后下锅煮饺子。曾岳红喜欢吃蒜，这在现在的年轻人来说是少见的，因为吃了大蒜后，口中的蒜味久久不能散去，那种辛辣刺激的气息令大多数人反感，但生的大蒜能杀死细菌，对肠胃有益。曾岳红比较注重饮食卫生，因为，忙碌的工作不允许身体不好，一旦生病，哪怕是小毛病，都会难于胜任工作。

"你今天到哪里去了？就一直在家等吗？"曾岳红来到夏雨跟前，紧靠他坐着，双手环绕他的脖颈撒起娇来。

夏雨没有说话，眼神不时地从曾岳红身上移开。曾岳红觉得夏雨不好意思，便肆意起来，用手指尖轻轻地抚摸夏雨的鼻子。

"我可以轻松一下了，"曾岳红自信地说，"项目准备工作基本搞定，就等着签合同启动了。"

曾岳红的手指从夏雨的鼻尖，滑动到了头顶，夏雨没有动弹，不时转动的眼珠子才表明是活物。在夏雨看来，曾岳红是一头野性的猫，任由她在身边。这也是曾岳红喜欢夏雨的原因，不随曾岳红指挥，具有独特的个性，在身边有种依靠感，尽管夏雨的事业不如曾岳红做得风生水起，成就也不及曾岳红，但夏雨身上那股不被征服的性格，那种毫不做作、不骄不躁的品质，正是曾岳红所欣赏的。因此，曾岳红对夏雨百看不厌，十分喜欢。

"水开了。"夏雨提醒道。

曾岳红立马起身，来到厨房，忙着煮水饺。

"你也吃一点儿，我煮得多。"曾岳红端着一盘热气腾腾的水饺，放在茶几上，对夏雨说，并递给夏雨一双筷子。

夏雨摇摇头，表示不吃。

"那我吃了。"曾岳红端起放有调料的小碗，夹起一个水饺，蘸一点儿红油蘸料，便送往嘴里。

"很香的，韭菜馅水饺。"曾岳红一边吃，一边对夏雨说，就像对付一位不开窍的呆子。

"你自己吃吧。"夏雨回答，话音轻柔，却很果断。

"你不看电视？"话音刚落，曾岳红便拿起茶几上的遥控器开启电视。

夏雨用双手揉了揉脸，一张几乎一直毫无表情的脸，只有两眼珠子不停地转，像一对探照灯似的，盯着曾岳红的一举一动。

"我们公司……"曾岳红又说话了。

"你吃完了没有？"但夏雨打断她。

"还没有，快了。"曾岳红加快了节奏，将剩余的饺子一股脑倒进肚里。"我真是饿坏了，一直忙着做实施方案。"

"吃完了，我有话跟你说。"

曾岳红听到此话，心里十分高兴。一直觉得与夏雨的关系该有个完满的结果，却始终停不下脚步，细细安排。曾岳红觉得自己能干，能挣钱，夏雨不用那么操心，结婚的费用她已经准备，只是没时间陪伴，想必夏雨是会理解的。

曾岳红吃完后将碗筷收拾干净，无论怎么忙，家里还是保持整洁，这也是夏雨常来的一个原因。

"怎么了，有重要事情？"

曾岳红回到夏雨身边，心想要是夏雨此时向自己求婚，自己会接受的，在说I do（我愿意）的时候，是眼睛盯着夏雨说，还是平视前方呢？曾岳红没有想好，但不止一次地梦想过这样的场景。

此时夏雨朝远离曾岳红的方向微微挪动了一下，曾岳红有些好奇。

"怎么，嫌弃我嘴里的大蒜味？"曾岳红侧头看着夏雨，一副讨好的模样。

"嗨……"夏雨深深地叹了一口气，沉默了一会儿。

"我们分手吧。"夏雨平静地说。

"什么？！"

曾岳红睁大眼睛，虽不如古书说的铜铃般的眼睛（那应该是牛眼），却比平时的眼睛大了许多，满脸惊恐，仿佛遭到雷击，瞬间呆滞。

"我们还是分手吧。"

夏雨的话语依然平静，却使得曾岳红更加难以接受，仿佛晴朗的天空五雷轰顶，头一下子炸裂了。

"为什么？"

"太累了，我想轻松地生活，我不追求物质享受，哪怕流浪，也是轻松自在的。"

夏雨曾提过要去旅游，可曾岳红一直忙于工作，被搁置。

"要是想旅游，等我忙完这阵子陪你去，你说去哪里就去哪里，国外、高原、东北、海南，都行。"

"我不想等待，等待的时间太久了，人会变得麻木。"夏雨说道。

难怪曾岳红经常看到夏雨神情呆滞，平时都是自己主动活跃气氛。让一位身强力壮的年轻小伙子总是在等待中过日子，曾岳红觉得亏欠夏雨。

"要不，我明天就去请假，陪你去度假？"

"几天后我去沿海工作。"

"出差？"曾岳红不以为然，认为夏雨出差很平常。

"不，是去工作。"

"做什么？"

"做管理，在一家高科技公司。"

"当领导？"

"也算是吧，小领导，基层的。"

"不错嘛。"

"嗯。"夏雨对曾岳红的评价感到满意。

"你调工作，为什么不跟我商量一下？"

"我已经决定了。"

"为了躲避我而去沿海工作？"

夏雨没有回答。

"为什么？我们不是过得好好的吗？"

"那是你的想法。"

"那你是怎么想的？难道换工作得分手吗？不能异地还保持着关系吗？"

"不能。"

"为什么？"

"我不想人在异地还在等待。"

"我最近是很忙，可事情又不能不做，交给别人做，总是不放心。"

"那是你的问题，经常看到你醉醺醺的，很晚才回家。"

"那以后我少应酬。"

"我需要证明自己的能力。"

"那么你去沿海，但还是保持我们的关系，好吗？"曾岳红恳求说。

"我不想这么活着，没有交流，只有等待，像一件旧衣服，想穿就穿，不想穿就扔到一边。"

"我没有，我只有你一个，夏雨。"曾岳红委屈地说，认为夏雨误会了自己。

"你始终以你的工作为主，那么你与你的工作过吧。"夏雨说完，起身准备离开。

"努力工作有什么不好？挣钱多。"

"我也可以挣很多的钱。但我更需要有人在身边，而不是像傻瓜似的被当作装饰品。"

曾岳红明白了夏雨生气的原因：自己忙于工作，常常忽略夏雨。夏雨提起过他的朋友们视他为怪物，常常独自一人，像是求一点感情的乞丐，让自尊心很强的夏雨很是尴尬。原来夏雨是需要一位小鸟依人的女朋友，而不是能力太强的女朋友，就像夏雨所说的那样，生活品质可降低，物质享受可降低，但不能近在咫尺却常见不到面，感情没法交流。

"你需要一位照顾你的人，而我不是。"

夏雨说完，将一串钥匙放在茶几上离开了屋子，留下呆滞的曾岳红，站在那里不知所措。

原来，这几天夏雨来这里，是想与她分手，而不是来关心，更不是来祝贺。人们常说，成功是要付出代价的，但是，她不曾想到，代价是如此的惨重，生活的一半失去了。同时，她也感到很委屈，想发泄一番，却不知从何开始，看到夏雨离去的身影，眼泪禁不住流了下来。随着"砰"一声关门响，眼泪就像开闸的洪水，她再也忍不住，号啕大哭起来。此刻，她突然明白，她失去了最亲密的人，就像从身上割下一块肉，一块心头肉，痛彻心扉。

第二天，双眼红肿的曾岳红，戴了一副墨镜来到公司，还是那样的准时，还是那样的精神。当摘下墨镜，被人问起眼睛为什么是肿的，曾岳红微笑着回答昨晚没睡好。公司的人都知道，这段时间曾岳红经常加班熬夜，很是辛苦，于是关心地说，要好好地休息，曾岳红微笑着，既不肯定也不否定。她不是没想过休息，但想到一直由自己负责的项目，要交予别人来做，心便悬了起来，尽管除了详细的项目进度、项目规范，别人只要照章办事便会顺利完成，但她放心不下，因为她坚信没人比她更懂。

与以往不同的是，下班后，回到空荡荡冷清清的屋子，不免有种孤独感，特别是夜深人静时。煞白的墙面，洁白的大理石地砖，就像毫无生机的画板，将人物定型在上面，冰凉冰凉地，与石灵柩无二。家是一个避风港，当夏雨在时，可以撒娇，有人说话；可当人去楼空后，屋子里的物件和摆设，还留有往日温馨的画面。

为了摆脱这种虚幻的感觉，曾岳红规划了自己的生活，充分地利用业余时间，让自己没有时间沉浸在往日里：上瑜伽课，参加合唱团、同事聚会等。业余生活十分丰富，让她无暇思考，也无暇回忆，回到家中，倒头便睡，直到天亮，仿佛一尊空心木偶。下班后，徜徉于灯红酒绿的街面，和各种热闹的场所，也像忠实的信徒般，过着身心虔诚的业余生活；工作时，穿梭于繁华的街道，熙熙攘攘的人群中，和同事一道，和团队一起，面对挑战，面对对手，也是合作伙伴，为着共同的目标，为着各自的利益最大化，不曾停歇。

直到有一天，在街上遇到身影与夏雨相似的男子，和他身边的女子，两人手牵手，很是亲密，尽管女孩子个子不高，长相平平，穿着打扮不像一位有品位的人，即或这样，也无伤大雅，女孩子依偎在男子身边。看到这一幕，曾岳红的内心被触动了。这或许就是男人们需要的类型，一种依赖男性的女孩子。曾岳红突然失去了支柱，瞬间整个人呆滞，开始重新感到孤独，心痛难忍。

夜里，曾岳红不知哭醒了多少回。转身、回目、抬头，房间的每个角落，都出现夏雨的身影，一幕幕情景，无不充斥在脑海里。多年来关系一直很好的夏雨，突然离开远去，让曾岳红没有一丝准备。之前毫无察觉，现在内心渐渐平静，细细想来，或许夏雨已经憋了很长时间，终于在那晚爆发出来。

  无论如何，曾岳红渐渐地明白了夏雨的绝情，却无法挽回，只能用时间的流逝抚平内心的波澜。或许该想想未来应该怎样生活。可是当看到熟悉的人与别人亲昵的动作，便会触动内心，感到无助，一种对未来的茫然感袭上心来，顿时感到全身乏力，就像泄了气的皮球般，无精打采。理智就像放映的胶片被卡住，无法继续。

  回到家的曾岳红，一下子瘫坐在沙发上，没有开启电视，也没有开灯。仿佛一开灯便会将内心的软弱暴露无遗，也像怕被灯光钉在靶标上似的，被任意宰割。直到深夜，身心疲倦，曾岳红转到卧室，一头栽倒在床上，呼呼大睡。第二天照常上班，但内心已经无法平静，就像平静的湖面，被激起阵阵涟漪。空闲时，曾岳红时常会陷入思考状态，换句话讲，就是发呆，在旁人看来。

  终于有一天，曾岳红按捺不住，给夏雨拨打电话。

  "你在那边还好吧？"曾岳红问道。

  "还好。"

  依然是那种平静的口气，曾岳红听不出电话那头的人是高兴还是疑惑。

  "你最近回山城都市吗？"

  "不回。"

  "如果我到沿海，能来看你吗？"

  "有事吗？"

  "没事就不能来了吗？"

  "我请你吃饭，尽地主之谊。"

  "怎么，你要成家了？"曾岳红小心地问，担心对方隐瞒。

  "不是，我在这里工作，自然是地主啰。"电话另一端的夏雨说话很轻松。

  "再说吧，我还没确定行程。"

  "是吗？那么到了给我打电话。"夏雨在电话里说着。

  曾岳红无意多说，因为没有话要说，也不想找对方刨根问底，纠缠不清。只是电话中，夏雨的话音依然平静，好像从未发生过什么事情似的，使得曾岳红感到屈辱，也不想与夏雨多说话。

　　曾岳红终究还是没有离开山城都市，整天忙碌着，不是召集小组开会，就是和同事一起，与商户谈判协商，或是忙于应酬，与众多人在一起，灯红酒绿。直到夜深人静，绽放的华灯闪烁又熄灭，深夜昏暗的路灯下，一个孤魂野鬼般的身影，不是拖着疲惫的身躯，就是醉醺醺的，跟跟跄跄，回到屋里，倒头便睡，第二天一早，又恢复精神，充满干劲。或许，总有那么一天，会遇到欣赏自己的人，有时曾岳红这么想。趁着年轻，在事业上多打拼奋斗，总不会是一件坏事，这个信念支撑着曾岳红。

　　曾岳红不知自己的坚持是否值得，有无数次，在梦里梦见夏雨回来，却带着苗条高个的妻子和年幼的儿子；有无数次，曾岳红被自己的梦境惊醒，睁眼一看，却是死寂的黑夜，只听见自己喘着粗气，心口怦怦直跳。木讷的表情，掩饰不了不安的内心。曾岳红猛然间痛哭起来，眼泪禁不住地流淌着，仿佛倒出心中的苦水。人的眼泪是咸的，苦咸苦咸的，流眼泪是否就是将胸中的苦寒之物，以眼泪的方式倾泻体外，从而获得平静？

　　曾岳红从不问夏雨成家与否，是否结交了新的女朋友，因为，没有消息显示夏雨结婚，也没有迹象表明夏雨有新欢，而她也不愿意唐突地追问夏雨这方面的事，表现出十分的愚蠢。夏雨离开时，明确表明两人的关系不再亲密，她也不愿做一个情感的乞讨者，虽然对夏雨的离开不无惋惜。很长一段时间，曾岳红幻想着，要是自己与夏雨一同到沿海城市，每天卿卿我我，过着只属于二人世界的生活，该是多么的甜蜜。她原本想，等自己忙完手里的事情，轻松下来，这一切就会实现的，可就在她觉得离目标不远，即将在事业上大展拳脚的时候，夏雨却突然地提出了分手，要远离她，远离都市。在曾岳红的计划中，几个月时间，最多一两年，将这个大项目做完，事业跨上新台阶，不再如此的忙碌而无头绪，到那时，水到渠成，便可轻松地迎接二人世界的生活。

　　但夏雨却绝情了。曾岳红想，不知是因为她的陪伴少，还是在她事业做强时，夏雨内心感到自卑，也或是受她鼓励，在她成功之时，夏雨也想做一番事业，而不是守候在事业成功的女子身边。

　　曾岳红罗列了很多夏雨与她分手的理由，虽然没有得到夏雨的正面回答，但她知道，这些无不在他离开的理由之中。夏雨曾说，曾岳红何时想到了他，什么事都是他在迁就曾岳红，他长期被忽视，不愿做曾岳红这样"强势"女人的装饰品，而了此一生，以前都是活在阳光下的阴影里——女人的阴影，这几年也受够了，想极力摆脱这种局面。但是夏雨不顾一切地离开，也太绝情了，完全没考虑到作为女人的曾岳红，该如何应对他离开后的生活。

虽说对夏雨有种种不满，曾岳红知道，独自一人在陌生的城市打拼并不是件容易的事，也不愿意一有空便向夏雨唠叨，成为累赘，耽搁他的时间、耗费他的精力，要是夏雨也是这样烦人，曾岳红定会反感。

独守空房，独自一人承担并维护着只有一人的家，却也免不了旁人的闲言碎语，许多人认为曾岳红应该再找一位男朋友，一起过日子，或许该结婚生小孩，享受家庭的温暖。曾岳红不是四大皆空超凡脱俗之人，看见别人为家庭琐事，为孩子读书、升学等诸多事宜忙碌，并乐在其中，随着时间的推移，那种渴望家庭其乐融融的感觉，在她内心越发地强烈。

有时曾岳红想，等到夏雨确切的消息，然后彻底忘掉夏雨，到那时，不知是喜还是悲？喜的是内心终于有个了却，不再牵挂；悲的是夏雨终归不会回到自己身边。也许曾岳红的一直等待，换来的依然是分手的悲剧，只是，悬着的心，终归有个结果。

七、回炉学车

通常所说的"回炉",是已经拿了驾照,却未上路正式开过车的人,多年后,等到要买车了,在驾校所学的开车技术早已忘得一干二净,于是又回到驾校,在教练的陪同下上路开车。回炉学车之人,不像初学开车的人员,必须按照考试科目学,在规定的练习场地开车,或是在交警划出的平时车流量不大的路段进行开车上路的练习。"回炉"学车,只要陪同的教练愿意,可以随便在哪条路进行练习。曾岳红拿驾照多年,却一直没有正式开车上路过,需要进行回炉。

驾照考试考的是知识和开车技术,最基本的开车技巧,而真正的上路开车,靠的不单是开车技巧,还有心理素质,和遇事灵活处理的能力。特别是女人开车,心理素质是关键——由于性别的关系,女人更加敏感,也更容易分心。曾岳红在驾校回炉练车的时候,遇到一位家中买了新车但老公经常出差,家中需要另有人开车而来回炉练车的穿着灰衣的女子。她开车技术很好,在道路上驾车行驶,表现出驾驶技术熟练,在教练准备表扬之际,却遇到一辆相反方向行驶而来的车——由于想超越前面的车辆,这辆车偏离行车路线,向灰衣女子行驶的车道偏了一点儿,只是车的轮胎压着黄实线,灰衣女子这边的道路路面宽敞,足够两辆车并排行驶,却因没减速,又是对向驶来,造成的感觉,好像直扑灰衣女子的车而来,吓得开车的灰衣女子惊慌失措,几乎要丢弃方向盘。坐在身旁的驾校教练经验老到,帮衬了一把,猛然抓住了方向盘,稳住车辆,不然,不知会发生什么意外。这个突发状况着实吓到了驾校教练，化险为夷之后，说道：

"这个样子！"

驾校教练用了指责的口气，心想开车的灰衣女子遇事如此慌乱，这种心理素质，是不适合开车的，要想开好车，必须过这道关，这需要多练习。

一般而言，女人，特别是结婚后的女人，在丈夫的呵护下，变得胆小怕事；有的是因为一直在父母的关照下，极少独立面对事情，心理素质差。一般家庭中，男主外，女主内，外面的事物，一并由男人打点；而家中的琐事，皆由女人料理。开车主要是男人的事，女人极少触及此类。在一个家庭一辆车的情况下，家里的车，几乎全是男人掌管，有人说，车是男人的大玩具，就像小孩子离不开玩具一样，男人也离不开车。为了挣脱男人的束缚，女人学开车，也是为家中做助手，以备不时之需，比如男人不在家，而又需要用车时，会开车的女人，便可撑起家事。

对于常常感情用事的女人来说，要学会机械和电机方面的知识，并不是件容易的事，车辆的维护、保养等一系列事情，女人并不在行。女人来驾校学开车，一方面原因，是要与男人一争高下，在家中谁也不输与谁，相互竞争、促进，争夺在家中的掌控权。另一方面，普通家庭购买的车辆，不像驾校用于培训的车辆，驾校的车经过改装，副驾驶位置上有刹车控制，开车技术不熟练的学员，一旦遇到危险，坐在副驾驶位置的教练，能够及时操控，排忧解难，控制住局面。就像刚才灰衣女子遇到对向行驶的车而惊慌失措的情况，要是驾驶的是私家车，身旁的人就可能无法及时控制车辆，说不定结局就是悲剧：要么开车撞向对向行驶的车，要么为躲避而乱打方向盘，将车开到路边的河里，后果不堪设想。

驾校教练虽然惊慌，但反应及时，伸出一只手，将灰衣女子身前的方向盘稳稳抓住，才避免了一场车祸，等错过车，驾校教练让灰衣女子靠路边停车后，方才长舒一口气。他招呼灰衣女子与坐在后排的曾岳红交换位置，并说灰衣女子遇事不冷静，开车很容易出事故，开车技术再好，过不了心理素质这一关，是没法开车的。灰衣女子也承认自己不够冷静，只是一时改不了。

曾岳红之前来过驾校，也是这位教练辅导，因此，熟悉车况，基本技术也还算熟练，不像许久没有开车的人。此时来了一辆超车的大货车，运沙石的那种，车身为铁锈色，巨大的轮胎，翻斗状车厢，驾驶员一副高高在上的模样。曾岳红开车第一次遇到这样的情景，看得出了神，错车时，方向盘打急了一些，教练便让靠边停车，因为这一把急打方向盘，将舒服地坐在一旁，原本无事可干的教练惊醒了。

这回，教练让曾岳红将车开到郊区。车少路宽，开车毫无阻碍，曾岳红加大油门，加快行驶速度，教练在一旁没有吱声，不担心曾岳红的开车技术。教练认为，没有行人、来往车辆稀少的路段，曾岳红认真地开车，是不会出事的。

"我都差点睡着了。"车跑了一段路后，突然，坐在副驾驶位置的教练说道。

"那么放心我开车呀。"曾岳红听后，笑了。

"要再不叫，我真的就睡着了，我都在打瞌睡了。"教练补充说。

说了几句闲话，便要返回，教练准备自己将车开回去。曾岳红想试试，教练觉得曾岳红开车还稳妥，但又说，在进闹市区时换他来开，原因是闹市区路况复杂，车辆更多，担心曾岳红无法把控，比如十字路口避让车辆，开车通过十字路口时，是快进快出，还是等别的车通过后再驶入，等等。

在中国开车，比如通过十字路口，绝不能像在国外，礼貌地让别的车先通行，不然的话，一辆车紧挨着一辆，可能直到禁止通行的红灯亮起也无法通行；要是在路口等待，等到车辆稀少的时候才通过的话，有可能永远都过不了，因为车辆多、车流密集，永远都有车经过，是等不完的。教练说，遇到红绿灯，千万不要等待，更不要让后面的车先行，而是沉着地紧紧跟着前面的车行进，不要隔得远了，因为在中国，加塞的车可能随时出现，只要车与车之间的距离稍微拉开一点儿，便有车辆挤入。说到这里，教练打趣，在路上看到被加塞的，不是女人在开车，就是新手开车。曾岳红和坐在后排的女子都没说话，因为开车技术确实不好，才来回炉学习，如果辩解，就好像驾校教练说的不是别人，而是将焦点对准了她们两位，有谁愿意无缘无故地当这冤大头，成为别人口中的笑柄？

车往都市中心驶去，离城市中心越近，道路上的车辆越多，井然有序地行驶着。此时,曾岳红开始紧张起来——第一次开车前往都市中心地带,刹那间被不知从哪里冒出来、聚集在前后左右的车流簇拥。去往空旷地带的人,可任意选择前行的方式,可跳、可跑、可迂回前行,只要不着急赶路,也可边前进,边欣赏路边的风景,来一次感悟人生的旅行,将原本枯燥乏味的行程,变成一次情与景的享受。当道路上没什么车的时候,感觉真像是行驶在空旷地带。而在拥挤的返城高峰时,车挨着车,原本想细细品味眼前的风景,却不得不随着车流前行而无法停留。就像被洪水推动的浪花,只有勇往直前,不得退缩,也无法驻足。否则不知何时,一不小心,便有可能被后面的大浪打翻在水面下,以至于进入水底层。

在驾校教练的催促下,曾岳红还是坐在了副驾驶位置,车由教练开往都市中心的目的地。

换了开车的司机,车速明显快了许多,驾校教练避开了拥堵的路段,绕道到滨江路,从车少的江边返回市中心。

此时,天已经全黑。上午上完驾校的培训课,下午给曾岳红和灰衣女子做培训的驾校教练,一直没有时间休息,而且上午、下午连续的神经高度紧张,耗费了不少精力,此时,即将到达驾校的办公室,驾校教练松了一口气。现在学车的人极多,排队等候学车的人,千方百计巴结驾校教练,而驾校教练也趁此机会,多教些学员,多挣一点儿钱。早上天不亮,学员便聚集在驾校办公室门前,等驾校教练的车一到,便一起驱车前往郊区的训练场地。

考驾照的学员计时学车,而驾校教练一车可拉四位学员,除了来回路上耽搁的时间,一早上,也就能让每位学员学一小时的车,便返回。虽然很早就出发,夏季天亮得早,五点半便驱车前往;而冬季天亮得晚,需要六点过方可出门。要是出发过早,到了训练场地,天没亮,学员没法学开车——驾校的训练场地都是露天的,虽然有路灯,但光线暗淡,对原本开车就不熟悉的学员来说,很容易发生事故。万一出什么事情,驾校的车受损,即或是学员愿意赔付,修车也需要几天时间,驾校教练没有教学员的车,就得抓瞎,只能歇业。因此驾校教练看作宝贝似的车,是不允许有丝毫的损伤的,也不会冒险,让不熟悉开车的学员摸黑学车。

回到市中心的驾校教练，长长地舒了一口气。两位回炉学车的学员想请教练吃饭以表示感谢，劝说教练吃了晚饭再回家，因为沿途就有不错的餐馆。

"今天累了，早点回家。"教练却一口拒绝。

"吃了饭再回去，不会花很长时间。"

"回家喝小酒。"驾校教练笑眯眯地说，脸上露出幸福的笑容。

"倒也是，开车不能喝酒的。"反应过来的曾岳红应答道。

劳累一天的驾校教练，回到家，喝一口小酒，吃上妻子端上来的热菜，安心地待在家里，便可消除一天的劳累。

说也神奇，人的生活其实很简单，简单得只需两口酒下肚，便心满意足。回到家中，才算一天工作的结束。教开车的驾校教练，吃上家人做的美味佳肴，或许并不昂贵，也很平常，却有家人的陪伴。回到属于自己的家中，酒足饭饱后，一切都满足了，不仅是填饱了肚子，内心也充满了爱。再把僵硬的双脚，用热水泡一泡，温暖从脚底直达心头。

八、办公室的灯光

　　第一天到分部公司上班，杨青松早早地来到公司大门口，却被保安拦在门外，要求出示工作证，而杨青松用临时出入证，是不能私自进入的，需要公司人员前来迎接。杨青松提供接待员的信息，保安通电话后，因还未到上班时间，便让杨青松进了大门口的接待室。此时是上班高峰，员工们陆续来到，有步行的，有开车的。行人走人行通道，刷工作证进入，就像地铁站检票进站似的，排队有序。车道上放行的栏杆的开启模式为一车一杆，开车的员工刷工作证后，栏杆抬起，此时公司大门口的车辆排起了长队，几乎占据了大门外道路的一半。

　　不一会儿，办公室接待员来到大门口，将一个尚未写名字的工作牌交给杨青松，将白色的临时工作牌收了回去，说是白牌用着麻烦，每次进公司都得有人陪同，并说再过几天，等新工作牌制作出来，杨青松便可使用自己专属的工作证。办公室接待员带杨青松到大楼门口，托付一位正在打上班卡的员工将杨青松带进大楼，然后离开了。

　　杨青松跟随着进入电梯。电梯里很安静，但安静中似乎有种躁动的气息，人们在打量这位新来的年轻人。杨青松感受到了众多的目光盯着自己，个别的人低着头，交头接耳地小声说着什么，他没有在意，觉得人们对到来的陌生人充满好奇也是常事。

　　杨青松进入办公区，出来一位中年男子，紧锁的双眉，凝重的眼神，说话口气并不沉重，只是尾音比较重，不知是习惯，还是故意拖长语音以显示其权势，也或许思考过后却不知如何张口表达。只是作为部长，应当口齿伶俐，思维敏捷，不该表达不清，杨青松心想。这或许是一种初次打交道的口吻，与不熟悉的人初次交往，抱着谨慎的中庸思想，无为而无过，而说话太多，给人的第一印象，便会是盛气凌人。或许，职场多年的打拼，棱角被磨平，剩下的只是但求无过、平稳就好的温和主义，却也时时提防别人，害怕表现过多，别人会找出漏洞，会暴露自己的短板；像作茧自缚的蚕，将自己包裹在自认为圆润厚实的茧里，以求平安。据仿生学，圆形或者椭圆形结构，受力时是最坚韧的，这也是为什么在自然界，极少发现棱角分明的巢穴的原因。

也许中年人有着中年人的沉稳，而年轻人则精力充沛，无须为细枝末节的不完美而有所顾虑。现在的社会，并不要求完美无缺的人，而是更加崇拜有能力的人，这也是为什么超级英雄电影深受观众的喜爱，票房年年领跑。但真正的人类社会，不会出现超能力的人物，某个成功人士的出现，在有些人眼里，就像宋代词人欧阳修在《卖油翁》中所写的那样，倒油穿过古铜钱细小的孔而钱不湿，是因为经常练习的缘故，造就了高超的技能。不过，对于年轻人来说，虽然没有丰富的经验，却有着不断学习、不断进取的决心和信心，或许这种强烈的进取心，正是推动人类进步的原动力。但是不假思索的冲动，会造成无法挽回的致命错误，导致全盘皆输。这对步入中年的部长来说，是决不允许发生的。像杨青松这样的年轻人，或许想到的不是失败，而是追求成功，后者的诱惑力更加强烈。如今的年轻人，急于在工作中证明自己的能力，现在的中国，又有着这样的机会。

于是，一位谨慎小心的中年领导，与一位风华正茂的副手，第一次的对话，就显得多少有些拘谨。部长不愿多说，对不熟悉的年轻人，担心说多了，会产生误解。杨青松第一次见到分部公司领导，也不知说什么，只是领导说的话，都回答"好的"，以表示对前辈的尊重。事实上谈话没实质性地深入，只是礼节性的交谈，杨青松不愿首次见面便表露出锋芒毕露，被误认为是一位急躁冒进的愣头青，一种不成熟靠运气小有成就的人。因此，两位管理者的初次见面，话语少，但彼此之间有了初步的印象。

相互介绍后，杨青松得知，中年部长姓李。李部长叫来办事员，带杨青松到各部门参观，熟悉公司情况。

杨青松跟随办事员，在生产线和设计师之间忙碌着，想从中获得更多有价值的信息，一圈转下来，只有感叹，而无法入手，就像一只充满气的气球，无从下口。

杨青松来到研发部和生产部了解情况，发现员工干活儿都很努力，只是待不住，工作的主动性欠缺，需要被安排，甚至具体到先做哪样，后做哪样，才能顺利地干活儿，事情着急时，这种状态就很碍事。如果每个人的工作都要被安排到细枝末节，作为管理者，没有那么多的时间和精力，管理者只能做方向性的指导，具体的事情，如何做好事情，还得干事的人自己动脑筋，发挥能动性，主动将工作做好。

返回办公室时，杨青松与一位似曾相识的身影擦肩而过，似乎是飞机上换座位的年轻女乘客。他停下步子看了看，走过去的人并没注意到他，而是正在接听手机电话，音调似曾相识，但语气更加稳重；一身深色正装，锃亮的皮鞋，看来不是个随便之人，只是手插入裤兜，大踏步地走着，好似对周围事物视而不见。没人停下盯着她看，只有止步不前的杨青松。杨青松这才发现自己有些失态，便就近走到一间办公室，询问办工作证所需材料，他知道要交照片，是电子版还是洗出来的照片，需要问清楚，然后回到自己的办公室。其实这些琐事，大可交予办事员办理，而不用作为管理层的杨青松亲自过问，或许是为了掩盖过于好奇的举动而为之。

后来杨青松得知，那位"目中无人"的年轻女子，名叫肖梦，刚从国外留学回来，也正是飞机上与他调换座位的年轻女乘客。

这一天过得很快，主要是看一些关于分部公司情况的资料，拟定计划，也随着对分部公司熟悉的程度不时修改着，但宗旨没变，准备义无反顾地推行。杨青松是总公司派来的，对于一个效益并不好，专业发展方向模糊的分部公司，总公司的态度很明确：要么改变，要么裁员甚至合并——取消独立分部公司的资格，裁掉大部分员工，留下极少的精英人员，重新划到别的分部公司。当然，后者是残忍的，谁也不想走到这一步。从表面上看，杨青松是为新生产线上新产品而来，没人知道将会有更大的事情发生，除了部长以外。虽然杨青松身负重任，也知道，最好不要出现裁员这种得罪人的事情。

这里的任何一位员工，都足以当杨青松的师傅，资格老；还有自从分部公司成立之日起便在这工作的老员工，为分部公司辛辛苦苦一辈子，如果最终的结果却是被裁员解雇，这种事情谁遇到谁都会想不通的。到时候，因伤害的人太多，杨青松也会于心不忍，内心受到煎熬。那么到最后，杨青松可能会因分部公司的事情处理不好，而受到总公司的怪罪。没有任何背景的杨青松，在总公司时做事小心翼翼，不敢得罪任何人，他明白，任何的失误，哪怕对公司造成的损失微不足道，都足以断掉大好前途。

杨青松时常表现出与年纪不相称的沉默，在外人看来或许是一种成熟的表现，因为处处展示出内心想法，是不懂事的小孩子表现，长大一点儿的小孩儿，便会将秘密藏在心里。如果业绩不好，裁员合并，杨青松明白，他作为主要的负责人是脱不了关系的，会被降职，或被调到一处无人问津的分部公司——表面职务没有变动，属于平级调动，但薪水会减少，他的奋斗会如夕阳坠落山崖，步入黑暗没有奔头的昏暗境地，无异于被扼杀。如果那样，杨青松不等总公司决定，自己便会辞职，另谋高就。杨青松已经厌倦了四处漂泊的生活，在同一个地方待不到一两年，便不得不到外地工作，虽每回都拼命地工作，成绩斐然，硕果累累，但是分部公司一旦业绩转好，走向正轨，准备享受轻松悠闲时，却立马又被派遣到另一处。就像联合国维和部队，哪里有动乱，局势不好，便被派遣到哪里，做着最辛苦也是最危险的工作，但一旦恢复和平，维和部队便撤离。有时杨青松想，自己的工作还不如维和部队，因为任务执行完，维和部队返回和睦的家中，与家人团聚，他们最大的特点，便是在外有着时间限制。而他被外派工作好似无止境，偶尔会做美梦：业绩做好，返回总公司，得到表扬，得到肯定。但下一步，却又被派到更糟糕的分部公司，处理更难的业务。

情绪低落时，杨青松想，自己干的就是擦屁股的事情，分部公司一塌糊涂时，他就出现了。而他的出现，就意味着事情会有所好转，或是彻底解决。总公司那帮最高管理者们称心如意了，他便会受到表扬、会加薪，其目的是为了派遣他到更糟糕的分部公司，条件更差的地方，企盼他创造一个又一个奇迹。但杨青松却感到了前途的渺茫，好似黑暗即将来临之前的无力和无助。或许高层信任他，每每委以重任，但负荷过重，使他疲于奔命。有时他想，万一一直紧绷的弦断了，将会怎样？当夜深人静时，他时常难以入眠。随着年龄的增长，杨青松越发感到应该有个属于自己的家，无论成功还是失败，荣耀还是屈辱，贫穷还是富有，总有一盏温暖的灯，等候自己归来。而那个无所畏惧、精力充沛的自己，已经渐渐远去，变得越来越模糊，不是因为身体不佳，而是内心的空虚。

不知过了多久，杨青松听到肚子咕咕叫，这才发觉自己晚餐还未吃，想喝水填充肠胃，却发现杯子是空的，便端着杯子去茶水间。

公司普通员工的办公区，面积很大，一个个浅色的隔板，隔离出个人办公区域，既简单又实用。此时，天花板有一排照明灯还亮着，在四处黑黢黢的衬托下很是耀眼。不知是谁走后没关灯，浪费资源，杨青松心想。走过去，却看到办公区有位戴黑框眼镜的瘦弱的小伙子。

"还在加班？"杨青松问。

"啊。"年轻小伙子抬头看了看杨青松，回答道。

"吃晚餐没有？"杨青松有些好奇，"饿着肚子加班不好。"

"我吃了。"小伙子回答很干脆，却使得杨青松更感觉饥饿难耐。

"在食堂吃的晚餐？"

"食堂吃的晚餐。"说这话时，小伙子的眼睛没看着杨青松，而是盯着计算机屏幕。

"走的时候，记着将灯关掉。"杨青松见他忙着工作，便不再继续询问，离开时说道。

"哦。"

杨青松从办公大楼出来，天色已黑，一段昏暗路灯的斜坡，大约有30度，长度足足有上百米，中间几道减速带，在两减速带之间还有一条下水沟，用粗的铁条做成的网格盖着。车道旁是斜着长的小叶榕树，大的直径有10到20厘米，从道路的两旁伸出，高大的树枝，在天空中相互纠缠在一起，遮天蔽日，要是在炎热的夏秋季节，走在其间，必定阴凉舒适。

立在树旁的街灯，从高大的树枝缝隙间洒下的微弱灯光，随着风的方向移动，毫无规律地摆动着，投影在路面上，造就了在地面上游动的乱影。赶路凝视前方，猜测不到下一时刻会遇到什么影子。从办公室出来，杨青松朝外走，加快脚步。

出了分部公司大门，便是公路，宽敞的四车道，在此时的夜晚中，一边的车道已被好几辆公交车占据了——公司大门外的路段，夜晚便成了公交车夜间的停车场，顺路首尾相接沿人行道旁排列，足足占据了一个车道。走在人行道上的杨青松，突然遇到从两辆公交车之间蹿出来的一个人，或许是从驾驶室下来的公交车司机，也或许是见晚上车辆少而横穿道路的行人。

路旁的餐馆依旧灯火明亮，还有不少的人坐在其间，品尝着美味佳肴。

走过一条小道，离开了宽阔的四车道公路，来到了居住小区外的一条幽静的柏油马路，白天卖菜、卖肉的摊位早已收了，只有一两个水果摊还在营业，不时有人来称几斤柑橘、香蕉之类的水果。这是一条比车道稍宽的道路，一侧是小区临街楼房的一楼，用做商铺，有卖鲜奶的，有小面馆、家常菜馆，还有卖药的，早晨上班时，常会看见有不少老年人，围在药店门口，听防治疾病，消磨时光。

小区门岗站着精力充沛的保安，不时有车辆进出，特别是出租车进小区时，保安便离开门岗亭，走近出租车询问情况。

小区的几栋高楼，这时几乎家家户户灯火通明，小区中庭，白天人们最爱聚集的地方，夜晚也很热闹，路灯下不少人聚在一起，大多是带着小孩的，婴儿车里的小宝宝好奇地打量着四周，打量着白天与夜晚的不同；半大的小孩，骑着童车，围绕空地转着。大人们在闲聊，只是眼睛密切关注着自家孩子的动向，以防发生摔倒碰撞受伤之类事情。

篮球场上热闹喧哗，无论大人还是小孩，各自拿着自家的篮球，使劲地往篮筐里投。较小的孩子，双手抱着篮球，从腿部，从胸部，使出吃奶的力气，尽全力往天上抛出篮球；大孩子们从容地拍运着球，轻松地把球举过头部，在空中抛出弧线投向篮筐；也有成年人，抱着篮球，混在孩子们中间，拍球、运球、投篮、拾球，大概是为了减肥，个头儿不高，但分量不轻。打篮球的还是年轻人居多，而在一块平坦作为景观的空地上，随着音乐跳舞的大多是老年人，这时已摆开场面，兴致勃勃地舞动着。

杨青松这时看到招待所自己房间的窗户，黑黢黢的，家中没人。

九、大刀阔斧

　　分部公司召开会议，将杨青松向全体员工们作了自我介绍，会上杨青松表明自己是从总公司来帮助大家渡过难关，并在会上作了一番动员，希望各位员工齐心协力，改变现状，扭亏为盈。员工们用热烈的掌声表示欢迎，杨青松似乎感觉到内心的一种冲动和胜利即在眼前的激动，但又知道，任重而道远，大伙儿的热情是有的，信心也是有的，只是结果，杨青松不敢保证一定是好的。因为目标太高，与现实的差距巨大，冷静一想，觉得是一种奢望，而不是希望，就像画饼充饥、望梅止渴般，并不现实，虽然树立了目标，一个让大伙儿奋斗的目标，却是那么的遥远。

　　大会是成功的，杨青松认为，因为看到了大伙儿的信心和激情。只有一个人一直很冷静，不知是怀疑杨青松的能力，还是天性就不爱热闹，总之，对于杨青松的讲话，他只是礼节性地拍了几下手，紧绷着脸，毫无表情，这位就是李部长。杨青松在他身边，就像一个不成熟的孩子，充满幻想，不切实际的理想，除非发生奇迹，不然是绝不可能实现的，李部长这么想。只是杨青松是从总公司来的，他的计划得到了总公司的认可，李部长不好直接反对，但对于年轻人的莽撞，李部长认为，是会摔大跟头的。员工们刚见着杨青松，便无一例外地表示欢迎，全然不顾李部长的面子。想着自己辛辛苦苦工作了几十年，却被一位从总公司来的年轻人盖过风头，李部长脸上红一阵白一阵。要是杨青松将分部公司管理好，业务上升之后，员工们的收入增加，这是好事；但另一方面，李部长比员工想得更深，分部公司业务上升后，杨青松这位有为的年轻人，会不会取代自己这部长位置？虽说杨青松这次来分部公司只是暂时的，但保不齐将来会被正式任命为部长，从而替代自己这位老部长，毕竟他是从总公司来的，总公司的人都熟悉。尽管李部长资历老，但毕竟只是从基层做上来的，而不是上面派来的，和如今的总公司高管层的关系，恐怕不及这位年轻人。李部长也明白，常年在基层工作的人，一旦分部公司的业绩不好，便失去了公司总部高层信赖的基础，毕竟公司是要挣钱的，哪家公司都不会白养人。

因此，一阵阵的热烈掌声，像刀子似的扎着李部长的心。但又不得不承认，杨青松如果能提高分部公司的业绩，他作为部长也会省不少的心，也不应担心总公司另选人来管理分部公司。可以说，杨青松这次来分部公司，李部长一是为公司担忧，二是担心被替换。之所以李部长有这么多想法，甚至想到了杨青松会做部长，是因为担心自己年纪大了，不及杨青松年轻有能力，即或杨青松这次口出狂言，结果未能实现，但是毕竟年轻人凭着年轻，还有翻身的机会，而他没几年便退休了，如果这一次分部公司还不能盈利的话，会毁了他拼搏几十年的好名声。既担忧杨青松过于能干，而替代自己的部长职位，又担心分部公司因连续亏损，他的部长职位也难保留，李部长抱着冷静旁观的态度，表现得礼貌却不屑。杨青松察觉到近处的一股寒意，但见李部长并没有反对的意思，权当李部长不理解、怀疑自己的能力，他心想，这也难免，毕竟自己年轻，要让资深的李部长相信，就只能在实践中做出成绩来证实。

会后第二天，杨青松拟制了一系列工作规定，如加强上班纪律，各工种员工守则，各工作的绩效计算等。特别是针对管理人员身边的办事员，要求他们在工作中不能以一种傲慢的态度对人，而应抱着服务广大员工的思想，耐烦细心，不要动不动就甩脸子，而且不要对人有偏见，如对某些印象好的员工则耐心，对于有些平时不善言语，但干活儿是一把好手的实干者，抱以偏见，要让各位员工都明白，每个人都是分部公司大家庭中的一员，每个人都要努力，只有这样，才能让分部公司发展得更好。

对于杨青松起草的规定，李部长觉得多余，按照往常的习惯，分部公司里总是有些人很忙，有些人闲得慌，不时生出点儿事端，只要不太出格，大可不必管，毕竟这世上哪有绝对的公平。其实，李部长是不愿意管得太多，只要过得去，把工作做好，便不愿再为一些琐事操心，毕竟管得太严，员工会抱怨，特别是一些员工，家有小孩子的，老母老父多病的，家庭琐事多，不可能不分心。有些员工经常利用上班时间到医务室取药，到附近的银行缴费或取现金，在门口等候快递送来，聊天而不顾工作的重要性——或是几个人聚集在大楼外的一处角落，利用抽烟机会闲聊；更有甚者，下班前一个小时就在办公大厅大声喧哗，为当天从手机上看到的新闻，或是有人在网上购买了一件新衣服，而散漫闲聊不工作了。对于这些自由散漫的行为，李部长也不是没有管过，还指定专人查岗考勤，整顿风纪，员工们当时会收敛一些，但这些陋习不久便死灰复燃，宛若烧不尽的野草重新蔓延。

之前，被赋予权力查岗的人，在员工们的眼里，只是一味排查别人，查岗人自己平时是否遵守，员工不得而知，于是，员工们中有人抱怨。确实，一种好的风气的建立，光靠几个人来督促是不够的，需要每一位员工的自律，不然，就会因为个别员工的怠慢，而全盘皆输，就像积木搭建房屋，被抽掉几块基础木块，搭建好的房屋也会坍塌。并且，没有相应制度的制约，体现不出优劣之间的差别，也会影响一大批员工的积极性。

对杨青松制定的规矩，部长的表情是平静的，认为规定是一回事，执行却是另一回事，员工们，特别是老员工，是不会轻易改变陋习的。就像一块玉需要雕琢才可展示出价值，但谁是那把刀，又对谁下这第一刀呢？这必定得罪人。不过年轻人，希望体现其能力，碰壁、受挫折也不是件坏事。

李部长对杨青松制定的规章签字认可，没有丝毫的犹豫，也没说一句赞扬的话。当杨青松信心满满地拿着签署的规定转身离开时，李部长的眼睛紧紧盯着杨青松的背影，像一架穿透力极强的X光机，想看清杨青松内心深处的想法。而杨青松感觉又增加了筹码，越发地自信。

新规定公布后的第一天，便看到上班时间，大批员工座位空缺无人，过了好一会儿，才姗姗来迟，一查考勤，都准时打卡了，只是打卡后出去吃早饭。这是公然对抗准时上班的规定，但又不能让员工空着肚子上班，于是，规定细化，要求上班时间外出吃早餐再进办公室的员工，必须重新打卡进入，其时间可用补休冲抵，而不当作旷工。规定变得温和，员工们也不反对，但还是有散漫惯了的人，觉得有机可乘，不会自觉重新打上班卡，而考勤员无法说服他们，杨青松也不可能时刻守候在考勤机器处，监督每位员工打卡。

于是，考勤更加细化：增加一个进出办公室的记录，外出办事需要在考勤单上标明，不得事后补签，遇到紧急事情，可电话、短信请假，事后补手续。有了完善的手续和制度，打卡后再外出吃早餐的情况再也没出现了。这给杨青松增加了信心，毕竟陋习很难一下都改变，但人是需要规矩的，古话说"无规矩不成方圆"，没有规矩，便做不了大事。

员工们开始佩服杨青松，对杨青松表示好感，见面主动打招呼，连老员工也主动接近，态度表现得很谦逊，不再一副老资格摆架子的模样，不像平时说话，开始的话音总是拖半拍，以"嗯……"语气，装腔作势，显露出傲慢之意。而年轻的员工，主动靠近，对分部公司的事情表现出很高的热情。虽然中年员工更多地持观望的态度，而不是积极主动推进，就像以往的习惯，各干各的事，互不搭理，特别是城府深的员工。大家齐心关心事情，这在分部公司还是不多见。

李部长见员工们工作态度改变，嘴里没说什么，心里却想着，年轻人干事，三分钟热度，不知时间久了，员工们的陋习是否又会重新上演，李部长耐心地等候着。同时，见很多的员工围绕在杨青松身边，李部长嘴上虽没说什么，但细心的员工发现，李部长眉间纹路加深了许多，不明白的人，还以为李部长因为被冷落不高兴了。其实，现在的李部长并不担心杨青松会取代他，因为他知道，杨青松是从上千公里外的总部过来的，到本地，只是为了分部公司工作的开展，一旦工作完成，杨青松便会离开；至于此次杨青松表现得好而得到总公司的表扬，将来取代自己，那也要等眼下的难关渡过，目前还没这个可能。因此，如果工作顺利进行，按时或者提前完成，那么杨青松必定提前返回。李部长想，他人到中年，分部公司业绩差，升迁的机会渺茫，但也不要在退休前提前卸任，这便是他唯一担心的事情。

分部公司业绩不佳，与员工们的工作状态差不无关联，严肃纪律，是杨青松开启改革的第一步。接下来，杨青松便从工作中抓起，要求每位员工制订工作计划和目标，详细到每季度每月。员工们没有异议，因为工作计划的制订，是先从每位员工上一年度的工作业绩着手，然后了解这一年的计划和打算，以及潜在任务和需求，并与员工讨论之后，再做出的结论。因此，没有人反对，按有些员工的说法：大家心里都有底。

调查摸底后，杨青松充分了解了这一年的市场行情，在哪一方向会有增加，在哪一部分会略微减弱，对市场做了预判断。只是加码的员工，心里有所担忧，担心完不成会遭处罚；而上一年度业绩相对不好的员工，担心完不成任务，但也没有怨言，毕竟没有增加太多工作，已经算是照顾了。无论如何，最终没有人表示异议，因为，杨青松在会上指出，定目标的目的，就是要激励员工多劳多得，形成超额有奖的制度，让广大员工不要觉得躺着就能赚钱，用一种依赖和懒惰的态度面对瞬息万变的市场。并说，市场是残酷的，稍不努力，合作几年的商家便可能转向别的公司，"友谊的船儿说翻就翻"，这毕竟是商场，也别怪商家变化快，赢得最大化利益是商家的本性。最后，杨青松要求员工们除努力完成自己的本职工作外，还应当全力以赴帮助本团队其他完成任务有困难的员工，并以团队的全部完成甚至超额完成为最佳，如果谁只顾自己、单打独斗，再高的业绩，也会受到团队任务完成不佳的影响。

杨青松毕竟是总部派来的，管理理念上颇有独到之处，李部长这样认为。原先是靠市场往回拉订单，销售负责推销的固定模式，如今要求人人关心，既要关心市场何在，又要有产品做出来后销路在哪里的忧患意识，与对手竞争的不仅是产品本身，还有售后服务；将任务分配到每一位员工，充分调动每一位员工的主动性，就像一部机器，每个零件都运转，才能最大化地发挥其功效。作为管理者，需要的正是这样的模式。

李部长保持沉默，对杨青松的观点持包容的态度，表情平和，但内心不时受到冲击：为何以前自己没有静下心来思索，而是粗放管理？他感到有些懊恼，只是，从表面上丝毫察觉不出。

在此之后，员工们窃窃私语，低声地相互交谈起来。对于这种表现，杨青松不反对，全当是员工们热心关注，觉得要是没人搭理、没人议论，那才是对牛弹琴，毫无作用。倒是李部长担心员工意见大，便说了一句：有谁有异议？见无人发言，便总结性地说：如有异议的，需要调整的，会后还可单独反映，一旦每个人的工作目标制订后，是不会轻易更改的。李部长说话很果断，没有商量的余地，让员工们明白了管理者的态度：提高业绩的决心是不会动摇的，并且是长效的，一种长期的制度，而不是一时的兴起。

在公司加班，不像平时到点上班、到点下班，有章可循。加班时间，是没有统一规定的，有早去干完活儿早走的；有晚去晚走的；还有早去，由于工作尚未完成，连续几天都必须加班的。也有的为了不在周末加班、多跑路，便索性延长加班时间，在平时正常工作时间外多工作几个小时；有的周末加班，一鼓作气，从清晨到半夜，等到手里的工作做完才罢休。一口气加班很长时间，甚至通宵达旦，也是有的，但杨青松知道后，劝说员工不要经常这样，否则身体扛不住，那是掏空身体的行为，尽管年轻，还是要注意劳逸结合。

杨青松也跟员工一样，经常加班。工作多年，他对工作的热情未减，只是随着年龄的增长，学会了比较有规律地工作。分部公司加班的时间，由加班人员自己控制，不像平时必须按点上下班，加班可延长工作时间，或是提前结束工作，只要将手里的活儿完成便可。

天黑了，杨青松从办公室出来，准备出公司时，几米开外一个黑影朝他走来，是立体的，而不是灯光透过树叶缝隙投在地面上的影子。听着脚步声，等对方走近时，才发现是公司员工，穿着工作服，急匆匆的，好像有事。那人也好奇地朝杨青松打量，因夜晚光线差而未认出，大概当杨青松为陌生人。杨青松隐约觉得那是加工车间的员工，这时候进入公司，一定有十分着急的事情要处理，不然何不等到明天？

走了一段路，发现路旁有几点火光，时亮时暗，他心里一惊，难道遇上……离近了才知道，是晚上加班的人出楼来抽烟。他们一般不会待在路灯下，而是到离路灯几米远幽暗的大树旁，两三人凑在一块，也不多说话，只是嘴里吸着香烟，烟头上的火光时明时暗。走在路上的人，看不清吸烟人的脸。还有人晚上加班，杨青松想，这是好事，也增加了他拯救分部公司的信心。

从旁边道路开过来的一辆汽车，仿佛约定俗成似的，没有开启远光灯把路面照得通亮，而只开着近光灯，此时亮着转弯灯，开过去后留下的尾灯，越来越远。大门口的门卫，这时呆呆地坐在门岗内，窗台上显出一个头像，不时抬头张望，关注着过往的车辆。

十、戴黑框眼镜的小伙子

杨青松离开办公楼后,保安照例上楼巡视,发现办公大厅还有灯光,便走了过去。保安认识这位戴黑框眼镜的小伙子,名叫崔耿生,是最近几年才来公司的员工,晚上经常加班,作息时间有规律,平时加班都不是很晚。而这天时间却很晚了还在办公室,便关切地说:

"外面起风了,要下雨了。"

"哦。"

"还不回家?"

"快了。"

崔耿生嘴上虽然这么说,人却依然在办公桌旁纹丝不动。

保安没再说什么,而是将大厅的窗户逐一关闭,做好风雨来临之前的防护,然后离开办公区,回到一楼大门口的保安室。

整幢大楼,仅有两处灯光明亮,一处是保安室,另一处就是办公大厅崔耿生的位置。保安因为大楼里还有人办公而没有休息,崔耿生则是因工作没有做完而没有回家。

半个小时后,办公大厅的灯光终于熄灭,崔耿生刚走出大楼,就听见身后大门关闭的声音,在寂静的夜里十分清晰。

崔耿生中等个子,偏瘦,不大的脸庞,一副黑色边框的眼镜几乎占据整张脸的一半,着实让人印象深刻。镜框的边沿细细的,显得有些框不住大大的镜片,给人一种不知什么时候镜片便会掉下来的感觉。他经常穿一件没有任何图案的白色衬衣，宽松的样式。有些时髦的年轻人，喜欢穿着小碎花的衬衫，花朵颜色不是很艳丽，比如浅粉色，在白色衬衫上满满的都是，加上修身的裁剪，恰到好处，显出青春的活力。而崔耿生身上的衬衣，却与老大爷的款式相像，既不修身，也不好看，而是很随意：就像两块皱巴巴的白布缝在一起，耷拉在身上，在肩背处补上两个长筒，在末端收紧，而袖子似乎长了，到达手掌心；衬衣也显得长了些，将臀部完全遮盖。宽松的衣服，使得崔耿生走路时，好似身体在飘荡，若是衣服再长一些，到达小腿处，会更显得"仙风道骨"，可惜他因久坐而后背微微弯曲。但他心态很好，很少抱怨，几乎总是笑。虽然他说话少，表情也不多，很少参加大伙儿的闲聊，人们还是能感到他的内心是快乐的，尽管他极少表现自己，不像其他的年轻人。

风越来越大，路旁大树的树叶不停地翻滚，露出泛白的背面，像是狂热地迎接贵宾而舞动的花枝，只是素了一些。刚裁剪过的杨柳细枝，妖娆多姿，弯了腰、散了发丝似的，随风乱舞。远处桥面上，稀疏的车辆，在狂风中艰难地行驶，少了平日里的优雅。

深夜返回，离宿舍楼不到五百米时，崔耿生发现远处天边开始闪电。紧接着，闷雷在头顶炸开，声势浩大。不一会儿，噼里啪啦的大雨骤然降临，所料不及，却又仿佛在情理之中——出乎意料的是雨来得如此之猛烈，情理之中是已经演绎了前奏，下雨是必然的。风在雨势的助威下，越发地肆无忌惮，一阵接一阵地呼啸袭来。

崔耿生加快了脚步，快到宿舍楼时雨滴降临，如蚕豆般大小，砸在崔耿生的头上、脸上、身上，虽不使人疼痛，但着实感其威力。雨滴由疏到密，瞬间变成瓢泼大雨，如倾泻而下的瀑布，一发不可收拾。

大雨倾盆，瞬间淋湿了衣服，贴在身上，更显出他后背的佝偻。半夜里，瘦弱的崔耿生成了唯一走在路上的人，急匆匆的样子。

刚进家门的崔耿生，听到屋子里有风在呼啸。为防止蚊虫蹿进房屋的可折叠式纱窗，平日里细细地叠在一起，而此时被风吹，像即将临盆孕妇的大肚皮，圆滚滚，鼓囊囊，几乎快被撑破似的。

崔耿生的第一反应，便是关闭窗户。走近一看，却发现阳台上尚有未收的衣服，如狂魔肆意乱舞，又像是即将断线的风筝，准备随着疾风飘向远方。

原本关闭的阳台门，此时好似外面有一双无形的手，在门的后面阻拦着，费了很大的劲儿，崔耿生才将门拽开一丝缝隙。狂风顿时尖叫着蹿进门缝，崔耿生几乎用尽全身力气，才挤出门外，为了防止门往回关闭严实，担心风力太大而摔坏了门，崔耿生往外使力，逆着风的方向，却因把控不住，"砰"的一声，门重重地关闭，不是反应迅速，崔耿生的手差点儿就被门卡住，如果那样，后果不堪设想。

崔耿生揉了揉手，在与劲风搏斗时，因用力太大而感到手腕酸疼。来到阳台后，他将衣服收起，放在怀中，返回屋子时，却发现无法打开阳台的门——由于风太大，将门死死地扣住，而阳台门把手在屋内，在阳台外一侧是没有把手的，这就增加了开门的难度。被大风困在阳台上，无法进入屋内，崔耿生顿感无助。

好一阵子，崔耿生在阳台上，寻思着在大风中如何开启没有把手的门。阳台上堆放着一个杂物柜，翻来找去，寻得一把起子，崔耿生试着用起子将门撬起一丝缝隙，却因受力点太弱，风的力量很大，而无果。找寻门沿上可嵌入平口起子的缝隙，却因是金属合金的门框，坚实而且做工好，门沿光滑平整，使得无法切入。崔耿生无计可施，无法打开阳台的门。

站在风雨中阳台上的崔耿生，仿佛被世界抛弃了一般。楼下街面上，空无一人，停在路边停车线内的车辆，承受着大风刮、大雨砸的蹂躏，街面上不时响起刺耳的警报声，大概是折断的树枝砸在车身上，激活了车辆的报警系统。狂风肆虐，道路旁粗大的树木忽东忽西，随风摇曳，就像拉扯的弹簧，被随意摆弄。

为了避免被雨淋，也为了躲避大风，崔耿生站在阳台的角落里。雷鸣电闪，近在咫尺，令他目瞪口呆，不知是被惊吓，还是因看到天象奇观，感到震撼。

狂风一阵接着一阵，就像积蓄内力，再猛然一击，然后又是一阵等待，等待力量的积蓄；又像是无的放矢的箭，东一下西一下。当风力稍稍减弱，崔耿生趁机将门开启一丝缝隙，使劲往外掰扯，门的缝隙越开越大，最终将身子挤入屋内，这才松了一口气，庆幸脱离困境，宛若获得新生，又像是劫后余生。

返回屋子，转过身，看着门外雨水浇湿的阳台，崔耿生深深地叹了一口气。

崔耿生居住的是一室一厅，厨卫齐全，是公司少有的单人套房，原因是他到公司早。他一毕业便来公司报到，是同一年毕业生中最早报到的员工，因此，选到了满意的宿舍。公司的员工住房，分为两人合住的两室一厅，三人合住的三室一厅，而带独立卫生间的一室一厅，不与别人合用卫生间，是刚参加工作的新员工最喜欢的。这种一人居住的独立的套房，是公司数量不多的房型，与别的大多数新员工合住的套房不同，虽然安静，却也孤独。当被大风阻隔在阳台上，因房屋里没有其他人，又将手机放在屋内没带在身上，处境非常窘迫。崔耿生站在狂风大雨中，感冒生病是避免不了的，庆幸的是，他仅仅是衣服淋湿，若被雷电击中，可就危险了。

崔耿生刚到分部公司上班时发生的一些事情，使同事们对他印象深刻。

公司统一购买的新计算机，型号和配置都一样，新员工来到，便领取使用。

一同来到的新员工中，以理工生为主，就像在学校读书时期一样，男女比例相差巨大——理工大学里，男生数量总是远远多于女生，于是，分配来的新员工中，几乎清一色都是男生，个头有高有矮，体形有胖有瘦，在学校期间个个成绩优异，表现突出。至于新员工中，将来工作上谁更胜一筹，一时难以分辨。

新员工中，有一位说着不太标准的普通话的小伙子，一看便知是外省人，他个子不高，身体单薄，瘦弱的脸庞上架着一副黑框眼镜——崔耿生平时不爱言语，因为时常听不懂山城都市的本地话，却时常微笑，偶尔也会大笑。崔耿生不会讲本地话，常常发生误会，别人遇到这种情况会很局促，显得尴尬，而他全当笑话，一笑了之，不知他笑的是别人，还是为误解而笑？

新员工报到后，第一时间便是领取计算机，因为做设计的人离不开计算机。于是，几位新来的员工到库房去了，返回时，崔耿生抱着几个键盘，跟在装计算机主机的推车后。

设计师的办公区域在办公大厅，明亮宽敞，用隔板分割的小区域，分布整齐。每个小区域中，有办公的台面，放置计算机的位置，还有桌面下放置物品文件的柜子，每位设计师在属于自己的区域办公。

崔耿生将计算机键盘逐一放在新来员工的位置上，然后返回自己的办公桌。计算机主机和显示屏，已经由其他年轻人送到，崔耿生开始准备连接计算机，环视台面后，却发现没有电源插座，拿在手里的电源线不知往哪里接，于是问道：

"电源在哪儿呀？"

"在下面。"旁边位置的设计师，姓吴，工作多年，被人们叫作老吴。

"在什么下面？"

"桌子下面有插座。"

崔耿生弯下腰，看到放置计算机显示器的办公桌下最里端有一排电源插座。他跪在地板上，头伸进桌子下方，将电源线连到电源插座上。出来时，却因没有估计准确办公桌的宽度而碰了头，"砰"的一声，沉闷却很清晰。

"怎么了？"老吴好奇地问。

"没什么。"崔耿生回答道，揉揉疼痛的额头。

老吴斜眼瞥了一下崔耿生的狼狈样，忍不住抿嘴偷笑。

其他新来的设计师已经开启计算机，正在安装软件，崔耿生拿着键盘，左看右看，仿佛要透视键盘内部结构似的。不一会儿，崔耿生的目光由好奇转变为怀疑——键盘不能使用，他着急起来，翻弄着键盘，却无可奈何，没有办法解决问题，于是向邻座的设计师老吴说：

"键盘没法使用。"

"键盘坏了？"老吴问。

"才领的新键盘。"崔耿生回答。

崔耿生觉得委屈，领取计算机的时候，只有主机和显示器贴了标签，键盘和鼠标，算是小配件，没有标明专属于哪台计算机，而拿回键盘的刚好是崔耿生自己。自认倒霉吧，崔耿生想，也只能怪自己运气不好，拿到一个有问题的键盘。

"连线有问题吗？"老吴问。

"插在后面了。"崔耿生回答。

"前面板也可用，USB接口。"

"哦。"崔耿生反应过来。

计算机主机的USB插孔，前后面板都有，只是插在后面板上，当变换主机方向时容易拉扯掉，崔耿生现在的情况就是如此。

崔耿生将键盘的插口连接到主机的前面板上，键盘灯亮了，但显示器没有信号。

"计算机没显示。"崔耿生又说。

"没显示器？"相邻位置设计师怀疑道。

"显示器没信号，不显示。"崔耿生解释道。

"打电话，找维修部门。"

"有联系电话吗？"

"座机电话旁。"

崔耿生在电话号码表上查到维修部门电话，便打了过去。

"请问能派个人来看一下计算机吗？"崔耿生说。

"哪个部门？"

"设计部。"

"什么问题？"

"计算机显示器没有信号。"

"电源线和连接主机的线都连好了吗？"

"都连上了。"

"位置正确吗？"

"应该正确的。"崔耿生说。

"检查一下，看是否没连接稳。"

"好的。"

崔耿生猫下腰，双膝跪地，头伸入办公台面下，查看电源连线和主机连线，然后重新开机，显示器还是不显示。

"还是没显示。"崔耿生对着电话说。

"连接主机的线是否接好？需要将两边的螺丝拧紧。"

"哦，"崔耿生恍然大悟，"我再试一下。"

崔耿生蹲在地面上，再次将计算机主机背面转到面前，查看主机后面板上的连线，发现显示器和主机连接线端头确实没有连接稳妥，于是，将固定的两个螺丝旋紧，再次开启电源，显示器出现画面了。

"好了。"崔耿生在电话里将事情告诉了维修人员。

"有显示了？"维修部人员还不确定。

"有显示了。"崔耿生肯定地说。

维修人员听到此话，挂断了电话。老吴冷眼瞄了一下崔耿生，觉得崔耿生有些愚，动作呆笨、不灵活，一台计算机折腾好久，高学历人士，应该对计算机不陌生，却如此笨拙，难道是到了陌生的工作场地，与在学校时的环境不一样，就变成了白痴？至少崔耿生表现得动手能力低下，老吴心里想。

崔耿生的工作是设计师，在计算机上做仿真设计，为一项用户急需的产品。为了尽快满足用户需求，也为了与对手竞争，崔耿生经常加班。

崔耿生坐在计算机前办公，因个子不高，被计算机显示屏遮挡，人们常常看不见他。当人们有事找他时，需要站在办公区隔间最前排的过道，大声喊他的名字，每次几乎都要等到叫好几声之后，他才将头探出来，人们方能看到他的存在。因此，大家都觉得崔耿生反应慢，也不知他是否过于专注工作，而没听到有人叫他名字。

崔耿生的这种慢节奏，在下班时表现得特别明显：由于午餐在公司吃，公司员工基本上都是早出晚归，中午不回家。于是，下午下班时，打卡机前排起了长队，人们急于回到家中，那温暖而离开了整整一个白天的家。但动作缓慢的崔耿生，常被人们遗忘，没人注意到他是否回家。

开车的员工，在公司大门口排起了长队，上班进入公司，或是下班离开公司，等着打卡进出的车流，比大街上还要拥堵。公司园区的建设是在20世纪，那时，在中国只有极少数人有私家车，自然不需要大量的停车位，而如今，短短的一二十年的发展，都市机动车数量猛增，稍微宽一点儿的道路两旁均划有停车位，为的是缓解停车压力，也避免随意停车占用行车道路。有人甚至将车斜着停在人行道上，将盲人通行的盲道阻隔，使得行人在车辆的夹缝中穿梭，甚至绕到机动车道上。在都市，特别是居住小区密集的区域，一大早,便可看到稽查乱停乱放车辆的交警,对没有按照规定停放的车辆逐一拍照取证。时常有私家车车主抱怨说不得不"停野车",也就是没有将车停在规定区域,一旦被交警抓到,罚款200元,很是心疼。实在没有停车位置,又要用车,只得与交警玩躲猫猫的游戏。没停在车库或者规定停车区的私家车,又没有一大早开走,被早起的交警开了罚单,车主一副颓丧脸,等着交罚金。

停车位严重不足,在公司园区显得更为突出。公司停车位有限,原本开车上班,为的是节省时间和精力,却因停车位少而耗费很多时间。每天清晨,一大早来公司上班的员工,便是开车族,为的是找到一处停车位置。人们常说,开车上班的人,得比步行上班的人早到公司,因此,开车上班并不是一件轻松的事。如果夫妻或是子女同在一家公司上班,一辆车上搭乘几位,倒是方便了乘车的人,但开车的人却不得轻松:在上班高峰时期,将车开进公司,避让步行的人,还要将车上的乘客送到离他们各自办公楼最近的地方,然后,在公司里寻找停车位。有时,为了节约时间,也是为了早点抢占停车位,开车进入公司后,会将车上的乘客随意抛下,因为停车位很紧俏,稍不留神,就会被别的车辆占据。

并且,在公司园区里,停车需要高超的技术:有的停在办公楼一侧的过道上,有的停在花台与角落之间,有的车尾部几乎碰触楼房墙壁瓷砖,有的停在一处堡坎的人行通道上——四个车轮,一边紧邻路牙,一边挨着悬崖,此处的悬崖,不是断崖那样落差达数十米以上,而是仅两三米落差的堡坎。路过的人看到,会觉得很震惊——如果车辆稍微斜偏,底盘便会刮蹭,甚至有坠下堡坎的危险,造成车毁人亡的事故。但神奇的是,并无此类事件发生,因为敢于这样停车的,都是开车多年的老司机,经验丰富,技术过硬。

停车位有限,车辆占据人行道,因此,步行之人,不时走机动车道,这又造成人与车争抢道路。时常车辆不得不让行人,或是尾随行人,以极慢的速度前行。有时甚至遇到横穿道路的人,开车的司机不得不格外小心,以免发生事故,伤着行人。还好没有行人受伤,因为进入公司的车辆,被限制在很低的车速,几乎与步行速度相差无几。但岔路口,车与车之间的磕碰,总是免不了。十字路口,很容易发生事故,这是由于公司园区里,没有交通信号灯，在岔路口，哪一方先行，哪一边后行，都无法断定，特别是成直角的岔路口，旁边又有房屋遮挡视线，根本无法看到另一车道行驶的车辆。有一次，两辆直行的车，在十字路口相撞，两辆车都是大块头的越野车，年轻人喜欢的车型，虽然车速不快，还是造成两辆车不同程度的损伤，而交警到达现场后，判罚一方负交通事故的全责，另一方不用担责，原因是右行驶车有优先通行的权利。

崔耿生刚参加工作，没车没房，租住在公司的宿舍里，下班后不着急回家，而是待在办公室。他也不像其他年轻人那样，喜欢运动打球，或是聚会，而是经常加班。夜晚办公室天花板上明亮的灯光，显示出崔耿生的勤奋，好像头戴光环，十分的耀眼。崔耿生就像一位刻苦的好学生，在学海里勤奋拼搏。

有人说，崔耿生愚钝，只是靠勤奋才得到好的表现；也有人认为，崔耿生年轻，刚参加工作，工作热情高，经常加班，也是情理之中的事情；还有人认为，公司只提供工作午餐，晚餐都是员工回家吃，而加班的人，可以到食堂吃免费的工作晚餐，晚上加班，不用做饭，也不用到餐馆吃饭，既不做晚餐，又节约费用，深受年轻人喜欢。

崔耿生经常待在办公室，老吴好奇地问道：

"还不回家？"

崔耿生没回答，只是对老吴睁大眼睛，好像好奇的不该是老吴，而是他自己，当反应过来是在问自己时，崔耿生笑了。

"早点儿休息。"老吴关心地说。

"嗯。"崔耿生的表情是腼腆的，脸上带着笑容。

公司有规定，无论做设计，还是做产品，都不允许带回家做，必须在办公室工作。虽然只要资料齐全，设计师仅需一台安装了软件的计算机，便可随时随地办公，无论是待在办公室，还是家里。

崔耿生独自居住，有宽松的生活空间，却时常待在办公室加班，不被人们所理解。要是活泼的年轻人，刚参加工作，如果一人住一套房子，便会充分利用有利资源邀约同学同事聚会。

办公大厅位于公司大楼的第四层，上班时，有人乘电梯，有人走楼梯。

乘电梯是为了上班方便快捷，而走楼梯则是为了锻炼身体。由于做设计，长时间坐在计算机前，一待就是半天，很少走动，在上下班时，走走楼梯，运动运动，也是一种锻炼，尽管乘电梯方便，但走楼梯的人不在少数。

一天，早到的崔耿生在电梯门口与老吴相遇，等电梯的时候，两人聊了起来。

"你是本地人？"

"不是。"崔耿生回答道。

"家远吗？"老吴说的家是指崔耿生父母的家。

"家在外地。"

"常回家吗？"

"不常回家。"

"你们家在城市里？"老吴又问道。

一般城市里长大的人，会有多种爱好，爱运动锻炼的年轻人，会喜欢游泳、打篮球、打羽毛球等；喜欢玩游戏的年轻人，在宿舍里摆一台计算机，下班后便沉浸在网络游戏中；有的年轻人喜欢呼朋唤友，呼啦啦地拉上一大帮人，聚会吃喝，在饭桌上畅谈人生和所见所闻，充满好奇心和年轻人特有的激情。只是崔耿生对这一切好似丝毫不感兴趣。

"农村。"崔耿生回答道，丝毫不隐瞒。

"家里还有什么人？"

"父母，还有哥哥。"崔耿生回答很坦率。

"哥哥结婚了吧？"

"嗯，小孩儿都几岁了。"

"在父母身边？"

"嗯。"

独自在外打拼的年轻人，常常令人怜悯，没有家庭背景，没有亲友人脉，要在大都市站稳脚跟，单靠努力工作是不够的，只是，刚参加工作的年轻人，充满热情，也在情理之中，问话者想。

"好好工作，将来会有发展前途的。"老吴安慰崔耿生说。

崔耿生笑了笑，没否认。

崔耿生住的是公司的出租房，没有结婚，没有买房，也没有别的爱好，下班后，待在办公室里，不是聚众聊天消磨时光，而是专注于专业技术，解决一些工作难题。别的年轻人也有下班后待在办公室继续工作的，只是不像崔耿生那样执着，崔耿生这种状况，在人们看来，积极向上，持之以恒——几乎每天晚上都待在办公室，就连周末也经常在办公室工作。于是，有人认为崔耿生努力工作的原因，是没有女朋友。

　　崔耿生个子不高，身体瘦弱，也没有一张讨人喜欢的白皙光滑的脸，不像当今电影或是电视剧中，没有演技，但长相英俊的"小鲜肉"，靠颜值就能挣大钱。换句话说，崔耿生不是那种有着讨异性喜欢的外表的人，恰恰相反，而是那种相貌极为普通，不被看好之人，被认为找女朋友困难的类型。于是，人们认为，崔耿生经常加班，是为了节约晚餐费，且不用做饭。

　　加班，难道是为了一顿免费的晚餐？也或是，为了业务水平的提高而每天加班，整天待在办公室？刚参加工作的年轻人，尚在实习期间，一般不会承担很重要的工作，他们对业务还不是很熟悉，成为一位有经验的设计师还需要一定的时日，需要专业知识和经验的积累。

　　崔耿生整天待在办公室里，几乎成了一道风景。

　　现在的年轻人都很实际，找到一份满意的工作，便是对做学生阶段勤奋努力的肯定，就像人生中的一场胜仗，获得胜利后便庆功般放松享受：下班后聚餐、逛街、看电影；或是几位年轻人聚在一起，打篮球，锻炼身体；也或是待在屋子里看电视，追逐韩剧、美剧，随着不断更新的剧情而幻想着；也或是，在居住屋里上网，打游戏。

　　崔耿生没有特别的爱好，既不喜欢运动，也不喜欢打游戏，也不愿待在宿舍里，而是经常独自一人，在开放式的办公大厅里，俯首在计算机前。

　　于是有人怀疑崔耿生失恋了，用拼命工作，减少休息，来麻木思想，弥补情感的缺失。人们担心起崔耿生来，但是平日里的交谈，崔耿生总是笑呵呵，好似一个乐天派，有人怀疑崔耿生是在故意隐瞒什么，甚至有人猜测崔耿生受了刺激，满脸的笑容是装出来的，为的是掩盖内心的失败；或是崔耿生太要强了，不愿在人们面前浪费时间，所以拼命地工作，似乎工作才是唯一的需求。

公司的宿舍是在一个老式的居住小区内，是20世纪修建的老房子，楼层不高，没有电梯，只有楼梯，公司统一装修，布置有生活必需的家具和家电，以出租的方式，提供给刚参加工作的年轻员工居住。

不过，如今的年轻人，大部分有家里父母的资助，由父母帮助支付房屋的首付，自己付贷款的月供，以二三十年结清的方式，在工作后大概两年内，就会拥有自己名下的房屋，便会搬出公司的宿舍。等上一批租住的员工退出宿舍，就会有新的员工住进来，如此循环，公司的宿舍一直未空置。这也是一个不成文的规定：在公司宿舍里居住的年轻人，都是短暂地居住，不会长久。公司宿舍也是除办公室以外员工们另一个聚集的地方：平时工作上从未打过交道的不同部门的年轻人，居住在一栋大楼里，上下班时常碰面；虽然男员工与女员工分开居住，不在一栋大楼内，但相距不远，周末或节假日一同出游或聚会，很是方便，不担心有人早到，有人因路远途中塞车而迟迟到达不了。毕业于各个名校，出生在不同地方的年轻人，汇聚在这里，为了公司的发展，为了人生的目标而奋斗。

年轻人聚集的地方，充满活力，也是谈情说爱之地。比如在女员工宿舍楼下，不时可见衣着整洁、外表清秀的小伙子，等候着心目中的女神从房间里出来。男生宿舍外也有年轻姑娘等候，却极少的。

从一楼栋里出来一群年纪相仿的年轻小伙子，而另一楼栋里出来一群年轻姑娘，这种情况几乎每天发生，小区里的居民早已习以为常。由于是居住小区，而不是热闹的商业街区，附近没有商场、美食街、影院、游乐场等，可供年轻人消耗精力的地方，于是，下班后，他们集体逛街，成群地外出聚餐；或是上班时，将运动装备带入公司，下班后直接在公司换好运动服，到公司的球场打球，晚上在公司外面的餐馆聚餐，然后返回宿舍。小区里的居民，在饭后散步时，常看到一群身着运动衣、浑身臭汗的年轻人回来，居民们总是投以羡慕的目光，羡慕年轻人的朝气和旺盛的精力。

不过，渐渐地，在公司宿舍居住的年轻人，发生了微妙的变化，原本小伙子一群、年轻姑娘一群的集体外出，成了年轻姑娘群中有一两位小伙子，像跟班似的一起外出；年轻小伙子为主的群体中，偶尔也有一位甚至两位相貌姣好的年轻姑娘。旁观的小区居民辨认不出,一群年轻人中,是否有正在交往的男女朋友,还是只是兴趣相投的同龄人结伴外出。原本泾渭分明的男女群体,渐渐地融合在一起,无论以哪方为主,都不约而同地混入了异性。

人们很少看到崔耿生与其他年轻人聚集在一起,既不和小伙子们在一起,也不和姑娘们聚在一起,而是经常独自留在办公室,过着办公室、宿舍,两点一线单调的日子。公司大院离宿舍区很近,走路十分钟便到;去繁华热闹的商业区,从公司宿舍步行不到三十分钟,而崔耿生却很少前往。

崔耿生觉得没什么需要买的,不缺吃,不缺穿。工作后有了工资收入,比在学校里做研究生时,替导师干活挣下的钱多几倍。他觉得虽然已经工作了,但工作所需专业知识自己懂得的还少,涉及范围不够,需要用更多的时间和精力,多看一些专业书籍,多研究别人是如何设计的,学习经典设计和理论知识。

每次用计算机模拟出来的结果,都与实际产品测试结果有偏差,或许在别人看来,做到这样子就差不多了,但要求高的崔耿生,对自己并不满意,虽然没人如此要求——不是精密加工,也不是精致的模具,而是做模拟仿真,如果太过于苛求精度,计算量会相当的庞大,或许好几天都无法算出一个结果。因此,在设计上,一般的设计师都会选择相对不太复杂,但性能优异的模型来仿真,用计算机仿真计算,不会耗费太多的时间,简单易行。在实际研发中,产品需要既快速又实用的计算。对于高频产品,设计值哪怕只差了千分之一,实际结果也会差很远,比如当频率达到10亿赫兹,相差不到千分之一,相对值看似很小,实际却会差好几十万赫兹。造成这样的误差,在随后的产品制作中,是无法修正的,其结果可想而知。设计上的细微偏差,会造成极大的成品误差,就像古话说的那样,"失之毫厘,差之千里"。因此,为了精确计算,崔耿生成天待在办公室里,在计算机前做着大量的运算。

看到崔耿生整天待在办公室里,老吴于心不忍,以为崔耿生太专心工作,而忘了下班。于是到下班时间,老吴便提醒崔耿生回家,崔耿生却总是抬头一笑,便又低头干事。问的次数多了,崔耿生便不理会了,头也不抬,只顾自己埋头做事,久而久之,人们便不再问崔耿生为何下班后留在办公室，后来，人们便见惯不怪，不再说什么了。

　　人们发现，崔耿生不是忘了时间下班，而是不愿回宿舍。公司食堂提供的晚餐，崔耿生几乎没有落下一顿，并且按时到食堂吃饭。公司食堂提供的晚餐，是为在公司加班人员提供，不单提供晚餐的数量有限，而且，在时间上，更不会像一般餐饮店那样，营业到深夜，而是有时间限制的，并且比较短，只营业到下班后的一个小时左右，便关门打烊了。每天加班人员数量都在变动，不是固定的，去晚了，便没有了，因此，在公司食堂吃免费晚餐的加班人员，下班后不得耽误，不然美味可口的菜品没有了不说，连吃小面都没有肉汁的浇头，甚至连面条都没有了。山城都市，小面是一张饮食名片，用湿面来煮面，而不是超市里成捆包装的干面，也称为挂面，挂面的得名，是因干面条制作过程中，需要将面条悬挂晾晒。

　　山城都市的小面，虽然各家店面制作不尽相同，但一概皆用湿面，这是不成文的行业规范。而用的湿面，也是挺有讲究的，都是店家自己做的湿面。做好的湿面，堆成堆搁置在大煮锅旁，而当天制作出来的湿面，必须当天卖完，要是放到第二天，面条发干，煮出的小面就会容易断裂，口感也会变差。

　　既然崔耿生知道准点到食堂吃饭，自然不会忘了下班时间，难道是公司食堂的晚餐很好吃？其实不然，还不如午餐可口，无论是从质上，还是量上，都无法与午餐相比。道理很简单，午餐时，全体员工就餐，连公司高层也去就餐。而晚餐只提供给加班人员，就餐的大都是年轻人，和一些因任务重而不得不加班的人员，公司领导则极少去吃加班餐。因此，如果不是特别需要，一般人不愿到公司食堂吃晚饭，尽管都是专业厨师制作，但是大锅饭似的饭菜，自然没有单锅小炒做出的菜品美味。要想吃好的，吃点儿贵的，就只得回家做，或是到外面的餐馆就餐。却因工资有限，觉得在外面吃花费太大，没有人愿意天天在外面餐馆里吃饭，因此，下班后，回家按各自的喜好，做一些美味的晚餐，是成家后的员工们喜欢做的事情。但崔耿生却愿意过着如学校学生般的生活，简单清贫，不同的是做学生时是父母掏钱在学校吃饭，而如今工作后，是公司提供的免费饭菜。

　　与崔耿生一同来到公司的年轻人，却不像崔耿生那样整天在公司食堂吃饭，而是在工作后不久，便将公司附近的餐馆扫荡一遍，好似一位美味鉴赏家，用年轻人的话说，是为了了解当地的风土人情，通过寻找美食，走街串巷；用本地话讲，就是吃遍"咔咔角角"的美食。江边园林的馆子深藏不露，却有家传或具地域特色的美食，年轻人三五成群，邀约前往，但崔耿生极少参加，他的理由是不习惯山城都市菜品麻辣的重口味。没有年轻人像崔耿生那样，喜欢整天待在办公室，像是一位沉稳的上了年岁的人。有人说崔耿生老成，有人说他呆板、无趣，没有追求，只知道埋头做设计。

　　对于这些说词，崔耿生一笑而过，不做任何辩解，从他的神态中也看不出一点儿颓废之意。崔耿生不讲究穿着，身体单薄瘦弱，不会给人一种强势感觉。他倒像是待在办公室里消磨时光，因为他做的设计，一时半会儿也见不着成效。于是人们纳闷，难道崔耿生生活能力差，懒于做饭，为了食堂免费的加班餐，放弃业余生活，抛弃友情，拒绝聚会，喜欢孤零零地每天吃着简单乏味的加班餐？

　　到周末了，表姨表姨父来电话，让杨青松过去吃饭，说杨青松一人吃饭不香。由于工作忙，杨青松经常与员工一道加班，时间上不好把控，加上新的环境，需要更用心地适应，只是表姨表姨父的盛情邀请不便拒绝。虽不是每个周末都前往远亲家做客，却不知为什么，杨青松还是乐于与这门原本不熟悉的远亲一家相聚，只要有时间便去。

　　平时的工作很单调，几乎是往返于办公室和宿舍，简单但繁忙，因此，杨青松自己几乎不做饭，而是在回家途中的餐馆吃晚餐，或是买些水果。

　　在高低不平、山峦起伏的山城都市，居住小区的上面还有小区，一条蜿蜒的小路，直达一个个小区的入口，道路狭窄，而私家车沿路停靠在坡上的小区门前，排列一串，占据着路面，使得乘出租车回家的小区业主，经常被挑剔的出租车司机抱怨，说是开进这条路，非常的不容易，本来就狭窄的路面，还在路的两侧停满车，只留下很窄的仅够一辆车通行的路。时不时有步行的住户，从路口的商贩买菜回家，或是在路口下公交车回家，因为是上坡路段，走路比较吃力而专注于脚下，也由于马上到家而放松了警惕，对身后突然而至的出租车，反应迟钝，而出租车司机为了赶时间，能在一天里多拉几车活儿，赚到更多的钱，在十分狭窄的道路上也不会把车速减得很慢。对于缓慢步行的人们和停靠小道两侧的车辆，出租车司机失去了耐心，开始抱怨，发起了牢骚，不时地使劲按着喇叭，步行的人慌乱躲闪，也使得乘客心惊胆战，担心擦刮，便提前下车，拎着沉重的物品艰难地回家。即或是没有中途下车，坐在左晃右闪的出租车上，乘客感到眩晕，抓紧车门上方的把手使自己不被晃动得更难受，司机的牢骚自然没有听进去。

出租车不能进小区，乘客在小区门口下了车，刚关好车门，出租车便转身原路返回，乘客却还站在人行道旁，愣了愣神，清醒一下，在确定自己已经安全回到小区，才向家所在楼栋走去。

工作顺利开展中，但过程并不轻松，在早九晚五的上班时间内不能完成任务，便需要加班。为了验证一个设计，为了一次更改，杨青松陪同留在办公室，空空的工作间，明晃晃的几盏灯下，总会有几位忙碌的身影，那是项目团队，有设计师，有工艺师。设计师，不单要在电脑前计算仿真、修改、处理数据，还要到车间，工艺师负责实际制作样品。在实际制作正式产品前需要做一套模拟，对计算的数据修改优化，再模拟调试，等模型出来，便是测试，需要到测试间进行，然后分析异常现象，调整参数，修改设计，如此反复，是一件不容易的事情。特别是在产品研发期间，产品还没有成型，没有订单，没有经费支持，项目只能艰难地推进。

研发和生产第一线，工作紧张有序地开展着。而在办公室里，快到下班时间，人们兴高采烈地收拾物品，畅谈着生活琐事，比如买了什么新衣服、什么颜色、什么款式、什么特色，也不算爱慕虚荣。在外企工作的人，通常身着名牌衣服，手提名牌包包，当然价格不菲，却不知，旁人在此打扮中，读出的信息却是一位小老太婆。才三十几岁的人，被人称为小老太，是一件很可悲的事情，究其原因，便是打扮不得体：全身的名牌，却只呈现灰黑为主的暗沉色调；脸上布满色斑、皮肤粗糙，又从不化妆修饰；常年不变的发型，既不美观也不时尚；连穿的鞋，既不是显示女性美的高跟鞋，也不是灵巧细长的休闲鞋，而是只顾穿着舒适的中性的大头鞋，样式与男士鞋并无不同。

研发生产第一线的员工，讲求实干，不爱虚荣浮华，踏实务实。不会穿着名牌衣服在仪器设备面前转，因担心干活损伤衣服而碍手碍脚，影响工作进度，优异性能的产品才是他们的"面子"。

十一、事故

新车到了，由于4S店与曾岳红住处有一段距离，曾岳红自己还不敢开，只得委托4S店的人将车开回家。

看着新车，曾岳红心里是说不出的高兴。当4S店送新车到家的人员离开后，曾岳红便钻进驾驶室，启动发动机，却无论如何也无法将车开动，因为车的手刹杆没法放下，使得她十分着急。将新车开回来的人，是一位男性，手劲很大，曾岳红想，这刹车杆扳得太紧，一般女性没有足够的力气将手刹放下。无论她怎样折腾，甚至用上双手，手刹依然纹丝不动。

车辆点火很容易，现在的汽车采用电子点火，只要按照手册操作即成。先前在4S店选车时，热心的销售，已将车的基本使用方法耐心地介绍给客户。而此时，兴奋不已的曾岳红，却忘了如何将手刹放下，尽管内心激动，想开车出去炫耀一番，无奈，只好拨打电话向送车人求教。得知要拉下手刹，必须先按住手刹上面的一个按钮，曾岳红稳了稳情绪，照着做了，很轻松，手刹便被放下，车辆启动了。

曾岳红一阵狂喜，想着开着新车出现在公司里，肯定会羡煞众人。在出车库时，离门口栏杆不远处，靠墙一边，停了一辆银灰色的轿车。曾岳红交替踩着油门和脚刹，改变着车前进的速度，手中的方向盘不时左右转动，以调整车辆通过栏杆时离左右障碍物的距离，却因经验不足，也由于轻视，又不熟悉新车状况……

原先在驾校回炉学车时开的是轿车，车身比越野车低矮，而曾岳红买的新车却是越野车，一种更偏向于都市行驶的城市越野车，也叫SUV，当下销售火爆的车型。SUV的底盘比轿车的高，车头引擎盖也高出一截，在驾校学到的常识，什么"从车头引擎盖前的三分之一处看过去"，这套对于开越野车根本就不管用。帮曾岳红把车开回来的是位高个子男性，他将驾驶位置的座椅调得很低，使得曾岳红坐在驾驶位置上比方向盘高不了多少。保安亭中的保安，远远地看着驶过来的越野车，十分惊讶，以为无人驾驶，直到车开到跟前，才看清司机是一位女性。

车库出口处是一条下坡路，因座椅太低曾岳红无法看清前面的路况，加上障碍车，使得她偏离了中线。原本不宽敞的出口，又无法看清路线，曾岳红开启了障碍物警报器——如果离障碍车太近了就会发出警报声，也防车撞上围墙，或是保安亭旁的护栏装置。曾岳红平时做事谨慎，都会提前考虑一番，第一次将崭新的车开出车库，便小心翼翼，尽量将事情考虑周全。当车慢慢地通过出口时，车内的警报响起，而且声音急促。曾岳红愣了一下，却发现自己无法判断到底是车左边的警报器在响，还是因右边离得太近而报警。待在岗亭的保安，被驶过来的车堵住了房门无法出来，只得伸长脖子，想帮着看清车离墙面的距离，却因隔着车无法看清。斜着拐入出口处，车身没摆正，曾岳红自己并没有发现，只顾及车头而忘记了车身。看着不对劲的保安，着急地嚷嚷。

"往左一点，还宽。"

听了保安的建议，曾岳红将方向盘往左打，继续前行，却听到一声剐蹭，在寂静的车库里非常刺耳。由于她打方向盘的力度不够，车头没有及时转过来，导致车头的一侧，与矗立在白墙外的一根深红色金属管发生擦刮，黑色油漆被刮掉，露出一片雪白的树脂，好像晒得黝黑的汉子，被剖了黑皮，露出里面的色泽。

驶出车库后，停车检查，看到如此状况，曾岳红心疼不已。刚到的新车，崭新的油漆还散发出清新的气味，却被这一撞，成了地地道道的受损车辆，刚出厂的新车，便要返回4S店维修了。

在买车之前，曾岳红还花了几天时间，到正规的驾校去熟悉开车；在4S店里办理买车手续时，还试驾了同一车型，为的是熟悉新车的驾驶。不过，那是在偏僻的试驾路段，人少车少，平坦大道，没有障碍，又有4S店的销售陪同在身旁。而这时，独自应对重达2吨的庞然大物，而且无论车的身长、高度、宽度均超过驾校轿车；新车很灵敏，稍微踩一下刹车板，车便迅速停住，使得曾岳红首次驾驶新车，在一停一动宛若频繁点头般的前后晃动中，开始了起步。由于没有估计好行车距离，在车库门口与旁边的管道发生摩擦，刺耳的声音，使得没有开启车窗的曾岳红也听得清清楚楚。

原本是想开着新车在公司炫耀一番的，却使得那天看到的人怀疑是否是新车，因为车头右前方被刮掉一大片油漆，透明灯罩上有红色的擦痕（是车库钢管的油漆）。

好在已经到了上班时间，人们待在办公室，路上看不到什么人。也不知为何，偏偏在通往公司后大门的路上，遇到谢士强，难道是溜号？有些年轻人，上班时喜欢到处逛，从一个部门到另一个部门，从一栋楼到另一栋楼，聚集在一起，谈论年轻人关注的事情，比如电脑升级、晚上游戏上线等。

曾岳红将车停在转角的僻静处，顺着车道方向，心想不会有人关注。来到办公室，她首先扫视一番，好在总经理不在，不然总经理严厉的眼神，会像无形的钢针刺得人浑身难受，即使没有一句责备的话，被盯的人也绝不想再次领教。开着损坏的新车，曾岳红的骄傲无影无踪，此时像做贼似的，生怕被人看见。

后来，曾岳红得知，谢士强去公司后门不远处的一家工厂办事，却恰巧碰见她开着崭新的刮花了的车。公司通向后大门的路有几百米长，而且是一条斜坡，坡度在十几度以上，道路中间有几条减速带，车行驶其上，有一种颠簸感，声音是"当，当……当，当……"，很有节奏。从坡底往上走的谢士强，虽然身材高大，却不得不仰着头观望，等离车近了，才看清楚是曾岳红在开车。本想走近打招呼，却见曾岳红双眼紧盯着远方——她内心发虚，虚的是与谢士强正面眼神相对，不知该哭，还是求救，看着谢士强忍俊不禁，她觉得尴尬，于是选择了逃避，假装认真看路，眼睛死死地盯着车的前方。事实上，曾岳红的选择是正确的，因为谢士强见曾岳红正专注开车，也没有打扰，之后，像没发生什么事情似的，谢士强也没再提起。只是，在曾岳红的心里，过了很长时间，才慢慢地将这事放下。一贯好强的曾岳红，总算在出糗的时候没被男性们笑话,继续保持着女王风范:神圣不可侵犯,哪怕只是言语上的玩笑,都是决不允许的。

曾岳红好强,杜绝一切负面影响,而且完全凭个人能力,将事情处理得恰到好处。

都市的道路,这些年有了质的飞跃——沿着大江大河,架设水泥支柱高架,原本的江边、岩壁旁,规划出平坦大道,并且是双向多车道,洁白的车道线、黄色的双向车道线,在黑灰色的柏油路面上,显得格外清晰明亮,就算不低头看路,也会主动跃入眼帘,引领司机们前进。有的车流量大的道路上,相反方向行驶的车道之间,不是黄色的双实线,而是用油漆漆成蓝白相间的金属护栏,护栏的底端用很粗的膨胀螺丝固定在柏油道路上,非常稳固。遇到堵车,有的司机便不耐烦了,想方设法地插队加塞。如果路口有摄像,他便在稍远处,摄像辨识不清的地方,转到旁边车道,逆向行驶。不按规矩行驶,很容易发生事故,即或未造成事故,也会使正常行驶的司机惊吓不已,造成混乱。

曾岳红开车到外面办事,原本想着是中午了,路上车不会太多,却没想到,除了在内环高速车相对较少以外,在市内道路行驶,车流一直密集不断,再加上对道路的不熟悉,便出了交通事故。

曾岳红明白交规:转弯车避让直行车,因此,在转弯时,为避免等候的时间过长,急踩一脚油门,快速转弯通过,这也是驾校教练常说的"转弯时快速通过"。在路口左转弯时,曾岳红见路上车辆较少,一把将方向盘打到底便转了过去。没有与其他车相撞,曾岳红内心暗自高兴,但却在转完弯后不到十米处,由于方向盘未及时转回,撞上了道路中央的护栏,两层钢管的护栏被撞翻,最终车停在护栏之上。

见着满地的液体,担心是发动机机油泄露,曾岳红内心充满恐惧和无助,不知该怎么办。而路旁热心的群众,不断地出主意:

"打电话给保险公司!"

"叫拖车!"

"打电话报警!"

曾岳红没时间悲伤,在人们的鼓励下,打电话将事故告知交警。

车被拖回4S店,检查后,得知液体漏出只是因为雨刮器用的水箱被刮破,发动机未受损。听到这里,曾岳红一直紧张的心,稍微放松下来。但4S店检查人员说,她的车需要原厂来人调校。她想车肯定损伤不小,检查人员却说问题不大,重要部件并未受损。

因为瞬间的操作失误,没有及时刹车,曾岳红的左膝盖下方受伤造成淤青,十天后还隐隐作痛。

十二、洗衣店

都市的超市里人来人往，入口旁的总服务台，有几位等候领取免费停车票的顾客——超市有规定，消费超过一定金额，便会获得一张楼下停车场的免费停车票。在总服务台旁边，有一家洗衣店，曾岳红带来一袋衣服放在柜台上。她旁边的高个男子，西装革履，是谢士强，年龄比她小。她告诉洗衣店服务员是某某品牌，如何处理，意思是清洗衣服要小心些，服务员连连点头应答着。

服务员打开曾岳红带来的袋子，将里面的衣服取出，逐一摆在柜台上，小心地查看每一件衣服，里里外外仔细观察一番，看衣物有无刮伤、开裂、划痕、虫蛀等，以免交付时发生纠纷。如果漏检，衣服出现破损，是店家的责任，还是顾客的责任，很难区分清楚，因此收取衣物时须把责任分清。

曾岳红与谢士强聊着别的事情。谢士强没有迎合之意，也没有多问，只是有些木讷机械地应答着"嗯"，两只眼睛紧紧盯着洗衣店工作人员的动作。或许是谢士强年纪不大，对什么都充满好奇。

此时，一位顾客来到洗衣店，将手中的几件衣物放在柜台上，对沉默不语的服务员说：

"有几件衣服需要干洗，这件皮衣需要保养。"

春天到了，顾客将冬季的羊毛大衣和皮衣一并拿到干洗店清洗保养，准备收起来搁在柜子里，等到天冷时再拿出来穿。皮衣的袖口磨损，表面的皮脱落，就像被什么东西啃咬过，露出肉色的皮质本色，与原本的灰蓝色形成鲜明的对比，顾客不得不来干洗店，因为干洗店有专业的皮衣养护，但价格不低。

顾客见无人搭理自己，便又说道：

"干洗衣服！"

这次，顾客语气有些强硬，声音加大了些，心想，送上门的生意，店家不做？正在纳闷时，服务员说话了：

"请稍等一下，我把这个处理了。"

顾客原本有些不高兴，但看到服务员做事认真，却也平和许多。将衣服拿到洗衣店处理，就是图店家的专业。望着旁边站立的一男一女，顾客没有说话，继而专注地看服务员做事。

曾岳红与服务员交接完毕，和谢士强离开柜台，扬长而去。

"刚才那位女子是我们店最大的客户。"服务员一边将接收的各式衣物逐一套在衣架上，一边向等候在旁边的顾客小声说道。

顾客以为自己听错了，抬头看着服务员，心想，这里是商业繁华区，附近如此多的住户，也有别墅区，不乏富人，不远处还有当年被评为亚洲十大豪宅的小区，难道他们的衣服不用干洗？还是送到了别的更高级的干洗店？顾客不算富人，也不贫穷，算是中等水平，生活有品位，此时听到一位年轻女子是洗衣店最大的客户，不得不刮目相看。

洗衣店服务员身后，是密密麻麻悬挂着的衣服，想必附近很多住户都将衣服拿到此店清洗。另有服务员，按下按钮，转动的晾衣架便沿着既定的轨道迂回曲折前行，就像机场安检时，有限的空间被分割成多条曲折的通道，众多旅客依次前行；晾衣架随着输送带，从后面的位置移动到前面，方便取出。如此多洗好的衣服，足以证明此店生意好，深受附近居民的喜欢。附近既有豪华江景的高层，又有面积超大的洋房，还有独栋的别墅，如此多的住户，却被一位既年轻又不像富二代的女子独占鳌头，顾客将信将疑：

"是吗？"

"那当然，这都是进口衣服。"服务员指着曾岳红拿来的衣服说，"价格很贵的。"

顾客好奇，用手抚摸了一下曾岳红留下的衣服，发现衣服面料并不柔软，反倒有些硬，手感不好；衣料从表面上看像是毛料，却像掺了许多杂质似的，并不顺滑；外衣的毛领，用嘴轻轻一吹，却不见绒毛顺从地往气流两边翻开。于是说道：

"面料不好。"

"进口品牌的衣服面料都不好。"服务员说。当然，面料好、做工精良，又是世界大品牌，便是奢侈品，应该不会拿到这种小店打理。

"款式也普通。"顾客有些怀疑，既不休闲，也不十分显身材。

"是名牌，不是冒牌货。"服务员翻看了衣服里料上的标签，肯定地说。

"衣服样式也不是很好看。"顾客挑剔地说。

"反正这是我们店最大的一位客户。"

"是吗？"

"衣服都是价值上万元的。"

"哦。"

顾客应了一声，有些无可奈何，同时将手里的灰蓝色皮外套放在服务台上。

"稍等一下。"

服务员反应极快，见顾客拿出旧衣服便说道，一边利索地将台面上未挂在衣架上的衣服折叠起来，放入大袋子里，同时将浅色和深色分开放置。收拾完毕后，对顾客说：

"什么事？"

"皮衣干洗。"

服务员熟练地检查衣服，随后收进柜台，拿出票据交给顾客。

"那位女子做什么的？"顾客好奇地问。

"好像是一位经理。"

"什么经理？"

顾客有些不甘心，还不是老总，居然一个管理人员就如此夸张，搞这么多的衣服，穿得了吗？

"好像是做销售。"

"运销呀？"顾客又问一句。

"具体的不知道。"

经理、销售，既有钱，又有点儿小势力，像一位成功人士，顾客想。年轻女人，特别是成功女人，常与名牌衣服、名牌包包联系在一起，这位年轻女子就是很好的例子。

顾客是位中年女人，受过高等教育，生活有品位。衣着方面，她不像年轻女孩儿那样，春夏秋冬都穿着热裤：夏天薄纱质地，光着大腿。冬季皮质短裤，内穿裤袜，有时裤袜的颜色太接近肉色，看上去好似没穿，外套一件长款大衣，外人看来，就像没穿裤子般；露出的两条雪白的大腿，直接用外套包裹住，而且是敞开式，就像被人撕开一缕青绿外衣的白米粽子，十分的诱人。这是年轻女孩儿的把戏，时常以穿着大胆来充分展示年轻的魅力。而有的三四十岁的女人，结婚后身材发福变得滚圆，还时常穿着黑色裤袜，夏季为镂空细纱质地，冬季天冷时则是厚棉质地，裤袜紧紧绷住腿部的肉，以至于一步一颤。欣赏的人，觉得性感十足，而反感之人，觉得很恶心，很是倒胃口。

顾客不会这样俗气，也不会永远以黑色为底，比如黑底红花、黑底黄花、黑底白花、黑底紫花，或是全黑色，就像西方国家的小寡妇似的。喜欢黑色，或许也与劳动者的生活有关：深色系的黑色，耐脏，有什么污渍都不易被发现。古代中国流传下来的染色衣服，常见的便是青色，一种近乎黑色的颜色。只是，古代是手工染色，用的是天然植物颜料，而现在，这种天然植物染料十分的昂贵，现代衣物以工业染色剂为主。

顾客喜欢浅色衣物，无论生活工作多么忙碌，穿着总是洁净整齐，虽不很名贵，却有着典雅的风范：修身合体的衣服，半高跟鞋，既走路方便，又不失风雅，有着女性魅力。或许由于年龄的缘故，顾客不会穿很高的高跟鞋，长时间穿着这种高跟鞋的话，由于重心前移，前脚掌着地，受力增大，脚很容易疲劳。那些穿着很高的高跟鞋的年轻女人，显得高挑腿长，但是如果将脚露出来，可能是伤痕累累的，甚至畸形；脚底前掌处，由于长时间承受全身重量，定会有很厚的老茧。

大方得体，不失品位，便是顾客的着装。

从洗衣店出来，顾客来到停车场，看到刚才的一男一女坐在车上，一辆紧凑型城市越野车，开车的正是曾岳红。

曾岳红开着车，与谢士强一路前行，来到一处斜坡下，在一栋十几层的写字楼前停下，谢士强下了车，站在停车库入口处等候。

曾岳红熟练地将车驶入写字楼的地下停车库，这里仅一条狭窄的通道，弯曲度很大，稍不留神，便会发生擦刮。通道灯光煞白，与洁白的墙面难以区分，稍不留神就有撞上的危险。在通道急转弯处，不时能看到明显的刮痕，是别的车转弯时，角度没把握好，留下的"罪证"。

进入地下停车场，曾岳红发现，旁边有蓝底白字的告示牌，上面写着："停车请到地下四层"。车库共有六层停车位，均位于地下，现在地下一层已经停满了，只能去地下四层。

越往下行，通道越昏暗，两侧的白墙，像巨大的白色被单，随着车灯灯光往前移动；又像是巨大的裹尸布，从车的正前方和两侧直扑车身；也像是巨大的白色套袋，将活动的车辆套在其间。而行驶的车辆，则像窜入绝境的猛兽，前方黑暗深渊，仿佛一处看不透的牢笼，正等待着它的猎物。

将车停好后，曾岳红乘坐电梯，从商场的一楼来到街面，招呼等在停车场入口处的谢士强。谢士强看到曾岳红从热闹的商场出来，有些诧异；曾岳红就像捉迷藏一样，从一端进入，却从看似毫不相关的另一端冒出，难道曾岳红将车停好后，又去了别的地方，去逛商场了？谢士强不得其解，因为时间太短，曾岳红不可能走远。

看到满腹疑虑的谢士强，曾岳红解释说是乘电梯直接上来的，谢士强便没有再问。因为在山城都市，众所周知，地下停车库不止一个出入口，而载人的电梯更是众多——各商家为了拉拢客户，在当初车库动土开挖之前，就为着各自的利益而计划修建电梯，将客户从地下车库直接迎到商场内部。俗话说得好，留住客人，就留住了生意，再好的生意，没有了顾客的光顾，也是白搭，挣不了钱。

都市商业繁华区，寸土寸金的地段，充分利用空间，以求最大化效益，往往在建筑初期打地基时，便将附近几处大楼的地基一块儿打通，形成一处较大面积的地下停车库。因此，从地面上看，是一栋栋的独立大厦，而地面下，或许是相通连成一片的。这在近几年的都市建筑中常可见到，可在一二十年前的中国，这种连成片的地下停车库并不多见，常见的是每栋楼都有一个独立的地下停车库，面积有限，停放的车辆有限，停车库里通道狭窄，为的是划分出更多的停车位以停放更多的车辆。因为是在大楼的地下层，大楼的承重立柱，在停车库中随处可见，也使得停车位更加的不规整，有斜着的，有横着的，还有竖着的，相邻的停车位，却有如此多的不规则形状，考验着每一位前来停车的司机。

曾岳红几乎已经习惯了这种状况，只是停车时，不时需要前后左右地调整方向，方可将车停在划线内，而不是一打方向盘就能停好车。这不是因为开车技术问题。通常在人们的印象中，女司机就意味着"歪司机""黄司机"，代表着开车技术差。甚至有人把女司机等同于"马路杀手"，眼神中透露出诡异，口气极为不屑。事实上，开车技术好的女性大有其人，比如在一次全国性的卡车越野赛中，一位身材高挑的年轻女司机，战胜了所有参赛的男性选手，获得冠军，随即这个消息传遍全国，引起不小的轰动。但当今，不仅在中国，在国外，人们也常将女司机作为调侃的对象，这是一种偏见，曾岳红认为。

十三、开会

入秋后,一阵秋雨一阵凉,人们穿上了厚实的秋装,色调暗沉,就像阴雨天天空的颜色。

崔耿生来到办公室,整理好文件,放在随身携带的包里。今天下午有重要的会议,他提前从宿舍出发,想在开会之前到达,调整好自身的状态,为项目而努力。

在这之前,有消息说,项目没见着经济效益,或许会被叫停。崔耿生无法相信这是事实,尚未得到正式的通知,是否属实无法判断,难道是个别人私底下散布的不负责的言论?崔耿生稳了稳情绪,一定要在会议上争取到领导和同事们的支持。

崔耿生今天的着装,还是一如既往的浅色衣服、深色裤子,这是他还在大学时就保持的习惯。他个性不喜欢张扬,时常被人忽略,在一群人中,崔耿生绝对不是第一眼就被注意到的人。

离开会还有段时间,崔耿生打开电脑,再次熟悉一下将要讲述的报告。几个年轻人嬉笑着走出了办公室,由于是周末,办公室一下子空了,只剩下崔耿生孤零零的一个人。开会的地点在另一栋综合楼,需要步行几分钟。崔耿生安静地坐在椅子上,理了理思绪,鼓足勇气,去往开会地点。

这是一次紧急召开的会议,是当天临时通知的,也是项目开展以来,第一次由分部公司管理层与行政人员以及项目组成员参加的会议,之前的风言风语,一切的猜测,诸如项目的发展趋势,项目的具体落实安排,以及人们最为关心的话题：谁当项目负责人，在这次的会议上，都会揭晓答案。

会议室里稀疏地坐着几位年轻人，在崔耿生进来后不久，又来了几位行政人员，安静地坐在崔耿生的身后，其中有一位体态微微发福的中年女人，跟随她的还有两位刚参加工作的年轻女子。中年女人衣着随意，深色开衫毛衣，西裤的裤缝被熨烫得棱角分明，显出干练果断，像是一位指挥者。两位年轻女子，皮肤白皙，穿着齐大腿根的牛仔热裤和短袖T恤，让人感觉四肢特别的细长。她俩一位是短发，一位是长发，短发女子在脑后扎着短短的马尾——原本离子烫的齐肩发式，不知是何原因，几天时间里变成了直发，现用一根深色头绳扎紧，直戳向颈后；另一位长发女子，飘逸的直发直达腰间，身上穿着无袖T恤，其胸前图案极为夸张，为一位时髦女郎的画像，引人注目。

会议室就座后，形成了鲜明的格局：后来到的分部公司管理层人员，坐在会议室前排，先到来的普通员工，则坐在后排的座位。

临近开会时间，主持会议人员到场，一进来，就招呼坐后排的员工到前排就座，大家逐步移动到桌子旁坐下。

会议开始，管理层人员讲述了项目的重要性和紧迫性，周一会有用户联合相关单位来公司考察、评审，如果评审通不过，便要追究责任。会议在沉闷紧张的气氛中进行。会上，崔耿生讲述了项目的进展，项目组所做的工作，以及项目进行到目前所遇到的机遇与挑战。项目开展以来，崔耿生一直竭尽全力，在无钱无人的情况下，独自坚持着项目的研发，并在与对手的竞争中赢得了市场，获得了用户的认可。会议中，崔耿生极力讲解着自己的设计思路和产品性能，试图说服在座的各位领导，相信此项目是能够完成的。

崔耿生讲完，会场上一片寂静，没有人提问，也没有人发言，使他怀疑在座的领导和同事是否在聆听。讲完话的崔耿生，回到座位上，长长地呼出一口气，如释重负般感到轻松——长时间专注研发的项目，终于有了突破。虽然紧接着的是挑战，如何保质保量保进度地完成。

当崔耿生陈述完毕，人们脸上表现出的冷淡麻木，让崔耿生心灰意冷。这次公司专门召集各方人员参加紧急会议，部署应对一天后到来的众多宾客所要做的工作，来宾们都是专程为此项目而来。如此的兴师动众，崔耿生却感到了解脱：长期以来压在他一个人身上的担子，终于有人分担了，尽管主角不一定是他。

紧接着崔耿生讲述的，是一位体形结实的年轻小伙子，平时喜欢打球，经常和公司一帮子球友聚在一起，是公司中的体育热门人物。小伙子主要讲述他目前所做的工作，以及如何高效地完成。没有人再纠结这一话题，而是转向可靠性。管质量的中年女员工兴致勃勃地大谈可靠性，可谈话内容不外乎谁做什么工作时，需要按照文件执行等琐碎事情，而如何去做，却只字未谈，在听者看来，就是一些废话，没有实际意义。在她念完可靠性要求时，没有人应答，只有她自己在表决心，大有大干一场之意。崔耿生显得很淡定，心想小伙子的课题仅做理论分析，还需要大量的试验数据和大量的研究经费做支撑，单凭这一点，实现还有一定距离。

会议在沉闷的气氛中进行，大多数人选择了沉默，只有体形结实的小伙子时而兴高采烈，时而假装淡定，在众多跟随者中，不时来回踱步，以彰显其霸道。负责质量的中年女员工和两位年轻女员工，附和着这位小伙子，他现在以压倒性的姿态，在别的员工面前耀武扬威。

对于这些，崔耿生早已有了心理准备，想着项目即将转入正式生产阶段，心里不无高兴，他坚持的专业方向要见成效了，就像长时间修行的僧侣，终于修成正果。而现实却以崔耿生退出为代价，喜庆之余不免有些悲怆。

会议从下午开始，一直持续到夜晚，天色变黑。

会议结束时，已是半夜了。崔耿生在座位上愣了一会儿，才起身出门。黑夜中，落单独行的崔耿生，与不远处的部门人员和三位年轻人边走边说，聚在一起的身影相比，在昏暗的路灯下，越发显得孤独。

第二天一早上班，外单位即将来人，却没有人通知崔耿生。体形结实的小伙子，一早便兴奋地嘀咕着，与平日里安静的样子完全不同。没有人通知崔耿生去参加，只是用户打电话来，说是崔耿生手里的资料需要更新，崔耿生便不得不参加。

崔耿生带着资料来到昨天开会的会议室，那位年轻小伙子已到了现场，陆续地有其他部门的人员到达。在中间桌面上，醒目地摆放着外来人员的名字和公司领导的名字，那是人未到而留出的专用座位。崔耿生与其他普通员工一起，坐到了靠墙的外围，等待着分部公司管理层李部长和别的相关管理者的来临。

李部长亲自陪同来宾来到会议室，负责接待的人员作了介绍。本来公司总部要来人，却最终没有到。崔耿生想到了前段时间询问市场处人员，到用户单位了解情况的事情。市场处人员说去了几次，考察了用户单位的实际情况，了解到先前交付的产品使用情况，以及后续发展趋势，并追问何时交付正式产品，崔耿生无法回答。

谈到项目试验，崔耿生拿出了资料，分别传到相关人员手里，这是崔耿生第一次将数据拿出来，交给分部公司的人员查阅，也是李部长正式面对项目的具体细节。崔耿生与坐在身旁的一位员工小声地讨论着试验项目，以及做完所有试验需要耗费的时间。来宾中负责物质采购的人员说：所需的一切物料，这位经理可当场拍板，省得找厂家讨要，还得排队等候，可节省不少时间。这也是会议决定的优势所在：将相关人员聚集在一起，面对面商讨事情，没有回避，没有推辞，没有怠慢，互通信息，如军令状般当场拍板确定。不过，要等到众"大神"的光临，不是件容易的事，而是到了非出面协调、做出重大决策、必须高层参与、常规办法解决不了的时候，才会有的场面。这样便使得项目有了强有力的保障。

来宾的返程飞机定在中午，会议结束后，午餐都没有吃，便急匆匆地赶往机场。

之后的下午，便是分部公司内部会议，崔耿生被告知不用去了。这样的答复，在意料之中。因为之前就有小道消息说，分部公司将更换项目负责人。尽管崔耿生的内心有诸多不平衡，却一直未流露出来。无缘无故地被替换，这事情搁在谁身上，谁都想不通。长久坚持的项目，研发出的产品在实际中刚得到应用，眼看就要具体实施了，而实施的细节，崔耿生却被告知不用知晓，他明白这意味着什么——一旦不是项目负责人了，项目技术、项目成果以及荣誉等，都会与他无关了，他会变得名利全失，一无所有。但是，长久以来，除了技术上与外单位的竞争得胜之外，项目一直得不到实施，也不是无用吗？空有一身本领，却无用武之地。就像埋于地下的宝藏，不见天日。

十四、红绿灯处的摩托车

在岔路口,左转弯道路的车排起了长队,有条不紊,随着交通指示灯,鱼贯地往前挪动。但等了好几遍绿灯,还是轮不到崔耿生乘坐的出租车通过。两条直行道路却畅通无阻,几乎没有车辆滞留。崔耿生此时此刻想,人生若是像这样排错队,耽误的,或许就是一辈子。

这时一辆摩托车从道路中间蹿出,停在了转弯车流的最前端,紧挨着横穿道路的斑马线。

骑车男子双手紧握摩托车把手,脚踩在地面上。车后座上有一个深蓝色帆布面的盒子,盒子上有醒目的"××外卖"几个字样,大概是保温盒。看着男子着急的样子,不知哪位食客正等候在家中。

不同于用手把控的摩托车,油门、刹车都在眼前,汽车的刹车和油门全靠脚踩,如果错把油门当刹车,定会出车祸;也不能在开车时眼睛盯着脚下,会很危险。分清并准确控制油门和刹车,是对汽车司机最基本的要求。

当交通信号灯变绿,可以通行时,摩托车瞬间开动,立刻将身后的轿车甩下一段距离。

摩托车左转弯,前行几百米,又转入另一条岔路,往居住小区驶去。出租车则继续沿着大道前行,在另一路口停住,等候交通指示灯变化。

摩托车转入小道,朝斜坡上驶去,坡顶上有一个居住小区。在山水之都的山城都市,小区或位于斜坡顶上,或位于道路旁相差好几米的堡坎下面,这样的现象随处可见,因为整座都市,就是建立在坡坡坎坎的山上,山就是都市，都市就是山。都市里很难见到平坦的区域，于是，时常开车无法进入的小区，骑摩托车却能穿梭其间，畅通无阻，只要人能通行，又不是台阶式的梯坎，摩托车便可抵达。毕竟生活中骑摩托车，不是特技表演，无须拥有飞檐走壁的绝技，摩托车只是作为快捷方便的交通工具，走街串巷。在山城都市，有时摩托车比汽车更实用。

  大概摩托车经常来小区，守门的保安像是遇见熟人般，摩托车刚到小区门口，便开启栏杆，也不询问，比住户进出小区还要顺利。原本打卡方能通行，小区的住户们都随身携带着门禁卡，偶尔也有忘记带的业主，或是不方便掏出门禁卡，比如双手拎着东西，这时想要进入小区，便要朝门岗亭中的保安大声呼喊，保安将关闭的行人通道开启，住户方能进入。随着"突突"的摩托车发出的声音，门岗边的栏杆抬起，摩托车手不用说一句话，便长驱直入，无人阻拦，也无人询问。

  摩托车发出巨大噪音，是因为摩托车的体积有限，消音器不能做得太复杂，比如排气管的设计，既要保证摩托车尾气顺利排出，不至于影响发动机的运转，又要适合摩托车极其有限的体积，因此是很难要求完善的。而摩托车特有的文化氛围，也使得摩托车的噪声不同于汽车，比如原来名噪一时的美国哈雷摩托，以其震耳欲聋的发动机声音而著称，相隔很远，便知有哈雷摩托车驶来，这也是哈雷摩托车迷们着迷之处：人未到，声先闻。用不十分恰当的比喻，就像戏剧开场前，锣鼓喧天，十分热闹，为的是后面主角出场，而哈雷摩托车便是自造声势。但是严重的噪声扰民，也是哈雷摩托不受一些人喜欢的原因之一。

  噪声大的机动车，比如赛车，也因体积小，重量轻，且要求很高的速度，所以，对排气管的设计，也是遵循简单而有效的方式——设计简单、做工简单、体积小，并且不影响尾气的排放，不至于影响发动机正常工作而导致赛车动力不足。因此，人们常常听到赛车发动机声轰鸣，特别是在夜深人静，街面上车辆稀疏的时候，偶尔有一辆赛车驰过，那震耳欲聋的声势，有着将半座都市的人都吵醒的架势，就那么威风凛凛，当然，警察也不会袖手旁观，会竭尽全力追查超速的赛车。于是有人想，为何赛车型汽车，不多花点金钱来改造发动机消音设施？有人说汽车文化，旁人不懂，喜欢的人，就是喜欢它们的特立独行，就像哈雷摩托车迷们，钟爱的就是雷鸣般的发动机声。

保安知道送外卖的摩托车会很快驶出小区，就像出租车进入小区，将乘客送达后，这趟业务就算完成，于是赶着做下一单业务，继续拉别的乘客，如果滞留在小区，会耽搁出租车司机挣钱。居住小区里的停车收费，规定在半小时内免费。有时保安也会问出租车司机，是否马上出来，有时不问，因为耽误时间便是延误下一单业务。保安知道，送外卖的摩托车，和送乘客的出租车，都不会在小区多停留一分钟。乘客下车，将车费结清，出租车司机便立马开车离开；而送外卖者将美食送到客户手里，收取费用，立即转身离开，毫不耽搁。

送外卖的摩托车停在客户楼栋门前，熄火后，将食物从后备箱取出，在一楼门禁前按下客户的门牌号，此时待在家里等候美食的住户便开启门禁，让送外卖者进入。

送外卖者直接来到客户家门口，开门的是一位年轻男子，屋里有女人的声音问：

"外卖到了吗？"

"是的。"男子回答。

他将餐盒接过来，交予身后的女子，递出一叠零钞，送外卖者接过数了数，正好，便转身离开。还有一位订餐者在等候，得赶紧送过去。

这时天空飘起了蒙蒙细雨，送外卖者将衣服上的拉链拉到脖颈处——外套并不防水，拉上拉链只是为了防寒，套上头盔后，骑行时，雨水也就难以从脖颈处钻入。送外卖者感叹天气的多变，刚才还和风暖阳，瞬间就阴雨绵绵，好在只剩一份外卖要送。

不多久，地面湿润，路面湿滑起来，送外卖者降低了摩托车速度，不再赶时间，为了安全起见。此时到了吃饭时间，路上车辆稀疏，街上行人稀少，送外卖者不像以往那样在斑马线处掉头，而是在地面上有黄色虚线、旁边有车辆出入的一处停车库前。看到对面车道没有车经过，准备转向行驶几百米后，去路边的小巷。

雨天路面湿滑，送外卖者特意放慢了速度，平稳地转了180度，车身摆正后，紧了一下油门，准备加速前行。

这时，一辆银色小轿车超车，没有减速，从送外卖者身旁掠过，在即将驶过的时候，轿车的尾部与摩托车发生擦刮，摩托车瞬间失去平衡，送外卖者摔倒在地。汽车尾部漆面划伤，摩托车被摔出好几米远，倒在人行道旁，零件洒落一地，送外卖者横卧在大道中央。

银色轿车停住，司机愣了一下，确定发生事情后，下车看了看事故现场，口里念叨：

"啷个搞起的嘛？"

他是山城都市本地人，说话口音很重，喃喃地，像是在责备别人，又像是自责。

送外卖者摔出好几米远，好在戴有手套，不与粗糙的柏油地面直接摩擦，又因戴着头盔，保护了头部，不至于受伤很严重。双方的车辆都在行驶中，像这样被摔在坚硬的地上，如果没有佩戴护具必定受伤不轻，可能会造成严重的脑震荡、昏迷不醒等，甚至有生命危险。

送外卖者头盔已经摔坏，摩托车前挡泥板脱落，把手上摔掉了一些碎片。车上的快餐，白的米饭、红的酱料、粉的肉片、青绿色的蔬菜，从后备箱的缝隙中漏出，洒了一地。

看到骑摩托车者在动弹，轿车司机悬着的心稍稍地缓和。

送外卖者没有回答轿车司机的问话，而是从地面上爬了起来。地上没有血迹，只是摩托车被抛出好几米远，掉落的碎片零零散散，在雨中显得孤独无助。他抖了抖裤腿上的淤泥，没有正眼瞧轿车司机，也没说话，脸上毫无表情，连身上的雨水也没来得及抖一抖，便径直朝摩托车走去。见车上的餐食已打翻在地，他心一沉，顾不上查看身上的伤情，想掏出手机拨打电话，第一时间将所发生的事情向餐馆交代清楚。不让顾客失望，是送餐员必须牢记的，送餐规定在半小时内送达，雨天可稍微延长点儿时间，但此时，出了意想不到的车祸，不是延长时间便可解决的。订餐的顾客还在家中等待，餐馆应尽快重新做一份餐食另外派人送去，以免受到顾客的投诉。

有时，遇到堵车耽搁了时间，送达时间稍微晚了一点儿，不理解的顾客便会抱怨，甚至张口就是一大堆难听的话。碰到这种情况，送外卖者们只能自认倒霉，有时不免申辩几句，顾客便倒出更多更难听的话，甚至破口大骂，更有甚者，不顾送外卖者的辛苦，拒绝接收送来的餐食。无论送外卖者如何哀求，顾客仍然蛮不讲理，发脾气不说，还将餐食打翻在地，并且拒不付账。

送外卖的工作，拿的就是跑路费，要是送达的餐食顾客拒收，挣不到钱不说，还会收到顾客的一个差评，这月的奖金便没了。以送外卖者多年从业的经验来看，忍耐可化解诸多的麻烦，因此这便成了他们的职业习惯：不惹事，遇事让着几分。

送外卖者在自己身上摸索着，像是寻找什么东西，只见他从怀里掏出手机，手机好像没摔坏，他拨通电话：

"喂，经理呀，我是小石，遇到车祸，需要重新送一份餐……"

这时，站在一旁的轿车司机，见姓石的送外卖者没搭理他，便主动上前问询：

"你没事吧？"

送外卖者没有回答，而是摘下手套，露出带血的手。这时，他才感到疼痛，或许是摘下手套后伤口淋雨的缘故，也或许是，破损的肉皮黏连着手套一并被摘下。好在戴着手套，不然手会伤得更重。手臂也感到疼，不知伤到骨头没有，他抚弄着手臂没有说话。

此时轿车司机有些紧张。虽说车买了全额保险，保险公司会支付一切费用，不担心被交警罚款，也不用骑摩托车者担负任何费用，只是毕竟出了车祸，又有人受伤，不是一件轻松的事。

"伤了手臂？"

"手臂撑到地上，受了力。"送外卖者解释道。

"伤到骨头了吗？"

"不知道，有些疼。"

"到医院检查一下。"轿车司机说，"我报了警，交警马上就到现场。"

送外卖者没再说话，有些沮丧：原本好好地在工作，一路小心翼翼，不想却要进医院。

安慰了送外卖者,轿车司机回头看了看,见坐在后排的两位上了年纪的乘客还在车里,便返回车旁说:

"车走不了了。"

"怎么了?事情很严重吗?"

"摩托车摔得有些严重。"

"人呢?摩托车手呢?"

"受了伤。"

"外伤?"

"不清楚,要到医院检查后才知道。"

"那现在?"

"恐怕不能送你们过去了。"

"没什么。"

两位乘客在司机说话时已经下了车,站在车旁边。

"交警马上就到,还要处理事故,估计一时半会儿走不了。"轿车司机解释道,"打一辆出租车吧。"

"也是,要是等的话,不知要等到何时。"

"街对面就有一辆出租车,刚过去。"

"过了?"

两位乘客急忙往轿车司机手指的方向看去,一辆黄色的出租车刚驶过。

轿车司机站在路中间,准备拦截一辆出租车。两位乘客一人撑起一把雨伞,其中一位也给轿车司机遮雨。

乘客上了出租车后,轿车司机将他们要去的地址告知出租车司机,并向两位乘客说:

"路上注意安全,下车时,前后看看。"

"好的。"乘客说。

就这样,轿车司机站在路边,目送两位乘客离开。

十五、忙碌

写字楼里的办公区，一群人正忙碌着。曾岳红的办公室位于里间，见曾岳红进了办公室，一个人立即赶过来，是她的女秘书薛芩芩。薛芩芩向她汇报她不在公司时的种种情况，比如谁打电话找她，哪位员工有事要向她汇报等，话语简短，训练有素。

曾岳红获得大项目订单后，工作太忙，因此招聘秘书帮着处理一些公司内部事务，薛芩芩来应聘时被她一眼相中——不是因为薛芩芩有在国外读书的经历，也不同于其他经理选特会喝酒和能应付场面的人，曾岳红更看重工作经验和能力。

薛芩芩平时喜欢穿可爱的粉色系，毛衣上装点亮片珠子，而性格却有些我行我素，特立独行。曾岳红知道薛芩芩能干，但不知为什么，却喜欢做秘书，来到规模和名气都不大的公司。并且曾岳红隐约感到，薛芩芩出生的家庭不会差，因为薛芩芩虽然挣钱不多，但从来不计较花费，穿着虽不是很高档的奢侈品，但所用已经超出了所挣的工资。只是薛芩芩的应聘简历中，在父母一栏，只填写了"职员"，没有其他的信息，但曾岳红凭着多年与客户打交道的经验判断得出，薛芩芩的父母绝不是一般的职员——无论是遇事的态度，还是对事情的应变能力，都表明薛芩芩见过大世面，而不是普通职员小家庭出生。

曾岳红有着与薛芩芩相似的在国外求学的经历，不同的是薛芩芩的简历中写的是欧洲，而曾岳红却不是在欧洲获得的高学历，少了欧洲童话般的公主梦，显得更为实际，并且年长几岁的她，有着骄人的业绩，这是薛芩芩不曾拥有的，也是薛芩芩甘愿做秘书的缘由。

曾岳红是在一种自由的环境中长大成人的，有着独立、乐观、自信、坚强和热情的性格。不像大多数都市小孩儿那样，曾岳红小时候，父母并不强迫她学习钢琴。有的家庭，父母将自己的心愿寄托于孩子，迫使其从小练习钢琴，失去玩耍时间——必须老老实实地坐在钢琴前，每天固定的不少于两个小时的练习，枯燥乏味。儿童天性好动，在父母的威逼下，却不得不每天重复性地弹奏，小手疼了，父母说不许停；手指尖频繁地操作，麻木了，却被指责为偷懒，于是，一顿教育，滔滔不绝、劈头盖脸地砸向小孩子。不管孩子幼小的年纪是否能理解，是否有必要掌握这一门艺术，毕竟，能成为艺术家的人凤毛麟角。父母也明白，孩子长大后，肯定难以靠弹琴养活自己，换句话说，长大后他们可能会抛弃弹钢琴。但做父母的还是那么执着地要求孩子去学，理由很简单：别人家的孩子都在学，自己的孩子绝不能输在起跑线上。却不管孩子喜不喜欢，适不适合。

曾岳红从小就是一位优等生，成绩突出，多才多艺，因此，为人处世有着一种优越感，这种优越感，不是养尊处优，而是对自己能力的自信，她同男人一样拼搏，掌控自己的事业。

秘书薛芩芩下面的话，却让曾岳红愣住了——她父母打她手机没人接，就打来办公室，说正在来都市的路上。曾岳红一听，心里沉了一下，不过也就一刹那，就像寂静的天空划过的流星般，瞬间消失殆尽。刚才在路上，她听到电话铃声响，由于开车并没有接，因为都市里随处可见交警，检查开车打电话等情况，查处严厉。而后来，她一直与谢士强谈工作，就忘记了电话之事，直到薛芩芩提起。

这里简单讲讲电话的发展。20世纪主要使用座机电话，可配备电话答录机，当主人不在家时，来电者可以留言，主人回家后播放语音留言就可知晓有什么事情。后来人们嫌座机不方便，便使用一种BB机，一种可随身携带、能接收文字信息的小装备，也叫寻呼机，俗称call机，被呼叫的人，可马上得到消息，及时打电话回复，与座机电话相比，前进了一步。再后来，有了手机，最初的手机体积有砖头般大小（当时很多电影中黑社会老大的派头，便是手持这样一部手机，不停地对手下的小喽啰们发号施令，于是这种手机也被人们戏称为"大哥大"，因为只有大哥才配备得有，做手下的没有经济能力购买和使用），不仅可以随身携带，同时可以接听电话、拨打电话，于是人与人之间的联系，不再受空间的局限。

手机的体积和功能在不断变化：由砖头般大小，渐渐地减小到手掌的一半，厚度和重量也减少了很多，而功能却更加的丰富，从当初单一的接打电话，到后来，可以收发短信、拍照（堪比一部专业照相机）、视频通话、上网（几乎可抵一部电脑）等，体积越来越小，而功能却越来越强大。

如今中国人广泛使用更先进的网络社交平台，让更多的人，有了专属于他们自己的朋友圈，比如在社交平台上，人们聊天、讨论、互通信息、发表感言，分享图片、视频、文章等，就像聚会般热闹。随时随地都可交流，参与交流的人，可能有的正在吃饭，有的在办公间隙，有的在旅途中的火车上，有的正坐在江边石梯上望着滚滚江水小憩，也或是躺在沙发上不想看电视者，还可能是走在路上低头看手机者，等等。借助互联网，将天南海北的人联系在一起，使亲情、友情等，在一定程度上得到加深。

发信息是曾岳红与父母常用的一种交流方式，父母知道，曾岳红工作很忙，打电话经常占线无法打通，于是由互通电话，渐渐地改为互发消息。到了晚上，曾岳红不再忙碌时，可与父母视频通话，声音相貌了然呈现，就像真人在眼前一样，是曾岳红最开心的时候。可由于工作原因和习惯不同——年轻人喜欢晚睡晚起，而上了年纪的父母则喜欢早睡早起，当曾岳红有空闲时间时，父母已经洗漱上床休息，不到万不得已，做父母的不会在深更半夜与曾岳红谈心交流，每天很晚才休息的曾岳红，也不会因为要与父母通话，而早早地放下手里的事情；而当第二天清晨，曾岳红还在梦乡时，父母则早已开始了新的一天。因此，属于曾岳红与父母面对面交流的机会极少，久而久之，父母也就习惯不与曾岳红进行即时交流，而是发送一段录像、几句录音，或是几行暖心的文字，让曾岳红看到家人的关心。

这回，父母的突然驾到，是曾岳红没想到的。前男友夏雨离开后，不知咋的，这情况被曾岳红的父母知道了，便招来父母加倍的"关心"，父母的理由也很简单,担心曾岳红心情不好,独自一人生活,饮食无规律,饱一顿、饿一顿,有损身体健康。现在的年轻人,工作压力大,满腔的热情投入工作,却往往忽略了最基本的生活。另一方面,夏雨的离开,曾岳红恢复了独自一人的生活,在父母眼里,却像是曾岳红又回到了孩童时期,毕竟子女在父母眼里是总也长不大的孩子。于是,更加频繁地探视曾岳红,一是帮曾岳红调理生活,做些好吃的饭菜,增加营养,让曾岳红有个更为健康的身体,更好地适应高强度的工作;二是担心曾岳红走极端,从失恋的消极状态恢复过来后,转变为疯狂的工作狂,而将身体健康弃之不顾。作为普通人的曾岳红父母,已经退休没再工作了,在身体健康的时候,替女儿做些力所能及的事情,也是他们的一片心意。但是,这一切只是父母的想法,时常让独立的曾岳红感到有些不适应,毕竟已经成年了,自由自在,在如今讲究效率的社会中是非常重要的。父母的生活习惯与她不尽相同,又比较唠叨,对于父母的叮嘱她不是不愿听从,而是确实没有时间静下心来仔细思考,更无法牢记,不经意间将父母的话当了耳边风,使得老人觉得不好受。因此,曾岳红还是不习惯父母的经常到来,尽管嘴上没有说,但父母似乎察觉到了什么,来曾岳红住处的次数明显少了。

曾岳红脑海里浮现出种种猜测:父母来视察自己的生活状态?曾岳红感到为难。她从小被教育,作为女生,一定要保持屋子的干净整齐,不要像男生那样,衣服不洗,床单不换,地板不扫,屋子满是灰尘。曾经因为冰箱里尽是速冻食物,没有新鲜的蔬果,为一顿可口的饭菜,父母心疼女儿,不免发几句牢骚,却使她感到不适。因为父母的到来,打乱了她的生活规律,尽管可吃上几顿营养丰富、味道可口的饭菜,却也招致不少的唠叨——前者,曾岳红喜欢,美食嘛,总是诱惑人的,但后者,曾岳红避之不及,是不愿整天听到的。曾岳红父母也是有教养的人,受过高等教育,也明白,现在的年轻人独立性强,不愿听长辈的意见,但有些话,做父母的不得不说。可能是又来催促自己交男朋友之事?曾岳红也理解父母的心意,不是不得已,父母也不会唠叨。大概他们同事的子女都已经成家,有的已经抱孙子了,而曾岳红还是单身——一个人生活,不成家,不与父母住在一块儿,没人照顾,做父母的总是担心,担心不会照顾自己的身体,担心加班晚了回家路上遇到坏人。如果曾岳红交个男朋友，有同龄人相互间照顾，父母就能安心一些。他们也知道，曾岳红个性强，生活能力没问题，但独自一人，就不免担忧。

曾岳红每年都回父母家，父母年纪大了，不时回去看看，尽管不能帮助父母做什么事，因为二老还健康，不用曾岳红为他们操心，一家人团聚就是他们最为开心的。但此次父母的突然到来，让曾岳红感到意外，因为她与父母有约定，来之前先打声招呼。曾岳红回父母家，也不搞突然袭击，让对方所料不及，因为惊喜可能变成惊吓，或是遇到尴尬。

曾岳红想，回家整理房间不太可能，自己此时还在办公室，而且，今天下班后，与客户还有饭局，要是晚上失约，就会失去客户，那将影响工作业绩，因此不得不去。难于兼顾父母和工作，她突然有种愧疚感。顾眼前吧，眼前的工作不可耽搁。

曾岳红的父母，比较开明，尊重女儿的人格，不将他们的意愿强加给女儿，即或是拥有女儿房屋的钥匙，平时也会预先给她打招呼，征得同意后，方才过来。只是这一次，父母已经在来的路上，没有事先征求她的意见，这是不同寻常的。

十六、客户

曾岳红事业心强，在事业、家庭以及父母之间，总是以事业为重，做父母的也理解，尽量不打扰。因为马上还得参加一个聚会，要签一笔合同，这对公司很重要，不可耽搁，曾岳红没时间多考虑，拿起手机拨打父母电话，没人接听，于是发了一条信息，说自己今天有事，晚上很晚才回家，晚饭就不等她了。信息发出，曾岳红像是将顾虑与担忧，一并随着无线电波抛了出去。原本父母的不期而来，让她措手不及，此时，思索一会儿，恢复了平静，又回到眼前的事物。

见曾岳红已回过神来，秘书薛芩芩手捧文件，送到曾岳红面前。曾岳红接过文件，快速扫了一遍文件内容。此时，先前一路跟随曾岳红的谢士强来到办公室，曾岳红看了他一眼，没有说话，而是将手里的文件逐份逐份地快速浏览，毫不怠慢，也不粗心，记住每份文件的内容和主要数字，签署完毕，交予薛芩芩。

不是所有做经理的都有曾岳红这种过目不忘、一目十行的能力，他们各有特色，有的是行动派，做事雷厉风行，在对手还未察觉到时，便旗开得胜；有的经理，酒量惊人，在饭桌上的功夫，令所有在场的人，无论对手还是盟友，都不得不甘拜下风；有的经理，则是人来疯，见着客人，便自来熟般亲热，到各个餐桌，对什么人，都一口气将酒灌入肚子里，而且是葡萄酒、白酒和啤酒混在一起——人们说喝混合酒很容易醉，他们却不以为然，脸上颜色变换，却依然与大家谈笑风生，这也是一种能力，与人交往的能力。

人们说，在桌面上说得起话、撑得起场子的，便是能喝酒的人，至少是经过酒精"考验"之人。有的单位招聘，将酒量大小作为选人的标准之一，而且专门找人测试应聘者的酒量，就像年终考核般郑重其事。中国人的酒桌文化：喝酒劝酒，不醉不罢休。

可以适量饮酒。在有些国家，醉酒被认为是可耻之事，一个贵族，如果与醉酒联系在一起，便会被人瞧不起。

相反，在中国，有的人平时不苟言笑，生活作风严谨，却敢在餐桌上耍酒疯。中国古代传说中的仙风道骨之士，无不饮酒，且在似醉非醉时亮出绝技，如醉剑、醉拳等功夫。餐桌上劝酒，本意是想要客人喝好、喝舒服，有的人却过分劝酒而导致客人饮酒过量，醉得不省人事，等到第二天，在客人头昏脑涨、不清醒的情况下签署合同，这不是乘人之危吗？不觉不道德？却口口声声说客人喝好了。喝得酩酊大醉，便是喝好了？忘乎所以，甚至出丑，便是喝得高兴了？在平时，人们遇到别人出丑，定会嘲笑好一阵子，可在酒桌上的出糗，没人当回事儿。不过，在酒桌上，也许有人丑态百出，却不乏真心直言，变得更加宽宏大量、善解人意，将愤愤不平、猜忌等统统抛在身后。虽然人们都知道过量饮酒后身体受罪，但仍有人乐于受此罪——可借助酒精，将平日里的压抑和痛苦等一并释放出来。

喝酒，要一醉方休，不醉不归，才算是尽兴。有的人是真喝醉了，无法控制住自己而闹笑话；有的人，干脆就是假装喝醉耍酒疯，将平日里不敢说的话，尽情吐露，对平日里不敢面对的人和事，有所行动，这就是俗话说的"酒壮怂人胆"。

曾岳红在工作上投入了很多精力，甚至可以说，她几乎将所有时间都投入到了公司的运营中，无论上班时间还是下班时间，都在考虑公司的事，比如公司的发展，与客户的沟通。她凭着自己的能力，逐步走到这一步，取得这样的成绩，这是她实力的证明。曾岳红喜欢这一事业，全力投入，虽然父亲并不赞同，觉得女孩子不必太过争强好胜，还是温柔贤淑些好，不然活得很累。父亲是为曾岳红着想，却因曾岳红喜欢这份工作而无能为力，只得随曾岳红的意愿，让她做喜欢的事情，不再干涉，却也造成了父女间的隔阂。处于丈夫和女儿之间的母亲，左右调解，在父女闹矛盾时，起着缓和剂的作用。只是，母亲随父亲生活，所站的立场是有偏向的，曾岳红这样认为。于是，久而久之，曾岳红与父亲的不和，也牵连到母亲，只要母亲说她，她第一反应就是母亲看不惯自己，因为她没有按照父亲的意愿做事，选择了与父亲事业毫不相干的事业，且做得风生水起，而在父亲的眼里，她就是在浪费青春。

曾岳红吩咐站在一旁的谢士强，带上要用的资料和样品，他们要外出与客户谈判。谢士强离开办公室去准备。曾岳红又向薛芩芩询问了一下公司里的事，确定一切都在按部就班地进行之后，便与谢士强一道，离开了公司。

客户公司位于都市的另一端，除了通过电话，偶有联络之外，极少见面。

由于这些年中国基础设施的改善，现在的交通，四通八达，就连称霸世界的美国，也学着中国的模样，加大美国国内基础建设的投入，哈，老美也有榜样了。作为中国新兴的大都市，山城都市的建设尤为显著。

道路的改善，这些年在山城都市十分显著，虽然相距得远，有了内环、外环、市内高速公路，也能很快到达。目的地的停车场，是露天一片开阔地，曾岳红顺利地将车直接停在停车位，一气呵成，一副干练的模样，这也是熟能生巧。她刚学会开车那会儿，常是磕磕碰碰。父母不开车，也无法教授女儿开车技巧，全凭她自己独立摸索。虽然在正式开车之前，到正规驾校回炉学习一阵时间，却因工作忙，学习的时间有限。而事实上，拿了驾照，考试合格，与上路开车，不是一回事，曾岳红深深地感受到。

谢士强佩服地一路跟在曾岳红身旁，绝不超越，就像一只懂事的小狗，有时显得有些迂腐。因为作为绅士，理应抢在女人前面将事情做好，比如先下车为女士开启车门等，表现出女士优先的绅士风度。但谢士强却乐意做曾岳红身后的影子，虽然帅气阳光，却像小孩子般，甘愿做一名跟屁虫，不离左右，却从不超越。

对方还未到，两人在休息室小憩，预测着对方来的会是谁，该如何应对。曾岳红是经理，谢士强是她的部下，因此出门露脸之事，谢士强从不抢镜。突然，曾岳红的电话铃响，是对方已经到会议室，于是两人起身，朝会议室方向走去。

会议室刚落座的人们，突然看见门口，一位女子后面跟着一位帅小伙子。女子进来时，露出满脸的笑容。

"不好意思，久等了。"其实曾岳红并没有迟到，只是比对方稍晚进会议室。

"曾岳红，"对方说道，"我们也是刚到。"

双方坐定之后，曾岳红便与对方开始商讨，事无巨细，一一详述，不留一丝瑕疵，干练老到，足见她的办事经验与年纪极不相称。几个小时后，双方还停留在协议的商谈中，双方修改着条款，为各自一方的利益分毫必争。

一番舌战之后，曾岳红邀请客户一起去打高尔夫球，不是在室内的简易练习场地，而是在绿茵球场。山城都市有不多的几个位于山顶的球场，球场中有山坡，有凹地，有人造沙滩，还有水库。在山城都市，山顶水库不是罕见之物——上天赐予甘露，久而久之便汇聚成湖泊，就像一颗蔚蓝的明珠镶嵌在碧绿的山峦之巅。

打高尔夫球，可谓雅趣。要是男人之间邀约，多是泡温泉，但曾岳红是女人，与客户泡温泉，容易被人误会。

几个穿休闲装的客户公司老总在场，曾岳红自然不是球场上的主角，而只是陪衬，聪明的曾岳红明白这一点。让老总们玩得尽兴，又不觉得累，是曾岳红的目的。不显得阿谀奉承、做作生硬，将事情办理得自然而然、顺理成章，不是件容易的事。如果过于热情，特别是在签合同之前，会让人产生怀疑，可能适得其反——原本有意向的事情，也会泡汤，这就是谈判桌外的不妥之处，这是办事者竭力避免的。

因老板不在国内，曾岳红只得代替老板出席，虽然代表乙方邀请甲方打高尔夫球，却因不是真正的老板，不能与甲方老总平起平坐。作为乙方，是接受甲方合同，而不是送钱出去，需要格外小心，处处谨慎，不能巴结，不能让人觉得像在乞讨，那样会被人瞧不起的。在尊严之下接受的合同，双方是平等的，是凭着劳动付出而获得报酬。

晚餐时间，曾岳红与客户频频碰杯，不断往肚子里灌酒，就像老话说的那样：感情深，一口闷（酒）；感情浅，舔一舔（喝得少）。而年轻力壮的谢士强，因为不是主角，而是作为随同，跟随在曾岳红身边，频频举杯，却不像曾岳红那样，每次都将杯里的酒喝完，而是端着酒，抿上一口，一杯酒可举起多次，这时曾岳红已经好几杯酒下肚了。当有客户与谢士强搭讪时，曾岳红便会来打断，热情地与客户套近乎，谢士强只能打住话题，任由曾岳红发挥。曾岳红就像一位独揽大权的独裁者，只要是公司事务，只要曾岳红在场，绝由不得他人说话，哪怕是客户主动来交谈，曾岳红都不会允许。而她身边的人也知道这点，因此，遇到客户主动交谈时，只要曾岳红在，只要不是必需的，都会交予曾岳红来处理，或是征得曾岳红的同意后，再着手进行，谢士强也不例外。于是，遇到客户主动交谈时，谢士强尴尬地笑了笑，等候着曾岳红发话。之后，又跟在曾岳红身后，作为陪衬，也像一位跟班，随着曾岳红，周旋于客户和对手之间，但唱主角的，总是曾岳红，而不是其他任何一位。

　　餐桌上的美食色香味俱全，刺激着人们的味蕾，客户们不停地动着筷子，而依然空着肚子的曾岳红和谢士强，满脸笑容，一桌接一桌地敬酒，红光满面。

　　举杯交盏，嬉笑搭讪。彼此都是熟人，却都各自有着打算，表面融洽，其实在暗暗争斗：利益的诱惑使得大家聚在一起，却又为着各自的利益而针锋相对、相互较量，那紧张的气氛，可谓剑拔弩张。曾岳红周旋于此，从容之际，也深陷其中——搭进去时间不说，一个女人在男人们的世界里要杀出一条血路，不受异性的歧视，不受众人的嘲讽和白眼，很不容易。但她精于此道，以办事果断机智而在业界有名。

　　一杯酒，加价几十万元，客户说，于是曾岳红连喝十余杯，直到微醉，其结果是为公司多挣得几百万元。

　　送走客户，曾岳红打车回到自己的家，跟跟跄跄，还在为刚才的壮举而高兴。

　　曾岳红父母已经在屋子里等候多时，未见着女儿安全回家，做父母的无法安心睡觉。而当醉醺醺的曾岳红出现在父母面前时，父亲表情虽然惊讶，但还是稳重，没有马上起身，而母亲却大惊失色，急忙上前想搀扶一把，却被倔强的曾岳红制止。

"妈，您还没睡呀？"曾岳红认出母亲，断断续续地说道。

"你大半夜不归，原来是喝酒去了，你爸多担心呀。"母亲将老伴搬出来说话，其实是自己在担忧。

"我没事儿，你们睡吧，我到屋里睡觉去了。"说完，曾岳红东倒西歪地回到卧室，将愣在一旁的母亲抛在身后，不再理会。

曾岳红父母今天也算经历了一场危险，只不过受伤的不是他们，而是别人。搭乘网约车来这里——曾岳红父亲刚掌握搭车软件，用手机便可预约，却不料在途中出现车祸，网约车撞倒了一位骑摩托车送外卖的人。他们等在家里，原本想将发生的事情告知曾岳红，并告诫她注意安全，别出车祸。自从曾岳红自己开车以后，父母便多了一份担忧，这也是为什么近期老两口常到曾岳红住处来的原因之一。哪知见到曾岳红时，却是大醉不已，已经无法交流。要是今天车祸中受伤的是他们，恐怕也指望不上女儿曾岳红为他们做些什么。老两口默默注视着曾岳红踉踉跄跄地回到她的卧室，将事情藏在心里。

第二天清晨，曾岳红父母做好早点放在餐桌上，并附上一张字条，表示了对曾岳红生活的担忧，说曾岳红的饮酒过量和不规律的生活会影响健康，要曾岳红多注意。别的也没再说什么。母亲知道，曾岳红已是工作多年的成年人，凭着自身年轻，在事业上打拼，本是无可非议，但伤身体的事情还是少做，毕竟身体垮了也会影响工作。但昨晚，看到曾岳红疲惫的样子，母亲也不愿多说，担心要求严苛了，会引起曾岳红的不满，因此，母亲选择了回家，与老伴一道离开山城都市。

十七、事故现场

交警到达送外卖的摩托车与银色轿车的事故现场,向轿车司机和摩托车骑手喊了一句:

"怎么回事儿?"

"我直行,摩托车变道。"轿车司机指着送外卖者说道。

交警的目光转向送外卖者,等待回答。

"我准备到那边小区去。"送外卖者说。

"人没事儿吧?"交警问。

"没大事儿,只是手擦破皮,手背有些疼。"

"还能动吗?"

"还能。"

交警一边问话,一边拿出照相机准备拍照取证。然后要求事故双方当事人出示驾驶证和行驶证,以作检查。

"石小磊?"交警下意识地念出证件上的名字。

"我是。"送外卖者上前一步,回答道。

"你骑摩托车?"

"嗯,送外卖。"

交警瞅了瞅洒落在地的餐食,没有继续说下去。比对完驾照和行驶证后,并未将证件还给他们,而是说:

"驾照和行驶证暂扣,等事情处理完了再还给你们。"

接着，交警又询问事发情况，问事故双方当事人：

"事情怎么发生的？"

"摩托车转弯。"轿车司机抢先说。

"已经转过来了。"石小磊说。

"是这样的吗？"交警又问道。

"差不多。"

轿车司机回答道，心想，要不是摩托车变道掉头，事故也不会发生。

"他变道掉头。"轿车司机指着石小磊说。

"这里可以掉头的。"石小磊委屈地指着道路中央的黄色虚线。

"你说，"交警对轿车司机说，"事故怎么发生的？"

"就是他变道过来，我直行。"轿车司机坚持道。

"我已经转过来了，正准备变道到旁边车道，就被撞上了。"石小磊辩解道。当时只需再前行几百米，便可离开公路，转向小巷。

"这里有小区车辆出入，是可以变道的。"交警解释道。

"他突然转弯。"轿车司机又说。

"摩托车直线行驶突然变道？"交警问道。

"还没有往旁边车道变道，在直线道上行驶，就被撞了。"石小磊回答道。

"他从对向车道掉头。"轿车司机进一步说。

"然后呢？"交警问。

"我正常行驶。"轿车司机说。

"你减速了吗？"交警问轿车司机。

"我怎么知道有摩托车掉头过来。"轿车司机说。

"那就是没减速了。"交警说。

"是按照规定的速度行驶，绝对没超速。"轿车司机指着远处的告示牌，上面有道路最高时速的标志。

"道路上有减速标志。"交警指着路面上的菱形标志说。

轿车司机沉默了。先前开车时，只顾与乘客说话了，没注意到地面上的标志。

"赶紧离开现场，不要造成交通堵塞。"交警发话道。

轿车司机将车开到路旁停下。

"那应该是谁的责任？"轿车司机问道。

"当然是轿车了。"

"全责？"

"嗯。"交警忙着勘察现场。

"摩托车没有一点儿责任？"

"出事时摩托车压在车道线上？"交警问。

"那倒没有，"轿车司机回忆刚才发生事故的过程，"不过摩托车转弯，也应该有责任。"

"有异议到交警平台来说。"见轿车司机不高兴，交警说道。

"报保险公司了吧？"交警询问轿车司机。

"还没有。"轿车司机说。

"赶紧地，报保险公司。"

轿车司机原本还想说什么，听了交警的话，憋了回去。

"车还能开吗？"交警问道。

"轿车还行。"轿车司机说。

"摩托车呢？"交警问石小磊。

"不知道，地上好像有油。"石小磊扶起摩托车说。

"那是漏油了，不能开了，需要拖车吗？"交警问道。

"我打电话让维修店来拉。"石小磊说。

"那好吧，保险公司来取证后，到交警平台来一趟。"交警强调了一下。

"在哪里？"轿车司机问道。

"就在前面路口，朝左拐，兰花路交警平台。"

"嗯。"石小磊回答道。

"都去？"

轿车司机问道。轿车损伤不大，只是剐蹭，做一下漆面便好了。但是事情没那么简单，摩托车损伤不轻，人也受伤了。

"两位一块儿。"交警肯定地回答。

"没有驾照,可以开车呀?万一被抓到,就是无证驾驶。"轿车司机调侃道。

开了这么些年的车,第一次遇到事故,轿车司机一时搞不清楚该咋办。

"如有事,打交警平台电话。"交警解释道。

"哦。"

交警见两人没再说话,便带着他们的驾驶证和行驶证,离开了现场,到别处巡查去了。

在等待保险公司来人时,石小磊拨打了摩托车维修店的电话。

保险公司出现场的保险员到达后,将事故现场拍照,对摩托车和轿车的受损情况,包括轿车的车头擦痕、摩托车碎片及整个车身,还有摩托车骑手的状况,都细细地拍了数张照片,作为理赔的依据。然后问石小磊:

"受伤了?"

"嗯,手臂和肩膀有些痛。"石小磊说。

"有内伤?"

"不知道。"

"手上和脸上有擦伤,"保险员说,"到医院检查一下,是否有内伤。"

"嗯。"

"医院的票据收好。"

"哦。"

石小磊回答简洁。轿车司机待在一边,一动不动,大概是被石小磊的模样惊呆了。

摩托车被轿车撞倒后,人被摔出好远,虽然戴着手套,却因车速快,地面摩擦大,手仍然擦伤了。幸亏戴了头盔,看着头盔上破裂的痕迹,石小磊倒吸一口凉气,心想,要是没戴头盔,不定会受多重的伤。

"在哪里修车?"保险员问道。

"快易摩托车维修店。"石小磊回答。

送外卖的工作离不开摩托车,而摩托车日常的保养和维修,都需要与维修店打交道，因此石小磊很熟悉附近的维修店。

"我知道在哪里，"保险员说，"摩托车送过去后，尽快让保险公司派定损员到维修店，可早点修车。"

"嗯。"石小磊应道。

"轿车要做漆吗？"保险员问轿车司机。

"一并报保险吗？"轿车司机问。

"摩托车维修费不低，不报险，你自己支付？"

"新交规里，报一次险，下一年的保费就涨。"

"摩托车修理费肯定比下一年涨的保费多，还有人受伤，医疗费也要算在一起。"

轿车司机没再说话。

"你们二位互相交换电话号码，有事好联系。"保险员对轿车司机和石小磊说，"事故摩托车，保险公司的定损员到维修店，确定受损情况后，方可修车，不然，保险公司不予承认，修理所花费用就得不到保险公司的赔付。"

"哦。"

石小磊回应道。他手臂有些疼，不知伤到骨头没有，要到医院检查才知道。轿车司机有些紧张：要是石小磊有个好歹，或是以后出问题，总是很麻烦的。而石小磊则想，原本在好好地工作，小心翼翼地开着摩托车，哪知道要进医院，感到很沮丧。

"我先过去，还是等你一块儿过去？"

轿车司机问石小磊。见石小磊手受伤，摩托车又不能用，便想邀请石小磊乘坐轿车，一同到交警支队，之所以这么做，是为了早点解决事情。但石小磊看轿车司机有些勉强的样子，手背疼痛越发强烈，便拒绝了轿车司机的好意。

摩托车被维修店来的车装上车厢，石小磊搭乘维修店的车来到交警平台，尽管不远，搭乘还是快捷些，离开时叮嘱修理店尽快将摩托车修好。之后，他拿起电话，向送外卖的餐馆说了自己当下的情况，并说还要到医院检查伤情，下午不来餐馆了。

石小磊搭乘修理店的车，与银色轿车一前一后来到交警平台。交通事故的处理，需要当事人双方到场，先到达的，须等候另一位到来——交警不会在只有一方在场的情况下处理事情。

交警平台的屋子，是简易的临时建筑，空间狭小，办事的交警和协勤，已经让屋子内显得有些拥挤，而且还有其他事故的当事人在场，屋子里没有多余空间，轿车司机和石小磊在屋子外面等候。等到前一拨人出来，两人才一齐进入屋子。

"身份证？"

处理事故的是一位年轻的警官，不是在事故现场出现的中年警官。

"需要身份证吗？"

"当然。"

石小磊从衣服里掏出身份证，交给年轻警官。轿车司机木讷地看着，没有动，心里尚未平静，便拒绝交出身份证。

"你的呢？"

"没带在身上。"轿车司机回答说。

"出门不带身份证？"年轻警官询问道，语气很温和，没生气。

"今天有事，要参加生日聚会，出门急，身份证忘带了。"轿车司机解释道。

"家里有人吗？让家人送过来。"

"家里没人。"轿车司机撒谎。

"必须要身份证吗？"

石小磊问道，同时有些同情轿车司机，出门时真的忘记了，也不是不可能。

"那当然，见到身份证才可处理事故。"年轻警官解释道。

"也是。"

石小磊低声说道，心想，倒也是，没有身份证，要是驾照上的人与司机不是同一个人，谁能证明开车的是谁？不会是随便说的名字？

轿车司机拿出手机，准备离开交警平台的临时办公间去打电话。

"到哪里去？"处理事故的交警问道，"还没处理完呢。"

"我打个电话。"轿车司机说道。

轿车司机走出屋子，给朋友打电话，将发生的事情向朋友说了，问出车祸时，交警要身份证，有什么问题。不一会儿，轿车司机进屋，慢腾腾地掏出了身份证，递给处理事故的交警。大概轿车司机的朋友告知了如何处理情况，让其相信交警，按交警说的办。轿车司机头一回遇到交通事故，以为交出身份证，便会受到进一步的处罚。在中国，有些人习惯相信熟人、朋友，却不相信法律，认为熟人好办事，而不知遵循法律程序。

"为什么刚才不拿出来？"年轻警官问道。

"我以为……"轿车司机想解释什么，终究没说出口。

"摩托车突然转弯，也应该承担责任。"

轿车司机说道。轿车司机认为，自己开车走自己的道，摩托车突然转入才撞上的，究其原因，是摩托车突然出现在前面，自己没反应过来，才发生的事故，摩托车也有一定的责任。由于保了第三责任险，发生事故，赔付全由保险公司负责，不用轿车司机负担任何费用，包括轿车修理费，摩托车修理费，摩托车骑手石小磊的医疗费、误工费等。只是第二年轿车保险费必会上涨，轿车司机感到冤枉，心里还是不太乐意，因此，仍愤愤不平地争辩。

"摩托车已经掉头进入岔道，还是压在实线上？"年轻警官问。

"倒没压在实线上。"轿车司机的脑海回放了一遍事故发生时的情景。

"摩托车没压在线上，在行车道内。"年轻警官说。

"轿车从后面撞上摩托车，是轿车的过错。"一直在旁边没出声的石小磊说。

"我在自己的道上行驶。"轿车司机委屈道，表示不服交警的说法。

"我在车道内。"石小磊立马接话说。

"那摩托车也应该有责任。"轿车司机争辩道，"要不是摩托车突然变道，也不会发生事故。"

"虚线，可以变道的。"石小磊解释道。

"摩托车没有违法掉头。"年轻警官解释说。

"我车开得好好的，突然冒出一辆摩托车，躲闪不及。"轿车司机继续说。

"减速了吗？"年轻警官问。

轿车司机没说话。看着沉默的轿车司机，年轻警官接着说：

"现在道路都提速了，时速60公里，见到前面摩托车转过来，距离几十到一两百米时就得减速，要不然时间短暂，一般人反应不过来。"

"摩托车一点儿责任都没有？"轿车司机还是不甘心。

"已经转过来了，准备前行，轿车从后面撞上了，造成的事故。"

"那摩托车变道呢，也应该有责任吧？"轿车司机说话口气缓和了些，没有了先前的理直气壮，"不应是轿车全责。"

"事故是由于轿车从后方撞车造成的，不是在摩托车掉头时撞上的。"年轻警官说。

"我直行，应该变道的车让直行的车。"

"直行也要保持足够的安全距离，况且看见前面有摩托车。"交警说。

"是你的行车安全距离不够。"先前到现场处理事故的交警说道。

轿车司机没有做正面回答。他当时正与后排座位上的乘客说话，没注意到前方变道过来的摩托车。当时，空旷的道路上车比较少，也没有行人横穿马路，他一时大意，只顾说话而忘记随时观察，再加上雨天视线比较模糊，便发生了事故。事故发生后，他下车观看了四周环境，发现路上并没安装监控摄像头，自己的行车记录仪也没开启，摩托车由于尺寸所限，也不会安装行车记录仪，于是打定主意：没有证据证明是他不注意前方车辆而导致的车祸，只要咬定摩托车变道，自己直行，错在摩托车，虽然事实上是轿车撞上的摩托车，但摩托车也应当担责。有了这种想法，轿车司机便理直气壮地争辩，那模样，一点儿也不含糊，底气十足，因为他觉得没有证据证明他开车时不专注。

"轿车没注意前车的安全距离。"年轻警官说。

轿车司机心里明白确实是这样，不再说话，应该是被说服了。

见事故双方没有异议，年轻警官着手整理资料。他将驾照和行驶证复印后，把复印件和原件一起放在办公桌上，此时桌上已经摆放了不少的证件。又从办公桌一边的文件中拿出两张表格，分别交予石小磊和轿车司机，说道：

"各自填一份情况说明。"

"必须写呀？"轿车司机问。

"那当然，不然怎么结案？"年轻警官回答道。

轿车司机没有马上回答，而是离开房间到外面打电话。屋子里的石小磊，在协勤的帮助下，写着事故的经过。

"是在哪儿发生的？"石小磊有些不肯定，经常来这边，却记不住街道名称，只知道居住小区。

"应该是华竹路？"协勤问出事故现场的交警。

"就是华竹路，往东方向。"

出现场的交警十分肯定，他们管着这片，对所辖区域了如指掌。

石小磊将事故发生的前因后果，摩托车型号、颜色、车牌号等，详细地写下，然后将写好的报告交给年轻警官。

进屋的轿车司机拿着报告，在旁边的协勤帮助下，填写完毕，交给年轻警官。

轿车司机转身离开屋子，来到外面十字路口一侧的人行道上的空地。在都市，由于停车位十分紧张，稍微宽敞一点儿的人行道上都用白色线划出停车位，交警平台所在位置的这个路口便是，导致行人走到道路狭窄处时不得不在车辆的缝隙间穿梭。空地面积不大，柏油路上来来往往的车辆川流不息，显示出都市的繁忙。交警平台常设在交通繁忙地带也是为了方便民众。

石小磊透过窗户往外看，见到轿车司机在抽烟，有些焦虑，大概是在为刚发生的事故负全责而纠结。而此时，石小磊担心的是自己的摩托车受损情况，究竟严不严重？零部件有现成的吗？何时才能修好？

不一会儿，轿车司机打电话联系的人来到交警平台，是与轿车司机同龄的年轻人，一男一女，站在门外。轿车司机看上去很激动，说话间，不时地来回走动。由于相隔有一段距离，听不清他们说话的具体内容。

这时，年轻警官登记完身份证号，将身份证还给石小磊。又在电脑上写完处理结果，打印两份，一份交给石小磊。

"看看有无异议，没异议，签字确认。"年轻警官对石小磊说，接着又问:"还有一位呢?"

"在外面,"石小磊说,"需要他签字吗?"

"那当然,双方签字认可才行。"

"哦。"

石小磊嘴里应了一声,便到屋子外,见轿车司机还在与一男一女说话。

"他们都到了。"那位男子说道。

"先前说去的。"女子说道。

"哪晓得出事嘛。"轿车司机说。

"你那车还可以开不?"

"可以呀,但现在走不了。"

"本来说是去过生(日),他们都去了。"

"还有多久才处理完嘛?"

"不晓得。"

说话间,轿车司机斜眼看了一下石小磊。石小磊见轿车司机注意到自己,便说:

"叫你进来。"

"快去。"那位男子说。

"等我一下。"轿车司机边走边说。

石小磊跟着轿车司机进了屋子,处理事故的交警见两位进屋,便递给轿车司机一份打印好的事故报告,说道:

"看一下,有无异议,没异议,签字。"

"驾照和行驶证就放在这儿?"石小磊问道。

年轻警官指着桌面上摆放的证件,对石小磊说:

"你可以拿回你自己的驾照和行驶证,他的还要过几天。"他,是指轿车司机。

石小磊很高兴地拿回自己的证件,而轿车司机则问:

"我的呢?"

"驾照要过一段时间才拿得到,其他证件可拿回去。"年轻警官说道。

"没有驾照,开不了车。"

"暂时不要开车。"

"啥时候能拿回驾照？"

"事情处理完了，就还给你。"

石小磊和轿车司机一人一份事故处理单，上面有着事故双方的车型、车牌号、车身颜色，双方当事者的联系电话、身份证号等信息。

"月底来拿驾照。"年轻警官对轿车司机说道。

"月底呀？"轿车司机问道，觉得时间有些长，"没有驾照，无法开车的。"

"月底还不一定，要等事情处理完才行。"

交警之所以扣留轿车司机的驾照，是为了方便事故的处理。人们都有这种观念：在交警办公室处理交通事故，一定能解决问题。之所以这么有信心，是因为有交警制约着肇事司机，而扣留肇事司机的驾照，便是制约方式之一。

"那没其他啥事了吧？"签完字的轿车司机问。

"可以离开了。"年轻警官回答。

离开简易办公室的轿车司机，走到一男一女的身边，说道：

"驾照被扣了。"

"我们搭车去还是开车去？"女子问道。

"开车吧。"轿车司机说，"吃完饭才修车。"

"明天还要出去的。"男子说道。

"明天说不定车就修好了。"

"谁开车呢？"女子问道，"我穿的高跟鞋，不能开车。"

"我来开吧。"男子自告奋勇，"我带了驾照。"

"嗨，"轿车司机垂头丧气，"驾照被扣了，连车都开不成了。"

"事情处理完，就会还给你的。"女子安慰道。

说着，三人上了车，离开了交警平台。

石小磊走出交警平台的屋子，此时，他最关心的事情，是形影不离的摩托车能否早一点修好。要是晚一天，就得多耽搁一天的时间挣钱，没有摩托车，他就没有收入。他掏出手机，给维修店打电话，询问摩托车修理的情况,催促修理店早点将摩托车修好。修理店回答说,正在找配件,还要等保险公司的人员到场,定损后,方可着手修理,不然,不经保险公司认可而修车,是得不到保险公司赔偿的。

  修复事故车,不像平时摩托车有点儿小毛小病,到修理店便可着手进行。当石小磊问维修店的人,保险公司的定损员何时能到修理店,修理店的人说,这要问当时报险的轿车司机。无奈,石小磊拨打了轿车司机的电话,询问保险公司定损员的联系方式,轿车司机很爽快地将号码发到了他的手机里。石小磊拨通定损员的电话,告知了受损摩托车所在修理店的位置等信息,然后又将定损员的电话号码转给修理店相关人员。修理店说他们与定损员联系,让石小磊不要管了,等摩托车修好后会通知他。

  暂时不想受损的摩托车了,多想也没用,又帮不上忙,还会给修理店带来麻烦。遇到这种事,着急也没用,再着急用车,也要等车修好了才行。平静下来的石小磊,此时感到手臂疼痛,才想起还要到医院去检查。他搭乘一辆公交车,前往附近的医院。但愿没有伤及骨头,只是皮外伤,不然没法工作,石小磊心想。

十八、检查身体

　　由于不是周末，医院里的人不是太多，不过石小磊到达后，还是坐在过道上一排塑料椅子上等候，前面还有两位病人。石小磊看着过往的医务人员和病患，心想，医院也忙碌，没有闲人，看病的人着急地排号；医生忙着处理病患；护士们不时地来来去去，不是忙着给病患交代医生叮嘱的事项，便是为医疗辅助用品而奔走，她们步履很快，甚至小跑，好似脚底有风火轮，就差腾空而起，那模样，比看病的人还要着急。

　　人人都在忙碌着，石小磊坐立不安，不是由于伤痛，而是内心不能平静——原本好好地在干活儿，谁料飞来横祸，被轿车撞伤，摩托车也进了修理店。

　　想到摩托车，平时工作不可缺少的交通工具，石小磊心里五味杂陈。不知受损情况如何？是否已经在修理？零部件是否齐备？他曾经想更换摩托车前面板，程序并不复杂，却因维修店没有合适的备件而无法更换。在那一阵，石小磊不得不骑着破损的摩托车穿梭于大街小巷，遭受了路人异样的目光，仿佛以为是出了事故的摩托车，而不是因为老化而破损。骑行在街上，就像背上一块赎罪板一样难受。就这样，石小磊等了小半个月，才得以更换。因此他知道，如果没有同款，或是相似款型的更换件，维修店便会停止修理，直到合适的更换件送达。

　　石小磊担心，摩托车不早点修理好，送外卖的工作就会耽误。但是事故车的维修比一般情况更复杂，需要保险公司定损员到现场，斟酌修车的材料和配件是否适合，工时费报价是否合理，避免损坏件价格便宜，而修补却用高档的配件等问题。降低被保车辆的维修费用，是保险公司定损员的职责，因为修车的费用会由保险公司承担，而定损员作为保险公司工作人员，是为保险公司利益服务。石小磊知道，即使更换完全部的破损件，摩托车当天也不能取回来，因为还要做新的油漆，当天是不能使用的，至少等到第二天，油漆完全凝固，才能交车使用。

只是石小磊还是忍不住，一边坐在医院长廊的椅子上排队等候，一边掏出手机，拨通修理店的电话。

"喂，"石小磊说，"请问一下，中午送来的事故摩托车开始维修了吗？"

"已经通知定损员了，"维修店服务人员说，"他那边还有一辆事故车需要定损，完了就过来。"

"再催一下吧，"石小磊着急地说，"摩托车急着用。"

"定损员正忙着，"维修店服务人员解释道，"一会儿就过来。"

遇到急用车，出于职业道德，也缘于保险公司相互之间的竞争，保险公司的工作人员会第一时间赶到，这也是顾客评价保险公司优劣的标准之一。如果投保的客户对保险公司的工作不满意，第二年便会放弃这家公司，转而选择另一家。而被客户放弃的这家保险公司，一旦失去信誉，就会像多米诺骨牌似的产生连锁反应——客户减少，效益降低。因此投保的客户才是支撑保险公司的根基。

还没定损，石小磊有些着急。虽然维修店工作人员都是打过交道的熟人，即或是加班修车，维修店也是乐意做的，只是，万一定损员遇到一时无法确定的车损，当天赶不到修理店，那不又得多耽搁一天？

石小磊有些不耐烦，坐不住了，一会儿站起，来回不停走动；一会儿又坐下，用脚后跟不停地跺着地板，忽急忽慢地，焦灼而无奈。

由于戴着手套和头盔，虽然手背和脸颊都受到摩擦，却只是擦破了皮，并无大碍，要是石小磊防范没有这么周全，受伤程度绝不会如此的轻。医生在处理伤口。

"医生，我感到手臂和肩膀都有些痛。"石小磊说。

"先拍个片吧。"医生说。

开了一张拍X光片的检查单子,让石小磊到楼上X光片室拍片,查看有无伤及骨骼。

石小磊返回时,看到医生已经在用电脑观看X光片——刚刚拍完,图像就直接传到了主治医生的电脑上,现代信息传输如此神速。石小磊站在门口发呆。

医生看到石小磊返回,指着电脑上的黑白图片,说:

"还好,无大碍,没伤到骨头。"

"骨头没受伤?"石小磊问。

"没有,"医生肯定地说,"至于肩膀痛的问题,需要检查一下,应该是扭伤。"

医生将石小磊的手臂抬高,放下,反复两次,然后用小木槌子轻轻敲打他感到疼痛的部位,又用戴着手套的手沿着经络的方向捏了捏,最后说:

"是扭伤,手臂韧带受伤,不过并不严重。"

"要打石膏吗?"

"不用,只是这几天不要干重活儿,手臂不要用劲。"医生叮嘱道。

"嗯。"石小磊松了一口气,终于不担心窝在家里了。

先前在医院,心里一直紧张,不仅是由于赚钱的家伙被送到修理店,还担心自己身体是否有内伤,而无法继续送外卖。虽说送外卖收入不高,赚的是辛苦钱,但有了这份工作,一家人的生活才有了保障。从医院出来,已是下午,早已过了午饭时间,附近的餐馆已经没有了顾客,冷冷清清的,店里只剩下员工,在准备着晚餐的食材。

在餐馆做事,就餐是免费的,但是要等到店里顾客都吃完,餐馆空闲后,员工们才能吃饭,送外卖的人也不例外。只是今天遇到车祸,摩托车又送去维修店,石小磊没法回餐馆就餐,午餐就在外面解决。

却不料各家餐馆早已没有热菜热饭,要等到晚餐时间才营业。或许是为了节约经营成本,都不做零散顾客的生意。一家不起眼的小面馆还在营业,店面整洁,一口汤锅、一位店员,撑起整个店的生意。面馆做的是小本生意,只要有顾客临门,便无不接待。而山城都市的小面,味道丰富,颇具特色，是都市的一张名片。又因为操作方便，经营灵活，使得无论哪里都有面馆的存在。

石小磊进入店内，要了一份小面，他已经好几个小时水米未进。在医院检查完毕，等到医生说没有大碍时，他才松了一口气。而放松下来后，顿感饥肠辘辘。

石小磊在面馆吃了一碗热热乎乎的小面，填补了空空的肚子，感到了一点慰藉。

伤口隐隐作痛，尽管已经消了毒，敷了止血的云南白药，做了包扎，以防止细菌感染。手臂的疼痛已经不那么明显，但石小磊心里的担忧，却越发急迫。

转了两趟公交车，石小磊来到位于大道旁的一条僻静的小巷中——摩托车维修店门口摆放着几辆摩托车，颜色鲜艳，看上去崭新锃亮，其实是翻新车——旧车重新喷漆，或是事故车修复后，样子就像新车一般。从街口就能看到，有过往的行人受到吸引，驻足观看。如果说这是店家打广告，那么确实起到了宣传作用。石小磊以前也来过这家店，第一眼便是被门口几辆炫目的摩托车吸引，接触后，更加觉得，店家诚实守信用，才是这家店获得顾客喜爱的主要原因。

石小磊进到店里，见工作人员正忙着，便递上一支烟，想拉近彼此之间的距离。

"老张，中午送来的摩托车怎样了？"石小磊所说的老张，是一位不到三十岁的年轻师傅，因工作时间长、经验丰富而小有名气。

"已经定损了，"老张说，"正在修理。"

"今天能拿到车吗？"

"恐怕不行，还要做漆，还要试车，确保没问题后，才可交车。"

"等着用呢。"石小磊有些着急。

"先借一下别人的车用吧，"老张给石小磊出主意，"那么多的零件破损，今天不一定修得好。"

"没有摩托车没法干活儿。"石小磊补充说。

"正在修。"老张同情石小磊。

"修车的价格出来了吗?"石小磊问。

"还要核实。"老张说。

"明天能出来吗?"

"应该可以。"

这时,一位身着灰色工作服的人来到老张面前。

"那辆摩托车只需要换轮胎?"修车场地的角落里,有一辆摩托车的前轮胎瘪了气,他指向那边问。

"不仅仅是,"老张说,"排气管冒烟。"

"哦,检查一下。"穿灰色工作服的人接道。

石小磊见修理店的工作人员都在忙着,也不好再打扰,想着即或是留在修理店,也起不了什么作用。于是,对正在修摩托车的老张,递上一支烟,却不料老张只顾着干活儿,没搭理石小磊。

"老张,"石小磊说道,"抽一支烟吧。"

"不客气。"老张说,语气直接。

石小磊见自己的好意被拒绝,一时愣在了旁边。过了一会儿,老张忙完手里的活儿,见石小磊还站在一旁,便问道:

"还有事儿吗?"

"嘿嘿……"

石小磊脸上堆出笑容,一种老实人的表情,虽不是强装出来的,但也显得尴尬。他平时只知道多跑路,跑快点,多送几趟餐食给顾客,获得更多的报酬,至于如何与人打交道,他还真不擅长。看到辛苦工作的修理店员工,石小磊打心眼里感激,却不知如何表达,只能用请抽香烟来表示。

老张摘下手套,接过石小磊递过来的香烟,夹在耳朵上。

"不好意思呀,"石小磊说,"老张,明天能取到车吗?"

"没看见在忙。"老张说道。

不知道是对石小磊继续找他闲聊感到不满,还是因为石小磊妨碍了他干活,老张说话很直接,口气有些生硬。

"老张,没有这摩托车,我无法干活。"石小磊乞求道。

"正好休息，"老张说，"看你，受伤了吧，还不回去休息。"

"哪天可以取到车嘛？"石小磊问。

"快到下班时间了，"老张指着挂在墙上的大钟说道，"下班后就不修车了。"

"明天能取车吗？"石小磊执拗地问。

"争取吧，"老张回答说，"还不一定，修好后会通知你。"

"那如果明天取车的话，是在上午，还是下午？"石小磊追问道。

"下午来吧。"老张平淡地回答。

"谢谢，老张，谢谢你。"石小磊一连说了两个"谢谢"，很是激动。

老张继续干活儿，没再理会石小磊。

十九、南南

回家路上的石小磊，来到离家不远的幼儿园。平日里都是妻子赵永芳来接女儿南南，今天摩托车在修理，他无事可干，便来接孩子回家。

幼儿园的大门口已经站满了人，老年人和年轻人都有，但以老年人居多。这是位于一家大型居住小区中的幼儿园，是石小磊托熟人——一位客户的关系，才得以将孩子送到这里。由于这家幼儿园是公立的，受市政监管，费用不高，但所收人数有限，为此，石小磊夫妇俩轮流排队，排了好几个通宵，申报、取号、最终确定，才让孩子正式读上这所口碑好的幼儿园。他们很是高兴，觉得圆了作为外来者的都市梦想。

石小磊夫妻俩都是从农村来的，到都市打工挣钱，一直坚持着在都市生存，不为一时之利，而是为成为真正的都市人。至少让下一代，以后成为轻松优雅的都市白领，不再像他们那样辛苦，只能干些下力跑腿的活儿，仅是"都市边缘人"。这就是他们的愿望和奋斗目标，说起来简单，真正实现或许需要一辈子，甚至更长时间。

夫妻俩在都市打拼多年，还住着出租房。为了孩子将来的发展，将孩子从农村接到都市上幼儿园；为了节约开销，孩子不在幼儿园吃早餐，而是在家中吃完后再送到幼儿园。只是中午正是他们夫妻俩忙碌的时候，因此，孩子的午餐没人照料，需要在幼儿园就餐。孩子的午睡等，也一并由幼儿园的老师照管，免去了在外忙碌的夫妻俩的担忧。

幼儿园放学了，孩子们按照班级排列，在老师的带领下，依次来到大门口的空地上。焦急等候的家长们，见着自己的儿孙，立马拥上前，喜悦急迫之情展露无遗。

南南见着爸爸，站在原地迟疑了一下，两只小眼睛四处寻找熟悉的身影，却未发现妈妈。

做爸爸的看见自己的女儿南南，立马迎了上去，轻声呼喊小名：

"南南，爸爸来了。"

"爸爸，妈妈呢？"南南回应说，反应比较冷静。

"今天爸爸来接南南。"石小磊心想，今天与往常不一样，南南的妈妈没来。

"妈妈不来吗？"南南执着地问道。

"爸爸来接南南，南南不高兴吗？"

"高兴。"南南肯定地说道。

南南露出天真无邪的笑脸，石小磊弯下腰，将她抱在怀里。她伸出两只小胳臂挽住爸爸的脖颈，很是亲密。

南南在爸爸怀里，小脸上幸福的笑容尚未消失，便对着爸爸的耳朵小声地问道：

"妈妈去哪里了？"

"爸爸今天有空，"石小磊说，"爸爸来接南南。"

南南没有继续问下去，而是关注着石小磊脸上的伤，用小手轻轻抚摸，大概是好奇心驱使。石小磊心里顿时感到暖暖的。南南的小手，温暖娇嫩，关切地抚摸着他受伤的脸，也是对爸爸这一贯的硬汉形象的抚慰。石小磊就像饥饿难耐的人，突然口中含有一块巧克力，那样的甜蜜，那样的美妙，烦恼、焦虑乃至伤痛，顿时全都抛在脑后。此时此刻，石小磊心里想的就是带南南回家。南南就像寒冬里的暖阳一般，石小磊紧了紧抱南南的手臂，将南南抱得更稳。

"爸爸脸上有胶布。"

"爸爸受伤了。"

"疼吗？"南南又问。

"不疼，"石小磊故作轻松，"见着南南，爸爸就不疼了。"

"为什么受伤了?"

"爸爸摔了一跤。"

石小磊确实是摔了一跤,但不是自己摔倒,而是骑摩托车时被汽车撞的。

"下雨了。"石小磊用手在南南的头上摸了摸,将她头发上的雨水抹去。

"嘻嘻……"南南天真地笑着,天生的乐天派。

"冷吗?"石小磊问南南。

"不冷,爸爸。"南南撒娇地说,用短而柔弱的双臂,将爸爸的脖颈抱住。

"晚上想吃什么?"石小磊问。

"吃饭。"南南回答说,不假思索。

平时南南的妈妈将南南接回家后,便在家做饭,因此,热乎乎的饭菜,是南南脑海里的印象。石小磊准备先将南南带回家,再等南南妈妈回家做饭。此时,石小磊的电话铃声响起。

"喂,"石小磊听到电话里的声音,立马将手机放在南南的耳边,"是妈妈。"

"妈妈,妈妈,"南南很高兴,"嗯,跟爸爸在一起。"

很快,南南将手机递给爸爸,说:

"妈妈要和你说话。"

石小磊将手机放在自己耳边。

"你回家了吗?"

"今天要晚点回家。"

"大概几点钟回家?"

"不清楚,可能很晚了。"

"我们不等你了?"

"不等了,吃了晚饭,早点儿休息,你受了伤,就不要在家做饭了,你们就在外面吃吧。"

"那你呢?要不要我们给你带一份?"

"不用了，晚饭我在站里吃。"

"晚上回来晚了要注意安全呀。"

"不用担心，我与同事们在一起。"

"什么事呀？要多久才回家？"

石小磊不解地问。石小磊不是小心眼，只是南南还小，做妈妈的不照顾南南，不照顾家庭，只顾自己，把那么小的南南留给刚出车祸的丈夫，是因为什么？

"今天有增刊的报纸，需要人手，要晚些时候才能回家。"

既然是临时派遣的重要任务，无法推托，看来早回来是不可能的了。作为站里的骨干，赵永芳定会工作到最后才离开，这是她一贯坚守的职业操守，也是石小磊当年追求赵永芳的缘由——做事认真，没有都市女子的那种浮躁。

"你忙你的吧，不要考虑我们。"石小磊对赵永芳说。

"我尽量早点回家。"赵永芳说。

"不要担心我们爷俩，"石小磊将手机放在南南耳边，"给妈妈说拜拜。"

"拜拜。"

南南的童音总是甜美的，让电话另一头的赵永芳内心深受触动，突然无言以对，久久地，没了反应。想到今天丈夫出了车祸，受了伤，本来需要人安慰，却还要带女儿南南，这件平时很少做的事情，而做妻子的却不能在身边，起不了任何作用，赵永芳感到内疚，原本想说声抱歉，不能在家照顾丈夫和南南，但此时，突然不知说什么好了。而电话另一头的石小磊，见赵永芳没再出声，便挂了电话，抱着南南，往家的方向走去。

赵永芳回家时，南南已经睡了。石小磊靠在沙发上看电视，听到开门声，头转向大门口。

"怎么没休息？"赵永芳问道。

"等你呢。"石小磊回答说。

赵永芳脸上露出甜蜜的微笑。来到沙发旁，看到石小磊的脸上、手上都有伤，肯定流血了，赵永芳不放心，仔细端详一番，心疼地说：

"痛吗？"

"不怎么痛了。"石小磊假装没事似的。

"医生怎么说？"

赵永芳知道丈夫到医院检查，担心有什么不好的事情，丈夫瞒着自己。

"没大碍，只是皮外伤。"

"手臂检查结果如何？"

"扭伤。"

"破相了。"赵永芳看着石小磊脸上的伤口包扎打趣地说。

"怎么，"石小磊平静地说，"嫌弃了？"

"怎么会呢，觉得很爷们。"赵永芳说。

"男人就是耐磨，糙老爷们。"

"摩托车咋样了？"

"还在修。"

"更换的东西多吗？"

"不少。"

"轿车的全责？"赵永芳问道。

"是的。"

"没有摩托车用，趁机休息几天嘛。"赵永芳心疼丈夫。

"不行，不能久休息，每天都有业务。"石小磊说。

"别人就不能跑业务吗？"赵永芳责怪地说，"全推你做。"

"要是别人都跑熟悉了，我还跑什么？"石小磊说。

赵永芳这才明白，丈夫是不愿别人顶了他的班，拼命工作，也是为了这个家。

"那多久才能取回摩托车？"

"修理店在修了，大概明后天吧。"

赵永芳没歇息，而是到厨房接了一壶水，准备烧热水，让丈夫洗漱一番，再泡个热水脚，缓解疲劳。

"我去看看孩子。早点睡觉，今天太累了。"

原本想继续劝丈夫休息，但此时赵永芳却转移了话题。赵永芳知道，丈夫固执，说再多的话，丈夫也听不进去，真像一块石头。

"嗯。"石小磊应道。

赵永芳来到卧室，看着呼呼大睡的孩子，轻声问跟随在身边的丈夫：

"孩子还乖吧？"

"很乖，回家就睡了。"石小磊回答说。

看着孩子熟睡的样子，石小磊开心的笑容显露脸上。孩子自己走路回家的，大概是累了，才入睡这么快。

"在外面吃的饭？"赵永芳问道。

"嗯。"

赵永芳走到床边，将南南露在外面的小手放入被子里，却发现手有些热，用手在南南的额头上摸了摸，感觉有些烫。

"南南发烧了。"赵永芳很吃惊。

石小磊将大手放在孩子头上，确实在发烧，便后悔起来。

"下午淋了些雨，"石小磊自责地说，"晚饭后，就没下了，便没在意。"

"没在意什么？"赵永芳追问道。

"没在意孩子的头发打湿了。"

"怎么，下雨没打伞？"

"我平时从不打伞的。"石小磊辩解道。

赵永芳知道，丈夫骑摩托车送外卖，无论天晴下雨，雨天穿一件雨衣，或是防雨的外套，戴上头盔。常年在外面跑，丈夫已经习惯了，但孩子还小，哪里经历过这些，赵永芳心里埋怨着丈夫。丈夫带着孩子，在雨中走回家，没有雨伞庇护，丈夫以为没事，却让孩子在雨中淋雨太久，回到家也没及时将孩子湿漉漉的头发擦干，最终导致感冒发烧。丈夫不知道，孩子人小体弱，不及成年人身体强壮。赵永芳内心对丈夫不满，却没表露出来。今天发生的事太多，而作为母亲和妻子，却又偏偏遇到站里事情多，走不开，因此觉得对这个家尽的责任太少了，不应该发牢骚。

"回家后没及时擦干头发？"赵永芳又问。

"早忘了淋雨这回事情。"石小磊说。

"你以为带孩子就能这么粗心？"

"嗨，"石小磊自责道，"谁想得到呢，回家没多久，孩子就说困了，嚷着要睡觉，别的什么都没想。"

"是不是那时候就发烧了？"

"不知道。"石小磊一脸茫然。

"孩子那么小，哪有你强壮，"赵永芳一边数落着丈夫，一边将南南的衣服拿到床边，"哪能像你们大老爷们那样什么都不在乎。"

赵永芳利落地拿出干的衣服。

"把孩子叫醒，穿上衣服，马上送医院。"

赵永芳说完，转身到厨房，将灶上的火熄灭，然后返回卧室。看着不知所措的丈夫，赵永芳自己来到床边，叫醒酣睡的南南，帮助迷糊中的南南穿好衣服。南南似睡似醒，眼睛没有睁开，软软的四肢任由妈妈摆弄，就像一个布娃娃。

此刻，反应过来的石小磊，二话没说，急忙到客厅拿了件外套穿上，抱上孩子，准备出门。

赵永芳收拾了一些备用物品，跟着离开家。她打算骑电瓶车送孩子去医院，但石小磊嫌速度慢——电瓶车体积小，马力也很有限，而且让赵永芳一位女性，送生病的孩子去医院，大晚上的，石小磊确实不放心，便没有同意。因为男子汉的自尊，并且为了尽到自己的责任，石小磊是不会让刚下班的赵永芳冒这种险的，要是赵永芳再出事，一家三口，便没有健全的人了。外来打工者，在都市里举目无亲，要再出事，那种可怜可悲的模样，石小磊想都不敢想。

石小磊抱着南南，直奔住宅区外面的大路。赵永芳紧紧跟随在身后，用手机照路，避开水坑等物。赵永芳一边走，一边叮嘱石小磊慢点，天黑路不好走。路面湿滑，好几次，跟在后面的赵永芳，站立不稳，差点儿滑倒，于是越发地担心父女俩摔倒在地。

察觉到南南发高烧，石小磊神经一下紧张起来，疲惫感顿时烟消云散。

体力尚未完全恢复,却不得不投入新的战场,一场抢救孩子的战斗。石小磊脸上、手上的伤口,在绷带下,隐隐地感到疼痛,此刻也顾不上,心思全在怀抱中的孩子身上。

雨又下起来了,绵绵细雨,如银丝般,连绵不绝。出门时赵永芳在南南头上搭了一块毛巾,可暂时遮蔽风雨。石小磊一路小跑,将赵永芳抛在身后。赵永芳撑着伞,无法跟上石小磊的步伐,内心焦灼,在黑暗中深一脚浅一脚地快步走着,跌跌撞撞,好似随时都会倒下。

街道拐角,风口处,石小磊抱着孩子站在路边等车,内心十分着急,心想要是此时摩托车没有坏,便可立即骑摩托车将南南送往医院。那就会是一件十分简单的事情:南南坐在身前,或是赵永芳抱着南南坐在后排,他骑上摩托车,不一会儿就可到达医院。而此刻,没有平日里的交通工具,要是时间耽搁久了,南南会烧成肺炎,或许还会留下后遗症,石小磊不敢想象。南南已经发烧了,如果再淋雨会很不利的,跟在后面的赵永芳,加快脚步追上石小磊,将雨伞稳稳地遮在石小磊和南南的头上。

夜深人静,毛毛细雨密集如麻,落在头上,很快累积成一股股水流,从额头淌下,渐渐地,模糊了视线。朦胧中,石小磊感到路口没有行人,也难有车经过。

着急的父亲,左顾右盼,看见远处驶过来一辆出租车。

"出租车!"赵永芳向出租车司机招手,示意停车,"有急事,到医院。"

出租车司机似乎没有看见,也或是因为在道路的另一侧,驶过而没有停车。石小磊夫妇两人,站在雨中,一动不动,或许是紧张焦急,使得他们忘记了挪动脚步,只顾不停地张望,看过往的车辆中有无橙黄色车身的出租车。

夜深了,阴雨纷纷,寒风刺骨,路上不见行人。

石小磊心里着急,现实却是如此令人无助,感到无能为力。

"没有车过来?"石小磊说道,像是在问话,又像是在自言自语。

"咋办?"赵永芳说,"不能就这样一直等着。"

在都市,平日里随时可见一辆辆空的出租车,特别是天黑后,顶着红色"空车"两字，距离很远就可辨识，满大街地跑，随处可见。但有两种时候很难坐到出租车，一是炎热夏季，很多人都不愿意汗流浃背地在烈日下行走，而选择打车；另一个，便是下雨天，人们纷纷躲进出租车里，直到回家或是抵达目的地。

像石小磊这样骑摩托车的人，十分警惕身旁的出租车，因为出租车随时可能停下，随时变道掉头。出租车喜欢行驶在靠路牙的一边，变道更是常事，为的是乘客上下车方便。随时掉头，也是出租车的特性，那是为了去反向道路上搭载乘客，也为第一时间驶抵乘客跟前。交规规定，城市中摩托车靠右行驶，因此，行驶在出租车附近的摩托车，会特别小心，以防与出租车发生刮擦和碰撞等。

天下着雨，雨借着风势，肆意飘打在人的身上、脸上。石小磊看着怀中的南南，轻轻呼唤着南南的小名，但她没有反应。石小磊担心南南就这么一睡不醒，内心焦急万分。

这时，一辆出租车经过，石小磊不顾出租车里已有乘客，跳下路牙，拦在道路中央。

"有急事，"石小磊几乎乞求道，"孩子发高烧。"

石小磊不顾危险，拦在路中间，阻止出租车继续前行。此刻愤怒的表情立马浮现在出租车司机脸上，差点撞上，要不是及时踩住刹车，定会出车祸。以为遇到碰瓷的，司机心想，这骗子为了点儿钱，还真玩命。司机摇下车窗，对怀抱孩子的石小磊喊道：

"找死呀，站在路中间！"

"帮个忙吧，师傅，"石小磊乞求道，"孩子病了。"

原本盛怒的出租车司机，听到石小磊的话，便侧身对身旁的乘客说了几句，大概是征求乘客的意见，得到许可，转而对石小磊说：

"上来吧，"口气缓和多了，"到哪家医院？"

"就近的医院吧。"

石小磊急糊涂了，也想不起附近有哪家医院。平日里只是送餐，哪有往医院跑的，对居住区附近的医院，几乎完全不知。这也是在都市生活的外地人的习惯：凭着好身体，任凭风吹雨打，从不进医院，只是为了生存，忙碌在都市各处。而今天因车祸刚从医院出来不久的石小磊，晚上又因孩子发烧而进医院。

赵永芳看到石小磊拦停了一辆路过的出租车，立马收起雨伞，随丈夫上了车。出租车司机见又上来了一位乘客，正想问清情况，石小磊说话了：

"谢谢师傅，我老婆也跟着来了。"

司机没再说话，而是开车直奔医院。

缓过神来的赵永芳，对丈夫说：

"孩子怎样了？"

说罢，将手放在南南额头上，试探南南是否烧得更严重。

"师傅，离医院还有多远？"石小磊不理睬妻子赵永芳，而是往前伸长脖子问道。

"快了，"出租车司机说道，"还有两条街就到了。"

"哦，谢谢呀，师傅。"赵永芳不停地说着感激的话。

"不要着急。"坐在副驾驶位置上的乘客说话了，原本一直未出声。

出租车在人迹稀少的街面上加快速度前进。雨水飘洒在挡风玻璃上，被雨刮器刮到两旁，宛若眼角流出的泪水，止不住地往下淌，好似年轻父母感激的热泪，又像父亲对孩子感到愧疚，内心流泪。

二十、深夜到医院

一到医院,石小磊抱着孩子直奔医院急诊大楼而去,赵永芳跟在身后,走了几步,忽然想起车费未付,转身找出租车,却发现出租车已经悄然离去。这世上的好人还是多,石小磊内心默默地感激出租车司机做了好事不留姓名。

刚入医院大楼,石小磊便大声嚷着:

"医生,孩子发高烧。"

深夜的医院空荡荡的,不像白天人满为患,喧嚣嘈杂,夜晚的医院,只有值班的医生。守在门口的保安,见石小磊很是着急的样子,便指着一端的走廊说:

"那边,值班医生在那边。"

石小磊扭头便往保安手指的方向奔去,看得保安担心,直喊:

"慢点儿,别摔着,小心伤了孩子。"

"谢谢,"石小磊步频未减,口中直喊,"医生,医生。"

原本在办公室里的值班医生,此时听到急促的呼喊声,走出办公室,见一位男子,一边小跑,一边大声呼喊。

"快进来。"

医生一看就明白,一定是男子怀中的孩子生病了,正急着找医生,现在天气变化大,又多雨刮风,小孩子容易生病。

跟在后面的赵永芳,随着喊叫声,来到了医生办公室,看到医生正在诊断。

"怎么样，医生？"赵永芳忍不住问道。

寂静的医务室，只有医生忙碌着，石小磊和赵永芳大气不敢出。急促地奔跑，心跳加速，原本大口地喘气，此刻夫妻二人却憋着，仿佛呼吸声大了，便会吹散孩子的幸运，而事实上，是担心干扰医生的诊断。

医生没有在意赵永芳的问话，而是专心致志地检查病情。年轻的夫妻守候在旁边，仿佛等待上天给孩子福气，内心在祈祷。

"医生……"赵永芳又问了。

"什么时候感冒的？"医生问。

"晚上，也可能是下午。"石小磊回答道。南南何时发的烧，做父亲的竟然毫不知情。

"怎么，孩子生病都不知道？"医生有些责备。

"下午淋了些雨，没及时擦干。"石小磊回答道。

医生斜着眼睛看了石小磊一下，像是责怪，但没有言语。过了一会儿，医生说：

"打针，吃点退烧药。"

"那就好了？"赵永芳迫不及待地说。

"要等体温降下来。"医生解释道。

"要等多久？"

"一个多小时吧。"

"那么久？"

"也可以回家观察，有情况再到医院来。"

"还是在这里等着吧，放心些。"石小磊说。

夫妻俩等候在医院的过道上，尽管都很累，但谁也没有睡意。过道上看不见一个人，偶尔过去一个护士，一身素白，走路悄无声息，就像飘过的幽灵般。石小磊心想，灵魂出窍，也不过如此。

此时的夫妻俩，坐在长椅上，脸上毫无表情，不知是由于疲惫，还是惊吓，也或是担忧，导致发呆的神态。赵永芳看着身边疲惫不堪的石小磊，十分心疼。石小磊白天遭遇车祸，伤口尚未愈合，晚上又为孩子生病而奔波。

原本健康无忧的三口小家，此刻却聚在了医院，这空无人烟的大楼里，在雨天，寒冷的深夜。

生活一贯作弄人，赵永芳内心想着，平日里穿梭于大街小巷，都市里人群熙熙攘攘，哪个时候少了热闹？就算下了班，还不得不加班，为临时的任务。晚上回到狭小的出租屋里——一个卧室外带一小客厅，三人居住，一张大床足足占据卧室的一大半，客厅放置一张小床，为的是渐渐长大的孩子独自睡觉。而无论在外工作得多么辛苦，石小磊夫妇俩一回到自己的小屋子，便被温暖和甜蜜所包围，全然没有了疲劳烦心。尽管在空间有限的小屋子里，转身都要对方侧身避让，或是从坐着的人前面经过时，便要另一方翘起腿脚，腾出空间。即或如此，拥挤的都市，狭小的住所，有家人的陪伴，便十分的温暖。而此刻，一家三口全在医院，就像被抛入无边际的荒野，顿感迷茫。

赵永芳伸出手，抚摸丈夫的手背，感到很凉。在深夜的雨中，丈夫一直紧紧地抱着孩子，伤口上的创可贴已被雨淋湿，赵永芳心疼地问丈夫：

"还疼吗？"

石小磊没回答，眼睛盯着煞白的长廊。

"我将打湿了的创可贴取下来。"

赵永芳见石小磊没有回应，认为丈夫太累了，没心思顾及。为丈夫着想，便自作主张，轻轻撕扯胶布，小心翼翼，生怕弄疼丈夫。而石小磊毫无反应，像一尊雕像，坚定而木然地盯着长廊的尽头，不知在思考什么，大概是南南的病情吧。

石小磊常年在外奔波，有一副很好的身板，却如此的多愁善感；雕塑般棱角分明的外表，内心却又如此的柔弱，这或许就是面对家人时的样子吧。家庭是社会的组成分子，就像人体中的细胞，在家庭的安全堡垒中，人们无须隐藏其软弱的一面，无须装出强硬，可展示最柔软的内心，这就是为什么人们需要家庭的缘故。

赵永芳轻轻擦着丈夫的伤口，石小磊没有出声，随后，或许是感受到了她的动作，转头静静地看了她一下。石小磊原本认为，生活无论发生什么，都要努力工作，使得每一天都过得有意义。发生车祸，人受伤，交通工具受损，这在工作忙碌的石小磊来说，是从未遇到过的。随后自告奋勇地接孩子，想表现一下慈父的样子，让这一天不白过。不料女儿南南因淋了雨，晚上发烧，进了医院……一直紧绷的心弦此时松弛下来，却陷入疲惫和自责中。

愣了一会儿，石小磊将头埋入双手中，一副懊恼自责的样子。当赵永芳温暖的手抚摸他的手时，他心里更加愧疚，将双手缩了回去，就像躲避一块炙热的木炭，怕被烫伤。

都怪自己大意，石小磊想，因此白天发生了意外，又造成对孩子照顾不周，导致孩子生病发烧，也使得赵永芳无法休息。

"不会有事的，"赵永芳安慰道，"医生说了，只是普通的发烧，来得及时，没什么大碍。"

赵永芳的这番话，像一剂良药，让一直揪着心的石小磊松了一口气，刹那间，像一只泄了气的皮球，没了精神。赵永芳用温暖的手，抚摸着石小磊的短平头，轻声地说：

"累了吧，取了药我们回家。"

石小磊点了点头，没有出声。心里愧疚，使他无法正视赵永芳。

"我已经通知老人了，他们明天就来。"

"哦。"

石小磊轻声答道。

山城都市，全国四大都市之一，乘坐轻轨，是出行不错的选择。轻轨的轨道，不是高高架在半空中，便是深藏于地面之下，且站台相距较远，车速快，发车时间密集，间隔两三分钟便有一趟，使得无论有多少乘客，总会搭乘到想坐的车次。而公交车行车路线比较曲折，停靠的站点也多，因此速度较慢。

沿轻轨站台入口处的指示牌进入，往往要下几十级台阶，分好几组，每组十几步到二十几步不等。一段台阶之后，便是几米长的平坦通道，然后又是一段陡峭的台阶，好在轻轨的出入口都有电梯，运营时间内不停地工作。

自动扶梯是感应式的，在乘客不多的站台，有人搭乘时，自动扶梯才会运转，其余时间是静止的，就好比声控灯，当有声音刺激时，如击掌、跺脚的声音，灯才会亮。

自动扶梯不停地往地下深处输送，有时站在长长的扶梯上，周围再无旁人，只有扶梯发出单调的"咔吱"声，显得越发的寂静，有种"空山鸟鸣"的感觉。单一亮白的灯光，更显苍白孤独。如果这时脑海里浮现出传说中的冥界小鬼、黑白无常，也不觉诡异，尽管黑白无常到人间来，不是干好事，而是来索取人的性命，将濒临死亡，或是已经死亡的人的灵魂，带到阴间去见阎王爷。

此时的石小磊，望着身边疲惫的妻子和怀中的孩子，内心的煎熬还在继续，脑海里却浮现出各式场景，是内心无法安宁的表现。怀中的孩子已经熟睡，赵永芳紧跟在身后。或许是太累了，赵永芳一言不发，与在医院里不停说话判若两人。

到达乘车的站台，寥寥无几的乘客，预示着轻轨的运行即将结束。轻轨与地铁不同，不单是轨道的单双轨的区别，车厢数的不同，由于受地势起伏的山峦影响，有的轨道穿梭于高楼之间，有的深埋于地下几十米处，有的则高架于道路之上，因此，乘坐轻轨，便有上天（路面高架）、入地（宛如地铁）、跨江（跨江大桥）等各种感受。

轻轨行驶在路面的高架桥上时，街道、行人、汽车，均在脚下，有种凌驾于一切之上的感觉，压抑的心情瞬间得以释放。车到达换乘站，也即人流量大的站台，在晚上末班之际，乘客依然不减，仿佛人们都在等候这末班车。熟悉这个站台的乘客，觉得不以为然，因为这里从早到晚就没有空闲的时候。

二十一、夜色朦胧

公司宿舍小区的人行道上，崔耿生与顾晓敏正慢步行走。顾晓敏面目清秀，个子与崔耿生差不多高。他们并排走着，步子不紧不慢，虽然像闲暇时的散步，但却没有亲昵的表现，彼此之间隔着一个人的距离。

顾晓敏一头乌黑的披肩发，一枚小巧的发夹将额头的部分发丝束在脑后，公主式的发型，整洁柔美。美国著名影星格里高利·派克和奥黛丽·赫本主演的著名电影《罗马假日》中，由赫本饰演的美丽公主，在意大利罗马访问期间，私自离开大使馆时便留的此发型，因此被称为"公主发型"。美国奥斯卡最佳女主角奖获得者安妮·海瑟薇演的《公主日记》中，一位从小生活在平民中的女孩儿，举止粗鲁，衣着差劲，一朝因祖辈和国家的需要，而成为国家最高领导人的继承者，担当起公主的责任和义务，祖母将其推向公众视野之前对其外表进行改变：将一头蓬乱的卷发，修剪成披肩直发，清秀雅致的气息顿时扑面而来，让人眼前一亮——这就是人们心目中的公主发型。《罗马假日》中女主角在理发馆将一头秀发剪掉时，理发师犹豫不决、唠叨不止，是因为公主发型的秀美。只不过，此片中更强调公主的独立自信，她处于政治舞台中心、公众聚焦点，剪成短发后，人越发的秀美精神，焕发活力，度假后重新投入自己的历史使命。

此时，一位公司的年轻人，姓杜，个子比崔耿生稍矮，身材敦实，小平头，见到人便乐呵呵的，向两人走来。相遇时，小杜看见崔耿生身旁的年轻女子前额有一排整齐的刘海，面部轮廓柔和，让人感到一种清新的自然美；

衣着不算时尚，也不落伍，简洁大方，好一副学生模样。崔耿生和顾晓敏两人原本说话声音就小，见有人走近，干脆不讲话了。走到跟前的小杜，不得不与崔耿生打声招呼，便迅速离开，担心他的出现打扰到别人。由于两人走路的姿态并不亲密，小杜没有往更深层的关系联想，只当他们是熟人而已。

理工科大学中，女生很少，男女比例严重失调，因此，当看到有年轻女孩出现时，特别是陌生面孔的年轻女孩，总会引起广大男同胞的好奇。有胆大调皮，或称为"脸皮厚"者，故意发出轻轻的咳嗽声，以引起对方的注意，并以此为契机，打招呼攀谈，凑近观察，猜测这位女生的林林总总。人们常说妇人嘴碎，但理工男们谈论起女生来，则是"有过之而无不及"，这是天性使然，也是所在大学的环境造成的，即"物以稀为贵"。有的男生只是嘴上抱怨，碍于面子和胆小的缘故，很少有其他大胆的表现。而有的男生的表现，用一个词"无不极"描述挺合适，指方式和手段无不用到极致。

有报道，以理工科出名的某大学里的男生，称呼隔壁文理综合大学的女生为"女神"，视作心仪的对象，当文理综合大学的女生出现在理工科大学的校园里，总会引起一阵骚动。当一位陌生面孔的年轻女子与崔耿生走在一起，而且是在夜里，自然会引起以理工男生为主体的公司宿舍里的年轻男士们的关注，小杜就是其中一个。

夜晚的大桥，车辆稀疏，与平日里拥堵的情景相比仿佛两个世界。一切都是宁静的，一切都显得那么的平和，空气中不时泛着丝丝慵懒的气息。

山城都市的道路起伏不平，忽上忽下，才上坡，转眼便要穿越隧道；时而下行，走横竖交叉的道路。滨江路则是沿着江边修建，宽敞的柏油路，大多路段是高架桥，由超大水泥柱支撑起来的道路，这便是山城都市最平坦的路面，每年的国际马拉松比赛就在滨江路举行。

位于东边的一条滨江路，因对岸的重污染，厂整体搬迁至郊区，而显得空旷，没有高楼林立，更没有华灯绽放，有的则是另一番景象：从繁华直面平淡，从热闹归于宁静，从现代转为本色。大江涨水期间，会淹没江边的草地，洪水时会淹没临江公园的大部分区域，甚至涌上公路。

山城都市的江边，有的地段，每年洪水季节会被水淹没，因此被称为湿地公园，但人们则习惯称之为"烧烤滩"。周末，这里可见许多车和人，就像露天大聚会，车在人群中，人在车堆里，嘈杂热闹。浩荡江水，勇往直前，而江边，却有如此宽阔的绿草地。白天的时候，人们聚集在此，支起烧烤架、简易的桌子，桌上堆满为烧烤准备的各式食材，旁边停着车辆。大人们围着烧烤炉和餐桌，手里拿着用长长的签子串好的食物，小孩子则在旁边嬉戏打闹，巨大的遮阳伞造型多样，色彩艳丽。阳光下，上演着山城人的快乐生活。

傍晚的江边，微风拂面，让人深感清爽。此时已经没有白天的嘈杂，连续数百米不见人，只在远处，通向滨江公路的通道，有人坐在台阶上，居高临下，眺望远方江面上波涛汹涌。江岸却十分的宁静，奔腾的江水，只在江中心狂奔向前，越是靠近江边，越是平缓。江水轻轻地拍打着岸边，缓缓的节奏，在寂静的夜里，显得格外清晰。

崔耿生一路走在顾晓敏身边，很少说话，就像一只默默跟随的小狗，也像是忠实的仆人般守在身旁，既不打扰顾晓敏欣赏美景的心情，也不突兀地说些不合时宜的话，只是心甘情愿地陪同顾晓敏来到江边。

细腻柔软的沙地，顾晓敏穿着平底运动鞋踩在上面，随着沙粒的挪动，感觉到踏出一个个小坑，脚往前微微地移动，虽不像冰面那样顺着滑动，也不似柏油路面稳妥。于是，顾晓敏脱了鞋袜，光着双脚，将裤腿卷到最高处——由于是紧身的牛仔裤，裤脚只能卷到小腿根处。她试探着将脚伸进江中，水面并不平静，感觉到其旋律似的流动。

顾晓敏大学是在外省省城的名校就读，每到周五，许多家在省城的学生，下午上完课便回家去了；如果下午没有课，中午就离开学校回家，到了周末的下午，才陆续返校。顾晓敏与同宿舍的同学，因为家都不在省城，周末都在学校度过。

学校周末活动丰富，有露天电影、舞会等，有时一个晚上会有好几个舞会。刚上大学时，顾晓敏和同寝室的几位女孩儿一起，来到舞会现场观看。才进入大学的新生，一是不会跳舞，二是害羞，顾晓敏她们只是在场边观看。舞会设在院系大楼底层的大厅，开放式的环境，扩音器播放着时下流行的舞曲，大厅中央，人们随着音乐的节拍翩翩起舞。有入校报名时结识的高年级同学，前来邀请跳舞，顾晓敏一面推辞自己不会跳，一面赶紧拉着一同来的伙伴儿离开现场。

路上，同行的伙伴儿告诉顾晓敏，刚才邀请顾晓敏跳舞的那位高年级同学，身旁有位个子不高、身材瘦弱的男生，站在舞会边上，一直没有进舞池跳舞，而是饶有兴趣地观看，据说是位有名的才子，名叫崔耿生，已在国外发表文章。顾晓敏脸上露出惊讶的表情：都说人不可貌相，看来这个崔耿生就是明显的例子。

学校每个周末都有露天电影放映，免费观看，并且提前将电影海报张贴出来，不过需要自备凳子，不然就得站一个多小时。有时放映热门影片，看的人太多，有人便到影幕背面近距离观看，不用很早就到放映场地等候，也不会因观看的人多而显得嘈杂。

顾晓敏一行，从舞会出来，见操场正在放电影，便站在银幕背面观看，电影声音和图像都很清楚，只是字幕是相反的。

学校宿舍，严格按照作息时间管理，平时晚上十一点，宿舍大楼大门便会关闭，到了周末的晚上，关门时间适当延后半个小时。就在这关门前的半个小时里，几乎一大半的女学生赶着回宿舍，否则一旦大门关了，想进楼便会很麻烦。如哪位学生回来晚了，要进楼，必须在宿舍管理员（一般都是老年人）那里说明情况，宿管员定会记录违规晚回宿舍学生的姓名、学院、专业、班级、回来时间等情况。这还没完，遇到较真的宿管，会将事情反映到学生所在院系，第二天便有学院的管理老师找来询问此事，如果回答的理由不充分，便会受到批评，批评警告次数多了，便会受处分。因此，谁也不愿意因晚上多玩一会儿而受到批评，才有在临近关大门前，大批的女同学潮水般地涌入宿舍大楼的景象。

回到宿舍，熄灯后，顾晓敏与同寝室的女生们躺在床上，你一言我一语地谈论起在学校的见闻。她们饶有兴趣地说起舞会上见到的人和事，比如哪位帅哥是学校球队的，哪位高年级学生是学生会的负责人；在舞会上看到的跳舞，是校园交谊舞，还是时髦的流行舞步，或是国标舞。大学校园本是文明汇聚之地，接受新鲜事物快。看到高年级的男女同学手牵手，或是搂着腰跳舞，就像电视里表演的国标舞，也丝毫不觉奇怪。晚上观看电影的，摆谈着电影故事。大家伙儿十分兴奋,一直到半夜才入睡。

熄灯后的交谈,本身就很吸引人,大家畅所欲言,毫不拘束:白天怕别人笑话而不敢讲的话,晚上熄灯后,在伸手不见五指的黑夜里,畅所欲言,没人看见表情,更没有人笑话。黑夜消除了彼此的隔阂,她们敞开心扉,无话不谈。

由于第二天要上课,周日的晚上,大家都到教室里学习,座位就会比较紧张,去晚了,就没座了——上自习时,同学们几乎是一个人占据两个座位,因为需要翻看各种书籍和查阅资料,一大堆书籍便会摆在桌面上,所用的空间较大。不像在上课时,学生主要是聆听,书桌上仅放教科书和笔记本。

有时,晚自习时间在教室没找到位置,便回宿舍。在大家认真学习时,不知谁打开一包零食,诱人的香味使得原本安静的女生们立马沸腾起来,纷纷抢着要吃,于是一包小小的零食,在几个饿狼般的女孩子面前,转了一圈便告罄,只剩下空空的包装袋。

下雨天,户外活动少了,不是待在宿舍,就是在教室,单调的生活,让女孩子们觉得乏味无聊。便搞起了生日聚会,每当一个人过生日时,同寝室的其他所有人一起为她庆祝,并要求生日当天至少有一位异性参加。于是,女生们在自己过生日之前,便邀请班里的男同学或是老乡,在生日当天来参加聚会。

女生们集体凑钱,给寿星买生日蛋糕,各种各样的食品摆一大桌,每个人都高高兴兴的。如果只是女生们的聚会,也就吃吃乐乐,可生日聚会要求必须异性参加才算完美,这可难倒了顾晓敏。顾晓敏不愿开口邀约异性同乡,也不愿邀请班上平时爱开玩笑的男生,于是在顾晓敏生日那天,大家都在猜想哪一位男生会来参加。

后来,快到聚会结束时,有人敲门。大家觉得奇怪,因为门是虚掩着的,来的人推门便可进入。当敲门人得到允许,探头进来时,女生们才发现是位男生,而且不是班上的,甚至不是同一年级,是高年级的高才生崔耿生,女生们愣住了。

正在大家疑惑之时,崔耿生解释道:

"我是帮我们班的女生送教科书，顺便将你们的书也带过来了。"

女生们这才反应过来。这位崔耿生所在班级的女生的宿舍，就在斜对面。不过意外地撞上顾晓敏过生日，便参加了女生们的聚会，高高兴兴地吃了蛋糕，在女孩子们几乎疯狂的热情中，笑嘻嘻地离开了。

送走了学长，大家都说顾晓敏保密工作做得太好了，事先不透露一点儿风声，并要求顾晓敏回答，是否邀请了那位学长。顾晓敏肯定地说没有，在这之前，根本不知道崔耿生要来。几位女孩将信将疑地望着顾晓敏，不再出声。

看着大家怀疑的眼光，顾晓敏觉得委屈，仿佛自己故意隐瞒了什么似的。而事实上，顾晓敏事先的确不知道崔耿生会来宿舍送课本，因为宿舍有规定，不允许男生进入女生宿舍楼，除非有事非进入不可，比如帮女生搬东西，发课本时送课本等。一般情况下，整个班的课本由班里的学习委员统一领取，然后发放到每一位同学手里，但这次是选修课课本，则由课代表领取并发给同学，而这位课代表是男生，当他在男生宿舍分发选修课课本时，遇见要到女生宿舍的高年级学长崔耿生，便委托他将选修课课本带给女生们。

崔耿生体形瘦瘦的，身体单薄，在学校小有名气，是大家公认的才子，性格腼腆，平时见着女生就脸红，是位害羞的男生，这次不知为什么主动来到女生宿舍，着实让女生们吃惊不小。顾晓敏也很意外，高年级的学长，尽管是为高年级同班女生送课本，顺便将顾晓敏她们班女生的课本带来，却恰巧碰到顾晓敏过生日，参加了生日聚会，使顾晓敏出乎预料地完成了生日聚会的"任务"。顾晓敏宿舍的女生们，一直猜测究竟是哪位男生来参加生日聚会，却谁也没想到，有人"专程"到来，还是一位平时不与女生交往的才子。虽然崔耿生说自己事先不知道顾晓敏她们宿舍在举办生日聚会，他只是替人跑腿，从前也很少来女生宿舍。对于崔耿生的说法，女生们都认可，但为何如此凑巧，女生们在内心想了许久。

后来，好几次，女生们围着顾晓敏，要求她解释清楚，她说没有邀请过，却得到女生们一阵嘘声，她没有理会。人算不如天算，碰巧的事无处不在，由于脸皮薄，不愿求人，担心欠人情，没想到最后却有异性"专程"到访。

那是顾晓敏第一次与崔耿生正面相遇，崔耿生误打误撞地成了特邀嘉宾，出席了顾晓敏的生日聚会。虽然崔耿生的出现出乎大家的意料，但之后，没有谁留意此事，女生们依然无忧无虑地生活着。白天上课，大家都积极，不迟到不旷课。晚自习时间，大家纷纷去教室，因为担心在宿舍会互相干扰，不能认真学习。有时稍微晚去教室，跑了几栋教学楼，却没能找到位置，便回宿舍看书。十点过，去教室上晚自习的回来后，大家轻松愉快，有说有笑，聊天、听音乐、洗衣服等。

崔耿生保送读研，就在本校就读。顾晓敏在上课路上遇到他时，很是惊讶，问他为何没毕业，他笑着回答说，已在本校读研。顾晓敏顿时脸红，为自己的鲁莽问话。

大学四年级时，同宿舍的女生们，有的忙着考公务员，有的备战考研，有的则奔波于各场招聘会，希望找一个好工作。

顾晓敏则想继续深造，考研读书，于是开启了复习准备。考研需要大量的参考书和相关资料，崔耿生所学的专业，虽然与顾晓敏所要报考的专业不同，却主动地承担了寻找资料的任务，发动关系，上下沟通，最终找到了相关资料，包括重要的参考书，顾晓敏十分感激这位高年级学长。

崔耿生在北都做了一段时间的研究，体验到北方的雾霾，那种空气中夹杂着尘土，像沙尘暴似的，漫天飞舞。后来，入冬后，随着天气转冷，雾霾减弱。当北都的一场大雪后，一夜之间，积雪堆积在路边的花坛上、车顶上、屋顶上，有人在满是积雪的车窗上，画一个代表自己个性的符号，或是写上一句新年的祝词，是非常开心的事情。

崔耿生从北都返回省城，在学校遇到顾晓敏，见她将书本折页，便送给她几片脱水但色泽依然艳丽的红叶，说是夹在书本中，是很好的书签。那是顾晓敏第一次知道红叶是椭圆形的，叶子边缘光滑，而不是凹凸形边沿，不是叶面像伸开的手掌似的枫叶——枫叶与红叶都是红色的，但形状大相径庭。

山城都市被两条大江横穿，又因秦巴大山阻隔，阻断了大气的流通，湿润的空气堆积，在冬春、秋冬之际，暖空气与冷空气交汇，最易形成大雾。

只是山城都市的大雾绝不是黄色的,更不带沙尘。人在大雾中行走,感觉雾在身边飘浮,虚幻空灵,像是坠入了人间仙境般。居住在山坡上,位于城市高处,可亲身感受到在大雨来临之际,聚集着大量水滴的云,飘浮在楼栋之间,随着狂风袭来,疾速地流动,渐渐地远离,消失在大雨中。

秋冬之际,一大早起来,有时会发觉房屋外,跨江大桥突然望不着尽头,仿佛一端在人间,一端坠入传说中的仙境般迷人,让人浮想联翩。由于大雾的存在,看不清远处的景物,一切仿佛浸入奶渍中。平日里的跨江大桥上,拥堵的大小车辆会占据整个桥梁,可在大雾中,弥漫的浓雾,让远处停留在大桥上的车流不见了踪迹,仿佛从人间消失。在大雾中行走,特别是山坡上,微风吹来,扑面而来冰冷的如针尖般细腻的凉意,让人提前感知季节的变换。

顾晓敏父母的家在县城里,离山城都市不太远,因此,对都市的巨大变化十分熟悉。比如长江上的大桥,20世纪80年代,第一座跨江大桥通车时,惊动四方,不单有著名人物的亲笔题名,还在桥的两端造了几尊雕像,寓意春夏秋冬。而在这以后建造的大桥,却未再出现过这种盛况——人们已经习以为常,因为建造的速度太快,还来不及在新修建的大桥上踏足欢庆,另一座桥又出现了。现在的跨江大桥,更注重实用性,特别是在山城,地势不平的都市,在都市中心地带架设跨江大桥,既要考虑南北方向车辆的通行,又要照顾东西行驶的车辆,还要考虑桥面上下通道,且尽量多地衔接两岸的通行。21世纪后修建的大桥,基本上已不再是20世纪80年代的单层桥,而是上层通汽车、下层通轻轨的双层大桥。即或是公路桥面,上下大桥的通道往往不止两三条,有的多达二十几处,不熟悉大桥的司机,定会迷路,不知如何开车上桥,要么错过桥面,转而进入大桥下面的车道;要么走错了车道,绕行一大圈,方才进入桥面道路。下桥也是如此,原本上坡行驶,转而却进入了江边的道路。驾车上下桥面,如进入迷宫般。而经常过桥的人,虽然牢记了要走的车道,却无不小心翼翼,特别是在大雾弥漫时,生怕一不小心,便错过了路口。

与大学本科基础课不同,研究生课程更加专业,而越是打基础的学习,就越是简单。如果将人们从幼儿园到高层次的学习,比作参天大树从离地的树干到枝繁叶茂的树冠，那么树干便像幼儿园、小学时期，而到了中学阶段，便开始注重理论学习与实际技能的区别，并随着中学生的喜好，开始显现出不同的发展方向，就像树的主干上粗大的分枝。朝技能型发展的中学生，更注重于成为技术能手，比如加工误差小于一个人头发丝的几十分之一，这属于高技能、顶级技能人才，也是树冠顶端引流潮流的，在实际中发挥着巨大的作用。这是学理论专注于学识的高学历人才们无法想象的，也无法做到的，但理论性渊博学识的人所掌握的知识，也是技能型人才所缺乏的。理论性人才也有站到树冠的顶端的，矗立在高端，为人类更好地发展做出贡献。

顾晓敏顺利地进入研究生学习，而就在此一年后，崔耿生的学业结束了。毕业时，崔耿生凭着优异的成绩，在学校举办的专场招聘会上，签署了就业意愿，等到一毕业，便前往工作，虽然是省城以外的大都市的公司，却恰巧距离顾晓敏父母家所在地不远。虽然这几年与顾晓敏有所交往，却限于同学之间的纯洁友谊，仅此而已。

研究生学习期间，顾晓敏曾到山城都市一家公司的新区出差，因是头一次到新区，又不愿麻烦别人，便在天亮之前吃完早餐，然后才搭乘班车前往。

为了避开上下班的拥堵高峰，班车早上提前一小时发车，下班也几乎提前一小时，以便减少路上耽搁的时间。由于发车时间早，原本只有午餐的工作餐，在新区便改为早餐和午餐了。在冬季，乘坐班车时天色还未亮，坐车时间较长，大伙儿又起得早，便都在车里睡觉，没人介意车外的状况。

当班车开进园区，车上的员工连同司机，全都去了餐厅，瞬间，只剩她一人。偌大的园区，矗立着几栋深灰色的建筑物，被浓雾笼罩。在浓雾中，顾晓敏突然迷失了方向，茫然地来回寻找目标的位置。人们都聚集在餐厅内，顾晓敏独自一人在迷雾中徘徊。好在不久有人从餐厅出来前往办公地点，终于弄清楚目的地的位置，顾晓敏长长地舒了一口气。

公司本部在老城区，二十多年前入驻的，与都市最繁华的市中心仅一江之隔。入冬以后，两江穿城而过的都市，时常大雾弥漫，在老城区的是纱幔般的大雾，就像诗人形容的那样，大雾中的都市像是浸在牛奶中，增添一抹浪漫。寸土寸金的都市繁华地带，停车是一件让人头疼的事。于是，原本狭窄的老城区公司园区道路，便成了没有在居住小区买停车位的员工的夜晚免费停车位。因此，开车上班时，寻找停车位便很困难。公司本部地域不能扩展，因而在城市另一端开疆拓土。

顾晓敏当天实际办事的时间短暂，而在昏暗中弥漫着的浓雾里，在比平时更加寒冷的地方，在现代的、深灰色的建筑群里，迷路徘徊的情景，久久不能忘却。后来回想起来，觉得有些好笑：就在几栋楼之间，由于冬季大雾，视线不好，便像傻子似的，不知东南西北，哪怕目的地就在几步之外。

周末的时候，女生们结伴到繁华的街道闲逛，即或是什么都不买，逛商店，在外面餐馆吃一顿饭，也能使她们快乐好几天。其实吃的食物并不昂贵，只是很普通的豆花饭、酸辣粉、担担面等，便使得她们乐不思蜀，整个星期天都在聊这些事情。有时，男生们知道了，却不以为然。男生并不喜欢女生钟爱的食物，他们喜欢吃肉，这好像是共性，因为顾晓敏的爸爸就喜欢吃肉。在家吃饭时，家人都劝顾晓敏爸爸多吃蔬菜，因为他只喜欢吃肉。在男生们的眼里，回锅肉、水煮肉片或水煮鱼片，才是他们喜爱的，见到女生吃得清淡，便嘲讽说是在喂兔子。

在校的最后一年，顾晓敏感到了孤单；想到不久后毕业步入社会，内心感到担忧。从学生到社会人士，突然要转变身份，让人茫然不知所措，甚至对即将开始工作感到恐惧。

宿舍里的几位女生，也有了与平常不同的举动。个子不高性格沉稳的像大姐的女生，每逢周末都外出，说是有事，在大家还未起床时就已出门了，听说是到亲戚家。顾晓敏觉得奇怪，以前没听她说起过在省城有什么亲戚，这快毕业了，倒冒出亲戚来了。不过得到的解释也不是没有道理：难道就不允许人家结识一位亲戚？即或是平时不常来往，为了毕业分配在大城市找个好工作，托人拉关系的事很多。其貌不扬的老大，临到毕业分配时攀上一位有实力的亲戚，还帮她在省城的市中心找到一份好工作。过了一段时间，听说帮助老大的不是什么亲戚，而是老大交往的男朋友，帮助老大在省城找到了工作，她毕业后便留在省城。

外号叫"蒜头"的女生，只因其鼻子比较大，鼻头呈圆形，鼻梁饱满，就像人们常吃的大蒜，而得此称呼。"蒜头"忙自己的功课都觉得时间不够用，却从不忍心回绝别人的要求，平时喜欢絮絮叨叨地讲述，并以寝室琐事的第一时间知情人而自豪。没过多久，大家便得知"蒜头"毕业后，到一个大都市的国有企业工作，工作是"蒜头"的父亲托人办的。看来，有一位有实力的父亲，省事不少。

宿舍中还有一位，原本积极准备考试，想继续深造，却交了男朋友，便准备毕业后作为陪读到国外去。

顾晓敏渐渐地感到了孤单，想到不久就要步入社会，又感到担忧。在一次帮同学传达消息时遇见的事，使得顾晓敏更加彷徨。如果在学校再多待上几年，等自己成熟一点、社会经验积累足够之后，再步入社会，或许压力不会那么大，那么考博，继续待在学校深造，是最佳选择，可以缓解因心理不够成熟，对步入社会产生恐惧的状况。但顾晓敏没报名参加博士生考试，因为流传着这样一种说法：女博士就是孤独终老的代言人，就等于"灭绝师太"。

即将毕业的顾晓敏感觉到迷茫和恐慌。如果在安于现状、不思上进的社会里，或许像顾晓敏这种弱女子进入社会，便会觉得游刃有余，不会感到特别大的压力。而如今的社会，已不是滥竽充数混饭吃的年代了，即或是早先人们认为最会偷懒的公务员，如今责任到人，每位公务员任务满满，人人求新求进步求发展。一贯处在学校这种除了学习，便可两耳不闻窗外事，毫无社会常识，所学知识又脱离实际，纯粹理科理论专业的大学生们，除了满脑子灌输的公式、定义、推理推论，学了一些既看不见又摸不着的知识，社会知识一片空白，却要马上步入社会，根本不清楚当下的社会究竟是怎样的状态。看到平时学习成绩差，每学期都有补考的同学，却依靠父母的关系，毕业时谋到好的工作，留在大城市；而一贯学习努力刻苦的同学，凭自己能力深造，获更高学历，但最终都得为毕业后的工作而焦头烂额，让人不得不怀疑大学学习究竟为了什么？多年的努力、辛苦和汗水付之东流，人生的价值观能不颠倒吗？甚至使人产生厌学的情绪，觉得通过激烈的高考竞争，过五关斩六将，奋斗到大学里学习，成为同龄人中的佼佼者，却在多年后坠入谷底。

在校学生对于毕业找工作，一般会选择在毕业前半年就着手，顾晓敏也不例外，她抽空来到与父母家相距不远的山城都市。顾晓敏的父母家，在距离山城都市不远处的一座小城，顾晓敏待在父母家里，与空空的学校宿舍相比，身边有人陪伴，便感到了温暖。

不久，在山城都市找工作的顾晓敏，与已在山城都市工作的高年级名人崔耿生相遇，受到崔耿生热情的款待，说是尽地主之谊。起先顾晓敏还推辞，只因顾晓敏从小就熟知山城都市，经常随父母来山城都市，比起外省农村长大的崔耿生来说，更加熟悉这座山水之都，却让一位在山城都市工作的外地人请客，顾晓敏觉得过意不去，但经不起执着的坚持，最终崔耿生坐庄请客。

谈话中，顾晓敏得知，在大公司工作，只要肯干，是有机会干出成绩的，国有公司，有着优势，也有着自身的局限性，主要表现在不讲究获利，工资薪酬普遍不高，与盈利为主的外资公司相比，收入相对较低。顾晓敏告诉崔耿生，在外资公司工作，工资待遇不错，管理模式先进，做事效率高，但比较紧张。崔耿生关切地问顾晓敏，是否能适应，并劝她来大公司工作，理由是工作轻松，只是她所学的专业不是大公司的主导专业，也就是说，她如果来大公司工作的话，只能在二线辅助部门工作，而不是一线骨干部门。顾晓敏回答说，不愿意荒废专业，想在社会上闯一闯。

后来，顾晓敏跑了多家单位，包括大型研究所、外资公司、合资公司，以及大型的民营公司等，相比之后，决定在外资公司工作，她想自己还年轻，拼搏一下，不愿碌碌无为地过一辈子。崔耿生知道后，关心地说了一句"很辛苦"，让她提前有个思想准备。她说，既然已经决定了，便不会怕辛苦。崔耿生原本觉得女孩子就应该找个轻松的工作，见顾晓敏非常执着，也不便争辩，尽管心里担忧，但毕竟是她自己的事情，既然已经决意这么做，多说也无益，于是保持沉默。

以前在学校两人就认识，但一直没有像这回这样真诚地交谈。如果说，之前在学校，他们算是同学，而未推心置腹地交流过，其情感，就像两条铁轨似的，尽管相距较近，却一直保持平行。如今，顾晓敏毕业找工作，遇到崔耿生，便像久违的老熟人般，不见外地聊起来，也将自己的最新决定告知了崔耿生。这一切的发生，是那么的自然，没有先兆，也没有精心准备。遇到崔耿生也是巧合，在街上碰到的。如果发生在学校，便是很平常的事，而此时，却是远离大学的山城都市，与所读大学所在城市相距数百公里，异地的相遇，使得他们的关系无形中近了一步。

顾晓敏没有将毕业之际对社会产生的恐惧心理对崔耿生讲，只是觉得有熟悉的人在身边，还是不错的，至少不担心安全，有人陪伴。无论此时此刻，在身边的是一位怎样的人，顾晓敏只是觉得很温暖。

第二天上班路上，前一晚与崔耿生打招呼的同事小杜，看到崔耿生表情平静，与平时没两样，于是好奇地问：

"那姑娘是谁？"

"熟人。"崔耿生平淡地说。

"同学？"

"晚届。"

"也是研究生？"

"啊。"崔耿生的回答是肯定的。

"同样专业？"

"不是。"

"女朋友？"

"哈哈……"崔耿生大笑起来，并爽快地回答说："不是。"

"也是。"

小杜自言自语道，崔耿生没有理会。

小杜不再刨根问底，觉得条件如此好的年轻姑娘，与这位相貌平平，做事笨拙，又无雄厚家底，太普通不过的崔耿生，怎么会有更进一步的关系？突然觉得有这种想法，实在可笑。

后来小杜从崔耿生校友那里得知，崔耿生在学校时，居然是位小有名气的才子，在国内外发表论文，在专业上有独到的见解，特别是在做设计仿真方面。由于在校有名，崔耿生在学校认识的人自然就多，吸引到学妹关注，也是情理之中的事。也或许是学妹或老乡，来咨询毕业后的去向、职业取向，也是常有的。总不能一看到单身男女在一起，就认定是男女朋友那种微妙的关系，而不是纯粹的友情，干吗想得那么复杂？崔耿生直爽地回答，不加思考，毫无做作，没人会怀疑。无论从外表，还是家庭条件来讲，年轻姑娘都要胜出一筹，崔耿生倒像是粘附在年轻姑娘身边的男闺蜜，做个参谋，出谋划策。崔耿生个性温和，愿当听众，虽然有些愚笨，当然不包括计算仿真的能力。像20世纪的天才数学家，破解世界著名数学难题"哥德巴赫猜想"的中科院学者陈景润，生活自理能力极差，但却能破解世界难题，能解释偶数和素数之间困惑世界上著名数学家几十年的难题。当时谁也没有想到，世界性难题会被这样一个人解决。当陈景润的推演计算公开发表后，引起世界一片轰动，以至于后来人们再也没有什么关于偶数和素数的难题。

  崔耿生不像是追女孩子的人，一是不爱说甜言蜜语，不能哄得女孩子开心，因为崔耿生在公司就不爱说话；二是崔耿生没有追女孩子的条件，他的衣着、用品都极为普通，穿着虽不说邋遢，却是很不起眼的。年轻人总是爱炫耀自己的年轻，这从衣着上可以看出，比如工薪阶层，买不起昂贵的奢侈品，但经常穿着世界知名品牌，比如N、A字母开头，或是有男女背靠背而坐的LOGO图案的衣服鞋子等。崔耿生从来不穿时兴的品牌衣服，T恤和衬衫是他夏季必备，款式极为普通，最多带点儿灰色条纹和简单几何图案，这与同龄的年轻人比较起来，显得老成。但崔耿生爱笑，有时同事们开玩笑，他不多嘴，但发出笑声之人中必定有他。

  崔耿生与顾晓敏的交往，并不在人们的视线中。上班时间，崔耿生几乎都在工作，从未缺席。大伙儿都知道，顾晓敏还在外地读书，尚未毕业，而崔耿生不像别的年轻人，身处异地时，便会每个周末跑长途。跑腿的一般是男方，为的是团聚。难道是担心影响女方的学业？不过，现在国家政策允许在校大学生谈婚论嫁，允许读书期间结婚生子，因结婚生子需要休学的，学校规定可延期毕业，待身体完全恢复后，再完成学业。因为上大学的学生都是年满十八岁的成年人了，有能力承担责任，对对方负责。崔耿生平日里的表现，也不像是在追女孩子，除了工作就是工作，从来不谈论男女朋友，也不讲自己感情的事，人们都认为崔耿生情感发育晚，尚不醒事，不及学识那样突出，晚结婚是常有的事。在社会上，常遇到没读大学的人，早早地结婚生子，当同龄人大学或研究生毕业时，他们已经儿女满地跑，甚至都可"打酱油"了。没读大学的人，早工作，早进入社会，结婚组成家庭，抱团生活，共同面对复杂的社会。完成学业，特别是硕士、博士，甚至博士后等高学历，需要很长时间，读书的人早已超出法定的结婚年龄。因此，出于人性考虑，允许在大学读书期间结婚生子，符合社会发展的需要。

人们并不知道，崔耿生在读书期间，是否已经与那位高个子的顾晓敏达成了默契：一位专心学业，一位潜心工作，等到双方都工作、在一起后，才对外宣布两人的恋情。这是小心谨慎的做法，全然不像时下年轻人坦诚直率的作风。如果崔耿生与顾晓敏仅为一般朋友，并未发展到谈婚论嫁的程度，因此不愿意对外宣布，毕竟一方尚未毕业，以后的工作还是一个未知数——如果双方都优秀，为了工作都很拼搏，没有时间往来于两座城市，整天腻在一起卿卿我我，那样的话，将来必定感情疏远，导致离散的结局。或许以上的假设都不成立，真相就是崔耿生自己说的那样，仅仅是熟人，不是恋人关系。

崔耿生极少讲述自己感情的事，也不愿意掺和别人的私事，表现出十足的好奇心，而是专心投入工作。难道崔耿生在单相思，远离人群的目的，就是担心在众人面前暴露真实的想法，让别人笑话，说他是癞蛤蟆想吃天鹅肉，不自量力？或许崔耿生自卑，将自己当蚕蛹，用全身心投入工作来包裹自己，不被外界所伤害。如果是那样的话，崔耿生未免小心眼了吧，人们大不了说几句嘲笑的话，而且是善意的，笑崔耿生浪费青春，等待不会有结果，仅此而已。

二十二、公司同事的猜想

小杜好像已经完全猜透崔耿生的处境，得出的结论便是崔耿生绝不可能是年轻姑娘的男朋友，倒有可能是姑娘来向学长讨教毕业后的事情，研究生毕业，是要找工作的。当崔耿生被人问及，年轻姑娘是否来公司工作，崔耿生很直爽地反问：来公司做什么？公司里有需要相关专业的部门，但只是作为第二线的行政部门，为一线设计和生产做辅助工作，工资待遇、发展前景等方面都不如一线。

崔耿生的回答很轻巧，在小杜看来很微妙，因为如果崔耿生对顾晓敏有意思，便会不顾一切地帮助顾晓敏。早两年毕业的崔耿生，却不愿意顾晓敏与自己同在一个公司工作，难道是担心"同行成冤家"——同行之间因竞争，而产生误会，带来麻烦？有人说，要想让情人变成仇人，就让他们做同行，就是这个道理。难道崔耿生担心顾晓敏做同行，把他的"光辉"遮盖？换句话说，可能崔耿生会担心顾晓敏将自己比下去，而无法驾驭。如果是那样的话，崔耿生也未必太处心积虑了，简直就是一位心机男。也许在毕业时，崔耿生没有帮助顾晓敏找工作，而是像一位稳重的哥哥，将选择的权利交予顾晓敏本人，他要做的事情就是等待。要知道，国有单位的工资有限，好强的顾晓敏，在外企工作，必定挣得多，这也是如今年轻人择业的首选。不过，对于崔耿生过于客观的态度，大伙儿觉得，他与顾晓敏之间的感情仅限于好友，因此，崔耿生对外宣称只是熟人，也不敢确定会不会有进一步的关系。

不管小杜如何想，崔耿生自己明白，他不能左右顾晓敏的决定，既然顾晓敏已经确定了不考博士，不再继续深造，那么，找一份满意的工作便是目标。顾晓敏不愿意被约束在国有单位，也不愿来他们公司做二线服务人员，而不是做一线的科研生产人员。

好强的顾晓敏，希望研究生毕业后，凭着自己的能力闯荡，做出一番成绩，发挥自己的专业所长，而不愿意一辈子庸庸碌碌。认识这样一位优秀的学妹，崔耿生打心眼里高兴，只是帮不上什么忙，也无法劝说，只能以忘我的工作来默默祝福。崔耿生想做出一番事业，不让顾晓敏太过忙碌劳累，作为男人，希望能够保护对方。但是面对要强的顾晓敏，他所能做的事情，就是在事业上取得更好的发展。

没有好的家庭背景，没有雄厚的资产，一切都得靠自己打拼，面对条件比自己好的顾晓敏，崔耿生选择的是默默承受：承受顾晓敏选择在外企工作，而不是安逸稳定的国企单位；承受顾晓敏与自己不在一起，原本不在一个年级，崔耿生早毕业、早参加工作，而顾晓敏却待在学校读书直到毕业，两人两地相隔。那时两人没有谁捅破这层纸，彼此之间权当认识的熟人，觉得只是生命长河中遇到的一位匆匆的过客。崔耿生独自默默承受着分离、心仪却无法把控的无奈，和得不到明确结果的等待。有可能多年等待后的结果却是一场空，耗费时间、浪费精力、耽误青春，等瘦弱单薄的崔耿生变得不再年轻时，独自守护的一切，却远离他而去，这结果需要一颗强大的心去承担。

崔耿生没有多想。既然不能动摇顾晓敏的决定，那就只剩一种可能，那就是等待，等待顾晓敏经过社会的磨砺，变得不再那么冲动。崔耿生认为，或许等顾晓敏的事业稳定后，人变得成熟些，不再凭着一时的激情，而是以理性来对待事情后，会有所不同。步入社会后，经过磨砺，不再那么一根筋似的，只想着如何工作，如何将在学校里学到的知识应用到实际工作中，挣到人生的第一桶金，实现人生价值，使得所学知识得到社会的认可，而是变得更加实际。到那时，或许顾晓敏想结婚成家了，崔耿生自然而然地成为她的首选，而且是唯一之选——毕业后，接触面窄，很难遇到合适的人，而崔耿生一直陪伴在她身边，她不选择崔耿生，又能选择谁呢？不过，这一切的前提,是两人还在一起。

　　工作后,崔耿生曾经回过学校看望顾晓敏。那时刚参加工作不久,崔耿生还很腼腆,与顾晓敏的见面,也只是在咖啡馆相对而坐,叙叙旧,互相告知各自的情况,像熟人老朋友般。崔耿生讲述工作环境,讲述两人都认识的校友、如今的同事,讲述与同学在一起的快乐,也讲述刚参加工作时遇到的窘事,使得顾晓敏咯咯直笑。崔耿生的模样,像是一个小丑,到顾晓敏学习的地方,说笑着,让顾晓敏开心放松。看到顾晓敏开心地笑了,崔耿生也跟着笑起来,想着自己所讲的事情使顾晓敏感兴趣,他很是高兴。
　　顾晓敏在人生转折点,遇到崔耿生,畅谈继续深造,还是毕业就业;是待在国有单位,庸庸碌碌,还是一头扎入社会,在社会这个大染缸里,磨砺锻炼,打拼奋斗,充分发挥自己的才能。虽然最后都是顾晓敏自己决定的,但能得到崔耿生,一位学长的全力支持,顾晓敏感到踏实,更加地充满信心。

　　年轻同事小杜,比崔耿生早来公司。春季气温回暖,小杜却戴着一副口罩,将嘴和鼻子捂得严严实实,使得大伙儿很是惊讶。春季繁花陆续绽放,树梢冒出新叶芽,人们出门踏青,与大自然亲密接触,小杜却唯恐避之不及。一问才知,小杜对花粉过敏,春暖花开,空气中飘浮着花粉,小杜受不了,戴着口罩方可出门。人们似乎感觉不到,又不在花园里,不在鲜花旁,甚至连花香都闻不到,却被小杜,如病毒般躲避。
　　可就是这么一位博士,在学校读书期间就已经结婚——小杜在外省读书,媳妇也在外省工作,具体地说,是在他读书的城市。当小杜毕业后,却在山城都市找了一份满意的工作,两座城市之间,有动车直达,往来方便。据说,小杜每到周末,便去外省城市,直到周日晚上才返回,第二天一大早便来上班。之所以周日赶回山城都市,而不是等到周一,直接从外省返回上班,是因为最早一班动车发车时间也是八点以后,无法按时回到公司。年轻人事业正处于上升阶段,自然不愿表现得落后,不愿迟到。
　　如果在周末看到小杜还在山城都市的话,那一定是他媳妇来了,不过,这种情况很少。每当遇到要去那个城市出差，小杜便高兴地嚷嚷，脸上满是喜气洋洋的表情。后来，人们时常看到小杜周末在公司加班，据说是他媳妇调来山城都市工作了，虽然不在同一家公司，但相距不远。

小杜和媳妇两人终于在一起了。小杜虽在山城都市买了房，因为是期房，开发商还未交付使用，因而夫妻俩便暂时住在公司的宿舍里。小杜已年满三十岁，当同龄人纷纷宣告将要有孩子的时候，他感叹道：也快了。于是有人好奇地问道：是快生了，还是尚在努力中？小杜笑着说：在努力。现在的年轻人，有了稳定的工作，满意的收入，便开始考虑下一代的事情。年轻人之间谈论的话题，也无不涉及买房、结婚、孩子等。

小杜整天乐呵呵的，为迎接新生命，为更好的生活，而忙碌着。

公司的员工，得知小杜的经历，便以此为依据，猜测着崔耿生的行踪，是否也像小杜，一到周末就跑到外地约会？只是崔耿生性格比较内向，不像小杜那样开朗，什么事情都与人讲。崔耿生不爱讲自己的事情，人们便无从得知，而且经常看到崔耿生在办公室加班，于是觉得崔耿生与那年轻姑娘不大可能是男女朋友关系。

人们这么想，以至于后来再次看到崔耿生与顾晓敏在一起，熟人般走在路上，也没有多想，权当两人是校友，是好朋友，偶尔的相遇。只是这次，顾晓敏的发型有了变化：原本的直发，这时在发梢末端卷曲着。同样是披肩发，却因搭在脸盘和发尾处的卷发，而显得成熟了。这时的顾晓敏，算起来应该是已毕业工作了，这种看上去显得成熟的装扮，据说是时下年轻女子的时尚，越年轻，打扮就越成熟，反而是已经有些年龄的人，打扮得比实际年龄年轻不少。这不排除以人的外貌判断人的社会陋习的影响，当今的社会，"外貌协会"依然不少，许多人也毫不避讳以貌取人，特别是在年轻人中。倒是成熟装扮本身，在职业上的解释，是不让同事或上级小瞧，此外也会给人一种性感成熟的感觉。

一天工作的间隙，人们听到崔耿生在打电话：

"在哪吃饭？……嗯，好吧。"

于是，细心的人似乎觉察到，崔耿生已经有等待的人，只不过等待的是男性朋友，还是女性朋友；是朋友聚会，还是别的什么事情，没有人多问，因为崔耿生不爱讲自己的事。只是，崔耿生说话声音毫无掩饰，洪亮有力，十分清晰，几乎有些显摆，有些炫耀，大概是发自内心的高兴而忘乎所以。

于是，老吴问：

"谁请客？"

"呵呵……"

崔耿生一笑，巧妙地回避了问题，随后，在办公室待了一会儿，便离开了。问话者带着好奇，却没有刨根问底，只是好奇地看了看崔耿生，便没再说话。

崔耿生并没有走远，而是来到了过道里打电话，为的是不被打扰。

"下班过来吧……吃饭……小陈来了……是出差……嗯。"

断断续续地，崔耿生对着电话说着，路过的同事听不清电话那一头的人说话，以为只是崔耿生在邀约，没有人在意。崔耿生倒是很兴奋，打完电话后，高兴地咧着嘴笑，像是心愿达成似的。

夜色降临，崔耿生又拨打了电话。

"在哪里？要来接吗？……好吧。"

崔耿生估计着人们到达的时间，便离开了办公室。

来的人中，有男有女，都是同一所大学毕业的，这次在远方工作的校友来到山城都市，大伙儿相聚。在中国，相聚就意味着一起吃饭，在餐桌上彼此交流，谈论各自的情况，讲述毕业后各自的变化。

"在北方，还是吃不习惯。"

出差来山城都市的校友说。这位校友姓陈，还是崔耿生的同乡，在学校时就认识，放假还一起回过老家。

"能吃到火锅吗？"崔耿生好奇地问。崔耿生请吃的就是火锅，也是山城都市的特色美食。

"很少。"小陈想了想，回答道。

"不是有涮羊肉吗？"

"嗨，那是什么火锅呀？是涮汤，就像洗锅水一样。"

崔耿生明白小陈的话。在公司吃工作餐，大锅饭时的汤，就是表面漂浮几滴油珠，寡淡而不清澈，就像清炒素菜后，倒入清水准备洗锅的水。

在一旁的顾晓敏，"扑哧"笑出了声。她笑的不仅是小陈那副狼吞虎咽的吃相，像是饿了很久似的，而且觉得他将涮羊肉说成涮锅水，实在是太夸张了。

　　"北方人不吃辣？"

　　"是呀，很没味道。"

　　"北方没有川菜馆吗？"

　　"川菜倒是有，但总觉得味道不正宗。"小陈一副委屈样。

　　"可能厨师不是四川人，也或是综合了北方口味的川菜。"

　　"也许吧，改良款的川菜，怪怪的，不习惯。"小陈抱怨。

　　"有火锅吗？山城都市火锅？"一直没说话的顾晓敏插话道。

　　"有呀，不过不是很普及，要走很远的路才能吃到。"

　　"在北方，生活不习惯，是很麻烦。"崔耿生同情道。

　　"是呀，没办法，谁想这样。"

　　小陈装出一副可怜样，顾晓敏被逗乐了。觉得自己没有选择到离家很远的地方工作是正确的，不然，要是像小陈那样，定会很难受，好在自己避免了那样的煎熬。

　　"这么久了还是不习惯？"顾晓敏问道。因为小陈不是刚到北方工作，而是已经工作一段时间了。

　　"努力中。"

　　"自己不做饭？"

　　崔耿生好奇地问了一句，心想如果小陈自己会做饭，即或是只会做一些家常菜，也不至于为饭菜的口味如此的痛苦。

　　"不会做，也没时间呀。"小陈爽快地回答说。

　　"谈恋爱了？"顾晓敏好奇地打探着。

　　"哪有时间呀。"

　　"时间都干吗了？"

　　"经常加班，根本没时间考虑别的。"

　　"你们单位也太夸张了吧，什么事都得做？"

　　"不是，"小陈说，"任务是自己承担的，只是完不成，也就歇息不了。"

"那咋办？"

"天天加班，连睡觉都在公司里。"

"在公司里？晚上不回家？"

"是呀，经常的事。"

"办公室睡觉，受得了吗？"崔耿生问道。

"在办公室里睡觉，方便，工作累了，就马上睡觉，既不耗费时间，又便于休息。"

"打地铺，还是趴在桌子上睡觉？"崔耿生不解道。

"打地铺的有，睡折叠床的也有。"

"不担心感冒？北方的冬季下雪的。"

"北方屋里有暖气，待在办公室里，很温暖，比南方的冬天还暖和呢。"

"也是，北方有暖气。"崔耿生吃了一口菜，停顿了一下，又说，"你们工作很忙？"

"工作没做完，谁也不愿意休息。"

"很敬业呀。"崔耿生说。

"大伙儿都这样，也不觉得什么。"

"不觉得累呀？"

"喜欢做嘛，加上年轻，倒还好。"小陈说。

"那你今天多吃点儿。"崔耿生热情地用汤勺捞起锅里的菜放在小陈的碗里。

"好了，够了，我一直在吃呢。"小陈说。

崔耿生这才发现，小陈虽然不停地说话，嘴却没有闲着，没耽搁吃东西。

"还是离家近好哇。"小陈感慨地说道，抬头望了望崔耿生。

"我离家远，跨省了。"崔耿生辩解道。

只是顾晓敏感觉到小陈话中有话。

"不还是在西部？"小陈说道。

"倒也是，生活习惯差别不大，只不过山城都市人说话，有时听不懂。"崔耿生说道。

山城都市人个性直率、豪爽。虽然没想通时牢骚满腹，但一旦确定，便坚信不疑，激发出的热情，像大坝开闸泄洪般，不可阻挡、奋勇直前，发出的能量是不可小觑的。而且，山城都市人说话，便像其做人，崔耿生想。

"你听不懂山城都市话？"小陈感到惊讶。

"是呀，说快了，就不行了。"

"那就慢点儿说嘛。"小陈不以为然。

"哈，"崔耿生冷笑道，心想别人说话，自己能控制得了吗？"我说普通话，别人能听懂，但别人说山城都市话，有时我就听不懂了。"

"比如呢？"

"比如到银行办事，银行员工大多是山城都市本地人，他们说话，我就经常听不懂。"

"银行职员不耐烦，可以投诉呀，工作态度问题。"

"不是，职员倒是很热情，只是同样的话反复几次，我自己都不好意思了。"

"为什么？"

"别人还以为我有残疾。"

"这跟残疾有什么关系？"小陈疑惑。

"耳背，听觉不好呗。"崔耿生脱口而出，像未经过大脑。

"职员这样说的？"

"自己感觉的。"

"你多心了，"小陈说道，"倒是同样的话反复重复，感觉也怪。"

"是呀，同样的话，多说几道，人家没表现出不耐烦，自己倒不好意思了。"

小陈没遇到这种情况，因为在北方，大伙儿都说的普通话，偶尔有一两句当地方言，可忽略，不影响双方之间的交流。

"嗯，晓敏不就是本地人？让她教你本地话。"小陈指着顾晓敏说，像是发现新大陆似的。

"学不会。"崔耿生勉强地笑着，或许天生语言方面就不发达。

"有那么难吗？"小陈认为崔耿生夸大其词。

"反正我是不行。"崔耿生说道。

"慢慢习惯吧，听多了，也会理解一些。"小陈安慰道。

几人聊得很开心，渐渐地，夜深了，餐馆外面的大围棚，原本还有两桌人，此时已经不见了踪迹，应该是吃完离开了。崔耿生将有些醉意的小陈送上出租车，告诉司机目的地之后，便自告奋勇地担起护送顾晓敏的责任。顾晓敏开始还不好意思，但听到崔耿生说顺道，便没有拒绝。

崔耿生坐在前排的副驾驶位置，问清了顾晓敏的住址，便给司机指示方向。顾晓敏坐在后排，看着前排两位男子的背影，不时望向窗外。街上行人稀少，十字路口处，交警平台的车依然停在那里，白色的车身在黑夜里很是显眼。路上车也稀少，少了白天的热闹喧嚣，显得十分宁静。街道旁，有的店面依然灯火通明，有的已经打烊。

顾晓敏的老家离山城都市不远，毕业后，还是非常愿意在山城都市找一份工作的，毕竟大城市机会多，更重要的是，离家不远——想回家看望父母，或是父母来山城都市看她，都很容易。如果在东部大城市工作，父母去一趟不容易，要是她不常回家的话，就可能与父母一年都见不着几回。顾晓敏的父母，当然希望她毕业后就在山城都市找工作，至于找什么样的工作，他们文化程度不高，无法提供帮助、有所参谋、分析利弊，而是全凭顾晓敏自己拿主意。

一天，崔耿生听到老吴的话，以为自己听错了，因为老吴说：

"昨天中午吃饭时，汤里有一只蚊子。"

"什么，蚊子？"听到此话，人们大吃一惊，以为听错了。

"啊。"老吴很肯定。

"是紫菜末哟。"

"不是，就是蚊子，还有六条腿。"

"连蚊子有几条腿都数清了？"有人怀疑道。

"当然，看得真真的。"

"可能是煮好的汤，倒在不锈钢桶时，飞进去的吧。"

公司员工多，午餐都在公司食堂吃。

"不知道，看到很恶心耶。"

"我在外面餐馆，还看到过炒菜中有蟑螂。"老吴插话道。

"咦……"有人发出怪叫，"那才恶心耶。"

比起蟑螂，相对而言，蚊子好像还不那么让人介意，至少反感程度没那么高。

"提意见，"有人建议，"让食堂注意卫生。"

于是，人们便将发现午餐的汤里有蚊子的事情，通过内部网络，反映到相关部门。

第二天，人们发现，盛汤的不锈钢桶上面盖有不锈钢盖子，在就餐人员到达之后，汤桶上的盖子才被揭开。从那以后，人们再也没有发现汤桶里有蚊子等异物出现。

那天，人们议论的重点不是汤中有异物，而是发现的是蚊子，还是紫菜末。对于这一点，有人一直怀疑。随后食堂进一步改善了就餐条件，大伙儿还是满意的。

有人认为，在外面餐馆里吃到异物，比如蚊子、小飞虫等昆虫，或是用来捆绑蔬菜的稻草等，可让店家重做一份，因为餐馆里是小锅炒菜。但是公司人多，吃的是大锅菜，不可能临到吃饭时间再重新制作，那样的话，会影响员工就餐，众多人饿着肚子等不说，还耽误下午的工作时间。

说到吃饭和工作，崔耿生兴致勃勃地讲起了前几天知道的一个情况。

"我们有同学来山城都市，讲到了研制的产品，"崔耿生很认真地说，"还有几家公司也在做，我们公司不是唯一在做此类型产品的，有多家新公司也加入了进来，以低价竞争市场，不知这些新公司的实力如何。"

人们听到此话，心里沉了一下。他们公司在国内最早研制此类型产品，是老牌公司，以前是唯一的一家供货商，但价格高，供货速度慢，原先由于没有竞争对手，商家从别处无法买到，只得从他们公司买。如今，有这么多的新公司加入，价格具有相当的竞争力。无论如何，新公司的加入，是不可轻视的，一旦这些新公司占据市场，他们公司必将受到挤压，业绩不升反而会下降，后果不堪设想。

人们正在思考崔耿生所讲情况的后果，崔耿生又说话了：

"还有一位同学，在一家特大公司工作，他们技术员往往在办公桌旁放着铺盖卷，吃住都在办公室，不解决技术问题，是不会回家的，这是他的亲身经历。"

人们觉得不可思议，难道特大公司里的设计师就不回家？或许是年轻人高涨的工作热情吧。转而又想，崔耿生的言外之意，是他经常加班，大家不要觉得奇怪，因为还不及那些特大公司的员工工作拼命。

年轻员工并不觉得崔耿生说的话有多离奇，因为在他们办公室里就有许多的睡床，特别是年轻人，就在办公桌旁放置简易睡床——一张耐磨的帆布，中间有两处不锈钢支架做支撑，折叠式可收纳，用于午餐后在办公室休息。平躺在简易睡床上，而不是用手枕着头趴在办公桌上——手背和脸上会被压出印子，不时有人的侧脸压出深红色的印记，当事者毫无察觉，倒使得旁人大笑不止，十分滑稽；而坐在办公椅上，时间长了，由于腿部血液不畅，腿会发麻，像针刺般疼痛难受。崔耿生午睡时，仰头靠在椅背上，双腿伸直，双脚搁在地面，一动不动，加上因平时缺乏运动而苍白的脸，活像一具僵尸。因此，使用可折叠的简易床，便于午餐后的休息。到了下午上班时间，将折叠床收起，放在旁边的过道上，或是办公桌下面的计算机主机旁，便又精神十足地工作。

二十三、雨

事故后的第二天，石小磊破天荒地第一次在大白天待在家中，陪伴女儿南南。南南退烧了，但还未康复，身体软绵绵的，没有精神。石小磊现在没有摩托车，只能留守家中，因为没有其他人来照料南南。昨天赵永芳打电话请岳父岳母来山城都市，由于没买到票，暂时还来不了。南南尚未复原，还不能上幼儿园，石小磊只得耐心地待在家中照顾孩子。

到中午时，摩托车维修店来电话，说是可以去取车了。石小磊将情况告诉了妻子赵永芳，赵永芳同意石小磊立刻动身，却不同意带南南一同去，南南太小，返回时，坐摩托车上会很危险，即或是戴着安全帽——就像悬在道路上方的告示牌所宣传的骑摩托车应遵守的规范，"戴头盔，限两人，靠右行"——成年人尚可，但是幼儿，况且还是生病的幼儿，却是万万使不得。而且，石小磊的工作，就是与时间赛跑，他的摩托车速度很快，虽然骑车技术很好，但绝不适合幼儿搭乘。

赵永芳的工作是送报纸，由于是中午出版的晚报，不像晨报送报员，清晨天不亮，四五点就到报纸发行站等着分报纸，然后将分得的报纸，送到客户居住小区的报箱里。送一份报纸的收入十分微薄，为了维持生计，大多数送报人每天要送几百份的报纸，并且在规定的时间内送到客户指定的地点，比如晨报，必须当天上午送完。如果送的是晚报，则是中午出版，领取报纸，下午必须分发完毕。赵永芳干活勤快麻利，又不十分贪心，不图数量多，不会花费很长时间才能送完，一般情况下，会在幼儿园放学之前，便将手中的报纸全部派送完毕，余下的时间，便是接孩子、做家务，或是到丈夫送外卖的餐馆帮忙做些事情。

赵永芳得知石小磊要去取摩托车后，领取了报纸，并不急着投递，而是将报纸装在电瓶车后座上结实的深色粗布袋子里，然后带着一大堆报纸回到了家。打算将南南带出来，让她坐在电瓶车前面的座位上，母女俩一起到客户居住的小区送报纸，等口袋里的报纸送完，便可带着孩子回家。原本请父母来都市，由于一时买不到票，这样的话，一时半会儿是指望不上老人帮忙照看南南了。石小磊夫妻俩只得相互依靠，解决棘手的问题。

修好的摩托车石小磊不得不去取，不然第二天的活儿又得耽搁，而赵永芳，也不能停下手里的活儿，将报纸转给别人去送，因为每一位送报员的工作都是固定的。坐班制里，坐办公室的白领，有事没事儿，都要等到规定的下班时间才可离开；如果一位员工有事提前离开，可根据代班制度，由另一位员工下班后代替他多工作一些时间。这种方式，对于送报员来说是不合适的，因为原本每个人的工作都安排得满满的，各人将自己手里的报纸派送完，基本上也是订户下班的时间了。订户下班后看不到当天的报纸，便会起疑心，认为送报站有问题，或是送报员没送当天的报纸，要是遇到较真的订户，是会投诉的。因此，在送报这行业，几乎没有替别人送报的先例。送报纸的活儿，看似微不足道，却有着严格的要求，定量定时，是送报员必须遵守的。如果一位送报员将手中的报纸托付给别人去送，那么被托付者一方面要送完自己定额内的报纸，还要在规定时间内，额外送完一组报纸，这是不可能完成的。要是有送双份报纸的能力，平日里，就会多领取报纸，因为所得报酬就是按所送报纸的份数确定，多送多得，少送少得。因此，不可能指望别的送报员能够帮上忙。

既然不能指望其他送报员在规定的时间内替代赵永芳送完报纸，家里的老人此刻也帮不上忙，石小磊夫妻俩只得靠自己。两人决定，下午女儿南南跟着赵永芳送报纸，而石小磊则赶往修理店领取维修的摩托车。

送报员一般承包整个小区的某种报纸，换句话说，某小区，或是临近小区的客户所订的同一类型报纸，全部由一名送报员负责派送。当赵永芳带着孩子，骑着电瓶车来到某小区时，守门的保安，就像遇到熟人般，立马开启通道栏杆，让电瓶车进入。赵永芳每天都来这个小区送报纸，保安对此已经熟悉了。

南南还没有完全恢复，尽管南南的体温已经降了下来，但精神状态尚不太好，体力还未恢复，无精打采，也不愿意动弹。当赵永芳将南南抱起来，放在电瓶车的前座上，南南毫无反抗，就像可随意搬动的布偶般，任妈妈摆弄，只是略显好奇的小脸蛋，十分的高兴，但精神状态欠佳，没有了平时的兴奋劲儿。

赵永芳将电瓶车开到一幢楼前停下，看到在车上萎靡不振的南南正垂头小睡，将南南叫醒，想让南南跟着自己下车，跟随自己行动。但南南不愿意动，坚持要待在车上，做母亲的不愿强迫，却又不放心南南独自待着，努力劝了几次，都被南南固执地拒绝。赵永芳想，虽说小区的每栋楼都有订户，都要去送报纸，但小区的布局，几乎围绕着小区中庭，每栋楼相距不是太远；订户的报箱都在楼栋的一层，送报也方便，只是需要在小区各个楼栋之间来回穿梭。于是，赵永芳便将南南留在电瓶车上，从车后座上拿出报纸。看着已经入睡的南南，坐在前排特制的座椅上，头往后仰，真是不忍心离开，却又无可奈何。如果将南南放在一楼大厅的长椅上，南南可能坐不住，会躺下继续睡觉，而经过的住户，必会打扰到南南；他们看到小孩无人看管，肯定会好奇，议论的声音定会吵醒南南。而苏醒后的南南，发现妈妈不在，看到的却是一群陌生人在眼前，定会不适应，甚至受到惊吓，这对南南是很不利的。

有时，人们的好意，却不一定有好结果。

一辆电瓶车，一个小女孩儿，这种场面，人们不会惊讶，只会想南南是在等待家人的到来，也会想到电瓶车车主便是南南的家人。

南南正生着病，在家中无人照看，赵永芳不得已，将南南带出，而此时又将南南独自留在电瓶车上。

赵永芳迅速拿上报纸往一栋楼走。临走时，依依不舍地又看了一眼南南，南南毫无表情，一副睡眼蒙眬的样子。赵永芳心想，赶紧将报纸送完。

一栋楼的报纸送完后，赵永芳来到电瓶车前，见南南正睡得香，特制的前排座椅左右有扶手，南南不会跌落。做母亲的将南南原本靠在座椅上的小脑袋，轻轻抬起，靠在胸前，继续开着电瓶车到下一栋楼。就这样，她送完一栋楼的报纸便回到电瓶车旁，一是看看南南，二是从袋子里新取出一些报纸，送到下一栋楼。好在小区的楼栋，都距离电瓶车停放的中庭不远，赵永芳可不用移动电瓶车，只需送完一栋楼的报纸，便及时返回看南南，之后再另外取出一些报纸赶往另一栋楼。

还剩两栋楼没有送报纸了，而这两栋楼，一栋与小区中央广场在同一平面，另一栋则地势低一些，需要下梯坎，没有车道可前往，赵永芳无法将电瓶车开到楼栋跟前。这种起伏不平的小区格局，在山城都市随处可见。由于去这两栋楼经过同一步行小道，为了尽快将报纸送完返回照顾南南，赵永芳便一次性把报纸都带上。报纸分量不轻，赵永芳不得不用双手抱在怀里，还有点儿妨碍视线。好在大楼就在眼前不远，送完这一栋楼的报纸，便会减轻不少，赵永芳心想。

离开时，赵永芳又看了一下熟睡的南南，心里念叨着：南南，妈妈很快就回来。

赵永芳加快了步伐，到了楼栋报箱，分报纸也更加的灵活，哪一层楼的哪一个报箱，如数家珍似的，已经牢牢地记在心里，不用多想，飞快地将报纸准确无误地投入报箱。不同的楼栋，甚至不同的小区，投递的报箱好几百个，她从未投错过。如果投错报纸，客户当天没拿到报纸就会投诉，而且投递人员还得自己掏钱将客户的报纸补上。而赵永芳从未受到投诉，是尽心尽责的表现。

有时，也不得不感叹，学识学历与人的某些能力并无多大关联。如果让一位博士，甚至博士后，去记住那么多订户报箱的方位特征，恐怕不一定能行，就像设计师难于驾驭设备，而不得不靠熟练工人来操作。这或许是因为术有专攻，就像百步穿杨，就像宋代八大词人之一的欧阳修的著名文章《卖油翁》中所讲，卖油翁能将油从极小的洞口灌入，一滴不洒出，只不过是手熟，也就是长久训练的结果。送报员能丝毫不差地记住不同小区订报用户的报箱，总共几百号，便是长年累月反复做同样事情的结果。

天空飘起的细雨，像绵绵的细针从空中坠落。而此时，赵永芳还在忙碌，全然没察觉到已经下雨了。她加快动作，麻利地将分好的一份份报纸投入订户的报箱中,双手就像马力十足的机械臂,不停地分送,怀中的报纸很快便所剩下多了。

还有一栋楼的报纸没送,走出大楼的赵永芳,感觉到了丝丝细雨,迟疑了一下,停顿了脚步,心里想着是否返回电瓶车停放处看看南南,但转而一想,去看南南也无济于事,还要再次离开南南,重新走到这里,然后下梯坎。赵永芳不忍心与南南再次分离,母子相别,那种心情,赵永芳不愿更多次地上演,尽管只是短暂地离开,心里始终担忧和牵挂。只剩手里的一些报纸还未送完,于是,赵永芳狠下心,决定送完了再回到南南身边。

不一会儿,赵永芳便将报纸全部送递完毕,丝毫不敢耽搁,快速返回电瓶车处,却见电瓶车周围围着几个住户,正在小声嘀咕什么。赵永芳第一反应便是南南是否发生了意外,立即赶过去,却见一位上了年纪的男子,花白头发,在微雨中撑起一把雨伞,给不知所措的南南遮风蔽雨。或许是被周围嘈杂的人们惊醒,也或是被好心人叫醒问其大人情况,南南似醒非醒,一脸茫然,不见妈妈在身边,面对的全是陌生人。

看来南南毕竟已到幼儿园上学,见过世面,还未被四周的人们吓哭。赵永芳却对这意想不到的情景感到惊讶,于是赶紧上前。

"南南,怎么了?"赵永芳以为是南南睡醒了,着急找妈妈,而惊动了住户。

"你是南南的什么人?"见到赵永芳过来,上了年纪的男人便责问道。

"我是她妈妈。"

"怎么将这么小的孩子独自扔在一边?万一被人抱走了,万一遇到人贩子,万一出了事情咋办?"他一口气说出好几个万一。

"没事儿,在小区里。"赵永芳难为情地说,好像是面对他感到愧疚。

"没事儿?为什么不送小孩上幼儿园?"他不依不饶,"这时间小孩子应该在幼儿园里。"

"孩子生病还未完全好,家中又无人照顾,只得带在身边。"赵永芳一边解释,一边将雨衣取出,盖在南南身上,他这才将雨伞挪到一边,但嘴并未就此停住。

"让生病的小孩子淋雨,咋当母亲的?简直就是不负责任。"

赵永芳不愿多说，骑上电瓶车，离开小区。

第二天，赵永芳到送报站领取报纸时，来了几位陌生人，带着录音摄像设备，他们是都市新闻频道的工作人员，要采访赵永芳。记者一边介绍自己，一边将一个红包递给赵永芳，说是赵永芳送报纸的小区住户们的捐款，热心市民要求采访和关注。记者说，市民反映一位送报纸的母亲，将生病的孩子独自留在电瓶车上，当时天空还在下雨，好心的居民实在看不下去，便在旁边给孩子撑起了雨伞，直到孩子母亲返回，并责问做母亲的为何如此对待孩子，不担心孩子被拐走？孩子还在生病期间，留在雨中淋雨，觉得做母亲的做得不对，而且热心的居民想知道小女孩后来的情况。他们来到送报站，有两个目的，一是落实提供的新闻线索的真实性，二是向广大的市民还原真相：当时是一种什么情况？孩子的父亲在哪里？为何小孩子不上幼儿园？孩子的其他家人呢？

对于这突如其来的情况，赵永芳头一次遇见，一时不知所措，愣在那里。从农村陪老公来都市打工，第一份工作，也是唯一的一份工作，便是送报纸，而老公在餐馆送外卖，两口子便开始了都市谋生，挣的是辛苦钱，每天都要工作，除了春节可以休息几天，回农村老家与老父母团聚外，几乎都在都市打拼，就连农田里的农活儿，在农忙时，也只能靠老父母，年轻人一点儿忙都帮不上。幸好，农村的老父母身体健康，虽然农活儿多，两位老人要负责四个人的农田，但喜欢劳作的老父母，却将农田管理得好好的，不像有的农村，年轻人到都市打工，由于缺乏劳力，而将农地弃之不顾，使得原本种庄稼的土地上杂草丛生，变成荒地一块。

当赵永芳得知来者的用意，刚开始蒙了，无言以对，毕竟从农村来都市，没经历过这种场景。直到多次被提醒，冷静下来后，赵永芳才回过神来，将事情的始末告知采访者。

赵永芳解释说，孩子生病了，无法上幼儿园；而孩子的外婆外爷，由于买不到及时的车票，要到第二天，也就是今天的傍晚才能到达都市；自己的丈夫由于车祸，带着伤痛，赶到修车店取车，为的是及早工作。夫妻俩确实忙，工作又不能耽搁，孩子生病已经大好，只是尚未完全复原，还不能上幼儿园。他们两人都需要出门工作，家中没有老人照看孩子，因此，只得将孩子带在身边。赵永芳拒绝接受市民的捐赠，说是他们俩都在都市打工，不缺钱。孩子的外公外婆已经在来都市的路上，很快就会到达，等老人来了后，便不会让孩子跟着大人辛苦地在外面奔波了。

听了赵永芳介绍的情况，记者表示同情赵永芳一家的遭遇，但也转告了大家的担忧：一是为着安全考虑，不要将那么小的孩子独自留在电瓶车上，担心孩子太小，若是遇到坏人，孩子是没有自我保护能力的；其次，当时天在下雨，更不应该让生病尚未完全恢复的孩子在雨中淋雨，看着孩子实在可怜，让人心疼，有虐待儿童的嫌疑。

赵永芳一听此话，吓得不轻，急忙解释，说话的声音有些打抖。她说，孩子一直跟着自己，自己只是到楼栋里投递报纸，也没走远，原本是想让孩子跟着一起去楼栋里，但孩子不愿下车，只得将孩子留在车上。突然下起了雨，感到雨不大，自己离开孩子的时间也不长。只是没想到，好心的居民们会有如此强烈的反应，仿佛自己是一位不负责的坏母亲。做母亲的说着，委屈得哭了。

随后，记者说，他们只是还原事情真相，并向赵永芳转告市民的担忧，因为大家关心此事的情况。要是没有热心的市民关心，很多事情，公众也不得而知。人们也是好心，告诉电视台，让电视台的人员帮助了解，并表达他们的善意。记者又告知赵永芳，有些细节需要改进：别让孩子独自留在陌生的环境中，特别是在监护人看管之外；下雨天，应先将小孩安顿好再忙工作，毕竟孩子太小，身体抵抗力差，监护人工作再忙，也要首先考虑孩子的处境。

赵永芳表示愿意接受意见，并说以后一定改。虽然农村的孩子，散养、粗放管理惯了，在农田里撒野打滚都习以为常，他们不像城里的孩子这般娇惯，但以后不会再那样粗放式地带孩子，应该考虑都市的情况，人多复杂，各种事情都有可能发生。赵永芳最后承认自己做事考虑不周，抱歉让大家担心了，并让记者转告好心的市民，她以后会改，只是市民的捐赠她说什么都不能接受，记者最后只得将捐款带回。赵永芳说他们年轻，有力气挣钱，虽然生活不富裕，但也不缺钱花，只是有时没时间陪孩子。她表示，等晚上孩子的外公外婆到达后，孩子就可待在家中由老人照看。夫妻两人努力工作，就是为家人能过上更好的生活。

记者请报站管理层多关心当母亲的员工的具体工作，特别是孩子尚年幼的母亲。而管理层人员当场表示会向报站反映，给有困难的员工以适当的补助，并在时间上给予照顾，让员工有时间照料家事。这事报站原本没有人管，都是送报员自行解决。

最后，记者对着镜头评论道：生病的小女孩儿独自在雨中睡觉，这情景谁看见都觉得心疼，不过每个人有每个人带孩子的方式，有粗放管理的，孩子从小皮实；有精心照顾的，孩子受到百般宠爱，甚至是溺爱，这都无可厚非。只是，保障孩子的安全是监护人必须注意的，万一孩子被人抱走，被人拐走，岂不是悲剧？社会太平，治安好，但也并不代表完全没有犯罪。还有，幼儿跟随打工的父母进城，市民们关注打工者一家人的生活状况，也是一种关心，是人们的善意。

后来，都市新闻频道在电视上播出了这次采访，人们了解到了石小磊一家暂时的窘境，祝愿他们的生活、工作顺利，希望将孩子合理安排，并祝福他们一家人以后生活会更好。

二十四、思考

　　离开送报站的电视台人员，在返回的途中开始议论：这些外来打工者，无论是从都市郊县的农村来，还是从外省来，孩子尚年幼，身边没有老人带孩子的家庭，是否都会像赵永芳那么随意地带孩子？至少都市人不会这样对待孩子。一般白领，如果家中有事，可请假调休，而送报纸这种工作必须当天完成、不可耽误，不然订户会因不能及时看到当天的新闻而不满，甚至投诉。每一位送报员，每天要为几百位订户送报纸，耽搁一天，或是延误送报时间，会造成不小的影响。因此，送报员必须格外小心。送报站十分关注送报员是否及时将报纸送达，设有二十四小时投诉电话，对于受到投诉的送报员采取相应的措施：因工作不负责，遭到多次投诉的送报员，不仅会受处罚，甚至会被解雇。虽说遇到家中有急事的情况，可请家人或朋友帮忙送报，但从农村独自来都市打工的人，举目无亲，即便有一两个熟人，都为着各自的生计而忙碌，没有时间帮助别人。

　　现代社会，年轻人工作压力大，如果父母身体健康，不需要年轻人照顾，还会帮着年轻人带孩子。在都市，随处可见上了年纪的老人，清晨送孙子孙女上幼儿园；或是送到离家不远的小学，在路边等候红绿灯；周末，补习班的大楼外，成群结队的家长等候着，其中绝大多数是退了休的老年人。这些老年人，退休后闲不住，不是带孙辈，就是帮着儿女做家务，买菜做饭等。虽然都市的年轻人，由于生活习惯的不同，很少与老辈人住在一起，而老辈人却不因相隔远了而淡薄那一份关爱。

几个人谈论着,其中的一位年轻人讲,现在的年轻人,中午不回家,在公司吃工作餐,晚上下班,到父母家中蹭饭。有的年轻人会象征性地给父母一些伙食费,但所消费的,就食物本身的价值而言,已经远远地超过所交费用。而且,年轻人结婚、买房等大的开销,父母都会不计回报地提供支持,有钱的多支持一些,而钱少的尽力而为。老一辈人节衣缩食,自己过得节俭,却无怨无悔地为年轻一代制备家业。正印证了那句老话:儿女是父母心头肉……

　　那边电视台的工作人员在返回的车里谈论着,而此时,被采访的赵永芳,静下心来,将电视台来人所讲的情况,和送报站管理层的讲话想了一遍。他们夫妻俩不是不乐意老人来都市带孩子,而是平时工作忙,没有时间陪伴老人。老人在乡下农村生活惯了,没见过多少世面,对于都市爬坡上坎的地势、如迷宫般的小巷、需上下坡的建筑等,感到十分的不适应,生活很不习惯。老人常说,上街人山人海,回家隔墙如隔世,连邻居是谁都不知道——人们回家便紧闭大门,左邻右舍互不来往,由于各自作息时间的关系,也极少碰面。

　　住在都市里,在别人看来是享福的事情,清闲、舒适,老人却不习惯。都市寸土寸金的地面高楼林立,活动空间远不及农村开阔,有人说发生地震时都不知该去哪里躲避;而在山清水秀的乡村,有时走好几里路都见不到一户人家。在农村,屋里柴火正旺,屋顶烟囱升起袅袅青烟,那画面,远远地看去便醉人。日出而作,日落而息的生活,是都市的嘈杂拥挤无法相比的。周末或节假日,人们纷纷逃离都市,到农村踏青郊游,现在非常时兴。

　　曾经有一年农闲时期,赵永芳的老人到都市住了一段时间,却感到浑身不自在——人生地不熟,不敢上街,担心迷路。不像在农村,别说一个村子里的人,就连公社乃至方圆数公里的乡邻乡亲,也都相互知晓,逢年过节走走人户、串串门。每个月固定的几天时间的"赶场",各家各户将自家出产的新鲜农产品送到集市贩卖,老人从不雇人,都是自己亲力亲为,因为是熟悉的路、熟悉的地方,老人凭着干农活的好身板,从不觉得累。在农村,有时走亲访友要走十几里的山路,老人也是没问题的,却让都市人感到十分的吃惊。一直生活在农村，老人也没什么文化，对都市现代化的交通设施无法适应。

老人在都市容易迷路，也是情理之中的事情。就连平时在都市里走街串巷的石小磊，也只是熟悉经常送餐那些地方的环境，除此之外也会迷路。但年轻人凭着年轻、有自己的交通工具，即便是骑着摩托车多跑路、绕远路，在时间和精力上也不会消耗太多。而老人一旦迷路，不仅会感到焦虑，还要耗费很多时间才能回到家。

由于会迷路，不能上街逛；即或是在住家附近，又不认识人。都市的人们，总有忙不完的事情，人人都在忙碌着，都在按照自己的方式生活。看似繁华喧闹的都市，却使得老人深感孤寂。除了一天接送南南一次，其余时间便是待在家中，虽清闲，老人却觉得度日如年，原因就是闲得无聊。在家做饭吧——南南在幼儿园，年轻人在外面，就剩老两口，整天没事可干，闲着不动，也不觉得饿——没胃口吃饭。而心里惦记着老家的农田，以及那几只鸡鸭和圈里的猪，虽说来都市之前请村里人帮忙照应，但终不能让别人一直照看，人家也有自己的农活要做。

想到这些，到都市没几天的老人，便忧心忡忡，让做晚辈的石小磊夫妇，感觉亏待了老人似的。原本是让老辈到都市享清福，顺便带带南南，接送南南上幼儿园，轻松愉快的事，可老人干农活习惯了，不干反倒觉得难受，整天郁郁寡欢的。因此老人提出要回农村时他们也不敢强留，担心老人在都市待出病来，只得让老人按着自己的愿望生活。也许，农村才是老人生活的乐土，那是他们熟悉热爱的地方，尽管平时只有老两口相互扶持着生活，却也自在快乐。

老人原本就爱干活，来都市后，一日三餐都不用石小磊夫妻操心，买菜、煮饭、洗碗、打扫卫生，就连厨房灶台都被擦得铮亮，屋里一尘不染。在石小磊夫妻眼里，老人过得很充实：早上早起，做早饭，忙着收拾屋子；中午到家对面的小超市买菜，给南南做午餐，洗衣服等；傍晚，做好全家人的饭菜，等年轻人回家。

没几天，南南身体完全康复，白天上幼儿园去了，家中就只剩老人。久居都市的老人，对闹市繁华区见惯不怪，在其间游逛，感受无穷的乐趣。而从农村来的老人，即或有年轻人陪同前往，依然不习惯，总觉得都市光怪陆离、过于吵闹。平时没什么事，就更不敢自己上街逛了，始终对都市充满恐惧。老人们已经失去了年轻时候的勇气，和适应新环境的能力。回到农村，在熟悉的环境中生活，就能过得安心舒坦，尽管免不了干重体力活，却很乐意为之——无论如何劳累、辛苦，却乐在其中，那里才是他们的根。扎根土地，与土地打了一辈子交道的人，回归土地，才是属于他们的生活。

老人回老家去了，石小磊和赵永芳两位都市打工者，与他们的女儿南南，回到了以前的生活，就像什么事都没发生似的。只是，老人临走前，告诉石小磊一家，过年回老家时不用带太多东西，现在农村什么都不缺，能平安健康地到家就好。他们岁数虽然一年比一年大了，却还身体健康，还能做很多年的农活儿，不用年轻人操心，年轻人把自己搞好了，做老辈的也就安心了。

二十五、产品出问题

过了一段时间,产品出现问题,导致进度跟不上用户要求,于是,分部公司召集相关人员开会。这次,崔耿生作为主要人员参加会议。

分部公司开会,不是常有的事,特别是下班后还留在会议室。因为下班时大伙儿的心思已经不在工作上了,而是想着回家,与家人团聚;已经在分部公司待了一整天,也累了一整天了,就等着下班后放松心情。此时将大伙儿留下,待在会议室里,商讨如何解决问题,以及以后如何做,才能更好地开展工作。当谈到需要有人承担责任时,大伙儿沉默了,就像喉咙里卡着骨刺,无法说话,现场鸦雀无声,许久没有动静。会场上人人沉默,就连平常爱唠叨、口无遮拦的人,此时也缄默无语,持一种事不关己高高挂起的旁观态度。因为大伙儿都知道,无论哪位讲出事情的缘由,剖析问题,深入挖掘原因,都会有人担负责任,谁也不愿意做这个恶人。尽管人人都知道防微杜渐是多么的重要,可谁也不忍心看别人受罚,因为谁都不愿做"坏人"。

李部长翻开笔记本,在上面写着什么,会场上鸦雀无声。

"刚接到的消息,我们的产品出问题了。"

李部长的话音平稳,但大伙儿听出了其中的严重性。

"说说看,该怎么办?"李部长又说道,没人开腔。

随后,李部长也不再说话。大伙儿埋头坐着,没人交头接耳开小会,会议室里的空气凝固了似的,人们都有些不自在。

随着时间的流逝,天色渐渐暗了下来,李部长说话了:

"今天会议可能会很晚。"

没人明白李部长的意思,只听到李部长给附近餐馆打电话:

"请往分部公司送盒饭。"

一说起热气腾腾的盒饭,员工们顿时感到饥肠辘辘。

"问题得不到解决,大伙儿谁也甭想走。"李部长的话语中有股狠劲。

得知晚餐订盒饭,送到会议室,不允许任何人走出会议室的门,除非内急上厕所;问题得不到解决,谁也无法离开,于是纷纷掏出手机,告诉家人或朋友:

"今晚有事,当然是工作的事了。"

"晚上开会,不回来吃晚饭了。"

"晚饭别等我了。"

大伙儿都在用手机发送消息,除了崔耿生。崔耿生提前就知道要开会,可能那时候就已安排妥当。大家已经知道了:项目重新交由崔耿生负责。

感到了事情的严重性,于是有人打起了圆场:

"将出故障的产品剔除掉,缺的数量补上不就行了。"

这话一提出,大伙儿七嘴八舌说开了。

"要是后面又出故障,怎么办?"又有人说话了。

"这一批次全报废?"有人提议。

"是批次性问题,还是个别性问题,要是个别性问题的话,全部报废不就太浪费了?"

"先查查出故障的产品,故障原因在哪里,是元器件的问题,还是工艺的问题。"

"设计没问题吗?"

"设计基本上没问题,只是元器件坏了,导致产品失效。"

"不是设计导致的失效,是否是使用不当导致的故障?"

"据说是正常使用,没有超标准使用。"

"工艺有误?安装时没按图纸操作?"

"不可能,要是那样的话,产品性能就不对了。"

"是工艺可靠性不够,导致的失效?"

"失效原因是元器件坏了。"

"有没有可能是运输途中的颠簸导致了失效？"

"按道理不会，因为以前从未出现过这种情况。"

"故障原因是什么？"

"线断了。"

"分析没有，是什么原因导致的？"

"应该是装配，或是调试时，所用的工具不当，划伤了，后来失效了。"

"怎么说是后来失效的？"

"因为产品交付时，性能都是好的。"

"不排除产品交付时，已经有隐患。"

"那到底是调试时出现的问题，还是装配时就已经有问题出现？"

"现在就是要分清楚，如果是装配时就出现了问题，那么就是批次性问题，出现故障的一批产品都得召回返工，将问题彻底解决。"

"如果只是个别产品，在调试时出的问题，就专门针对调试过的产品，有重点地排查。"

"分得清楚哪些产品是调试过的，哪些不是吗？"

……

原本觉得是一场声讨会，批评前段时间工作的失误，但此时话题转向技术分析，好似一场技术分享会，大伙儿集中在一起出谋划策。刹那间，会议室里的气氛活跃了，原本凝重静默，此时大伙儿七嘴八舌，出了许多好主意，毫不吝啬，都把自己的专业知识搬上桌面，畅所欲言。会场上几乎每个人都有发言，一位说出解决办法，便有更多的人分析办法的优缺点，提出改进措施，进而又会有人讨论着改进后将会出现的状况，彼此直言不讳，毫无保留。这种热闹的场景，不是无序的，而是严谨的。

大伙儿的情绪高涨，忘记了时间。最后，在散会之前，李部长归纳了大伙儿的建议，商议了一下最终的方案，以及具体负责的人，制定好下一步的工作和时间节点。

散会后，员工们三两人一起，有的探讨着刚才会上的方法，有的商议着第二天一早开始的具体工作。几位具体负责的人，讨论着保持数据和记录完整，以及如何把事情做仔细，以便以后查询。

走出大楼，路上的空气格外清新，夜间的树木花草散发出阵阵清香，崔耿生醉了，为成功的会议，也为大伙儿的热情。有这股子干劲，没有什么难关过不去！崔耿生心想。

此时，夜深了，寂静的天空里闪烁着无数的星星，没有一丝云朵的遮拦，就像颗颗宝石镶嵌在那里，正等待着勇敢的人们去摘取。

二十六、固执的圆圆

圆圆随爷爷到商场买了游泳用的泡沫浮板,作为下午到小区泳池游泳的辅助工具。原本想买一个儿童游泳圈,圆圆说不需要,爷爷一下子没有了主意,也担心一般儿童用的透明塑料游泳圈,无法支撑起圆圆敦实的身躯。

游泳池在小区另一端,从圆圆家过去要经过小区中庭,有几百米的距离。婆婆忙于家务,没时间陪同,爷爷便带圆圆前往。位于地下的更衣室人来人往,人们游泳后携带的水渍滴落在大理石台阶上,人踩在上面,容易滑倒。于是爷爷告诉圆圆,先将游泳裤穿上,再穿一件T恤,带着浴巾,到游泳池后,无须更换衣服,直接下水。爷爷带着一把折叠扇,一个布质手提袋里装着圆圆的泳镜、浮板等;圆圆穿一条黑色平角泳裤,身上披一条浅蓝色的浴巾,趿着一双拖鞋,祖孙俩便出门了。

小区游泳池是不规则形状的,包括一个小泳池和一个大泳池。小泳池里全是孩子,大泳池供成年人使用。小泳池中的水,只到圆圆的大腿根,与池子里别的小孩儿相比,圆圆体形结实敦厚,俨然一个小大人。

爷爷站在游泳池边,看着圆圆的背影,光胴胴的,只穿一条包裹住屁股的泳裤。游泳累了,圆圆便坐在池边,看别的小孩儿游泳。小孩儿泳池分深水区和浅水区,浅水区用于幼儿游泳。幼儿们带着各式各样的辅助泳圈,有蓝色像是海豚的泳圈,一个皮肤白皙的男孩儿在使用,粉红色的则是小女孩儿在用。不过幼儿游泳,戏水的成分多,真正游泳的却见不着。大人的泳池里,成年人在深水区游泳,下水后便奋力往前游,不一会儿,游几个来回,便起身上岸离开了,十分利落,毫不耽搁时间。

圆圆拿着浮板,来到大泳池。大泳池底部是一个斜坡,越往里,水越深。圆圆在浅水区踏水,池水中不时有年轻人游泳,激起的水花,将圆圆和他的浮板荡起很大的幅度。看着水中漂浮不定的圆圆,爷爷担心他的安全,便让他到更浅的水边。在水池入口处排着不少的人,由于不断有人下水,为了避免拥挤,圆圆还是留在了水深一些的地方。出于担心,爷爷无法在泳池边的长椅上就座,而是站在水池旁,眼睛紧紧盯着池中的圆圆。

圆圆双手抱着泡沫板,游动的距离有限,加上年纪小,技术水平不高,游了几米后,想停下来休息。可这里水的深度已经超过圆圆身高,离浅水区还有段距离,因此,即或是累了,也不能停下来。不像在儿童泳池,不想游了,便站起来,水的深度仅到儿童的腰间,而成年人的泳池,即或是浅水区域,就已经超过圆圆腰间。圆圆不停地踩水,将头露出水面,但由于很多人在水中,水不停波动起伏,圆圆踉跄了一下,接着返回浅水区。岸边的爷爷问圆圆是否喝水了,圆圆诚实地说他喝水了,爷爷心疼地说,游泳池的水好脏,并劝圆圆上岸,但圆圆坚持留在水中。

树下的阴影,随着时间的推移,不断地移动。爷爷只顾紧盯着圆圆,全然不顾自己正在烈日下暴晒,实在太热了,便摇动手中的扇子带来一丝清凉,或是将扇面撑开挡在头顶上遮阳。时间长了,爷爷感觉累了,便将布包平铺在泳池边坐下,只是眼睛始终注视着圆圆,担心圆圆会发生什么意外。

返回家的路上,依然是爷爷拎着布手袋,里面装着圆圆的潜水镜、泡沫板,另一只手扇着扇子。炎炎夏日,小区中庭没有树木遮挡,地面被晒得滚烫。圆圆身披浴巾,穿着泳裤,趿着拖鞋,头发湿漉漉的,敞着的前胸有些发红。在烈日下游泳,皮肤颜色很快就会变深,只不过身子浸在水中并不会感到炎热。而走在路上,尽管微风拂面,还是感到了阵阵热浪。圆圆没有将身体裹严实,身上不知是汗珠还是水珠,不看身高,只看背影,仿佛一位壮实的小伙子。

刚进门,婆婆惊讶地问:

"光胴胴呀?"

"都是这样的。"圆圆肯定地回答,俨然一副大人模样。

"肚子饿了吧?"婆婆问道。

"嗯。"

"快去洗澡,洗了吃饭。"

"我能用浴缸洗澡吗?"

"才游了泳,还要用浴缸洗?"婆婆反问道,"游泳池的水脏,用淋浴冲洗。"

"好吧。"圆圆答道。

说话间,婆婆将洗澡的毛巾和要换的衣服准备妥当。

圆圆进入浴室,准备脱衣服洗澡,婆婆告诉圆圆:

"将浴室的窗帘拉下来。"

"为什么?"圆圆侧过脑袋,一副不解的样子。

高层楼房,户型格局很好,相邻住户的窗户不是对着的,因此左邻右舍无法彼此看见。

"外面的人会看见。"

"看不见。"圆圆好奇地四处张望,笑嘻嘻地说道。

"靠窗近点,往楼上看。"此时,婆婆站在入户花园的护栏边,看着卫生间里的圆圆。

"只有婆婆你看得见。"圆圆探出头,往外看,说道。

"楼上的人也看得见。"

房间进门便是一面没有围墙的内阳台,就是通常所说的入户花园,圆圆洗澡的浴室的窗户便在转角处,紧紧挨着,很容易被窥视。在浴室洗澡,特别是在冬天的夜里,需开启浴室顶棚上取暖用的大功率灯,即"浴霸",浴室里会十分的明亮,好像是向楼上楼下的住户,宣告里面有人赤身裸体,就像站在舞台聚光灯下,毫无隐私可言。如果浴室窗户加有防水不透光的浴帘,当拉下浴帘时,从外面自然无法看见;如果浴室的窗户,仅装有磨砂或是雕花的玻璃,在强光照射下,浴室里人的身影也会显现出来。

圆圆没有立即回答。

"你看得见楼上,同样,楼上也看得见你。"

因为入户花园与卫生间成直角，如果没有遮拦，视线非常通透，不只是楼上的人，楼下的人也会看到在卫生间窗户旁洗澡的人。

"看得到一点点。"圆圆斜着头往楼上瞧，肯定了婆婆的说法，却用毫不在意的口气说道。

"难道愿意被外人看见洗澡？"婆婆接过话茬问道。

听了婆婆说的话，圆圆自觉地放下窗帘。

婆婆将热水器的温度调好后，看着圆圆高兴地进了浴室。

"需要帮着搓背吗？"婆婆问，尽管知道圆圆已经学会了自己洗澡，但还是担心洗不干净。圆圆较胖，小手胳膊与敦实的体形相比显得有些短，无法摸到自己的后背。

"我自己能行。"

圆圆一边笑嘻嘻地对身旁的婆婆说，一边开始脱衣服。圆圆对能自己洗澡感到自豪，为了显示自己的能耐，急不可耐地迅速脱光衣服，毫无顾忌，或许是年幼，没有忌讳，只有天真和欢乐。

看来圆圆已经学会自己洗澡，不是面对异性的婆婆感到害羞，而拒绝帮助。婆婆没再多问，而是将圆圆脱在地上的衣物捡起来，将内裤放在一边，衣服和裤子放入洗衣机里。

"洗完了，换一双拖鞋出来，不然湿漉漉的，踩在木地板上不好。"婆婆补充说道。

"嗯。"圆圆回答很爽脆。

婆婆转身到厨房去了。

爷爷自从回到家，就一直坐在沙发上休息，没说一句话。虽然没游泳，但爷爷的活动量并不比圆圆小。圆圆在泳池中，大部分时间都抱着泡沫浮板泡在水中。而爷爷却一直紧张地盯着圆圆，在太阳下暴晒，担心有别的大孩子撞到圆圆，发生呛水等意外事情。将圆圆安全带回家后，放松下来的爷爷，感到很疲惫。直到圆圆洗澡，爷爷才缓过来，慢慢地回到卧室，将布袋子里的东西取出来。婆婆则一直在厨房里忙碌着。

过了一会儿，圆圆出了浴室，却光着脚丫子，急速穿过客厅，留下一串湿湿的脚印。

"怎么没穿衣服就出来了？"婆婆看见了，在厨房里问道。

"穿拖鞋。"圆圆回答。

"裸奔。"婆婆随口说道。

入户花园有三面围墙，还有一面用一米左右高的不锈钢护栏围着，玻璃做的隔离。入户花园方向正对小区的篮球场，此时球场上正进行着激烈的对抗赛，在一旁聚集了许多围观的人。球场周围有许多大树，将球场掩映其中，只是偶有缝隙能透出人的身影。婆婆的声音很大，想必球场上的人都能听到，不过好像没人注意。

圆圆没出声，只是笑嘻嘻地来到入户花园的鞋柜，找出一双干拖鞋穿在脚上，返回客厅。

等婆婆再回头看，圆圆已穿好衣服趴在沙发上，头朝电视机，手拿遥控器，正在专心地看喜欢的儿童节目。

婆婆朝卧室方向喊了一声"吃饭"，爷爷从卧室出来。

晚饭后，圆圆请婆婆帮着洗内裤，婆婆正忙着，便用命令的口吻对爷爷说：

"爷爷帮圆圆洗内裤。"

"我累了，要休息。"爷爷说完，便往卧室走。

"圆圆游泳，爷爷不过是在边上看着，又没下水，怎么就累了？"婆婆责怪爷爷。

"在游泳池站了一个下午了。"

"爷爷一直在泳池边盯着圆圆？"婆婆觉得好笑，觉得爷爷过于紧张了。

"那当然。"爷爷心想，自己的宝贝孙子，哪能不盯紧。

"有那么紧张吗？"婆婆打趣道。

"不想洗，就放到明天再洗。"

说完，爷爷便到卧室去了，不再与婆婆争论。

"请婆婆帮我洗内裤。"圆圆看爷爷离开了,便对婆婆说,一本正经地,俨然一副大人模样。

"干吗不自己洗?"婆婆开玩笑道。

"我不会洗。"圆圆诚实地回答。

"嗯。"婆婆点头,表示愿意帮圆圆,只是圆圆没有明白。

"请婆婆帮着洗。"

"帮你洗,用手洗。"婆婆看了圆圆一眼,说道。

听到婆婆肯定的回答,圆圆这才高高兴兴地离开,回到客厅继续观看电视里的儿童节目。

圆圆的执着和好胜,在一些细小的事情中得以体现。不满六岁的圆圆,跟着父母外出参加聚会,因没有别的小朋友在场,饭后想要回家,而家里又没人,便被送到了婆婆爷爷家。可谁想爷爷出门时把门反锁了,屋里的婆婆无法开门,需要有人拿钥匙从外面才能打开。

圆圆站在门口,砰砰地敲门,婆婆在家里因没法开门很是着急,一边高声地跟圆圆说话,一边想走到里屋拿电话,打电话给圆圆的爸爸妈妈,他们有钥匙。只是圆圆不肯让婆婆移动半步,担心婆婆不管自己,要门内的婆婆与他保持讲话。婆婆安慰圆圆,说大白天一个人在门外待着没事儿。因为左邻右舍都是熟人,独自在门外的圆圆并不孤独,不时有住户经过,好奇地问圆圆为什么不进门。屋子里的婆婆,趁此机会迅速打电话。在住户与圆圆对话还在进行时,婆婆回到门口,解释说圆圆的爷爷外出时将门反锁了,家里也没有留钥匙,因此无法开门,但已经打电话给圆圆的爸爸,他很快赶回来。

不一会儿,圆圆的妈妈来了,将房门打开,圆圆进了屋。圆圆妈妈说是圆圆爸爸告诉她的。她送圆圆过来时只是送到楼下,见圆圆上了楼,便转身离开了,不料却进不了屋。圆圆妈妈问圆圆是否愿意再跟她去参加聚会,圆圆表示愿意待在家里,她便离开了。

尽管刚才被挡在门外,并没妨碍圆圆现在的好心情。他玩着火车拼装玩具,很是开心,早已将刚才的事情忘得一干二净。

不一会儿便到了晚饭时间，婆婆爷爷因照顾圆圆没有时间做饭，便问圆圆是否愿意吃番茄鸡蛋面，圆圆爽快地回答说要。当煮好的面条端到圆圆面前，圆圆说搁在那里，婆婆爷爷将面拌匀，却发现因面多汤少，面条变得有些"坨"了。婆婆爷爷便对圆圆说面条都黏在一起了，圆圆迅速地停下手里的玩具来到桌前，自己拿着筷子，艰难地挑了一点到嘴里，便不再吃了，继续站在一边玩玩具。婆婆爷爷担心圆圆晚上不吃饭会饿肚子，于是说带圆圆出去吃，圆圆不同意，便又问圆圆是否愿意爸爸妈妈来接他在外面吃，圆圆说他自己打电话。还不能写出几个汉字的圆圆，居然准确地记住了妈妈的电话。通话过程是，圆圆问在哪里，或许妈妈还记着先前圆圆不愿跟着一起走的事情，告诉圆圆就在婆婆爷爷家的公路对面，让圆圆自己过去，但圆圆坚持要妈妈来接，妈妈又说让婆婆爷爷送他，圆圆不同意，坚持要妈妈来接。于是，圆圆和他妈妈两人在电话里僵持着。

　　后来圆圆爸爸说来接他，圆圆很高兴，放下电话便往外走，也不等电梯，坚持独自走楼梯，幸好圆圆婆婆爷爷所住楼层不高。婆婆不放心，紧跟圆圆出门，却发现圆圆已经走到楼道转弯处了，婆婆一边大声嘱咐圆圆慢点儿，一边加快脚步追上去。楼梯间是声控灯，圆圆人小力气小，有的灯无法弄亮，便在暗淡的光线下走着，婆婆赶到后使劲跺脚，楼梯间不再黑暗。此时的婆婆，紧紧跟随在圆圆身后，像一个年迈的保镖，因为着实不放心一个尚未上小学的孩童，在天黑时独自走到车水马龙的街面上。

　　到达一楼，要出楼栋时，楼道的灯没有亮，圆圆停住了，婆婆赶到，打开出门时带的手电筒，给走在前面的圆圆照路。看着有人支持，圆圆坚定地往前走，在婆婆到达身边之前，大声说他自己能行，而且不止一遍，是想让婆婆返回家中的意思。婆婆不放心，跟着圆圆来到街边，并一起横穿街道，照看着一路疾行在前的圆圆，直到看到圆圆的爸爸就在不远处等候，婆婆才停下脚步，与圆圆爸爸远远地打招呼，并说圆圆跑得好快，他自己下的楼。

　　圆圆爸爸笑嘻嘻地夸圆圆能干，那副笑容满面的样子，定是打心眼儿里为儿子自豪。只是婆婆心跳不止，不是因为刚才下楼急促，而是担心圆圆小小年纪独自逞能。婆婆说晚上还是不放心，并问圆圆为什么独自过马路，不等大人来。圆圆回答说他看到爸爸了，因此才勇敢地独自过马路。婆婆没再说什么,看着父子俩离去,也转身回家。

想起先前圆圆在电话里与妈妈对峙的情景:圆圆学着大人的模样,对妈妈要求他自己下楼,坚定地说不行,必须来接他,并催促快点儿。后来爸爸说来接他,圆圆便独自下楼,独自过马路,却不知道紧跟身后的婆婆一路担忧。

一个冬季的夜晚,圆圆的爸爸妈妈外出返回时,夜已深了,街上很安静,人们已进入梦乡。婆婆爷爷的作息很有规律,早睡早起,晚上天黑不久便休息,早上天一亮便起床,然后买菜做早餐。那一晚,或许是等候圆圆回来,婆婆爷爷看电视到很晚,之后回到房间整理东西,才慢慢地关灯上床。婆婆爷爷的卧室窗户朝着小区中庭,与大门相邻,听得清楚人们进入小区的脚步声。过了不知多久,迷迷糊糊中,听到楼下响起小孩子的说话声,还有大人的声音。大概是担心影响到别人休息,说话声音不大,但可辨别出是一男一女的声音,两人在争辩什么;而一个稚嫩孩童,一直想说什么,大概是没人理睬,声音断断续续的。

由于房门从里面反锁,外面的人,即使有钥匙也无法开门。听到轻轻的敲门声后,爷爷起身,打开大门,却发现圆圆哭了。爷爷心疼孙子,责问圆圆爸爸妈妈是怎么带孩子的。被长辈这么一说,两位成年人停止了争执,但没有回答。此时,婆婆从内屋出来,看到满脸泪痕委屈不已的圆圆,十分地心疼。当得知圆圆因被忽视、没人搭理而委屈哭泣,婆婆爷爷一边责备圆圆的爸爸妈妈,一边安慰圆圆。或许是得到安慰,圆圆止住了哭泣。他进屋后一直没说话,而从上楼时就一直想对爸爸妈妈说的话,此刻却一下子忘了。随后,老人催促他们赶紧洗洗睡觉,圆圆在爸爸妈妈的安抚下恢复到平静状态,洗漱后睡了。

第二天清晨,被爷爷叫醒后,圆圆在被窝里没动,只是眼睛睁开了,显示已经醒了,爷爷于是离开房间。此时的圆圆,已经睡不着了,东张西望,看着四周白色的墙壁。

"上学哦,同学们都要上学了。"爷爷再次来到房间。

"嗯。"为了不让爷爷再继续说下去，圆圆应了一声。

圆圆不想让同学比自己表现得好，便坐了起来。爷爷将圆圆的衣服拿到床边，想帮圆圆穿上。

"嗯……"圆圆提高了音量，表示不同意。

爷爷离开了，离开前说：

"动作快点儿哟，谨防感冒，外面下雨了，天气凉。"

餐桌旁，圆圆爸爸妈妈和婆婆正在吃饭，看到圆圆从卧室出来，圆圆爸爸便将手里剩余的食物三两下塞进嘴里，对圆圆说道：

"吃不吃蛋？爸爸给你剥一个。"

"不吃。"圆圆坚决地说，幼儿园里有早餐。

"刚刚煮过心，很软的。"

"嗯……好吧。"

圆圆爸爸知道儿子不喜欢吃溏心的水煮蛋，这回婆婆煮的蛋刚好过心，蛋白凝固，蛋黄柔软，大概是算准了煮蛋的时间。听到圆圆的回答，圆圆爸爸将蛋剥好放在圆圆的碗里，起身跟着圆圆进入卫生间。圆圆年龄小，个头矮，卫生间的设施都是适合大人的，小孩子用着不方便，圆圆爸爸担心圆圆磕着碰着，于是守在身边。

出门时，圆圆爸爸主动要求送儿子上幼儿园，这种情况平时不多。望着离开家的父子俩，婆婆在身后叮嘱着：

"下雨天，谨防摔跤。"

"嗯。"年轻父亲回道。

路上细雨纷飞，天色阴暗，圆圆爸爸拿着两把伞，一把大伞，一把小伞。

雨天圆圆不愿与大人一起走，大人个子高，雨伞撑得高，即使没有风，雨也常常飘到身上，大人或许只是打湿了裤腿，而矮小的圆圆几乎全身淋透，甚至脸上都是雨水。也有大人撑着大伞，伞下的小朋友穿着雨衣紧贴在大人身旁，却还是免不了一脸雨水。因此，遇到下雨，只要不是太长距离的路，都会带上小雨伞，出门后，圆圆自己打着小雨伞，穿着小雨靴，可自由行动，不受大人约束，充分发挥小孩子的好奇心。大人撑着大伞，小心地跟着圆圆小小的步伐，避免雨伞边沿的水珠滴落在圆圆身上，也担心脚踩起的水溅到圆圆。

这天，送圆圆上幼儿园的人，不仅有圆圆爸爸，还有婆婆。因为送圆圆进了幼儿园，圆圆爸爸便要去上班，幼儿园下午放学时间早，圆圆爸爸无法来接，只有婆婆有时间来接——送孩子到幼儿园时，为了防止不是家长的人在放学时冒领孩子，幼儿园会将一张接送卡交给家长，卡片上有小朋友的照片、姓名等信息，等放学家长来接孩子时，需将卡片归还给幼儿园的老师。

打着一把大伞走在前面的圆圆爸爸，不时回头望望跟在身后的圆圆，圆圆穿着小雨靴，撑着小雨伞，却边走边故意踩踏路面上的积水，兴致正旺，爸爸不时地停下脚步催促圆圆快点，担心在路上时间耽搁久了，自己上班会堵车。跟在后面的婆婆说道：

"不要踩水，裤腿打湿了。"

没有人回答。

圆圆对路旁的花台很感兴趣，一直踩着花台边缘窄窄的台阶行走，台阶邻近车道，有些危险，婆婆走上前，没有责备，只是用手抚摸圆圆的头，示意往人行道里面走。圆圆很听话，不再走危险的路牙。这时，从后面走来一个年龄比圆圆大、个子比圆圆高出半个头的小女孩儿，举起手要抚摸圆圆的头发，被在一旁的婆婆发现并制止了。跟在小女孩身后的一位老妇人，大概是小女孩儿的监护人，斥责了小女孩儿，说不许摸头，小女孩儿走远了。

圆圆跟在爸爸身后，见路旁景观树四周用砖砌成的围堤不高，仅几厘米，便将小脚放在上面慢慢走，小心翼翼，却很稳当，但下来时因为急促，摔了一跤。走在圆圆身后的婆婆赶紧上前想将圆圆从地上扶起，圆圆却自己站了起来，身上有部分弄湿了，婆婆拾起圆圆的雨伞，撑在圆圆头上。此时，圆圆爸爸还在前面走着，没有停下，丝毫不知身后发生的事情，因为道路上过往汽车溅起水时的声音将圆圆摔倒的声音淹没了，走在后面的婆婆喊了一声：

"摔跤了。"圆圆爸爸没有反应，继续往前走。

"圆圆摔倒了。"

听到此话，圆圆爸爸立即转身，赶到圆圆身旁。

"摔伤没有？"圆圆爸爸关切地问，圆圆没回答。

"你送他，为什么走在前面，让他跟着走？"婆婆责备道，"有什么事情，怎么晓得嘛。"

要不是婆婆大声呼喊，或许圆圆爸爸会走得更远。看着惊讶的圆圆爸爸，婆婆指责道：

"只管自己走，不好好照顾圆圆。送圆圆上学，应该走在身后，而不是前面，万一发生什么意外，就像此刻，走在前面的大人怎么知道？"

圆圆爸爸笑嘻嘻地说：

"没什么，男孩子摔一下没什么。"

意思是说男孩皮实，从小就应该勇敢，摔一下跤不算什么事。

圆圆的衣裤有小部分打湿了，好在没有受伤。

随后，父子俩一高一低，一个撑着大伞，一个撑着小伞，并排走在人行道上，婆婆跟在身后。

圆圆住在婆婆爷爷家，爷爷婆婆轮流接送圆圆。这一天，爷爷到幼儿园接圆圆回家，帮圆圆拎着小书包，里面有几本彩色图画加文字的薄薄的书，幼儿园上课时用的。在中国，幼儿园的小朋友除了识字、背诵古诗外，还有英语课，学习简单的口语。圆圆空着手，独自走在前面，爷爷跟在后面。靠人行道旁是绿化带，圆圆好奇心重，一边走，一边用小手不停地抚摸道旁的灌木树叶，身后的爷爷不时地催促圆圆走快点儿。到了小区里，一位邻居牵着一只大狗散步，经过爷孙俩时，邻居停下脚步与爷爷打招呼，大狗也好奇地凑上前用鼻子嗅。圆圆走在大狗身旁，伸出手要抚摸大狗的背毛，邻居说很安全，但爷爷招呼圆圆离开大狗，不要乱摸。因为是一条不满周岁的狗，性情还不稳定，个头儿却有成年狗那么大，爷爷担心狗会发狂伤到圆圆。与爷孙俩告别后，邻居随着大狗的步伐，继续急匆匆地前行。

当人们下班回来时，爷爷和圆圆已经在小区活动了。爷爷正教圆圆骑自行车——一辆儿童型自行车，后轮两旁不带小轮子那种，浅蓝色，很是清爽。因为是儿童车，爷爷没法亲示范，只是站在一旁仔细教导着。穿着护膝的圆圆，一直都无法跨上自行车。圆圆和爷爷移到开阔的地方，爷爷拿着水杯和圆圆的外套,站在空地中央,盯着圆圆的动作。

"左脚踩在踏板上,右脚踩着地面往前蹬,"爷爷说,"再将右腿跨上车,屁股坐在车座上。"

不知是害怕摔跤,还是无法掌握这套动作,圆圆摔下了车。因为是矮小的童车,而且圆圆衣服穿得多,摔在花岗岩地面上并没有受伤。但是屡次失败,圆圆有些着急,在一旁观看的爷爷也着急起来。圆圆坚持要学自行车,一直不成功,显得很委屈。这时,熟人经过,看到圆圆狼狈的样子,便说:

"把车扶好,腿跨在车的两边,坐在车座上,再蹬踏板。"

圆圆试了几次,很快就能骑着自行车在空地上跑了。

爷爷恍然大悟。尽管对于骑"死车"不屑一顾,或许年轻时候的爷爷绝不会这样骑车,但这法子对圆圆来说很管用。熟人看着圆圆,开心地笑着离开了。爷爷看到圆圆骑车顺利,也很高兴,并对熟人表示了感谢。爷爷用成年男性的骑车方式严格要求圆圆,哪知圆圆人小,领悟能力不及,一时无法掌握这么高难度的技巧。但是圆圆性格倔强,即或摔跤也不放弃,在获得熟人的指点后,便很快学会骑自行车。

远远地望着圆圆骑车,坐在路边长椅上的爷爷长长地舒了一口气,心想,圆圆长大了。

二十七、回老家

皓月当空，崔耿生与一位身高和他差不多的年轻姑娘从公司宿舍走出来。年轻姑娘正是顾晓敏，短发齐脖，发丝末端呈波浪卷，时兴的样式，给人一种成熟的感觉。

崔耿生与顾晓敏步履平缓，话语不多，像是在月色下的散步。

他们没有走在偏僻的树丛间，而是在人行道中央，平静地说着话，轻声细语，像是熟人，更像是老朋友。两人没有手牵手，更没有亲昵的表现，倒像是崔耿生护送来访的客人。崔耿生瘦瘦的，微微驼背，与身形挺拔的顾晓敏同行，似乎显得比顾晓敏要矮，而仔细观察，才发现其实他比顾晓敏稍微高一点，只是女生本来就显个子，给人造成了错觉。

顾晓敏原先是长长的直发披散在肩上，而此时发丝末端卷曲的造型，不是自己用卷发器能够做出来的，必定是去专业理发店做的造型。也许，参加工作后，顾晓敏更加注重自己的外表，以便显出成熟的样子，受到所在公司的重视。现在有一种规律：年轻小姑娘学老成，穿着比较职业化；中年女人的衣着时髦，款式多样；而年老退休的女人，衣着花哨，像是要把这辈子没有穿过的大花衣服一一套在身上，并且招摇过市地大胆显摆。或许由于历史的缘故，如今退休的人们，在年轻的时候，甚至都没有机会穿花衣服。那时，蓝色和灰色，便是男男女女统一的衣服色调，衣服样式也不合身，松松垮垮地套在人们身上，如有谁的着装稍微花哨一些，就会被当作资本主义思想作祟，会挨批斗。也或是，如今退休的老人们，着装花哨，是为了找回逝去的青春，人老心不老。虽然青春不再，但她们的乐观表现也不失为一道亮丽的风景。

遇到放长假，有人便开始计划假期的旅行。而崔耿生说，他早早地在网上买了票，不等公司公布放假的具体时间。大伙儿听说崔耿生买了回老家的火车票，便愈发肯定崔耿生还没有女朋友。

假期结束后，崔耿生从外省偏僻的农村回到都市上班，与同事们互相讲述假期的所见所闻。

"我们开车到云南，皮肤晒得哟，红肿脱皮了。"老吴说。

"没擦防晒霜？"一位同事问道。

"女的才擦防晒霜，男的谁擦。"老吴不屑一顾地说。

"云南暖和。"

云南地处我国西南，北纬30度以南，按常理，理应四季如春。却不知，近些年来，全球的厄尔尼诺现象使得气温异常，在那原本温暖的地方却出现冰雪天气，刷新了当地几十年来的最低温度纪录。比如广东的倒春寒，使得电线杆因结冰负荷增重而倒塌，造成断电、通讯中断，与外界失去联系；冰雪封路，使得当地许多地方与外界隔离，对人民生活造成极大的不便。而北方夏季的炎热气温也创了纪录，连续多年温度攀升，甚至超过40摄氏度，堪比南方的夏季。出现这些诡异的天气变化，不能再按往常习惯想问题。

"气温还是低，穿着厚衣服呢。"有人指着手机上的照片说。

"不仅是温度的问题，"老吴解释道，"海拔高，天很蓝，但没有厚厚的云层遮挡，紫外线辐射很强，皮肤长时间暴露在外容易受伤。"

"我长假回老家，"崔耿生插话道，"坐的火车。"

"很久没坐火车了，"老吴说，"票好买吗？"

"提前订的。"

"往返的车票？"

"是呀。"

"动车？"

"普快。"

"普快"就是"普通快车"的简称，与动车相比，速度慢，车中设施也落后。

"干吗坐普快？"老吴不理解，心想崔耿生不至于买不起一张动车票。

"我们那里不通动车。"崔耿生回答说。

"火车上人多吗？"

"很多，过道上都站满了人。"

车厢过道上挤满了人，那肯定是不少人买了站票——没有座位的火车票，与坐票价格一样，虽然不公平，但在假期，这样的站票也常常一票难求。在中国，人们大多都在法定节假日出行，这也造成了巨大的交通运输压力。

"回老家坐火车时间长吗？"

"大半天时间吧。"崔耿生回答道。

"还挺快的。"

"下火车还要坐汽车。"崔耿生说。

"哦，第二天才到家？"说话者想，崔耿生回家一趟不容易，尽管直线距离并不太远。

"当晚就到了。"

"节假日乘车，肯定辛苦。"

"人很多，"崔耿生没有直接回答，而是讲起了实况，"无论是坐汽车，还是坐火车。"

"节日出去一趟，人都要脱一层皮。"老吴说。

"节假日坐火车，被挤得皮疼。"崔耿生说。

"太逗了。"老吴睁大眼睛盯着崔耿生，以为他在开玩笑。

"火车上人多，连车厢连接处都站满了人。"崔耿生继续说道。

"那当然，人们都出去旅游，人多，必定拥挤。"老吴插话道。

"回家好玩吧？"老吴转移话题。

"嗯，"崔耿生说，并随手比画了一个看上去很矮的高度，"我哥的小孩儿都这么高了。"

哥哥的小孩儿又长高一截，崔耿生话语间无不显出羡慕。当时，崔耿生并没有说他是两人回的老家，至于究竟有带女朋友，还是只属于两人私下的接触，而没正式介绍给家人，大伙儿没有追问。因为崔耿生只向大伙儿讲述了他自己，没有半句提到还有另一位。但细心的人，察觉出崔耿生内心的变化：崔耿生想得很远。

在办公室里，偶尔听到崔耿生打电话：

"啊，小魏得了奖励，公司发的；小孙挺逗的，不爱吃辣的；小罗说聚餐……"崔耿生将身边的年轻人在工作上的事情，以及私下发生的趣事，好像是给领导做汇报似的，更像是亲密无间的交流，事无巨细，一一讲述。大伙儿感到崔耿生像变了一个人，变得细腻温情，与平日里不爱言语的他，判若两人。

"你过来吗？……有事呀……没什么，我给他们说一下。"崔耿生很耐心，笑着道。

"你自己照顾好自己，注意点儿。"崔耿生最后关心地说。

根据崔耿生说的话，大伙儿猜测是年轻人的聚会，崔耿生打电话问对方是否来参加，对方说"有事"，不能过来。从崔耿生通话的只言片语中，大伙儿判断，对方肯定认识崔耿生身边的年轻人，并有过接触，比如聚会等。

大伙儿认为，无论个子、身材，还是相貌，崔耿生都不比同龄人有优势，不是"高富帅"，不会一眼被异性相中，他是在人群中常被人忽略的那一种类型。

崔耿生经常打电话，仿佛是打给同一个人，这一情况被细心的老吴发现了，于是问道：

"是女朋友吧？"

"嘿……"崔耿生笑了，没有直接回答。

见崔耿生没有否认，老吴又说：

"是吧？"

崔耿生这回只是笑，没有说话，幸福表现在脸上。于是，人们认为，崔耿生开始交女朋友了。虽未得到崔耿生的承认，但人们心目中已经有八成把握。崔耿生春节带女朋友回老家没有，无人知晓，崔耿生也没说。要想琢磨透一个性格内向的人，不是一件容易的事。人们虽然好奇，并不意味着就

"八卦",崔耿生愿意讲自己的事,大家乐于听着,要是崔耿生不愿意讲,大家也不会对崔耿生的事说三道四,胡乱猜测。

不久后,崔耿生终于向大伙儿承认,高个子的年轻姑娘顾晓敏是他的女朋友。当人们得知,顾晓敏不只是个子与崔耿生差不多,学历也与崔耿生一样,年龄还比崔耿生小,都一致认为崔耿生交了一位好女朋友。崔耿生乐呵呵地笑着,没说话,憨厚老实的模样,像是打心眼里高兴。或许就是崔耿生的这种忠厚老实、稳重可靠的样子,获得了异性的青睐,大伙儿这样想。

人们经常听到崔耿生打电话给对方问寒问暖,讲述身边有趣的事情,所讲的人,不外乎他的年轻同事和同学——大概还带女朋友见过他的这些朋友们。在中国,聚在一起吃顿饭,是最普遍的社交方式,无论是初次见面,还是老友重逢,都在饭桌上联络感情,亲情友情爱情敌情,无所不包。虽然平时没有常在一起玩,但因为年龄的相近、经历的相似,让他们聚在一起,也使得崔耿生与顾晓敏有了共同的朋友。

崔耿生买房了,在距离公司几十公里的一处老城新建区,也是顾晓敏工作的地方。入住后,崔耿生上下班几乎跨越半个都市,即使乘坐四通八达的轻轨,也需要换乘。从家到轻轨站,以及从轻轨车站到公司,都需要步行一段路,因此,上下班会耗费不少时间。

一天,人们在谈论都市的交通拥堵,特别是上下班高峰时期,有人问崔耿生:

"你上班乘坐的是公交车?"

"不,轻轨。"崔耿生回答说。

"轻轨站就在你们家附近吧?"

"要走一点儿路。"

"远吗?"

"不远。"

"需要换乘吧?"问话者问得很仔细。

"要换乘一次。"崔耿生说。

"坐轻轨的人也不少吧？"

"还好，朝公司这方向的人不怎么多。"

人们想起来了，早上上班时间，从公司所在区域往外开的路上都很拥堵，常常看到在大桥上停满了车，延伸到对岸的公路上，而驶往公司方向的车辆不多，路面几乎畅通无阻。同一座大桥上，往公司方向行驶的车辆，与离开公司方向的车辆，数量相差悬殊，这也是都市里常见的现象：高峰时期的拥堵，是有方向性的。

"到站后，离公司还有一段距离。"问话者继续说。他知道，公司离最近的轻轨车站几乎有三公里远。

"这点距离……"

崔耿生没将话说完，而是一副不屑一顾的模样，好像就是乐意乘坐轻轨和走路。殊不知，公司许多员工的家，就在公司周围一两公里内，还不及公司到轻轨车站的距离远。

崔耿生还没学会开车，但是顾晓敏已经拿了驾照，是在学校时就学会的开车。当人们问崔耿生为何不学开车，崔耿生的表情有些无奈，口中含糊不清地说"那玩意"，是藐视，也是无可奈何。大概崔耿生的动手能力和反应速度，要逊色于顾晓敏，当然这并不影响他们组成一个美好的家庭。无法享受驾驶汽车的乐趣，且常常惊讶旁人的灵活，这与崔耿生不爱运动，只知道埋头做设计有关。无论是摩托车，还是汽车，崔耿生都躲得远远的，或许他知道自己的短板。也许以后，他会搭乘顾晓敏开的车，因为他已经买了停车位。

原本除了办公室便是待在宿舍，极少走路的崔耿生，如今，却每天步行很远的距离，再看他瘦弱单薄的身板，着实让人对他刮目相待。或许是年轻人适应能力强，而人们也不得不想到"爱情真伟大"，能激发人的潜力。

大伙儿都很佩服崔耿生，每天往返那么远的距离，还不耽误上班时间。别看崔耿生瘦弱、文绉绉的样子，却是有能耐、有担当，时时刻刻为对方着想——上班地点离家远，他自己辛苦，却将方便轻松留给对方，这是爱护对方的表现。不用花钱买昂贵的礼物，哄得对方高兴；也不用整天甜言蜜语，而是用实际行动来证明。就这一点，现今的年轻人，能有几位做得到？现在的年轻人，都以自我为中心，极少考虑别人，像崔耿生这样关爱体贴对方的不多了。人们感慨着，也为崔耿生的付出在内心默默地点赞。或许，爱情就是付出，替对方着想，让对方幸福。这也是崔耿生吸引人的方面——无须说大道理，更不用山盟海誓，只是平常的点点滴滴，彰显了爱的真谛。

崔耿生与顾晓敏的婚礼在顾晓敏工作的地方举行。婚礼当天，崔耿生公司的同事们提前两小时出发，乘坐轻轨，中间转乘一次，出了轻轨站，再步行一段路，沿途是狭窄的路面、低矮的房屋，有种到了郊区的感觉。

婚礼场面很隆重，嘉宾众多，包括崔耿生和顾晓敏的同事，以及双方的亲朋好友，大家为一对新人送上最美好的祝福。

二十八、都市的老人们

山城都市人退休后的生活是啥样的？时下流行的是旅游。开春，气温变暖后的四、五月，或是，入秋后的九、十月份，是最佳的旅游季节。过早，如早春，乍暖还寒的天气，出远门，容易受风寒；而过晚的时间，入冬后，天气寒冷，也不适宜退休的老人们在外，容易受冻。仲夏到秋分，由于特殊的地理环境，四面大山环绕，形成亚热带副高压，使得山城都市里的热气无法散去，因而高温酷热。邻近的城市，都已降温变得凉爽时，山城都市依然炎热不已。于是，便有了山城都市人每年特定时期的大规模行动：避暑。时间也正是学生放暑假，年轻的父母，由于工作的原因无法带孩子外出待很长时间，因此外出避暑的任务，便落在身体健康、赋闲的祖辈们身上，他们也自然而然地成了避暑的领头军。这成为一道独特的风景线：祖辈与孙辈组成的避暑大军，纷纷奔向附近气候凉爽的区县。

年轻人平时要工作，休息时间仅有周末和法定节假日。周末时，与家人开车去郊区游玩一番，但不可能长时间待在那。而退休之人有大把空闲时间，想过得自在舒适，可离开都市嘈杂的环境，来到宁静、清闲、环境优美的小镇，过一种乡村田园生活——呼吸着清新的空气，吃着绿色无污染的食物，身心放松，也有利于延年益寿。

事实上，老人们的避暑并不奢侈，他们用自己的退休工资，在郊区租一个小房子，生活非常节约，丝毫不浪费，并不需要每天大鱼大肉，简单可口、新鲜多样，便可满足。一年中最热的时节，山城都市的老人便在郊外生活,那时,他们都市的家里,门上会贴满电费催收单和物业欠费单等,表明家里没有人居住。

最近气温达到了40摄氏度,地面被晒得滚烫,穿着鞋都能感觉到烫脚。如此之热,圆圆的爷爷婆婆不愿整天待在空调房里,于是决定带着圆圆外出避暑。他们在当地住下,吃农家自己产的蔬菜、大米、土鸡蛋,喝山泉水,散步,爬山,欣赏美丽的风景。凉爽的气候,新鲜的空气,清静的环境,让老人们乐不思蜀。在山上待了一个多月,等圆圆快开学时才回到都市,回到忙碌的生活节奏。

分部公司的招待所设在一个住宅区中,房间较分散,有的相邻屋子里住的便是小区的住户。杨青松所住屋子的隔壁,便是一对上了年纪的夫妇。他每天上下班从邻居门前经过时,隔着房门都能听到老两口中气十足的声音,显示出健康开朗,却想不到他们已经年过八十。最近没听到隔壁房屋里的动静,好像没人。几场雨后,气温有所下降,突然一天清晨,隔壁房间紧闭的大门后,传出爽朗的说话声,原来是老两口避暑回来了,屋子里顿时又充满了活力。

老两口已退休多年,老头身材瘦瘦的,个子不高,但很精神;老太太背不驼,眼也不花,身体健康,偶尔化点儿妆,不时穿着时髦花哨的衣服,从背影看,会误以为是中年人。

由于出门时间的不一致,时常见到老两口家大门紧闭,却在有一次,看见老人家的门虚掩着,杨青松以为发生了什么意想不到的事情,走近敲门,屋里的老太太应声而出。原来清晨,老两口家请的清洁工正在打扫卫生,因此门没有关闭。杨青松有些惊讶,问了一句这么早呀,老太太说预约的时间。杨青松又问一个月做几次,老人回答说一个月打扫四次,也就是每周一次。又说请人打扫后,他们自己还要做清洁,并强调他们天天都做。杨青松好奇地问是不是打扫得不干净,心里想,既然不干净,干吗还要请人做?老太太说还算干净,但他们不满意,有些事情还得自己亲自动手,并且需要每天保持洁净。老人看上去并没有洁癖,或许是退休在家,时间充裕,因此把家里打扫得一尘不染。

杨青松与分部公司的同事，到郊区的农家乐度周末，吃农家饭，住农家屋，呼吸没有污染的新鲜空气。在农家后厨，看到新奇的叫不出名的山间野菜；吃饭时，大盆盛菜，饭碗是略带粗颗粒的土碗，与都市酒店的过多调味品的烹饪相比，农家菜清新朴实，即或是略带苦涩的野蔬，大家也吃得津津有味。平日里爱吃甜食的小孩子，听说这是绿色纯天然食品，也鼓足勇气品尝。起初视死如归的样子，而当吃到嘴里，感到不像想象中的那样难吃，便再次品尝，继而一种品鲜猎奇之心占据上风，大有都市美食家的气势，与之前的表情判若两人。

年轻人的出游，大多有猎奇和品鲜的目的。而老人的避暑，则是实实在在的生活——换一个环境小住，每天悠然自得，或许拥有这种平常心，才能更加健康。

一次，在楼道电梯口，杨青松遇见一位个子高大的老人，花白头发、满脸褶皱，估计年纪在七十岁左右，正搬着一个大纸箱，一问得知，里面装着外出避暑用的电视机。老人说在郊区买了一套小房子，夏季搬去避暑，天气刚转凉便返回都市的家中，电视也搬回来。老人抱怨，一年就住两个月，买避暑房不划算，不如租房住。

退休人员的退休金，由于没有绩效工资，而比上班族的薪金低。他们生活比较节俭，平时精打细算，不像年轻人图好玩，不计成本，胡乱花钱，或许因此抱怨房屋的使用率不高。在乡间生活时，清晨爬山，虽步履缓慢，却不乏锻炼的作用。下山后，顺道买些新鲜的蔬菜等带回家，或是就在街边的小摊吃一碗小面，也可选择豆浆油条，天气凉爽，不赶时间。回到家里，可看看电视，屋子里即使不开空调，也很舒适，一台风扇，便可度过整个夏季。老人的要求并不高，干净的住房，简简单单的生活必需品，不幻想、不悲观，平平常常、踏踏实实，却心满意足。

山城都市不再那么酷热难耐时，老人们返回都市的家中，又开始各自的忙碌。

大厅里，有一个尚未亮灯的舞台，台上的扩音器中传出剧目的开场乐，鼓声、锣声、琴声，连绵不断，激烈热闹，催促着观众入场就座。在舞台侧面的幕布后，有一间亮着灯的屋子，一群演员正忙着化妆、穿戏服。演员们都是些老年人，有的在勾画戏曲脸谱，显示了深厚的功底；有的平日里毫不起眼，此刻穿上戏服，看上去精神焕发，不再那么衰老。那位满脸褶皱、发丝花白、身材高大的老人也在其中，他已装扮好，显得神采奕奕。老人们，就是即将登台的角儿。

舞台下，塑料方凳上已坐满观众。侧方高出地面几厘米的平台上，放着几张玻璃小桌和几把藤椅，与舞台下的座位相比，既宽敞又舒适，那是雅座，由剧场小卖部负责，给些许茶钱，便可获得不一样的享受。看戏是免费的。这是由区文化中心组织的每周的几场固定演出，演员都是喜爱戏剧的退休老人。

戏开场了。一位带妆的武生，一身金色戏服，耀眼夺目，很有霸气，大概是军中将帅。气势昂扬的唱腔，令人激励振奋；口念"将在外，军令有所不受"，挥舞着长枪，走步和着乐师们的鼓点，或舒缓或急促，把与敌拼杀的场面表现得栩栩如生。台下观众掌声不断，喝彩声不绝。

接下来的一台表现为官清廉的戏，在平静中开场。主角浅灰色的冠帽，黄色长衫，素净的脸庞，表现出人物的朴素无华。坚定的眼神，稳重的步法，或甩出水袖，表现出人物的无奈却又割舍不下。然后潇洒地挽起衣袖，抖动手臂的动作干净利落，足见表演者的功底。理襟、掺襟、掸襟等一系列动作，表现出人物没想出好法子处理事情时的焦虑心情。

大厅里的表演，不逊色于专业剧场，尽管他们是一群业余表演者，一群退休的戏剧爱好者、发烧友，在区政府的支持下自行演出，丰富了人们的业余生活，也宣传了传统文化。他们中，除了登台表演的几位外，还有几位老乐师，在开场前以紧锣密鼓，催促观众到场入座，演员们化好妆、穿好戏服；表演中，乐器配合着舞台上演员的手眼身法步，表现出人物特征和情绪，起到有效的烘托作用。大厅里座无虚席，连路边上都站满了人，也许有的人看不到舞台的全貌，却也不影响他们的热情。

起初只是老友们的聚会闲谈，几个戏曲爱好者经常聚在一起，切磋讨论。不久进了一步，买碟片、请专业老师指导，申请了一个不大的房间，挂牌"社区戏曲爱好者协会"。后来"三个臭皮匠顶个诸葛亮"，"众人拾柴火焰高"，大家积极排练起传统经典剧目的片段。原本老人们的自娱自乐，逐渐成了登台的演出。找来乐器，租来戏服，老人们登上舞台，在公共场所表演经典戏曲片段，无论唱腔还是动作，都有一定水准，显示出老人们的认真和用功。

　　他们精彩的表演，得到了观众的一致好评。后来经过报纸、电视的宣传，"社区戏曲爱好者协会"在区文化中心安了家，老人们更有信心了。

　　与专业演出不同，老人们表演的是精简版的剧目；乐器并非样样都有，但主要的一样不缺，如小鼓、堂鼓、大锣、大钹等；乐师虽只两三人，但都是全能：鼓师会敲锣、弄钹，锣师也会演绎鼓乐和大钹。虽然资源有限，空间有限，却能最大化地发挥作用。老人们虽然是业余演员，但敬业努力，不单是排练一丝不苟，回家后还抓紧时间练唱，让老伴当评委，评判唱词、音律的拿捏，为的是进一步提升唱功；还加强体育锻炼，为的是有个好身板，保障舞台表演所需体力。最后，老人们的戏曲唱到了全国，甚至唱到了国外……

二十九、山地自行车

项目攻关组已经攻克项目难题,并在市场上得到认可,争取到一些产品订单;另一方面,崔耿生负责的项目,也有了一定的订单,使得分部公司的经营状态有了起色。杨青松身上的压力得以缓解,虽然还会时常加班,但没有之前那么紧张了。研发设计人员,依然忙碌着,但通宵达旦、不分昼夜地工作,几乎看不到了。分部公司转入稳定发展的阶段。

工作繁忙时,杨青松从周一到周五,几乎天天加班。当员工们被调动起来,大家全体行动,分部公司变得井然有序,人们忙碌着,脸上露出了久违的笑容。公司有了起色,杨青松和攻关组的人员,便如释重负地缓了一口气,定定神,转而研发新的产品,工作节奏变得没那么急迫,加班渐渐减少了。公司步入正轨,生产和管理方面的事情由李部长负责,杨青松便轻松不少。

玩命般地工作一段后,杨青松觉得该抽出时间锻炼身体了。

为了锻炼身体,杨青松开始骑自行车。由于住所离分部公司很近,杨青松便选择在早晨骑着自行车到滨江路转一圈再上班,那里车流量小,不拥堵,行人也少,道路平坦,是不错的骑行路线。

在北都时,杨青松经常约上一些同龄人周末骑自行车,锻炼身体,磨炼意志力,一天骑行几十至一百多公里。北方路面平坦,很少上坡下坡,比较适合骑自行车,只是风沙大,他们会"全副武装"——衣服拉锁拉到脖子处,帽子将头包裹住,防雾霾的口罩遮住大半个脸,再戴上一副护目镜,如此装扮，将脖颈、头部和脸部全部包裹起来；手上戴着手套，腿上是专门购买的骑行裤，一种贴身裤子，可减少骑手腿部和裤子之间的摩擦，不会造成裤脚与自行车链条的刮扯，消除了安全隐患。

山城都市，依山傍水，气候湿润，除了夏末秋初的炎热，其他季节十分舒服：冬天无苦寒，秋季瓜果丰收，春天百花争艳。总之，山城都市，没有北方干燥，更没有沙尘暴等恶劣的天气。因此，外出骑自行车，穿着可以比较随便，不用戴口罩，也不用戴护目镜。

周末的清晨，忙碌一周的人们，不用早起去上班，大多数人都赖在被窝里睡懒觉，因此，街上车辆稀少，而路边停车位和各处停车场停满各式各样的私家车，人休息，车也休息。

杨青松在骑车路上遇到一对年轻男女，脖子上戴着丝巾，松松垮垮的，不像出门前的精心装扮，倒像是原本用丝巾遮住半张脸，此刻已经从脸上滑落到脖颈。这对年轻男女，大概也就刚二十岁的样子，他们骑着轮胎比较窄、看上去轻盈的公路山地车。女孩子身材高挑苗条，却能一口气骑到斜坡顶端，而且看上去轻轻松松，不知是否经常挑战陡坡路段，已经当家常便饭一般，从骑行的熟练动作和爬坡的连贯性来看，至少是有一定的经验。男孩子紧跟在女孩儿后面，两人很快便骑到陡坡转弯处，男孩子更像是护卫，陪伴着女孩子。

杨青松看着他们，心想，他们真年轻呀。是呀，年轻充满活力，有着使不完的劲，更有着探索而不服输的勇气。

当杨青松骑到街上时，遇到一辆迎面而来的自行车，离近一看，旧得已经褪色，说不清是什么车型——说是公路自行车，却轮胎不窄；说是山地车型吧，车把、车架却显得不够结实——应该是那种廉价的普通老款自行车。但骑车的老人，却神情悠然。

自行车轻便灵活，几乎可在山城都市的各个角落穿梭。

山城都市的早晨，24小时营业的便利店顾客盈门，街道上的早餐店显得格外忙碌。

在美食街，有各式店面供应早餐，如港式早茶店、大排档、洋快餐店，那些汉堡和炸鸡，虽然吸引了不少顾客，但杨青松觉得早餐应该选有营养的、有特色的当地美食。

　　山城都市的小面店，总会在街头巷尾不经意间出现。一碗小面，有只放素菜的，也有加各种浇头的，如用肉末和煮熟的豌豆做浇头的豌豆炸酱面，只有豌豆做浇头的豌豆面，酸咸爽口的酸菜肉丝面，鲜香美味的牛肉面，还有炖煮得很烂的肥肠面，等等。山城都市牛肉面中的牛肉，呈方块状，看上去不大，却很是实在，不像日式牛肉拉面那样切成薄片平铺在面上，一眼看上去装得满满的，其实只有表面薄薄的一层，而且味道更丰富。

　　一家传统早餐店，门前摆着一张桌子，旁边架起一口煤气灶，现场制作油条。面是发好的，整齐地摆放在桌面下的隔层里，当顾客点餐时，便拿出一块柔软的扁平状面团——不像制作包子、饺子的发面，制作油条的面团更软，却不散开，大概用的是高筋面粉。从面盘里拿出面团放到木质案板上，用刀快速地切成大小均匀的细条，切完后，将相邻的两个细条继续拉长，最后将两根面绕在一起，放入烧热的油锅，油锅里顿时发出"嗞嗞"的响声，两根柔软的长条迅速膨胀，变大变粗，在油锅里不停翻滚，不一会儿，色泽变得金黄。当从油锅中捞出黄灿灿的油条，诱人的面香，扑鼻而来。刚出锅的油条，是不能立马食用的，会很烫，先放在竹篮里，竹篮下面有一个不锈钢盘子，油条上滴落的油便存于盘中。稍稍冷却一下后，咬下一口，真是满口生香，酥脆中又包含着柔软。做油条，发面是关键，在现场观看油条的制作过程，再到吃到嘴里的那一刻，真可谓一种享受。

　　吃过早餐，杨青松骑着自行车去滨江路。在骑到一段下坡路时，脚离开踏板，任凭车子自由奔驰，疾速前行，尽管只有几百米长，却是那样的潇洒。

　　已经去掉青涩的杨青松，逐渐变得成熟，做事不再那么自以为是，不再推行理想主义，而是更加注重效果，也就是事情的结果。从事情实际进展来看，杨青松也希望自己亲手掌握第一手资料，而不是被转告，或是道听途说。刚出校门时棱角分明，我行我素，宛若一只满身长刺的刺猬，随时撑开锋利的长刺，扎向任何不满意之处。如今的杨青松，却更像是一枚从山顶落下的顽石，被岁月的长河冲刷打磨，渐渐地变得圆润光滑。是闪光的宝石，还是顽劣的砂石，岁月磨砺，便一目了然。

相处久了，杨青松与员工们熟悉起来，相约周日外出骑自行车，于是，在周日的清晨，杨青松不再一人，而是多人结伴而行。山城都市虽然交通四通八达，但基本上都是机动车道，特别是老城区和繁华的商业圈附近。由于地势原因，都市的道路坡度大、分岔多、高架立交多，路况复杂，市民在导航指引下开车，还经常跑错路。而且几乎没有非机动车道，也就是没有自行车专用车道。山城都市的交通规则里，没有明文禁止非机动车上路，而是指出非机动车（如自行车）靠右行，即在最慢的车道靠人行道边行驶。杨青松与同伴们，穿着骑行服，戴着头盔、护目镜，骑着山地自行车，一种在陡坡上能抓牢地面的自行车。

有人说，山地自行车的轮胎，像轻型摩托车的轮胎，很粗很厚，纹路明显。因为山地自行车，顾名思义，就是适合在山坡、地面不平处骑行用的自行车，轮胎宽，是为了增大与地面的摩擦力，在上坡等不平路段，十分有用；而纹路很深，表明轮胎厚、耐磨，这也是山地自行车受欢迎的一个原因。如果单单追求速度，用轻便的、轮胎窄的公路自行车最合适，但在山城都市这种经常上坡下坡的道路，人们习惯用山地自行车，一是防滑，给人以安全感；二是耐磨经用，也是人们选择的标准。

由于山城都市地貌的特殊性，刚开始，杨青松还不熟悉情况，对参加者的骑车水平和耐力也不是很了解，于是相约周日一大早集合，一起行动。到达集合地，太阳尚未跃出地平线，就像捉迷藏的孩童，将绯红的脸蛋儿，隐藏起来，还时不时地想探出脑袋看看，很容易露出蛛丝马迹，就待人们一把抓住，将其拎出来。为了安全起见，每人骑行时都佩戴头盔，穿骑行服、运动鞋，戴护膝，装备颜色根据个人的喜好，五颜六色，彰显个性。刚开始，参与的都是男性，而且个个年轻力壮。后来陆续有女同事加入，其中包括不甘寂寞的肖梦，杨青松在来分部公司之前在飞机上遇到的年轻女乘客。

有人说，周末他要骑自行车到南山去。南山离公司不远，他有一天下午下班时，打听到山上美食街有活动，便邀约一些人到南山上吃晚饭，天黑后才返回。开车上南山，是极为方便的事情，但骑自行车上南山，毕竟还不是多数人的选择。因为，上南山的道路，多为盘山公路，路面狭窄，仅为两车道，又多大型公交车，再加弯道多，经常堵车，特别是在周末，上山的私家车很多，加剧了路面拥堵的现象。何况，山城都市是建在山坡上的城市，没有非机动车道，"肉包皮"的自行车，与"铁包肉"的汽车相比，如果发生擦刮，受伤的定会是骑自行车的。

刚开始，大家都没把这话当一回事儿，都以为是开玩笑，按本地话讲，就是"提虚劲"，都以为是在吹牛，没有人把这事当真。因为，那人提出骑自行车上南山后，并没有人响应。过了一个阳光明媚的周末，上班时，那人便自豪地说自己骑自行车上了南山，说是上山下山时，遇到许多车辆，却没看见一辆自行车。以他的经验，上下山骑的自行车的刹车必须很好，不然遇到突发情况，容易刹不住，车速没法控制，很容易摔跤。

于是，分部公司组队，周末一同骑自行车到南山，并将同行不多的女同事安排在队伍的中间，以防发生危险。附近大学在跑步的人，见着他们骑山地车上山，即便不认识也热情地打招呼。一路上不时地停车休息，杨青松用随身携带的照相机拍摄沿路的风景。

到了山上，见勤劳的农户已经在路边摆起了摊位，有土特产，时令的新鲜蔬菜水果等。在农历八月，山上居民会从自家房前屋后的桂花树上摘下桂花摆放到路边贩卖，并介绍如何保存，说是将新鲜的桂花，用文火熬化的糖汁浸泡，便不会氧化变色，可保一年不会变质，用来泡水喝，或是做饼的馅料。

山上的居民见到杨青松一行非常热情，有人将他们带到家中，用最地道的农家菜招待他们，当然少不了一些特色食物，比如桂花饼等。杨青松一行，在此休息、补充食物，感受与都市完全不同的山间生活。尽管不远处，相距不到两公里，便是新开发的南山别墅区和游乐场，在那里，一到周末，便人满为患，人们纷纷上山纳凉，或是休闲观光。这里虽是都市的一部分，和都市繁华的闹市区距离不过十几公里，却是另一番天地：都市喧闹，这里宁静；都市拥堵，这里悠闲。宛若世外桃源，仿佛时间在此静止，人们的心灵感到安宁。

下午太阳当头，气温升高，骑自行车的人们便开始下山返回。俗话说，上山容易下山难，此时，原本不宽的道路，私家车成群结队地开往山上，为的是傍晚的休闲。这是一群热爱山城都市夜景的人，来享受山间的安宁，山中的特色美食，山林的虫鸣鸟唱，以及清凉的山风拂面。只是此刻却苦了下山的骑手们。尽管人人都小心谨慎，在一个转弯处，突然冒出一辆迎面驶来的汽车，将骑手们惊出一身冷汗，原本轻松自然的神态一下子紧张起来——如果刹车过激，就会翻车摔倒，甚至有摔落悬崖的危险；或是一不留神，便会撞上汽车，后果也不堪设想。好在，下山时，大家骑行的速度都控制得较低，没有发生意外。

返回的路上，有新开张的超市，大家将自行车停在超市门口，买了饮料，各自回家。

山城都市，山便是城，城便是山，因此隧道很多。乘坐汽车过隧道时，因在车厢里，感觉不到有什么不同；而当骑着自行车，通过车辆密集、昏暗狭长又无非机动车道的隧道时，与轿车、越野车，甚至公交车，咫尺相邻，触手可及，那种感受，一句话，便是刺激。当机动车从身旁经过时，即或车速不快，但由远及近，擦肩而过，又逐渐远离，忽近忽远的汽车发动机声，在封闭的空间异常刺耳；汽车碾压路面，从身旁经过时，造成的振动，足以使胆小的人惊慌。因此，在山城都市骑自行车，需要极好的心理素质。

组队骑自行车的活动，并未坚持多久，便被搁置了。原因有几点：山城都市尽管道路四通八达，却没有非机动车道，又不能占据人行道，于是，便与机动车争道，容易发生危险。而近距离的汽车尾气，使得自行车手又闷又呛，对身体有害。山城都市道路不平，经常上坡下坡，并且隧道很多，骑自行车不仅对技术要求高，还需要很好的胆量，方才不会慌乱。比如在光线昏暗的隧道里，自行车几乎压着道路边线骑行，还是会担心与呼啸而过的机动车发生刮擦，再加上震耳欲聋的噪声刺激，骑手难免战战兢兢，胆儿大的人，也会耐不住长久地这么刺激。再说，工作紧张、劳累，原本周末应该休息放松，却受到如此的刺激。渐渐地，前来参与的员工越来越少。当杨青松了解到情况后，也没责怪，毕竟每个人的喜好不一样，有人喜欢冒险，有人喜欢舒适安宁，是勉强不得的。

杨青松又组织了一次活动：开车前往距离更远，风景更优美，而且更适合骑行的地方，那里有专业比赛级的自行车道。越野车顶端只能放置两辆自行车，而车里有五个人，包括女员工，其中就有肖梦，但她们不参加自行车赛道骑行。因此，到达目的地后，两个人骑自行车，剩下的人则驾驶汽车在景区观光，各得其所。

私家车的车型不是轿车，便是越野车，包括硬派越野车和都市、郊区都适合的SUV（城市越野车）。越野车的底盘比轿车高，通过性好，后备厢的容量也比轿车大。但不及轿车稳定性好，特别是在急转弯时，由于车身较高，转弯时的离心力大，有将人往外甩的感觉。

途中遇到堵车，车辆排成长龙，望不到头。前面一辆白色SUV中，一个小男孩儿从车顶天窗探出头，向远处张望，不一会儿，坐在后排的小女孩儿，也跟着探出头。于是车顶天窗，便冒出两个小孩子天真的脑袋，目光四处打量着。或许天窗对于两个小脑袋来说过于狭窄，于是男孩子缩回车中，只有小女孩儿还在继续好奇地观望。

过了一会儿，从车的副驾驶位置下来一位年轻女子，女子有些发福，大概是缺乏运动，她站在公路旁，望着拥堵的车流。又过了一会儿，一位老人带着小女孩儿从车上下来，向路边走去。女子回到车中，又从车上下来，转到车后，就在女子开启后备厢的一刹那，坐在后面车里的杨青松，发现后备厢里竟躺着一个小男孩儿！女子立马关闭后备厢门，"嘭"的一声，声音很响亮，但未见车里有什么动静，大概后备厢中的小男孩儿依旧熟睡不醒。走到路边的小女孩儿，躲在山石后面撒完尿后，女子走过去将小女孩儿背在背上，带回车里，大概女子是两个小孩儿的母亲。

这一插曲，杨青松看得真切，也使他想起了在北都的一件事情。车的后备厢里有什么，有时真的是出乎意料。一年中秋节，女朋友付静买了一些螃蟹，装在透明的塑料袋里，销售人员担心螃蟹被塑料袋闷死，在打上标签的塑料袋封口处扯开一个口子，说是给螃蟹透气。付静将螃蟹放在车的后备厢，带回家里，却发现少了一只，便在屋子里四处寻找，却始终未发现踪迹。第二天傍晚开车，打开后备厢准备放东西，看见一只螃蟹，正横卧在后备厢门前，八条腿已经完全伸开，原本湿润青色的背壳，已经变得发灰，背壳两侧靠近腿处，有两块很大的白色圆斑，仿佛镂空似的。拿起螃蟹，发现重量变轻了，原本吓人的八条腿，此时也变得柔软无比，腿部关节处毫无弹性，将螃蟹放在手掌中，可随意摆弄螃蟹的腿，像是螃蟹的腿顺着人的手指不停地颤抖挥舞着。其实螃蟹早死了，已变成一只干枯的螃蟹，由于长时间待在干燥的后备厢里，螃蟹被干死了。只是，打开后备厢，猛然看见一只大螃蟹，付静吃惊不小。

当开启后备厢时，一只威猛的大螃蟹横卧在车门口，是一件吓人的事情；而打开后备厢，一个小男孩儿正在其中酣睡，憨态可掬，可算是一次奇遇了。

景区有一段长约13公里的塑胶自行车赛道，沿山而建，蜿蜒曲折，时而陡峭，时而平缓，沿途风景优美。离赛道的起始点不远有座寺庙，小院般大小，沿着后面的石阶小道而下，便能听到轰鸣的瀑布声，却无法看见。小道两旁，可见奇形怪状的岩石群，其中有一块宛若睡醒的狮子。走过九道拐，才能下到谷底，方可一窥瀑布的全貌，见到"庐山真面目"——绝壁上空从天而降的大小瀑布，碧绿的湖面，清澈的溪水。终年绿荫的山林，数百公里的奇幻境地掩映在绿荫中，如一个巨大心形——景区独特的丹霞地貌。在赤色绝壁上，飞落的瀑布，倾泻的白色水帘，仿佛剖开赤色之心，向世人展示纯洁的爱情。浑然天成的画卷，让人浮想联翩。

三十、婚后

婚后，崔耿生依然早早到公司上班，当居住在公司附近的员工还在睡梦中时，他已经离开家，在前往公司的路上了。按崔耿生的话讲，早点离开家上班，轻轨不拥挤，如遇上高峰时期，往往需要在站台等许久才能坐上车。当然现在人们的素质提高了，等车时不再是前拥后挤地乱作一团，而是有秩序地排队。有的轻轨站台乘客特别多，上车处便搭起了迂回曲折的护栏，能排很长的队伍。

轻轨每三四分钟一趟，发车密集，高峰时，甚至一两分钟就有一趟，车次也多。但由于受地势的制约，轨道有深入地下的，还有高架于地面上空的，弯道多，坡度大，列车所走路线高低不平，因此，与地铁相比，一组列车所挂车厢数量有限。上下班高峰时，人多拥挤，经常听说，上了车连站的地方都没有。

不过老吴纳闷，崔耿生原来不是说来公司方向的人不多吗，为何又说需要在站台等待？为何将原本困难的事情，当作容易的事情来讲述？也许是崔耿生乐意做这件事，便觉得不辛苦，而事实上，却是一件耗时耗力的事情。

崔耿生依然经常加班。一天，老吴问崔耿生：

"你经常加班到很晚，轻轨停运了，如何回家？"老吴知道，轻轨晚上十点半就收班了。

"坐出租车。"崔耿生回答道。

"路费不低吧？"

"几十块（钱）。"

"不便宜。"问话者说。

"不是经常加班这么晚，"崔耿生很平静地说，"还能承受。"

"平时上班乘轻轨？"老吴好奇。

"轻轨。"崔耿生回答简洁。

"花多少钱？"

"就几块（钱）。"

崔耿生回答很干脆。如果天天加班到深夜，打出租车回家，这种花费确实不低，不过不是经常的事，打出租车的费用倒还可以接受，崔耿生是这样想的。崔耿生这代年轻人，遇上了好时代，自己工资收入不低，不用像老一辈那样处处节约着生活。由于历史的原因，老一辈人一辈子穷惯了，习惯于节约，骨子里的观念就是财富是靠一点一滴、精打细算节约出来的，但是现在年轻人的想法则不同，他们认为钱是靠挣得来的。无论是自己挣的钱，还是父母给予的，年轻人的消费不会像老一辈那样小气。

崔耿生经常加班，是为了把工作做得更好，赚更多的钱，以早点儿还清房屋贷款，让家人过上幸福生活。

崔耿生的项目研发成功，带来了不错的经济效益，因而得到升职加薪。老吴敏感地察觉到，崔耿生外表看着文弱，却有着执着的内心，看崔耿生每天往返于家中和办公室，便好奇地问：

"不休假出去玩？"

"不外出旅游了。"

"为什么？你们还年轻嘛。"

"怀上了。"

"你要当爸爸了？"

"还早呢。"

"你媳妇有了？"

"嗯。"

"祝贺呀，有了。"

"嗯。"崔耿生毫不隐瞒。

"当你孩子出生后,操心的事就更多了,"老吴作为一位过来人,想起了自己的经历,"培养一个孩子长大成人,也不容易。"

"两个。"

"什么?"

"是两个。"崔耿生重复道,依然是平淡的口气。

"双胞胎?"老吴有些激动。

"嗯。"

"呀,真不错,"老吴听到后很高兴,"是男孩还是女孩?"

"不知道,得等出生后才知道。"

确实,在中国,是不允许在孩子出生前将其性别泄露的,不然便违背医生职业道德。

"那以后,可得忙了,"老吴仿佛深有感触地说,"得承受双份的辛劳。"

"不知道,到时候再说。"

崔耿生依然平静,仿佛觉得只是一件极为普通的事情,却使得老吴按捺不住,很是激动。虽然如今双胞胎出生率比以往有所提高,但毕竟还是少数,而崔耿生就在这少数当中,老吴觉得崔耿生真是幸运儿。这时,老吴才明白,为什么崔耿生无论加班到多晚都一定要回家,哪怕跑几十公里,到家仅待几个小时,清早又要早早地出发。

现在全面放开二孩儿了,崔耿生一下子要有两个小孩儿,使得许多同龄人羡慕。或许几年后,崔耿生带着一双孩子,来公司参加活动,人们定会拥上前,像当初对崔耿生进行猜测一样,猜测谁是老大,谁是老二。因为双胞胎都长得很相像,特别是小时候,个性尚未形成,让人难于辨识。大伙儿心里,依然对身形单薄的崔耿生有着不少的猜测,但同时不得不承认,崔耿生是有福气之人。

崔耿生身体依然单薄,仔细看去,给人的感觉好像比以前更加瘦弱:宽松的衣服在身上晃荡,人在人群中晃来晃去,却始终是大家关注的焦点。工作、迎接孩子,使得崔耿生疲于奔命,他却从没有一句怨言。或许,等他的双胞胎孩子长大后，他轻松下来，随着年龄的增长，会慢慢长点肉。人们公认，崔耿生是幸福的，无论事业还是家庭都很成功，就像被幸福的彩球抛中的幸运儿，着实让人羡慕不已。

  人们想，真不知崔耿生的妻子顾晓敏，当初是如何看上崔耿生的，难道仅凭有能力做设计？既然崔耿生已经结婚，如今正在为即将到来的宝宝而奔忙，也是幸福之人，虽然不符合大家心目中的完美形象：高大、帅气、多金，甚至富二代，轻易就能影响别人、对事物有绝对把控力，在人们的心目中，像这样的人，才配拥有幸福。但事实上却不是，凡夫俗子也有绚烂的幸福，让人羡慕不已的幸福。

  或许是长期的坚守，一直忍耐，默默地承受，得到了回报——无论事业，还是生活，超乎一般人的想象，堪称完美。

  或许是命运的眷顾，平凡中孕育着不平凡，虽没取得大的成就，却也算成功之人，事业和家庭的双丰收，几乎是人生赢家。

  准爸爸崔耿生，依旧难得言语，常常沉浸于工作中，不喜玩闹，也不幽默，不知其家事者，还以为是一个不起眼之人——外表普通，举止谈不上优雅，不喜欢运动，凡夫俗子一枚。而熟知的人们，无不认为崔耿生是事业生活的双赢之人，仿佛上天选中的幸运儿。

  这天下班，因家中有事，为了早点到家，崔耿生没有乘坐轻轨，而是打了一辆出租车。在岔路口，左转弯道路上的车排起了长队，有条不紊，随着交通指示灯，鱼贯地往前挪动。但等了好几遍绿灯，还是轮不到崔耿生乘坐的出租车通过。两条直行道路却畅通无阻，几乎没有车辆滞留。崔耿生此时此刻想，人生若是像这样排错队，耽误的，或许就是一辈子。

三十一、幸福

在大家的齐心努力下，分部公司的业绩上升了，完成了一些重大项目，在市场上得到好评，增加了订单，分部公司由以前的亏损，转变为不亏损，还稍微有些盈利，这对分部公司的每位员工都是极大的鼓励，员工们坚定了信念，决心把分部公司做大做强。而此时，杨青松完成了总公司高层交予的任务，将山城都市这家分部公司盘活，而不是裁掉部分员工，甚至关闭分部公司。如今，分部公司不用关闭，继续运转着；也不用裁员，因为新签订了合同，需要大量人手，而公司的老员工，因熟悉业务，干起活来准确快捷，残次品少，交付的产品中也不会混杂着不合格品——他们不再像以前，因工作量不饱满，而在工作时间闲聊、说风凉话，表现得思想消极、觉悟落后，对现实不满。

此时，大伙知晓分部公司有了发展前途，便也少了许多闲话。有些"老油条"，平时工作懒散，给人的感觉便是不爱做事，看到分部公司发展有希望，便变得积极主动，抢着干活。他们原先觉得杨青松这种年轻人不靠谱，突发奇想愚弄大伙儿，而产生观望等待的思想，觉得分部公司的前途渺茫；认为年轻同事的进取努力只是在冒险，他们对结果不乐观，从而产生抵触心理。如今，分部公司发展趋势变好，他们打消了后顾之忧，便收起观望的心态，不再懈怠，积极投入工作中。凭着多年的工作经验，老员工们一旦认真做起事来，就让还在摸索的年轻人在心中竖起大拇指，不得不佩服他们丰富的经验和熟练的技术，一些难题也迎刃而解。老员工们重新成为中流砥柱，给分部公司继续稳定发展注入强大的力量。

分部公司步入正轨,员工工作积极主动,状态与杨青松刚到之时完全两样,从李部长到每一位员工都在忙碌着,公司加快运转速度时,杨青松也该离开了。化险为夷,分部公司平安渡过难关,杨青松以最佳的方式,完成了此次的任务,此时,总公司来通知,要求杨青松返回。

杨青松要离开,在分部公司没有引起任何人的注意,只是简单地在公司大楼与李部长进行了工作交接。李部长想给杨青松开欢送会,感谢杨青松这段时间的辛勤付出。他认为杨青松与员工们建立了深厚的感情,就这样悄悄地不吭一声地离开,他觉得过意不去,也担心杨青松离开后,对公司员工无法解释。而且李部长认为,杨青松对分部公司是有恩之人,就这样默默地离开,倒显得分部公司的人太无情,毕竟是杨青松力挽狂澜,拯救了分部公司,使分部公司不至于倒闭。虽然没有对员工们说明杨青松当初来此的目的,还包括关闭分部公司,并不是有意隐瞒,而是担心造成混乱,如果人心散了,后来的翻身仗便不会那么顺利,就不会那么容易地在并不长的时间内扭亏为盈。

关于欢送会的事情,杨青松已经想过,既然决定悄然离开,便不用敲锣打鼓地送行。将分部公司扭亏为盈,是工作任务;而欢送会,不单俗气,还有一种生疏感,看似风光,实质上却表明被欢送者不属于这儿。而杨青松返回的地方是总公司,虽然远在千里之外,算起来,还是同一家公司。至于以后会否再来分部公司,杨青松自己也不清楚,因为他的工作便是奔波于各地,处理业绩不好的分部公司。换句话说,如果山城都市这家分部公司保持发展势头,年年盈利,杨青松再来的可能性不大。这一点,杨青松明白,李部长也明白。这一别,可能再也没机会见面,因此,李部长有些舍不得。但是,如果让员工们知道杨青松这一去便可能不会回来,他们的情绪定会波动不稳,李部长担心会发生过激的事情。

看到李部长一副拿不定主意的样子,杨青松平和地说:

"不搞那么复杂,好像永别似的。"说到这儿,杨青松笑了笑,局面轻松了些,没那么尴尬了,"就当一次出差,长时间的出差,千万别搞成哭送,好像谁要进火葬场似的。"

听着杨青松风趣的话，李部长笑了，紧锁的眉头舒展开。

"需要用车吗？"

"不了，"杨青松回答道，"我还有点儿私事。"

"朋友？"

"不是。"

这段时间，分部公司的人都在猜测杨青松女朋友的情况，李部长也不例外。

"亲戚？"

"是的，"杨青松笑着说，"走得突然，去打声招呼。"

年轻就是好，李部长面对杨青松微笑着，心想。无论怎样，总是有很旺盛的精力。李部长知道这段时间杨青松的辛劳，最终将分部公司的难题圆满地解决，皆大欢喜。李部长没再说话，但看得出，心里对年轻的杨青松充满敬佩，无论是个人能力，还是人品。

公司的事情办妥后，杨青松准备前往表亲家。去之前，跟表亲通了电话，以免对方措手不及而显得自己不礼貌。

由于是临时拜访，没有提前准备，距约定还有时间，杨青松在路过的商店买了礼物，准备送给圆圆。

表亲所住小区的停车位不对外开放，山城都市的很多小区都是如此。由于高层和超高层居住小区的兴起，地下停车位还不够小区住户使用，因此，对外禁止停车。好在路边划有停车位，解决了临时停车的问题。

杨青松将车停在路边，进入小区，远远地看到了圆圆，爷爷紧跟身后，应该是爷爷刚接圆圆放学回家。见着杨青松，表姨父说：

"来了？"

"嗯。"杨青松回应道。

杨青松看到表姨父手里拿着圆圆的书包，怀中还抱着圆圆的外套——因一路急行而身体发热出汗，圆圆脱下了外套。杨青松想帮忙，便说：

"我来拿吧。"

"不碍事，都是圆圆的东西，小孩子的东西挺轻的。"圆圆爷爷婉言谢绝了杨青松的好意，接着又说："不晓得在学校学了什么新玩意儿，高兴着呢，你见多识广，给看看。"

杨青松明白，爷爷说的是圆圆。

"圆圆，过来，向表叔问好。"

"表叔好！"圆圆侧过身，礼貌地对杨青松说。

"什么事情这么高兴呀？"杨青松见圆圆一路兴高采烈的，只顾往前走，都不管跟在后面的爷爷。

"圆圆今天不知学了什么，很是高兴，刚才还在表演呢。"

圆圆没说话，倒是爷爷帮着回答了。见圆圆一个劲地往前走，爷爷说：

"圆圆过来。"

圆圆停下了脚步，转过身来望着爷爷。

"是什么新动作呀？给表叔学一学。"

杨青松以为是圆圆在学校学到的武术动作，或是男孩子的举动。

"我也不知道是什么，"爷爷说道，"圆圆过来，到表叔身边来。"

圆圆走过来。爷爷见圆圆走近，便对圆圆说：

"给表叔表演一下。"

圆圆看看爷爷，又看看表叔，都是熟人，因此，没有一丝扭捏。他站在原地，停顿了一下，便抬起垂在身体两侧的手，一只手放在下颌下面，另一只手则高高地举过头，手掌心往外翻，形成掌心朝上、手背朝下、横在头顶上的姿势，然后，有节奏地摇晃脑袋。

爷爷看着圆圆的表演，对杨青松说道：

"看吧，不知是什么动作，怪怪的。"

"这是新疆舞的动作。"

杨青松肯定地说。之所以这么肯定，不是因为他到的地方多，见识广，而是如今已在国外的女朋友付静，是一位文艺爱好者，在大学读书期间便是学校的文艺骨干。杨青松在与付静的交往中，不知不觉地成了文艺迷，虽然自己不会跳舞，但对舞蹈是熟悉的。因此，一看到圆圆表演的动作，便知是新疆舞。

杨青松一边说，一边学着圆圆的动作，只是将圆圆原本摇头晃脑的样子，改成动脖子。杨青松的动作并不标准，但是圆圆觉得很棒：

"嗯，就是这样。"

"这是新疆舞的动作，扭脖子。"杨青松将刚才的动作，又演绎了一番。

"嗯。"遇到知音，圆圆很是高兴。

"不过，这是女生的动作，"杨青松接着说，"男生的动作应该是张开双臂，而不是罩着头，是从女同学那里学的吧？"

圆圆没有回答，不好意思地笑了，从笑容中，可猜出杨青松的说法是正确的。爷爷一会儿看看圆圆，一会儿看看杨青松，最后满意地笑了。

三人继续往前走，依然是圆圆走在前面，杨青松和爷爷跟在后面说着话。

来到表亲家，圆圆的爸爸妈妈已经在家里。进屋时，圆圆走在最前面，受到热情招呼，包括在厨房的婆婆和妈妈，还有在客厅的爸爸。最先说话的是婆婆。婆婆在厨房里，听到开门声，还未见着人，便大声说道：

"回来了？"

"嗯，回来了。"却是圆圆在回答，俨然一位深受欢迎的常胜将军凯旋。

"哦，圆圆回来了。"婆婆又说，听口气，前一句话应该是与爷爷打招呼，却听到圆圆的回答。

"嗯。"圆圆说道。

"乖，"婆婆说，"洗手，桌子上有水果。"

"儿子回来了。"圆圆妈妈走出厨房，见圆圆空着手，又说："圆圆你的书包呢？"

"在这里。"爷爷最后进门，一边关门一边说。

"又让爷爷给你拿书包，"圆圆爸爸在客厅说，"自己的东西自己拿。"

"不碍事，"爷爷说道，"小娃娃的书包很轻。"

"爸，你们太惯他了。"

圆圆爸爸说，抬头看见圆圆身后的杨青松，起身迎接：

"你来了？"

"刚好在小区遇到表姨父和圆圆。"杨青松说。

小孩子的模仿能力强，有时做出一些事情，是每天生活在一起的成年人所无法理解的。大人们谈着事情，圆圆独自在一旁玩玩具，很是认真。谈话间，话题转到圆圆身上，圆圆爸爸说圆圆不知学了什么，做些动作让他们家长不明白，而且觉得怪异。这时，圆圆在拼装车轨，终于将车轨全部拼完，变成一个大大的圆形火车轨道，放上装上电池的火车头，便拉着两三节简易的车厢，不停地沿着轨道转圈。圆圆很高兴，原本一只膝盖跪在地上，这时转向说话的大人们，高兴地做着手势。

"看吧，不知圆圆哪儿那么多的动作。"圆圆爸爸说，很不理解。

杨青松扑哧一下笑出声来，解释道：

"是新疆舞，动动脖子，翻动手掌，典型的新疆舞动作。大概圆圆他们幼儿园都是女老师，因此，圆圆学了些女孩子的舞姿。你可能不了解这种舞蹈，所以不能接受，总觉得儿子在装怪。"

听了杨青松的解释，和圆圆点头表示肯定，圆圆爸爸不再表示不满。

"表叔给圆圆讲了，跳的舞是新疆舞，而且还是女生跳的。"爷爷补充说。

"是吗？"爸爸问圆圆。

"嗯。"圆圆坦诚地回答。

"那得谢谢表叔。"爸爸对圆圆说道，然后转过身来，对身边的杨青松说：

"我们都不知道，看到他做这些动作，觉得怪怪的，还以为是小孩子淘气。"

"小孩子模仿能力强。"杨青松微笑着说。

"怎么，要回去了？"圆圆爸爸将话题转向杨青松。

"这里的事情结束了，我回去交差。"

"向总公司汇报？"

"我这次来，是领命来的，如今任务完成了，也该回去了。"

"不再来了？"圆圆爸爸有些惊讶，这一别也许就是好几年不再见面。

"恐怕来得少，"杨青松回答说，"这边没什么事的话，基本上是不会再来了。"

圆圆爸爸觉得杨青松不应该这么来去匆匆，应该有一段稳定期，尽管并不知道杨青松来山城都市的真正目的，也不知道杨青松这段时间都做了什么，但这说走就走，而且可能是长久的离别，圆圆爸爸一时回不过神来。

"欢迎到北都来。"杨青松把话题转移到北都。

"我很少到北方去，出差都在南方这一带。"

"节假日旅游也可以呀，北方大都市，景点可多了。"

"现在圆圆还小，出远门不太方便，我们也几乎没有远行过。过几年，等圆圆长大一些，带他全国转转。"圆圆爸爸肯定地说。

到家后，圆圆爷爷跟杨青松简单聊了几句，便进厨房做事了。南方的男性，都爱做家务事，不像北方的男性，大老爷们，回家啥都不做。圆圆爸爸之所以没进厨房，是因为厨房容不了太多的人。圆圆妈妈，在圆圆收起玩具后，便陪圆圆到里屋去了。

"洗手吃饭了。"爷爷朝卧室方向走了几步，在过道口大声喊着。

圆圆和妈妈从里屋出来，笑嘻嘻地来到餐桌旁。

餐桌上，表亲一家也没多问杨青松工作的事情，只知道杨青松很忙，如今工作已经完成，准备返回总公司。只是老年人好奇：这么长时间，都没看到杨青松家来人。要是父母没来，倒可以理解，因为年岁大了，而且杨青松刚到陌生地方，人生地不熟，断不会贸然前来。并且，杨青松也不是刚参加工作的毛头小子，而是事业有成的青年俊杰，工作上，杨青松的父母大概已经帮不上什么忙了。只是，表姨父问杨青松：

"你来山城都市有一段时间了吧？"

"是的，快一年了。"杨青松回答说。

"媳妇没来看你？"

"还没结婚呢。"

"你还没结婚？"表姨父有些惊讶，"年龄跟圆圆爸爸差不多吧？"

"嗯。"杨青松回答。

"你看，圆圆都长这么大了。"

"我五岁多了。"圆圆说道。

"快满六岁了，快上小学了。"表姨父抚摸着圆圆的小脑袋，又转向杨青松说：

"别太挑剔，合得来就行，现在也不缺啥，不要求那么多。"

杨青松没有回答，而是笑了笑。表姨父正在照顾圆圆吃菜，将圆圆够不着的菜夹到圆圆的碗里。

"爸，你这就不懂了吧，"圆圆爸爸插话道，"现在是，没结婚之前，都不算数。"

"那倒也是，这么好的小伙子，姑娘都抢着要呢。"爷爷很自豪地说，好像在说追求自己的姑娘排成队，一副得意的样子，"挑花眼了吧？"

"不是。"杨青松被表姨父的夸张表情逗乐了，差点儿喷饭。

"老汉儿，"圆圆爸爸说，山城都市人说话直率，就像这称呼，将老父亲叫"老汉儿"，年老的汉子，挺威风的，不懂的，还以为是对陌生老头儿的称呼，"年轻人的事，你不懂的。"

"我们现在是不懂了，退休多年了，生活圈子窄了，已经跟时代脱节了，除了管一下圆圆，其他的事就知道得很少了。"爷爷说道，有些感慨。

"女朋友也没来看看？"表姨这时问道。

"不是。"杨青松有些尴尬。

"妈，人家隐私，就不要刨根问底了嘛。"见杨青松有些腼腆，圆圆爸爸插话道。

"你看圆圆他爸，圆圆都这么大了。"表姨不甘心就这么闭嘴，只是不再追问杨青松的事情。

"是呀，挺幸福的。"杨青松称赞道。

有些人说话口是心非，溜须拍马，虚情假意，但杨青松是打心眼里羡慕这一家子——无论是老人，还是同龄的圆圆爸爸妈妈，甚至是圆圆这样的小不点，一家子聚在一起，即东方人传统的抱团生存，互相依靠，使得杨青松也深深地感受到家的温暖。

家是感情的归宿，小孩子则是其中的宝藏；家，也是心灵的归宿。恋爱只是两人相好，只有爱恋，是不会长久的，两人的感情，需要呵护和维系。虽然生活在山城都市的圆圆爸爸，也时常出差在外，而一旦回到家中，就会马上被家的温暖包围，疲惫和不开心都会被驱散。那份温情，杨青松看在眼里，记在心上，原本不在乎这些琐碎的事，此刻却觉得家是如此的令人向往。卸下工作的担子，轻松下来的杨青松，突然发觉自己是如此的多愁善感。他突然明白了，对付静的那份感情，还深深地埋藏在心里，总归还是不舍，才会有这么多的感触。是该对感情有所决断了，杨青松想。

　　表亲家温暖和谐，尽管杨青松来的次数有限，他们却将杨青松当成家中的一员，这是杨青松从来没经历过的。最近这段时间，杨青松几乎一有空便来，他也已经喜欢上这一家子——可爱的孩子、充满活力的年轻人、快乐的老人，三代同堂，演绎着中国普通家庭的天伦之乐。而这些，正是杨青松所缺乏的。

　　"你爸爸妈妈都在北都？"表姨父问道。
　　"不，退休后，他们待在北都的时间少，大部分时间都在国外旅游。"
　　"嗯，北方的风沙确实很烦，"表姨父说，"我们这里就没有，冬天也不冷。"
　　"是的，我看到好多山城都市的年轻人，冬天就穿一件夹克。"
　　"年轻人喜欢风度，不要温度，"表姨说，"我们年纪大了，冬天还是要穿毛裤的，这里冬天没暖气，在屋子里待久了觉得冷。"
　　"北方有暖气，冬天屋子里很暖和，但出门，就得裹上很厚的衣服。"
　　"那也很好啊，不像南方，在家里越坐越冷。"
　　"经常开暖气，屋子里空气不好。"
　　"但人感到舒服呀。"表姨说，"我们冬天都到海南去，直到开春，圆圆幼儿园开学时才回来。"
　　"我父母是每年大部分时间都在外地，很少待在北都。"
　　"你父母就你一个孩子？"
　　"嗯，独生子。"
　　"圆圆爸爸也是，"表姨说，"早结婚早享福，老话说得有道理。"

"我们要是不带孙子，也许就像你的父母一样，经常外出旅游，但我们喜欢孙子，没办法不带。"表姨父说。

"老年人带孩子，有事做，忙碌着，身体也变好了。"圆圆妈妈说道，看来，老人带孩子，她是享了不少清闲。

"其实也累，"表姨父说，"没上幼儿园时，整天陪着。我们还算好的，年龄都不算太大，带孙子都费劲，要是再过些年，就可能带不动了。所以呀，年轻人，早点结婚，趁父母身体好，帮着带孩子。找对象不要太挑剔，挑多了，眼花。"

"哈……"

杨青松没有反驳，只是觉得老人的话有些好笑，思维太跳跃：没结婚，就找女朋友，而不是已有女朋友，还没有结婚。

杨青松心想，就是因为生孩子这事，原本准备结婚的女朋友付静出国深造去了，留下他独自在国内工作。付静走之前，杨青松曾与她多次协商，如让她推迟一两年，等两人结婚，有了小孩再出国深造，理由是双方年纪都不小了，加上杨青松父母催婚，急着抱孙子。结婚，就是为了要孩子吧，杨青松当时是这样想的。只是付静的态度很明确，担心这次机会错过了，以后就不会再有，因此，没有丝毫妥协。付静心里明白，要是结了婚，生完小孩儿，还要等到小孩断奶，然后就是上幼儿园，直到读书，才能稍稍放松一下。孩子小的时候，是不能离开母亲的。这样的话，便被孩子拖累，而错过这次机会，或许这一辈子都不会再遇到。当时的杨青松，也是头脑发热，受到一些老话的影响，什么女方到了多少岁，就过了最佳生育年龄等。付静出国后，两人的联系便中断了。

如今，杨青松觉得当时不该冲动，而断了与付静的联系，现在过了这么长的时间，还是放不下，那份感情是无法割舍的。要是结婚后，等一段时间再要孩子，也许矛盾就不会那么尖锐，以至于不再联系。杨青松之所以来到山城都市，这座从未踏足过的城市，其中一个原因，也是想离开北都，换一个环境生活，冷静一下。现在，表亲一家三代的幸福生活，唤起了杨青松对家的渴望，有什么事情，比组建家庭更好呢？难道事业就一定要和幸福分割开吗？交往了好些年，彼此之间感情深厚，却落得一拍两散，而他又无心思移情别恋，那么，是尽力挽回这段感情，珍惜彼此曾经拥有的，还是好马不吃回头草，坚持自己的选择？杨青松不得不重新考虑。

"圆圆，班上有女同学吧？"表姨见杨青松在笑，便将话题转向孙子。

"嗯。"

"男生多，还是女生多？"

"差不多。"

圆圆忙着吃饭。家中有小孩子的，特别是幼儿，每天三顿吃饭时间是严格固定的，而且营养丰富，花样也多，为的是小孩儿能够多吃，快快长身体。此时的婆婆爷爷，挑了不少既营养又好吃的菜，将圆圆专用的小碗堆得满满的。圆圆的爸爸是独生子，目前，圆圆的爸爸妈妈就圆圆一个孩子，还没有要第二胎的打算。家中只有圆圆一个小孩子，于是，四个成年人的爱，全部集中在圆圆身上，因此，圆圆便成了家中的焦点，圆圆的事情，便是家中每一位成员重点关注的事情。得到家人无微不至的照顾，圆圆是幸福的。

圆圆小小年纪，虽未正式上学，却有着自己独立的个性，比如他参加绘画比赛，选择不同于其他小朋友的题材。据圆圆爸爸说，比赛的评奖方式，是专业老师的评审加上大众的支持——评委将画张贴出来，让广大市民观看投票，综合两方面的结果，最后评出奖项。圆圆爸爸工作忙，又经常出差在外，没有时间为圆圆拉票，而且他们也不愿拉票，觉得这样做不公平。虽然最后圆圆没有得到大奖，而只是优秀奖，却是圆圆自己努力的结果。小小年纪的圆圆，便凭自己的能力独闯世界，真是人小不可小看。

杨青松在微信上与在外旅行的父母联系上，表姨父和表姨与他们进行视频聊天。原本以为杨青松父母到异国享受美景美食，不料他们却说是因为在家无聊，不得不出来走走。而在外不及家里方便，辛苦不说，也没在家舒适。只是后面的话，杨青松父母没有说，是杨青松自己的猜想，也是杨青松的切身感受，因为他经常出差，即或是风俗习惯相似的国内，也会觉得有诸多不便。就像这次的山城都市之行，虽然结局美好，保住了分部公司，但对于他本人来说，只是结束了一段异乡的努力，返回北都后，不久便是再次去一个陌生的城市，如此反复，始终只是一个匆匆过客。

参与到表亲一家的生活，以及朴实的山城都市人们，都深深地触动着杨青松：独自一人，有了更多的时间，却也更加的孤独，甚至闲暇时连说话的人都没有。前段时间准备成家，却因带着强烈的目的性，而忽略了女朋友付静的意愿，以至于长时间没再联系。杨青松思索着，为何相处多年，感情一贯很好的两人，就成了陌路人？意见不合，难道不可商量，不可有折中的做法？现在，杨青松才发现，在结婚这件事上，他太过于坚持自己的想法，或许用一种折中的方式，事情就会有好转。想结婚后用孩子套住对方，全然不顾对方的感受，想着成家后，女方必须为家付出，也就是为了男方而牺牲女方，而且认为是理所应当的，便是一种大男子主义的表现。想到这儿，杨青松似乎明白了，他与付静走到这一步的缘由。

　　回过神来的杨青松，此时却不得不面对现实：这么长时间没联系，难道是付静担心再次争吵，而故意回避？也许付静也像自己一样，还牵挂着对方，只待自己不再那么固执己见，双方看法得到统一，两人便会和好。而结婚后不一定立即要小孩，过一两年，甚至几年后，等对方不再那么忙碌，工作上了正轨后，再要小孩也未尝不可。此时的杨青松不再那么急迫——与自己喜欢，而且也喜欢自己的人在一起，因相爱而结婚，比什么都重要，孩子是爱情的结晶，总会到来的。想到这儿，杨青松脸上露出了舒心的笑容，长时间纠结于心中的事情，终于得以释怀，接下来，就等二人的相聚。

　　杨青松决定主动与付静联系，哪怕将来只做朋友，而不是组成家庭，也要对方明白，没必要结婚不成反成仇，连朋友都没得做。至少他们都在奋斗，赞赏彼此的努力进取。这段时间的冷战，一方面是杨青松工作很忙，无暇顾及感情，何况是有了纠结的感情；另一方面，大概付静出国的第一年，人生地不熟，要适应当地环境，而且研究工作才上手，需要做的事情很多，也很忙碌。即或是这样彼此不在身边，为何就不能结婚？而非得整天面对彼此，才算是美满？不过是一种狭隘的思想。圆圆的爸爸和妈妈，也是经常不在一起，因为圆圆爸爸的工作需要经常出差。即或是有了小孩子，不也没耽误彼此的事业？而且作为小孩子的圆圆，与圆圆待在一起较多时间的爷爷婆婆，生活不也是幸福的？虽然圆圆并不满意爸爸长期出差在外，而圆圆爸爸妈妈和爷爷婆婆尽管各自忙碌着，却无人不羡慕他们一家的和睦美满。杨青松想，只要双方都能忍受分居，他在国内铸造一个坚实的窝等付静回来，也是一件幸福的事。

　　天色已晚，杨青松要离开表亲家了，圆圆和妈妈婆婆爷爷在家门口与杨青松道别，圆圆爸爸出门送杨青松。两个年龄相仿的男人，一路聊个不停，只觉时间有限，有许多的共同话题却无法一一讲完。直到杨青松坐上出租车，两人才不舍地分开。

三十二、出差

　　清晨来到办公室，曾岳红坐在电脑桌前，元旦后的第一天上班，内心充满了干劲。原本只是礼节性地问候，却不料得知，客户即将外出一段时间，会有一阵子不在公司，要是等客户外出回来之后，再谈及合作的项目，曾岳红没有把握最终能合作成功。这份订单，曾岳红已经与客户谈了一段时间，客户方口头应诺，却没有实际的行动，因此，曾岳红担心遇到竞争，而公司需要这份订单，来弥补任务量的不足。于是，在与客户联系后，预约当天下午与客户当面交谈。因时间紧迫，曾岳红让秘书薛芩芩通知谢士强，立刻出发前往客户所在地。

　　谢士强回电话，漫不经心的语气，说他才回来，现在还在外面办事，没在公司，当听说是曾岳红要求立即前往客户所在的滨城，便回答立即着手办理。

　　曾岳红准备着与客户交流的资料——其实，作为经理的曾岳红，不必管这些琐碎的事情，但她坚持以身作则，要求员工做到的事情，做管理者的必须首先做到。并告诉薛芩芩在网上查询一下航班，预订当天的机票。

　　薛芩芩从曾岳红的办公室出来，回到座位上，想用计算机查看机票信息，却不小心，重复按了电源开关，导致关机。而重新启动时，慌乱中反复几次，却无法开机，她着急又不知所措，叫来计算机管理员查看。

　　曾岳红去找薛芩芩帮忙准备自己出差所需资料，却发现她不知为何手忙脚乱，虽然没有生气，但心中并不愉快。

谢士强来电话，说他已经问了票务公司，有中午十二点和下午两点钟的飞机。曾岳红坚定地说中午就走，飞行时间就有两个小时，加上下飞机后的乘车时间，到达时，客户已经快下班了。随后曾岳红告知谢士强，叫一辆车送他们到机场，因为专业司机开车熟练，路上花费的时间少，临近中午下班时间，路上必定拥堵。

　　曾岳红突然想起自己的车还停在公司里，想回家一趟，顺便将车开回家。回家取件衣服，因为滨城位于北方，比山城都市冷，再者就是带一个手机充电器，出差在外，手机没电是很麻烦的，然后在家楼下等待谢士强他们。谢士强回答说他从办公室多带一个充电器，没时间回家了，车马上就过来，请曾岳红在办公室楼下等候。

　　进电梯时，曾岳红想起办公桌的抽屉里就有一件厚的工作服，于是准备返回办公室，此时，谢士强来电话，说是车已经到了楼下。曾岳红一边说自己马上下来，一边在办公楼道奔跑，以最快的速度将厚衣服装入包里，又回到电梯。整座大厅，众多人员在办公，都能听到曾岳红出差前的喊叫，却没人回应，或许是人们觉得无论做任何反应，都将耽误她的时间，于是默默地注视着；也或许是人们各自忙着自己的事，没人在意这位赶飞机的出差人。

　　来到楼下，见着一辆发动的车，尽管车窗关闭着，曾岳红还是一眼便认出是等候自己的车，因为旁边没有其他车辆。当曾岳红刚坐好，车便开动，一秒也不耽搁。俗话说，商场如战场，一刻都不能耽误，用在此时此景，恰如其分。

　　曾岳红的这次出差，很突然，有点儿做梦的感觉。上班时绝不会想到当天就要飞到两千多公里外出差，而且直到早上快十点钟时才决定走。之后的时间，订机票、赶赴机场，如今提前一小时机场便关闭检票通道，必须顺利通过检票、安检、登机，确保两小时后，出现在两千公里以外的滨城。就像发起的一场突然袭击，而在这场攻坚战中，时间是关键。

　　车刚出公司后门，天便下起了雨，瞬间变成暴雨，豆子般大小的雨滴打在车窗上、车顶上，砰砰直响。路面瞬间被水淹没——雨水没能及时流入下水道、排水沟，而在路面积聚，当车碾过时，溅起的水花甚至超过车身高度，影响视线，好在没有车随意变道，不然是很危险的。

车外是瓢泼大雨，车内，谢士强坐在副驾驶位上，与司机攀谈几句后，便电话不离手，他刚出差回来，好多事情还未处理，不是打电话让别人接待客人，就是催促公司车队派车接人，好一番忙碌。曾岳红也没闲着，有电话打来，是外协事宜，询问该如何办理。这时，谢士强回过头来，问后排的曾岳红，客户是否在滨城，因为飞机只到滨城，要是在别的地方，还要再换乘火车或长途汽车。曾岳红说客户公司的新地址在滨城，老地址还有员工，因此还不能确定，因为一直只是电话联系，从未去过。说着，曾岳红拨打了客户的电话，但对方没有接听，只得待会儿再打。

车已经行驶到机场路，此时车流量较大，车速较缓慢，好在离机场不远了。车上的三位一直担心能否及时到达机场，悬着的心此时得以放下。曾岳红长长地舒了一口气，说好在一路上没怎么堵车。司机回应说今天没堵车，或许是天气的缘故吧，一般赶飞机的人都会查询天气预报，天气不好，不是急事的话，一般不会乘飞机出行。因此，到机场的车不是太多，没有想象中那么拥堵，不像平时堵在路上动弹不得。

车到达机场候机楼前，司机习惯性地询问是哪家航空公司的飞机，当知晓后，便在最靠近这家航空公司柜台的门口停车，以便他们下车后直接去柜台换登机牌、办理行李托运等。等两位出差人员下了车，公司的车立即转身返回。

仅一个办事台，三五位乘客在排队，一个工作人员办理。前面两位客人办理完托运后，曾岳红和谢士强出示身份证，很快换好登机牌。因出发时走得急，两人没带什么行李，曾岳红背了一个包，谢士强几乎空手，只将证件和卡放在裤兜里，便风风火火地随着曾岳红出差。他们来到检票通道，入口处已排起十几人的长队。进入安检前验票员要将乘客的身份证与本人对照，如果乘客相貌与身份证照片差异大，会被阻止登机，据说时常有整容者遇到这种情况。

安检时，工作人员会提醒乘客将钱包、雨伞、手机等拿出来，单独放在一个小篮子里，以便于检查。乘客站在一个小台子上，向两侧伸开胳膊，安检人员用探测器进行近身检查，有的也会进行搜身检查。因此，女乘客一般由女安检人员负责，而男乘客的安检员可是男的也可是女的。

过了安检，曾岳红和谢士强走在长长的通道上，左右两边是琳琅满目的商店。看着通道上方蓝底白字的指示牌，寻找登机牌上所写的登机口，转过几道弯后，谢士强往旁边转身，说是到洗手间，曾岳红则直接往前走，找到了登机口。却发现没有一位乘客在等候，曾岳红以为时间还早，其他乘客还未到。

临近登机时间，依然只有曾岳红一个人在登机口的长椅上坐着，她觉得有些不对劲。四处打量了一下，看到登机口上方的滚动字幕提示，到滨城的航班改为别的登机口登机，曾岳红立即起身赶过去，排在准备登机的长队后面。随后到来的两位中年男女询问曾岳红，到赣州的飞机是否在这里排队，曾岳红如实地回答说不知道。当他们继续询问前面排队的旅客时，曾岳红才发觉自己排错队了——到滨城的登机口就在旁边，由于队伍很长，并且弯曲着，她排到了去赣州的队伍里。

曾岳红重新排好队不久，又有旅客排在了她后面，还不时地问她是否到滨城，她给出肯定的回答。此时，谢士强来到登机牌上标明的登机口，被曾岳红看到了，招呼他到更改后的登机口，谢士强才回过神来。谢士强面对曾岳红站在队伍的旁边，一边看着手机，一边微笑着，不多说话，曾岳红招呼他排在身后，他说等一会儿。这时曾岳红发现队伍一直没有动，便问谢士强：飞机到了吗？谢士强肯定地说：飞机一定到了，不然怎么排队？曾岳红让谢士强到玻璃墙边观察一下，谢士强立马走过去朝外面张望，看到飞机已经停靠在登机廊桥外。

飞机飞行平稳后，乘务员在过道上推着餐车向乘客送递饮料。曾岳红打开座位前的桌板，要了一杯橘子汁，并问乘务员座椅靠背怎么无法调节。乘务员说为了安全，靠近紧急出口的座位靠背是固定的，曾岳红只得作罢。她将这一情况告诉旁边的谢士强，谢士强却轻描淡写地说无所谓。她强调说椅子靠背是直立的，要坐两个多小时，腰定会很难受，谢士强回答说还好。

飞机提供的午餐中有一盒米饭，米饭上有少量浇着酱汁的菜，还有一小袋仅几克重的榨菜丝，这一川菜中最受欢迎的下饭小菜。山城都市原本是四川的一部分，后来才成为直辖市，因此有着很多相似之处。曾岳红吃完米饭，又吃掉了小吃盒里的一小块蛋糕和一个圆形面包。坐在旁边的谢士强只吃了蛋糕，问曾岳红吃饱了没有，是否还要吃面包。曾岳红回答说吃饱了，并劝谢士强也吃饱，下飞机后好跑路办事，谢士强却说他在减肥。曾岳红没再说什么，而是将目光转向机舱外的云层，和云层消散后大地上的风景。

飞机越过高山，跨过平原，来到了滨城。只见远处是蔚蓝的海岸线，海天相接，一片辽阔。这时，飞机上广播响起，告知乘客滨城快到了，收起桌板，收回座椅靠背，飞机准备降落。

滨城作为一个风景旅游名城，机场比想象中老旧许多，候机厅就像球场边上看门人的房屋，实在不算气派。下了飞机的旅客，登上等候在旁边的摆渡车，车上的座位极少，大部分人都站着。到了大厅，曾岳红谢士强两人直接从出口出来，搭乘一辆出租车前往目的地。

坐上出租车，告知司机将去的地方，司机问是走跨海大桥，还是穿海底隧道。当问及起哪条路距离近，司机说跨海大桥要近些，但要收取五十元的过桥费；而海底隧道是不收费的，但距离远。因急于到达，于是选择了跨海大桥。跨海大桥十分威武，有几条分岔，连接着老滨城与半岛，可使车程缩短十几公里。大桥很长，一路行驶在跨海大桥上，大海就在眼前，有着在海中行车的感觉，海风海景，十分迷人。第一次来滨城，第一次跨越大海的谢士强，坐在出租车里，拿出手机不停地拍照，却始终无法拍摄出满意的照片。

曾岳红和谢士强按时到达，表明了他们公司的诚意，与客户的交谈很顺利，当场签订了合同，他们拿到了订单。

曾岳红来到酒店前台，问工作人员能否打开手机后壳，得到否定回答。她不死心，询问到哪里能修手机，工作人员说附近没有手机店，到市区才有。

头一天晚上曾岳红不小心把手机掉入水池中，拿出来后，立即用纸巾吸水、擦干，却因推不开手机后壳，而无法清理浸入手机内的水。刚开始手机还没有异常反应，可没过多久，怪象便出现了，不是开不了机，便是显示没电。她以为手机受潮，耗电量陡增，于是，插上充电器给手机充电，却始终无法充进去。

　　曾岳红问前台服务员借了一个充电器，不停地变换位置，换不同的插座，手机还是不能充电。曾岳红担心自己因为着急而弄错了什么，便请酒店工作人员帮着充电，却还是没有成功。试完所有的插座后，曾岳红才不再折腾。她一直摆弄着手机，终于开机了，但显示电量只有那么小小的一格，很快就要没电了。

　　于是，曾岳红和谢士强收拾行李退了房，曾岳红到市区寻找手机维修店，与谢士强分开行动。

　　市区没有宽阔的道路，往来的车辆速度较慢，临街的房屋被当地人称为"坡"，老旧不堪价格却十分的昂贵，得几万元一平米。公交司机与道路周旋着，在窄窄的并不是柏油铺成的路面上前行，路边满是各式商店、餐馆，繁荣热闹。而新开发区宽阔的柏油路两边，却难觅商店踪迹，只有各式公司，与市区大相径庭。难怪人们愿意生活在市区，而不是配套设施不完善的开发区，尽管开发区高楼林立，道路平坦，却并不是生活的好地方。

　　曾岳红坐公交车到了市区，才发觉道路狭窄，曲折蜿蜒，过不了几十米便是一个路口，转弯往往呈90度直角。两车道的道路，连车转弯乘客都很担心撞上对面的车辆，而对面的车会静止不动专注地等候公交车通过，往往吓得外地来的游客情不自禁地伸手捂住嘴，担心一不小心就会尖叫出声。这么惊险，但奇怪的是，滨城的公交车司机，女性的身影不在少数，在跨海的隧道线路，还有女司机挂帅的先进标兵，真是不可小觑。车道拥堵，人行道也不宽敞，还被路旁的建筑物占去一半，人走在其间，紧紧贴住路边的金属护栏。

　　因手机年久而没有专门的维修店，曾岳红只得放弃修手机的打算。

三十三、海滨公园

曾岳红的手机不时地报出电量不足的消息，预示着会随时关机。好在谢士强及时打来电话，说他在海滨浴场。滨城有几处天然浴场，海滨浴场则是最大、最好的一个。滨城的另一大特点，是建筑物呈五角形、六角形、八角形，十分有特色。曾岳红问公交司机，到海滨浴场在哪里下车，司机说没有直达车，但有一站离海滨浴场不远，于是，到站后她下了车。曾岳红准备步行，听到电话那头的谢士强说，他在海滨浴场往前走一点的地方，却说不清究竟在哪里。由于手机快没电了，曾岳红建议找一个双方都能看见的地方，在那里会合。谢士强同意了，他们约定在电视塔下集合。

曾岳红往电视塔方向走着，却在岔路口走错了路，越走越看不到电视塔了，问询路边遇到的当地人，才知道电视塔看着近，其实是很远的，要走很长时间。按当地人的指引，转过弯，看到电视塔位于山顶上，便泄了气：路还很遥远，不是看得见，就离得近。后来得知，滨城的市区地势平坦，电视塔是滨城的景观塔，到塔顶，可观城市全貌。难怪很远都可看见电视塔。得知这一状况后，曾岳红打电话告诉谢士强，电视塔在山上，距离很远，自己在不远处的公园。谢士强说他还在海边，待会儿过来会合。公园是免费开放的，入口前是几道用钢管围起来的曲折型通道，而不是通常遇到的直线通道，不知这种结构是否为了减少同时通过的人数。

公园里绿树成荫，宁静祥和，游客稀少。树林中，一群人趁着晴好的天气，正在拍摄婚纱照，穿着西服和洁白的拖地长裙的两位年轻人甜蜜地相互依偎；传统红绿搭配的上了年纪的一对老夫妻，大概是补拍婚纱照，在路旁说着话，摄影师正在树林深处寻找最佳的拍摄地点。公园里的池塘，面积不大，却聚集了一些人，仿佛有水就有灵气般，有在池塘边散步的老年人，有正在垂钓者，这也引来了一些观看的人。曾岳红也到了池塘边，在一棵大树下的一块平坦的石头上坐了下来，静静地观赏着周围的一切。上车后没有座位一直站着，下车后又走了一段路，感到有些累，此刻，安静地坐着休息一下。她将一袋油桃放在石台阶上，把熟透的挑出来剥掉皮直接吃，一个、两个，既解渴又美味。只是剥掉的碎皮，掉落在地面上、台阶上，引来了一两只蚂蚁——大概是打前阵的侦察兵。黑色的蚂蚁，块头儿挺大，在白色台阶上分外显眼，况且就在身边，使得吃桃的曾岳红格外小心，担心蚂蚁爬到身上。

  曾岳红十分专注地吃着，突然，身边一声巨响，吓得她惊叫起来，抬头一看，是一群少年，落在她跟前的，是一个灰色大包，包上的拉链没开，里面的东西没有掉出来。紧跟着，一位瘦高的小伙子走上前来，又将灰色包猛踢了一脚，一声巨响，包被踢出好长一段距离。这群少年包括三位小伙子和一位姑娘。姑娘拾起包，嘴里说：是故意的。不满的情绪。踢包的小伙子猛然转过身，像是要争辩，被身旁一位小伙子拦住，另一位块头结实看上去沉稳的小伙子，对姑娘说不是故意的，姑娘坚持说就是故意的。在众人的劝说下，这群少年越走越远，离开池塘，只剩下受到惊吓的曾岳红一时回不过神来。望着远去的这群少年人，曾岳红感到，尽管他们矛盾不断，却没有停止前行的脚步。

  曾岳红的电话铃响起，是谢士强打来的，说他已经到了公园门口。曾岳红立马起身，收拾东西，快速过去。却不料，到了门口，并没看见谢士强，问公园管理员，说曾岳红到达的是公园西门。打电话问谢士强在哪里，才知谢士强在东门，难怪看不到人。于是，曾岳红提着东西转身就走，却被管理员大叫慢点儿，似乎担心她摔跤。

  几乎穿过整个公园，才到达东门，谢士强就在门外等候，当看到曾岳红从公园出来，便说他一直就在海边，并用手指着方向。两人商量夜晚的住宿，曾岳红提议到市中心区，她的手机掉进水里，电池不能充电，手机剩下的电量一定维持不到第二天,而一旦关机,就很难开启了,想到市中心买一块新电池。出门在外,没有电话联系,是一件很窘迫的事情。但谢士强却坚持要住在海边,并要住海景房,说他上网查了一下,不会超过出差住宿标准。曾岳红见谢士强如此坚持,便同意住海边,却说,海景房,价格贵、设施简陋,此时的她想起了外国影片中的汽车旅馆,设施简陋、价格便宜、住宿人多、人员混杂。

  滨城这两天,天气晴朗,蓝蓝的天,阳光明亮,曾岳红和谢士强初次来这里,感觉气温舒适。看到当地的女人,用头巾和帽子将头和脸裹得严严实实,觉得十分惊讶。试探过,海水还是很凉,此时的海滨浴场,没有人下海游泳,人们在沙滩上漫步,玩一些海上游乐项目。而在海边搭凉棚和卖饮料的女性工作人员,黝黑的皮肤,显示着多年的风吹日晒,就连偶尔从沙滩边上经过的骑摩托的女人,也将自己捂得严严实实的。总觉得海滨的女人们裹得过于严实:鸭舌帽遮挡了面部的光线,头巾将整个头部包裹,连后脖颈也遮掩,脸部一个薄纱巾围着,再加一副大大的墨镜,整个像装在套子里的人。

  曾岳红后来得知,这一做法十分正确。因为,到了晚上,发觉裸露在外的皮肤刺痒难耐,以为是被蚊子叮咬的,想抓挠,可当手指接触到皮肤时,感到有些刺痛,还有些烫,温度高于其他部位;被阳光照射到的部位发红,而未被阳光直射的部位依然是白色,红黑与白净,形成鲜明的对比,大概皮肤被太阳紫外线灼伤,导致这一严重后果。滨城位于海边,湿气大,晴好天气,蓝天白云,在海边涉水,赤脚在沙滩上步行,不到半天的时间,便被灼伤,对于生活在有"火炉"之称的山城都市的人来说,是万万没想到的。皮肤红肿,脸上脱皮。刺痛发红的肌肤,真想用冰冷敷一下,以减轻痛苦,却因出门在外,一切都不方便,只得晚上吃过饭后,早早休息。原本想着入睡后,就感觉不到痛了,却遇到别的状况,使得彻夜难眠。

  订房时,谢士强坚持要住正对大海的房间,并劝曾岳红也住海景房,说价格都在报销范围内。于是,要了两间正对大海的海景房,此时,服务员说酒店有优惠,其中一间可升级为大房,面积超过30平米。面对两个规格不一样的海景房,服务员问大房间的钥匙给谁,谢士强没有说话,眼睛看着曾岳红,像是在等她拿主意。原本不想住海景房的曾岳红,就说将大房间给谢士强住，理由有些牵强——谢士强块头大。

酒店楼层不高，只有四层，与海边仅隔着一条公路，视线直达大海，毫无遮挡，宽阔的海面，在酒店的大厅便可欣赏到。曾岳红的房间在二楼，谢士强的房间则被安排到了四楼。

曾岳红原本想在市中心找一家人气旺的普通酒店入住，却因好奇的谢士强的坚持而住进海景房，设施简陋、条件差的猜想被一一证实：没有衣柜，没有桌子，没有淋浴房，只在厕所坐便器旁安装有喷水的花洒，便是洗澡用的，与坐便器之间没有玻璃隔断。虽然备有毛巾，但洗漱台上，只有一块圆形的小香皂，两个玻璃杯倒扣在台面上，便再也没有别的了。没有电视柜，放置电视的木板是直接固定在墙面上的。靠墙角的墙面上有个搁板，上面放着电水壶和两个玻璃杯。窗户旁有一张椅子，一张床和两个床头柜，床头柜上方各有一盏壁灯。这便是房间的全部设施，简单得不能再简单。最让客人无法放心的是，房间的门居然不能反锁，使人时刻担心外面的人进来，住宿安全无法保障。

放下东西后，按约好的时间，他们到酒店大门外的海鲜排挡吃晚餐。

酒店的前面，搭有一个浅蓝色凉棚，里面放着几张白色餐桌，仅靠外边的一张桌上有几位食客，他们身后便是去酒店的通道，正对着餐饮店门口。餐饮店门口摆了两排大玻璃箱，里面是龙虾、牡蛎等海洋生物，店员进出出，从玻璃水箱中捞起各式食材。此时，穿着制服的服务员，趁着食客少，到凉棚外透气，在食客身边转悠。

谢士强要了蚝、牡蛎、海肠子等小海鲜，还有烤羊肉、烤五花肉，打算各要一盘煮花生和毛豆，被曾岳红阻止了，说吃不完浪费，这回谢士强听了她的话，要了拼盘，还有烤韭菜和金针菇等。只是曾岳红不理解，那些平常在家都可吃到的食物，为何要到海边景区来品尝。倒是这些丰盛的海鲜，在山城都市平时很难见到。店里还有当地著名的啤酒供应，一杯一升装的生啤，价格与一斤海鲜饺子相当。由于现在不是旅游旺季，吃的东西价格都不贵。

谢士强不好意思地微笑着，没有说话，只是低头看着手机。曾岳红坐在白色塑料椅子上，眺望远处的海岸线，想看到大船，却只见到港口集装箱岸口。由于距离远，辨识不清，便问旁边的谢士强，远处正对着的是一艘船还是海岸。谢士强头也没抬就回答说，是一艘船，装集装箱的大船，语气十分肯定。曾岳红还在努力辨识，谢士强问上菜的服务员，在哪里可看到日出，得到的回答是，这里的早上无法看到日出。谢士强十分好奇，原本认为只要是大海边，早上必定会看到太阳升起，毕竟大海是如此的宽广。这时曾岳红解释说，方向不一样，太阳从东边升起，这里不在东边，自然看不到，谢士强不再说话了。

当菜上齐之后，谢士强拿出手机不停拍照，丰盛的美食，几乎摆满一桌子。一个不锈钢盘子里，放着用钢签串着的烤熟的肉，泛白直冒着油。肉串并不长，仅人的手掌那么点，由于肉少，相比之下，钢签大得有些离奇。拿上一串，放在嘴里品尝，除了盐味，就是灼烫。于是，曾岳红对谢士强说道：难怪卖得便宜，肉串很小。这时谢士强也拿了一串，回答说：被烤萎缩了。曾岳红被逗乐了。这里的烧烤，没有辣椒粉和花椒粉，只放少许孜然粉在烤肉上，味道自然不丰富，使得从内地出差来到滨海城市的曾岳红和谢士强感到不满足。谢士强对着手机说了一声"四季豆"，不屑一顾的样子，让曾岳红觉得好奇，问谢士强是否在通话，谢士强回答是，并将桌面上的食物照片发送过去。曾岳红觉得好笑，现在的年轻人，离不开手机，连吃饭时，都会在朋友圈发美食图片炫耀。

有好一阵子，被冷落的曾岳红，望着大海，在渐渐模糊的天际，发现隐隐约约有一条深灰色的海岸线。

谢士强拍完食物照片，将手机收起。说话间，他指着右前方的沙滩和远处山坡上一群橘红色建筑，说是如果在那里买一套房住着，可多好。曾岳红却说，在山城都市，大桥旁就可看到位于江南山坡上的别墅群，橘红色的独栋掩在密林中，层层叠叠，比这滨城浴场边，在悬崖上、紧邻山顶处密集排列的建筑群更加美观，也更加错落有致。山脚的悬崖，大概是被海水汹涌的波涛击打和海风多年磨砺的结果，很高一段距离都不适合建筑房屋，房屋全部集中在山顶处不大的区域内，横竖排列并不整齐，不像是一个开发商开发的，规划有些凌乱，因此，在曾岳红眼里失去了应有的价值。

曾岳红说道：大海好宽阔。服务员回应：大海是很大的，并侧身避免挡住曾岳红看大海的视线。此时，本来饶有兴趣地看着大厨忙碌的谢士强，问询经过他身边的服务员,他乘坐出租车从新开区到市中心,车费七十多,又多给了出租车司机十元钱,因为司机问他要返空费,有没有其他便宜点的出行方式。服务员刚开口说有隧道线路,曾岳红便对谢士强说,隧道线多,有一号、二号、三号,直到七号线,过来才二元。曾岳红将"二"字的音量故意提高,并伸出两根手指横在谢士强面前,仿佛嘲笑谢士强挺"二",两元钱便可办到的事情,却花费八十几元。但其中的转车琐事,曾岳红并没在谢士强面前讲述,毕竟花的都是小钱,上车一元的公交车费,过大海的隧道才两元钱,而从新区所在岛屿到市中心有几十公里路程。

曾岳红的电话响起,是一个陌生号码,但知道是公司的人打过来的,因为显示的号码为六位数的公司集团短号,那是公司统一办理的集团业务,目的是减少公司内部人员之间的通话费。电话那头说让曾岳红挪车,因为她停车的地方属于附近搬运设备的用地,担心搬运过程中将车刮伤。曾岳红解释说没法挪车,自己在外出差,而车钥匙在自己身上。电话那头的人怀疑地追问,难道两把车钥匙都带在身上,曾岳红回答说是,对方虽无话可说,却还是久久不肯放下电话,像是在回味曾岳红所说的话。曾岳红哭笑不得,却不知做何解释,心想,家中无人,父母又在外地居住,即或是将车钥匙放一把在家中,又如何挪车?

打电话的人,好像并不甘心,又说公司有规定,除了公司的车,是不允许将车停在公司里过夜的。曾岳红解释道,出差走得太急,没来得及将车开回家,得等明天回去后才能将车开走。电话那头说,他们今天就准备搬运,但担心停在那里的车被刮伤而不敢动,因此,不挪车就会耽误搬运工作,并向曾岳红说,下回留一把钥匙在家。曾岳红没有回答,电话那头说话声中带着无奈的语气,挂断了电话。

接完电话,谢士强好奇地问什么事,以为公司有什么事情要办,曾岳红解释说公司催着挪车,说要是走的时候将车开回家,就不会有此事发生,并说走得太急了。谢士强没有说话,因为离开公司时,曾岳红原本想回家一趟,被他给阻止了,说是赶时间,来不及登机。走的那天下着雨,又是在上午,遇到堵车高峰,到机场时间不充裕。好在顺利赶上飞机,在大雨中,飞机也没有延迟起飞。

当桌上的食物所剩无几时，曾岳红结了账，回到餐桌旁坐下，问等候的谢士强是否还要到海边转转，谢士强说他要去，并问曾岳红如何打算。曾岳红说明天要乘飞机赶两千公里的路，回去后还有很多事要做，到公司挪车是第一时间要办的事情；其次，便是修手机，到维修店去检查一下，究竟是买一块电池，还是新买一个手机。她猜想，手机无法充电，大概是内部电路不通造成的，但毕竟不是专业人员，无法肯定。于是，她准备回酒店休息。

谢士强依然坐着，低头看着手机，聊天的口气像是老熟人似的，互相指责对方饮食的缺陷。当听曾岳红说要回酒店休息，便语气坚定地说：你回酒店吧。像是指令，又像是不乐意。曾岳红并没在意谢士强的语气，而是直接从椅子上站起来，对谢士强说她去问一下酒店总台能否将手机充电，便转身走了。

酒店服务人员问清楚曾岳红的房间号，便从柜台下面的柜子里拿出一个充电器交给曾岳红，曾岳红却请服务员试一试能否给进了水的手机充电。服务员接上电源，却充不上电，便对曾岳红说，可能他们的充电器有问题。服务员说话很客气，却使曾岳红哭笑不得，明明讲清楚了是手机有问题。手机即将没电，而出门在外，通讯工具瘫痪，就等于与别人、与外界失去了联系，是很可怕的事情。曾岳红觉得无奈，只得悻悻地回房间去。在上楼前，曾岳红没有转身朝酒店门外看，却隐约地感觉到，谢士强还坐在凉棚下的白椅子上。

酒店的客房门不能反锁，从外面就能打开，曾岳红打电话向前台询问，得到的回答是酒店房门无法反锁，并声称每间客房只有一个门卡，而且酒店有保安，二十四小时值班。曾岳红挂了电话，她觉得，酒店每个房间只有一张门卡，这话是不可信的，即或有保安二十四小时巡逻，也不一定能及时发现问题。曾岳红在屋里觉得很闷，便打开窗户，窗子是朝内开启的，外面有一层细铁丝网，铁丝网是固定的，不能移动。号称是海景房，窗户却被生锈的密集铁丝网罩住，玻璃窗上还有发黄的雨渍，对面的海景和遥远的海岸线，虽然十分诱人，却无法看得真切。但心里想着明天回去后的一系列事情，曾岳红没有耽搁，洗漱后，躺在床上看电视，准备睡觉。好好休息，明天才有充沛的精力。

三十四、滨城游览

电视节目并不多，没有更好的选择。想着房门不能反锁，心里不踏实，于是将带去的伞撑开放在门口，以便确定熟睡后房间没有人进来。房间的灯也开着，一是自己壮胆，二是告示外人，屋里的人没睡，即使突然有人闯进来，也可辨认清楚。电视节目不好看，曾岳红关闭电视，躺在床上，渐渐地迷糊起来。

被一阵说话声惊醒，曾岳红发现是所住的房间窗户下，一楼处的露台，从那里传来夜晚食客们的闲聊声。曾岳红好奇地从厚实的窗帘探出头张望，远处的夜景十分美丽，由于天黑，看上去，平静的海面一望无际，只是在很远处，在天边似的，一道海岸灯光十分耀眼，在静静的海面上跃起。近处一楼露台上的遮阳伞下的一对食客在说话，餐桌上放着两三盘食物，有毛豆和煮花生的拼盘，一盘烤贝类，荤素搭配。与晚餐大吃大喝，也是二人用餐的曾岳红和谢士强相比，既清静，没有路边摊的人来人往的嘈杂；又可俯视海景，远处隔岸的灯火，如璀璨的明珠，闪耀光芒。简单又不失格调。而偌大的露台，好几张餐桌，就只有这两位男女，细嚼慢咽，不急不忙，悠然自得，在夜色迷人的海边，轻轻交谈着，这情景，吸引了曾岳红，使她完全忘记了自己只穿着内衣。当曾岳红回过神来，赶紧拉上窗帘，心想，好在只是探出头，没有出声，聊天的男女并没有发现就在他们的上方，有一位半裸身子的女人正瞅着他们。虽然窗外的男女说话声不大，但在寂静的夜里，显得分外清晰，无奈的曾岳红，只得打开电视机，以盖过窗外的声音。

曾岳红心想，晚餐还不如在露台上吃，享受闲情逸致，海景也看得真切。

曾岳红房间里的电视声音不大，并没影响到露台上的男女聊天。不知过了多久，曾岳红睡着了，却在半夜，又被说话声惊醒，这回曾岳红没有好奇地下床一看究竟，而是直接调大电视机的音量。或许电视声音在寂静的夜里引起了他们的注意，只听得"嗯"了一声，然后走开了，离去的脚步声，在寂静的夜里十分的清晰。

那一晚，曾岳红一直开着电视，电视节目声音响到天明。

清晨的海滨，一切都那么的安静，没有汽车的轰鸣，连人说话声都很难听到。如果不拉开窗帘朝外面观望，是不会发觉此刻的滨海城市，与旅游旺季的人山人海、声音沸腾相比，完全是另一种景象。

曾岳红走出酒店，来到仅隔一条公路的海边，已有很多当地居民在锻炼，沿着海滨步行道跑步，有年轻人戴着耳机在跑，也有上了年纪的夫妻俩一块慢跑的。海边的礁石堆处，一群人提着小桶、拿着小巧的铲子，在捡拾海产品。赶海的念头立马涌上脑海，于是，曾岳红转弯，下台阶，来到礁石滩。礁石纵横，最高的仅及人的小腿，长久被海浪冲刷，滩涂上只留下大小不规则的坚硬的石块。清晨潮退了，曾岳红踩在裸露的石块上，觉得十分硌脚。但看到旁边几位老人和年轻人，正光着脚站在海水里，对脚下的礁石毫不在意，只顾欢快地从海水中捡拾贝类和小海蟹，或是用铲子从大一些的礁石上敲下吸附在上的贝类。穿着旅行鞋的外地人曾岳红，不敢往海水深的地方去，只在浅水中寻觅，见着海水中有贝壳，便立马伸手去捡，却发现只是半个贝壳，里面的贝肉和另半只贝壳早已不见踪迹。浅水中到处都是贝壳，却无法找到一个活的贝类，哪怕是残缺的仅剩一丝内脏的，贝壳干净得从海水中拿出来就可立马当装饰品贩卖，不用清洗和加工处理，只是个头太小，价值不大。而吸附在大一些礁石上的贝类，看着挺完整，却因没有工具，曾岳红徒手掰了许久也没掰下来，无奈，只得往海水深一些的地方去。却因身后的呼喊声而止步——谢士强来到海边，好奇地问曾岳红在做什么。曾岳红只得上岸，说她在赶海。心想，吸附在礁石上的贝类应该早就死掉了，因为随着太阳升起，露出海面的礁石变得发白、干燥，而贝类没有海水的滋养还会存活吗？曾岳红安慰着自己，也是为空手而返寻找借口。这时谢士强却说：昨晚上就退潮了。曾岳红指着海滩上不少的寻觅小海鲜的人说：这么多人，不都在赶海捉海鲜吗？谢士强不说话了。

飞机票订的下午两点钟的，上午离开酒店后，两位出差者商量前往何处。一开始决定直接到机场，因担心交通堵塞，路上花费时间多，去晚了会误机。后来又决定在市区观光游览后，再去机场，也不枉来此地一趟。曾岳红提议去广场，说那是五四运动的发源地，而谢士强却说要到附近的天主教堂去看看。曾岳红不解其意，天主教堂哪里都有，山城都市就有，为何跑到两千公里外的滨海城市参观天主教堂？但谢士强坚持着。坐上出租车后，谢士强询问司机：滨城的天主教堂去的人多吗？司机说：不多，没什么人去。于是谢士强便说先去广场，再去天主教堂，因为广场离天主教堂很近。

此时，司机补充说：现在的广场已经与几十年前的广场大不一样了，改建扩建了。瞬间，曾岳红又有了新想法，觉得单去广场没有多大意思，广场已经不复旧貌，当年的样子已经无法见到，于是问出租车司机：滨城哪里有纪念意义的景点？司机说不远处有一个国家5A级景区，当听说中午要赶飞机，便觉得时间肯定不够，于是说可以去海底世界，特别好玩，但又觉得时间不够。曾岳红提醒说：就在市区范围，哪里可去？司机说：就去电视塔。电视塔是滨城之窗，可俯瞰整个滨城，地址就在公园旁边的山上。曾岳红想起昨天还准备在那里集合，却不料看见塔后，还有好几公里的路才能到山下，登上山又得花费不少时间。于是问谢士强是否愿意去，谢士强爽快答应。因为要乘飞机，时间有限，也不容许有更多的选择。

出租车转过几条街，便来到山下，上坡时，司机说到了滨城应带一些海产品回去，现在是吃鲅鱼的时候。生活在内地的曾岳红问鲅鱼是干的还是新鲜的，司机说是新鲜的。曾岳红好奇地问：新鲜海产品，怎么带回去？回家得好几个小时呢。而且飞机上有空调，气温高，海鲜极容易坏的。司机淡定地说：加冰块，打包带回去，肯定没问题的。司机的话匣子打开，谈论起滨城的各种海鲜。此时，一直沉默的谢士强开口了：有报道说市场有耍秤的，缺斤少两很严重。司机说：担心不够分量，可用公平秤称重。谢士强继续说：公平秤都作假。司机笑着说：这不会的，市场有监管。参观滨城之窗后，走小道下山，就可到早市。这里的早市是滨城几个大型早市之一，挺有名的。滨城之窗不在海边，却屹立在城市的中央，而此地，还有大型海产品交易的早市，曾岳红觉得好奇。

出租车直接开到山顶，曾岳红和谢士强下了车。山并不高，就两三百米，但风很大，一直坚称初冬到北方出差都穿短袖的年轻的谢士强，此时缩着后背，两只胳膊抱在胸前以抵御冷风。而曾岳红则取出背包里的厚衣服穿在身上，顿时觉得不冷了。谢士强羡慕地说曾岳红有衣服可以加，曾岳红回答说她一路都背着，终于发挥作用了。

电视塔为铁塔，游客检票后进入，乘坐电梯上去。一些持蓝色票的观光客在中途下了电梯，曾岳红和谢士强跟随工作人员直达两百多米高的观光台。观光台的游客不多，四周的科技小实验，如静电、哈哈镜、辉光球、变声器（一种可调节音频的小装置）等，吸引游客驻足。而楼上一层的三维画壁，使得进入暗室的游客不知所措——原本以为只是雪白的墙壁，突然间上面出现魔幻的图案。游客还以为是欣赏壁画之美，沿着狭窄的过道走了一圈，对于这些杂乱的线条画却完全看不懂。

观光台靠外一侧分布着老式望远镜，特像美国影片《西雅图不眠夜》中最后男女主人公相聚的世纪塔上的，很有些年代感，颇具怀旧情结。使用起来很简单，左右转动，便可清晰看见远处海边的景物，只是不能调节倍数，看近处山下的风景就不那么清楚。圆形的观光台，各个方向都有望远镜，并且是免费的，游客可绕行一圈，仔细观看滨城的风貌：全城都是橘红色的房屋，错落有致，绿色的树木与艳丽的房屋相互衬托，仿佛绿宝石中镶嵌着玛瑙，比北欧冬日里雪白世界中的橘红色房屋更加美丽、迷人。

曾岳红忍不住对谢士强说：风景很美吧？谢士强不屑地说：不如山城都市。曾岳红诧异地看了看谢士强，甩了一句：山城都市的建筑大部分都是灰色的。谢士强"嗯"了一声，肯定曾岳红的说法。山城都市是新的大都市，许多建筑物都是新建的，带着"现代"气息的灰色的高楼大厦，颜色单调。

海湾造型各异的高楼，彰显出滨城的特色，却也显出城市中心建筑物的低矮。或许艳丽的外表，掩饰着仅几层高建筑物的平庸，就像一幅平淡的画，用亮丽的涂料添光加彩，使得滨城美丽而不妖娆，多情而不迷离。站在高塔上，曾岳红深深感受到滨城的美，并将美景印在心里，留下美好的记忆。此外，赤膊在滨城的海边漫步，仅一两个小时的时间，也留下了明显的印记——黑白巨大反差的皮肤，或许会保持很长时间。

铁塔的屋外观光台有两百多米高，大风呼啸，穿着厚实的长袖衣服的曾岳红，敢与谢士强在平台上观赏滨海城市的风貌。冒险走在有围网的露天观景台，看到一对年轻的情侣，女的用手使劲压着帽子，男的调试手机，在大风中拍照留念，而拍摄的地方就在铁塔屋门朝外网的方向，离塔内仅仅几步之遥。曾岳红顶着大风，大胆地在高塔屋外绕行一圈，却不敢近距离地靠近外网，只是隔着一段距离朝外观望，不及从塔内望远镜看到的景物清楚。

从位于电视塔最高层的观光台往下行，有咖啡厅，桌子沿着铁塔的环形布置，并用屏风等隔断分隔开来，摆着大大的柔软的沙发，为游客提供服务。曾岳红真想去坐坐，但担心坐下就不想再起身——塔外是呼啸的大风，而塔内却温暖舒适，形成极大的反差。远道而来，要赶时间，返回千里之外的山城都市的过客，透过屏风间的缝隙，朝咖啡厅里望了望：灯光柔和，吸引着游客放松身心、小憩一番。曾岳红因时间原因，不得不转身离开。

出了铁塔，转到后面一条僻静的小道，沿石台阶而下，便可到达早市。早市入口处摆满了各式水果，比如新鲜的樱桃，深红色和红黄色，晶莹剔透，个头儿大，十分诱人。有人买了一整箱的樱桃，白色泡沫箱外缠绕的胶带上印着樱桃的出产地，使得游客立马意识到之所以不出产水果的滨城，却有着品质优异而价格低廉的水果，全依赖于水果产地距此很近。还有金黄中带着粉红的甜杏，光看外表就挺诱人，其产地是一个5A级旅游区。有人想知道杏子是否好吃，便顺手拿起一个黄色表皮的小杏子，掰开品尝，觉得很甜，于是将剩下的一半递给刚才吃青皮杏子的顾客，顾客将信将疑地尝了一下，便点点头表示赞同，买了好几斤离开了。曾岳红也买了一些，因为路途遥远，要乘飞机，而来早市的目的不是买水果，因此没有多买。

早市的棚顶是透明的，比一般屋里灯光照明要明亮得多。台子上摆放着各式海产品，大黄花鱼用碎冰覆盖着，曾岳红问有没有新鲜的黄花鱼，卖家说这就是最新鲜的，而曾岳红是指有没有活的黄花鱼，却忘了黄花鱼出水便死掉的规律。这种鱼，白天的颜色是浅色的，只有到了晚上比较暗的情况下，才会变得浑身发黄，颜色艳丽，因此，捕捞黄花鱼，通常是在漆黑的夜里，连照明的手电筒都不允许开，因为稍有灯光，便会影响鱼的成色，进而影响鱼的品质。这种鱼是肉食性的，活动量大，因此，肉质鲜美，清蒸便是最好的烹饪方式，吃起来没有一点儿腥味，而且鲜嫩无比。一位买黄花鱼的，让店家剖了后，要宰成块儿，说是拿回家红烧。曾岳红便急忙劝阻，说剖了肚肠，去掉腮，拿回家清蒸，是最好吃的，那人听从了曾岳红的建议，临走时说她也不知道怎么吃。曾岳红便觉得奇怪，既然是滨城本地人，居然不知道怎么吃黄花鱼？但更奇怪的是，当曾岳红拿着买的新鲜海产品到市场另一边打包时，被告知买的不是野生的，而是养殖的。当曾岳红问从哪里可看出来不是野生的，打包者含混地说他们知道，大概鱼的身形不一样，毕竟养殖的鱼养尊处优，体形较胖。

早市里有出租车司机说的鲅鱼，但个头儿不大，曾岳红想买大一点的，以便显示出是海鱼，而不是与河鱼差别不大的。于是，曾岳红和谢士强绕着早市摊位寻找，却只得转回原先看到的鲅鱼摊位，而摊位上的鱼已被卖出去了几条，剩下的鱼体积又小了一些，还有顾客在挑选不多的几条鱼。曾岳红便赶紧选了一条，让站在旁边的谢士强也买一条。谢士强一直跟着曾岳红，没有买任何东西，像是好奇观望的小孩儿，满足于学知识长眼界，也像是突然处于陌生地方而不知所措似的。

曾岳红一边挑选着海产品，一边催促着谢士强买东西，因为谢士强此时还两手空空。先前进入早市时，谢士强看到市场大厅门口有卖干海参的，便停下脚步挑选，曾岳红指着价格标签说很贵，还不知道品质好不好，因为单从外观上是很难判定的，早市商品比较混杂，高价物品质量难以保障，而且滨城不是产海参的地方，几千元一斤的干海参，也不过是外地出产的。于是，谢士强便拿不定主意，很长时间都跟着曾岳红。当曾岳红提着大包小包的海产品去打包时，谢士强便也买了一些，数量不多，但价格不便宜——比曾岳红多花了一半的钱，买的东西却不及曾岳红的一半，而且被打包的老人评价没有一种是野生的，全是养殖的。而曾岳红所买的海产品中，居然有两样是野生的，因为无法人工养殖，首次到滨城的早市买海产品，居然买对货物、得到称赞，曾岳红满意地笑了。谢士强无奈地说：没什么，没吃过。意思是花了大价钱，买到没吃过的海产品，即使是养殖的，也值得。

三十五、回到总公司

杨青松悄然返回北都，内心平静，虽然并未完全按照总公司的决定，将严重亏损的山城都市的分部关闭，解散员工，而是使分部重生，实现扭亏为盈，并继续营运，虽然这也是总公司的计划之一，但不是最终目的。去之前，总公司老总们就说过，瞬间的业绩好转，并不能说明将来会一直保持好的发展态势。关闭山城都市分部公司，就好比隔离传染病毒，使其不会干扰到别的分部，不然，届时其他分部纷纷效仿——业绩不好，依然活得优哉游哉，丝毫没有危机感。最终会像恶性肿瘤般，越长越大，拖垮整个公司。总公司派杨青松到山城都市分部，也是下了一番决心的，就像久病坏死的胳膊，不切除，会危及人的性命，这是总公司不愿看到的结果。

杨青松这次前往山城都市，去的时候，心情沉重，毕竟是解散分部。要是他按照总公司的意图去做，原本靠在分部工作的收入养家糊口的人，便会立马变成无依无靠的失业人员。如果分部解散，分部员工何去何从，必然会引起轩然大波。虽然他不用一直待在山城都市，不会看到员工们失业后的落魄，但那些人，和他们可能因丢掉工作而变得恐惧的面孔，会时刻萦绕在他的脑海里，就像被噩梦纠缠。

虽然总公司的老总们，在杨青松去山城都市分部之前，也说过，能使分部扭亏为盈，就让分部继续经营，不解散分部，但那只是提了一下，更多的，交代的是如何面对一个即将倒闭的分部，如何面对一个烂摊子，而要做的事情，既不要引起分部员工的过激行为，甚至造成社会问题，又要解决问题，不然山城都市这家严重拖后腿的分部，会继续给公司造成不利的负担。

虽然杨青松到了山城都市后，并未按照老总们交代的方式处理分部，但事情结束返回北都总公司，他的心情并不纠结，相反，却很坦然。这其中有着年轻人的自信和不服输的倔强，也可说是年轻人的闯劲，那种不计后果、不受条条框框的约束，信心满满地坚持自己的主张和信念——让分部员工生活得更好，相信分部员工，相信分部的严重亏损只是暂时的，渡过难关之后，分部有能力创造出美好的未来——而不是将其一棍子打死，一枪毙命。虽然杨青松到达山城都市分部后的作为，有着杨青松自己主观的愿望，而结局也不坏，只是与总公司老总们的理念有差距，但这种与总公司的决策之间的差异，也可谓是杨青松自作主张的结果。分部公司发展已回到正轨，但保不齐将来会重蹈覆辙，再次陷入严重亏损的境地，继续拖公司后腿。

尽管如此，杨青松却毫不担忧。这次返回北都，尚未向老总们汇报工作，也不知老总们对山城都市的事情是否知晓，更不知道老总们的意见如何。如果痛恨他没按照他们的意愿办事，那么等待他的结局，便是责备和担负责任，他便会负荆请罪；如果老总们对他此次山城都市之行的结果，感到可接受，既不损害公司利益，又保全了分部，尽管不是当初的意图，大不了得不到表扬，不升职而已。杨青松这样想。

其实，杨青松并不在意升职、奖励，如果得到这些的代价，是内心的煎熬——那种难受，比小时候犯了错挨打，或是摔伤割伤烫伤等，而带来的肉体的疼痛，还要严重得多。肉体的伤痛，随着时间的推移，伤口会愈合，会完全消失，就像没发生过似的。而那种内心的伤痛，可能会伴随人的一生，永远无法消除。此次他的山城都市之行保全了分部，见到分部员工们的高兴和感激，受到分部员工们的爱戴，他觉得自己没有做错事。至于奖赏或升职，没有也罢，人生不是为了这些。此时的杨青松全然没有思想包袱，觉得做了正确的事情，就不怕担负责任。

杨青松回总公司的第一天，便是向几位老总汇报，时间很漫长，整整一天。老总们听完杨青松的汇报，还提了很多问题，事无巨细，一一过问，杨青松都做了如实回答。至于没有按照他们当初的意图处理山城分部，老总们没有多问。刚开始，杨青松还担心是老总们设下的圈套，让他自己刨坑，到一定程度，就会将他掩埋。但随着时间的推移，他觉得老总们不是在刁难自己，而更像是在向他学习请教。老总们破天荒地用着仰望之意，而不是居高临下地审视，这让杨青松有点受宠若惊，不时怀疑自己的感受是否正确。

一整天的汇报，杨青松从开始之前的无所谓，到刚汇报时会场上气氛严肃，感到责任重大，逐渐成为以杨青松为主导的答疑解惑。杨青松内心的感受，由最先的轻松，之后的紧张，担心受到责怪，再到后来的解释和述说在山城都市的经历，就像讲述一场冒险，有着凡尔纳《环球旅行八十天》结局时多出一天，出人意料的惊喜——论年纪都是杨青松长辈的老总们，他们什么样的事情没有经历过，什么样的分部没有处理过，却被眼前这位年轻人的所作所为折服，让人大跌眼镜。使得原本站在场边，抱着幸灾乐祸的心态，准备看杨青松出糗、被老总们责骂的年轻漂亮的秘书们，不得不更加仰慕这位被老总们奉为英雄的年轻人，因为老总们最终的结论是：杨青松开创了公司的先例，奇迹般救活了严重亏损的山城都市分部，以后公司发展更有希望。最后，老总们一致认为：山城都市分部，这么个烂摊子，都能转危为安，扭亏为盈，那还有什么办不到的事情？当然，杨青松在向老总们汇报时，据实而讲，并未将自己描述成一位从天而降、手握尚方宝剑的将帅，而是将山城都市分部员工们的自救和努力，讲述得很多，也使得老总们看到了公司发展的重要途径之一，那就是给公司员工们更大的发展空间，更多的激励，提高员工们的工作热情和主观能动性，开拓公司新局面。

老总们认为，杨青松和山城都市分部的员工，不单是救活了分部，也树立了巨大亏损下的企业实现自救的榜样，值得向公司各分部推广。杨青松在山城都市的作为得到肯定，虽然并没有完全按照总公司的决议去做，但结果是值得肯定的——不会使总公司与分部之间上下级关系紧张，不会使各分部认为，分部效益好的时候，总公司称赞嘉奖，而一旦业绩下滑不好的时候，便会面临被裁员关闭解散，就像待宰的羔羊，等时机到了就被屠杀；让分部的人员感到前途无望，而产生消极情绪，觉得干好干坏，结果都不好，干好只是暂时的，不知道哪年遇到不景气时，便被解散关闭，以前无论如何辉煌，也不能挽救一时的不利，让各分部从上到下，时刻警惕着被总公司裁掉的风险。以至于总公司与各分部之间的关系僵化、矛盾激化，原本一个公司,却成了敌对关系。

之后不久,总公司便将杨青松和山城都市分部的事迹,在公司和各分部树立为正面典型——杨青松是"拯救分公司于危机的英雄人物",而山城都市分部的全体人员是自救和逆境中奋起的标兵。奖励、表扬、升职等一系列好事,接踵而至。山城都市分部的员工们,得知杨青松返回北都总公司后受到器重,无不为之高兴,并感谢杨青松在山城都市分部的贡献和努力。就连一直抱着敌意,担心杨青松来到山城都市,是为了替代自己位置的李部长,也立马消除顾虑,转而亲自跟杨青松联系,对杨青松得到总公司的嘉奖深表祝贺,并感谢杨青松对山城都市分部所做的贡献。

杨青松也回祝了山城都市分部的李部长和员工们,因为他们的坚守,才使得山城都市分部重新崛起,并受到总公司的嘉奖——总公司表扬山城都市所有员工们的奋发图强,在短时间内,扭转亏损局面,为公司树立了榜样。

这回受到表扬,杨青松没再表现得洋洋得意、自命不凡,而显得很稳重,有种经过磨炼而更加成熟的模样。这不是由于年龄增加了,而是感到了自身的不足,这不足不是对事业的不满足,相反,此时的杨青松,在同龄人中算得上是佼佼者,但恰恰是这样,越发显得孤单——恋爱多年的女朋友付静,远在海外,使得杨青松感到孤独,心里有话,却无从说出。

杨青松的父母,过着跟某些退休人员相似的时间充裕、不差钱的快乐生活——世界各地旅游观光,好像要弥补这辈子因忙于工作,无暇观察了解世界的几十年的缺憾,在退休之后的短时间内,在自己身体健康、尚能四处旅游之时,前往世界各地著名景点游玩、增长见识。古人有四方游学的传统,而现代,退休后的中国老年人,却是四海旅游,这成为一股潮流,世界各地都有中国的旅游者,并且以退休后的年长者居多。这一现象,不只说明中国人的生活变好了,有钱到世界各地消费,另一方面,也说明中国人迫切要求了解世界、增长见识。

只是杨青松从居住在山城都市的远亲与父母的交谈中得知,之所以父母退休后,不在家中颐养天年,而是不辞辛劳地四处旅游,究其原因还有杨青松的责任。杨青松常年忙于工作,疏于与父母联系,又没有成家,父母长时间见不到儿子,与其远距离牵挂,又帮不上忙,还不如让自身处于忙碌中——外出旅游，充实自己。父母其实也有苦衷和无奈。毕竟只有老两口的家，寂寞冷清，与其整天待在家中，逐渐老去，还不如在身体条件允许的情况下，到外面看看走走，将年轻时没见过、没听过、没吃过、没玩过的，一并亲身体会感受一遍，不枉活这一辈子。有人说，世界这么大，精彩无处不在，我不能一辈子当个井底之蛙，望着天空发呆。但是上了年纪的人，长时间地在外旅行，从生理上讲，也不可取，不说身体器官老化，容易出现问题，就是体力和精力，也不能与年轻人相比，不宜过于疲劳。

杨青松从山城都市回到北都之后，工作更加忙碌，但工作之余，却越发地感到孤独。父母在外旅游，女朋友付静远在国外，除了偶尔与同事相聚，其余时间，只得自己打发，连说话的人都没有。看着街道车水马龙，繁花似锦，却与自己毫无关联，就像生活在闹市区被冷落的流浪猫狗，虽然不为吃住发愁，却因情感上的缺失，越发显得可怜。回到家中与冰冷的机器、家具相伴，没有一丝温暖。

与父母联系时，父母总是在忙或即将忙碌，时常发很多异国他乡的美景美食图片，还邀请儿子加入他们。杨青松无可奈何，因为既没时间，也没心思，不可能放下手里的一切工作，陪着他们游山玩水。

杨青松整天忙于工作，却还是担心工作出现差错，无论什么原因，在工作上出现哪怕毫不起眼的小瑕疵，哪怕是刚参加工作不久的新人所避免不了的小失误，杨青松都会无法容忍，虽然不会有粗暴的表现，比如斥责等，但内心的失望，却使得他自己背负着很大的压力。处境与到山城都市分部之前不一样了，自然要求也就不一样，杨青松担心从决策层就开始的失误，哪怕是极其微小，都会在以后下层人员执行过程中，不断地被放大。人人都知道的道理，千里之行始于足下，但差之毫厘，便会有失之千里的结果，会造成无法估计的损失。

对工作认真负责，本是一件好事，但渐渐地，杨青松感到对自己要求太过于严格，以至于会将自己压垮，变成一个无法接受任何失误的刻薄者。

公司里与杨青松年纪相仿的人，基本上都成家了，很多小孩子都有了，下班后的首要任务，便是围着孩子转。像杨青松这样还单身的人，是无法融入其中的，因为他们说话时无不透着孩子的天真顽皮，像是被孩子感染，又重新回到初临世界的懵懂时期。杨青松无法将自己永远地撇在一边，当别人生活的旁观者，因此，工作之余与同事之间的交流极少，甚至被那些热恋中的情侣们、奶爸们隔在圈外，便更加觉得孤单。虽然与父母保持着联系，但杨青松无法割舍下工作，无法像拥有充足时间的退休人员一样，充分地享受生活。

　　此时的杨青松虽然已经与女朋友付静联系上，但她远在国外，两人都有事情要忙，杨青松忙于工作，付静忙于学习和试验，彼此所处环境不一样，总不能相隔很远，还每天述说彼此的烦恼，那不是将烦恼加倍？杨青松决定假期前往付静那里，毕竟不在一起这么久了，相聚总是美好的，他期待着久别后的团聚，付静也表示十分期待。

三十六、返程

时间快近中午了，却发现路上没有一辆出租车，曾岳红和谢士强不免有些担心赶不上飞机。谢士强打开手机软件预约专车，显示附近两公里内有车，却比想象中来得慢，好在也顺利，除了多等了一会儿。

司机很热情，与曾岳红说话投机。途中遇到修路，车稍微堵了几分钟。曾岳红说从山城都市出发时的天气，就像小孩儿的脸，原本阳光灿烂，转眼开始哭闹，大雨瓢泼。尽管车上的雨刮器快速地摆动，却抵挡不住大雨的猛烈攻击，以至于坐在车上的人视野变得模糊。旁边的车辆经过，尽管车速不快，但溅起的水花已高过车顶。因赶飞机，他们的司机在涌向机场的路上并没有减缓速度。

司机说，下大雨对飞机起飞没有什么影响，只有雷鸣电闪，才会干扰飞机的起飞，当飞机飞行到一定的高度，穿过云层后，也不会受雨的影响。但曾岳红却不大相信，因为曾经遇到过飞机返回山城都市时，遇到天气不好，下大雨或是有大雾，能见度差，而无法着陆，便转到邻省的机场降落，虽然相距不过几百公里，却要多耗费一两天时间才能到家，很是不便。好在那天登机前，雨变小了，飞机正常起飞。

而此时，滨城原本晴好的天气，突然变得乌云密布，天色暗了下来。刚来时天气舒适，阳光明媚，甚至在海边漫步皮肤都会晒伤。温度陡降，让人感到阵阵寒意，曾岳红将厚衣服披在身上。

上车后打盹的谢士强，突然醒了，感觉身上发冷，或许是坐在副驾驶位置被风吹的缘故，鼻子有些不通气。谢士强接过话说，下大雨没问题，飞机照样起飞。曾岳红没有理会他的话，而是继续跟司机说，他们来的这几天，滨城天气都很好，这刚要走，便变天了。

　　说话间，车到了机场入口处。下车后，两人用行李车推着行李进入大厅，在打包处，用纸箱而不是泡沫盒子打包。在换登机牌时，曾岳红问工作人员有没有靠窗的位子，得到的回答是没有。谢士强像是想起什么，说要坐紧急出口附近的位置，曾岳红好奇地问为什么，说来的时候坐的就是紧急出口位置，座椅的靠背是不能放下的，靠在直立的靠背上，背一直挺着，很难受。谢士强却解释说，紧急出口的座椅位置宽，他个子高，坐着舒服。于是，两人的座位分开了。

　　登机时间还未到，谢士强买了一本书，说是在飞机上睡不着，看书打发时间。曾岳红看了一眼，是一本介绍中国近现代史典故的书籍，并不经典，出版社也很平常，大概书中杜撰或是演绎很多，故事情节吸引人，但真实性尚待商榷，仅供打发空闲时间。看着在一旁认真看书的谢士强，曾岳红不无赞赏，闹中取静、闲中求索，与闲聊、和小孩儿嬉戏，或是闭目养神、小憩的旅客，大不一样。曾岳红不时打量四周的旅客，或者观赏登机口附近的商家，时间不知不觉滑过。

　　飞机抵达，却下来一批乘客，原来曾岳红和谢士强他们要乘坐的这架飞机经停滨城，而不是以滨城为起点的，因此，没有了靠窗的好位子。

　　没过多久，下飞机坐在登机口附近座椅上的乘客，开始陆续登机。曾岳红催促谢士强登机，谢士强纹丝不动，说前面的还没有上飞机，曾岳红回答说排队登机。当曾岳红到了登机口，却被挡住，被告知等一下，这时，曾岳红才恍然大悟，登机的是先前乘坐飞机抵达这里的人。好在很快就放行了，因为先前的旅客已全部上了飞机。

　　飞机临近都市郊区、都市主城，越过高楼大厦，掠过嘉陵江、长江，在山城都市机场稳稳地降落。

　　走出机舱，穿过长长的通道，来到托运行李领取处——曾岳红因坐在飞机的前排位置，因此下飞机较早，进了底楼出口大厅，到行李领取处尚早，只是推着推车，等候行李运出。谢士强随后也到了，将手里提着的装有樱桃的箱子放在推车上，站在曾岳红旁边等候行李的出现。在等待时，曾岳红问谢士强，来接他们的车到机场没有，谢士强回答说就在出口处。因谢士强经常出差，对单位车队比较熟悉，打电话联系车辆便是谢士强的事。

过了一会儿，行李终于出现在运输带上，看见有纸箱子出现，曾岳红便取出放在推车上，谢士强对照托运单上的号码，发觉不是，又将纸箱放回运输带。一连两次，拿出来的行李都不是自己的，于是谢士强有些颓丧地说，该在纸箱上写上名字，曾岳红纠正说，做记号便可辨识，谢士强"嗯"了一声，表示赞同。

来接他们的车就停在停车场，他们推着行李车来到车子旁，司机下车将后备厢打开。谢士强搬出托运纸箱，想解开打包带，却无论如何也解不开、扯不断，于是想用火烧，却没有打火机，因为打火机是被禁止带上飞机的。这时，司机掏出打火机拉起一段打包带便烧，但包装带有一定宽度，不易烧断，何况包装带有好几条，逐一去烧，不知要到何时，而又担心将纸箱引燃。

看着两位男子的狼狈模样，曾岳红求助在一旁看热闹的"棒棒"。"棒棒"是这座山城都市所独有的特色，指由于时常爬坡上坎，拿着竹子做的长棒当作挑东西的扁担，以便帮助客人搬运东西的人。其实，"棒棒"就是一种搬运工，只是他们行动自由，哪里有活儿就到哪里，比如商场、车站以及码头，他们是凭劳力挣辛苦钱。这类人员，一般为没有学识，农闲时来都市挣钱的农民，因工作地方不确定，时间不确定，做一些替人下力、帮人搬运东西的工作。这些年，随着交通发展，轻轨、公交线路从家门前过，出租车布满城市角落，还出现了手机打车软件，预定专车业务兴起，人们步行的距离越来越短，人工搬运货物的需要也越来越少。因而，山城都市里的棒棒越来越少，只在火车站、汽车站的出入口，有寻找机会帮旅客搬运物品的棒棒，数量不多，但时常可见他们的踪迹。

曾岳红便问在一旁看热闹的棒棒，有什么法子将打包好的箱子打开，棒棒说有办法，但几位听者无人明白，于是，棒棒上前，侧立纸箱，露出底面，将打包带连接处的两个端头一扯，便轻松地解开了紧紧捆住的打包带。

如此轻易就打开了，站在旁边的三位无不惊喜，谢士强赞叹棒棒懂得多，棒棒却轻描淡写地说：没吃过猪肉，还没见过猪跑？看来他们也不是什么都不懂，至少他们拥有的生活知识，比走南闯北的人们多。

谢士强取出纸箱中属于他的白色泡沫箱，里面是覆盖着冰块的海鲜——早上刚从滨城的早市买的大虾和鲍鱼。曾岳红也将属于她的泡沫箱取出，剩下的纸箱子，打算送给在一旁观望的棒棒，却被棒棒拒绝，或许是带着纸箱不方便接活儿。曾岳红见棒棒没有接受纸箱，便掏出零钱递给棒棒，棒棒伸手接下。

谢士强将行李放好后，便在前排座椅坐好，当司机问住在哪里，谢士强说曾岳红要回公司，将他送到中途就行了。半路下车，来接人的司机觉得意外，顺口问道：怎么半路就下车了？谢士强笑了笑，没有回答。司机见谢士强没有说话，便问曾岳红：不回家？这时谢士强接过话说，曾岳红到公司挪车。曾岳红解释道，因走得急，车停在公司里，恰巧公司要搬运货物，需要将她停车的地方腾空。

当谢士强下车时，站在路边的一位年轻时髦的女子朝他挥手，他满脸笑容，举手回应。曾岳红好奇地顺着谢士强招手的方向望去，发现那位女子就是自己的秘书薛芩芩，为了进一步确定，曾岳红在谢士强离开之际，问了一句：

"是薛芩芩？"

"嗯。"

谢士强回头对曾岳红说，满脸的幸福。曾岳红虽然内心有些吃惊，口中却催促着：

"赶紧去！"

秘书与助手谈恋爱，确实让曾岳红意想不到，但公司没有明文规定，公司内部员工不允许谈恋爱，她无权干涉他们的自由，尽管事情发生在眼皮子底下。她突然间感到很无助，好像失去了左膀右臂。

曾岳红坚持要到公司，想将停在公司里的车开回家，腾出地方，便于设备的搬运。

回公司的路上，曾岳红沉默着，却内心翻滚：母亲的催婚，前男友夏雨的突然离去，身边的人成双成对，就像专程恶心自己似的，让她越发觉得孤单，瞬间有点不知所措，一下子失去了目标。是自己已经老了，变得多愁善感，还是真的需要一个感情寄托？曾岳红想着。

　　到了公司，曾岳红见自己的车孤零零地停在斜坡上，原本停满车辆的斜坡空地，此时已拉起了围线，红色警示牌摆放在远处，将整条道路封闭。下车后，曾岳红将后备厢的行李拿下来，司机离开现场，说是去吃晚餐。曾岳红把行李放在路边，将红色告示牌挪开，留出一条通道，便步行到坡上，看到离自己车不远处的角落，还有一辆银灰色的车，感到有些讶异，一直以为是自己的车阻碍正常搬运……此时，无奈、旅途的疲惫，一并袭来。

　　已是傍晚吃饭时间，又逢周末，没有人在场，只是坡上的路已经用警戒线封闭，无法通过，曾岳红只得将车开下坡，将挪开的警示牌放回原处，绕道回家。

三十七、房屋

入户花园，是曾岳红买了新房后才知道的。她将多年的积蓄拿出来，通过分期付款，购买了一套房子。一般进屋后对着的一块用三面围墙、一面朝外的玻璃栏杆围成的空地，面积近10平米，有着内阳台的结构，摆上几株花草，作为休闲之地，因此被称为"入户花园"。

虽然入户花园与客厅和大阳台是互通的，通风条件极佳，但由于是凹进去的一块地方，被阳光直接照射的时间不长，不利于植物的生长，所以曾岳红没在入户花园这里摆放花草。在房屋内部装修时，她在门边放置了鞋柜，旁边再放一个大木柜子，用于存放杂物，对面角落有下水道，旁边靠墙放置洗衣机，为的是便于排水。

由于房屋阳台朝向大街，阳台外墙上装饰了多盏节能灯，作为城市夜景的灯光非常耀眼，天黑时进房屋，曾岳红通常不用开启入户花园的灯，只是到客厅时，才打开门边开关开启客厅的灯，整个屋子明亮起来。

楼下住户是一对退休在家的老夫妇，曾岳红透过卧室的飘窗，时常可看到他们的入户花园灯光长明，其间堆放着幼儿的童车和玩具。进进出出开关门的声音，老人的声音、年轻人的声音、幼童的哭闹声，特别是在洗澡时，幼童不配合的委屈哭泣声，大人的说服和斥责声，传到曾岳红家里，就像热闹的乐章，高潮迭起。楼下住户几乎天天在家，曾岳红是上班族，由于工作时间的关系，她与楼下住户从未见过面，也不知老夫妇俩长的什么样子，严厉还是和蔼。但从平时楼下传来的声音中，曾岳红感觉到这一家人关系融洽。他们家常有一大群年轻人来，特别是周末的时候。

　　一天，曾岳红躺在沙发上看电视，打算等洗衣机里的衣服洗完，晾在阳台的衣架上，便回卧室睡觉。电视节目平淡，众多的频道，大多雷同地播放一样的电视剧，或是重复播放已播过的节目。不一会儿，曾岳红就躺在沙发上睡着了。

　　"咚！"的一声，将曾岳红吵醒了。曾岳红头靠在沙发上，迷迷糊糊地觉得脖子被压疼了，伸手揉揉眼睛，发现电视节目声音并不大。又揉揉发酸的脖子，挪动悬在空中的已经有些麻木的腿。过了一会儿，她才想起，洗衣机里的衣服尚未拿出来，便到位于入户花园的洗衣机取衣服。客厅的灯光照射着入户花园，足够曾岳红看清楚。

　　曾岳红弯下腰，一件一件地取出洗好的衣服。这时，她突然感到自家入户花园外的侧面墙上，光线十分的明亮，循着光线看过去，却看见楼上住户的卫生间顶棚的取暖大灯，正发出刺眼的光，穿过透明雕花玻璃，洒在她家阳台外的侧墙上。

　　洗的衣服较多，得分几次才能晾完。曾岳红将衣服挂在位于客厅另一端阳台的衣架上，等回到洗衣机旁，却听到楼上的燃气热水器被点燃的声音，呼呼地直响，楼上卫生间唰唰地喷出的热水砸在地板上的声音，模糊的雕花玻璃，隐约地显出一个黑头和结实的身躯，掩在氤氲的水汽中。

　　曾岳红赶紧取完剩下的衣服，重重地关上洗衣机的门，到阳台晾好后，回客厅关上电视，去卧室休息了。

　　刚才那声巨响，大概是楼上住户关门的声音，只是在寂静的夜里，显得声音很大。

　　曾岳红家入户花园的阳台非常明亮，如同夏日里阳光照射入户，在这漆黑的夜里。

　　火车的两条铁轨，永远平行，永不相交，这是人人都知晓的道理。可在人生旅途中，也会出现长久平行同行，却永不相聚的人吗？人们常说夫唱妇随，有着共同的目标，同心同德，向着共同的目标奋斗前行，那会是一个家族，比如家族企业；一个团队，比如参加团体比赛项目；一个项目组，共同承担同一个课题；等等。如果以上所说都不是呢？会是什么样子？

　　永远朝着同一方向前行，对于人们来讲，是要好的朋友、铁哥们？可是，铁哥们的交往，总会有同喜同悲，同饮一瓶酒、同唱一首歌的时候；总会有相互拥抱，相互鼓励，激动时四只手紧握，失落时拍拍肩膀的时候。换句话说，是有相互交流的交集。而铁轨不会，哪怕铁轨一瞬间的交叉，就会导致火车的毁灭，除非不再是同来的两条铁轨，那是在火车并轨、转入别的轨道时，才会有的一条铁轨改变原来的方向，并入另外平行的轨道中，但原来两条平行的轨道，是不会相交接触的。

　　朋友不是，会是恋人、爱人？也不是，恋人的最终结果是两人在一起，是相聚结合，而火车原本平行的铁轨，是不会相聚的。

　　不是朋友，也不是恋人、爱人，会是什么呢？

　　是不远不近的同事？普通的同事，会有共同的目标，直到工作结束。身边的同事，特别是终身都做同事的人，会一直彼此关注。可仅为同事，毕竟各自有各自的小家，小家和小家的事物，才是他（她）工作之外最操心的事情。同事之间的交流，不外乎各自谈论自己的小家琐事，以获得认同感，而不会长久单轨同行而不拖家带口的。是那种永不可能交往，却在同一办公室做相同工作的两人？比如两位都是秘书，或都是中层管理人员。即或是这样，俗话说，同行是冤家，时间长了，总会分个谁主谁副，谁优谁劣，也会彼此之间有竞争，有矛盾。如果说没有这些，而是兴趣秉性相补地工作在一起，虽然矛盾会减少，却也得分出个主次。

　　同事不是，会是敌人、仇家？敌人，仇家，会与你保持距离，永不相交的。但仇家和敌人，会破坏，诋毁，毁灭，甚至到"不是你死，就是我活"的境地。

　　同事，敌人、仇家都不是，那会是怎样的人际关系，会像平行的两条火车铁轨似的，永远平行，永不交往？

　　有一首歌的歌词唱道：只是因为在人群中多看了你一眼，再也没能忘掉你容颜。想你时，你在眼前；想你时，你在脑海……只是一厢情愿，单相思的人想着对方，对方不一定会想着他；单相思的人以为对方人生的方向会和自己一样，而事实上却可能相反，那样，就无法共同前进。

难道是无肌肤之亲，却患相思之苦的一对苦恋情人？

由于某些原因，彼此之间不能直接交流接触，却在人生风风火火的命运之列车上，相互吸引，相互思恋，共同奋斗，直到生命耗尽，不再前行，驶达生命列车的终点。

开车的好处，就在于出行方便，上下班时间进出公司，不像在路上行走，那么的惹人关注。曾岳红选择一条僻静的道路行驶，在快要到加油站时，开启了转弯灯，准备转入。这时，一辆行驶在后面的咖啡色轿车，从右边道路蹿上来，离得很近，使得曾岳红一下子无法靠边转弯。于是，曾岳红放慢车速，等咖啡色轿车通过后，再并道靠边。这时，咖啡色轿车也减缓车速，留出距离，曾岳红因这一举动愣住了，犹豫了几秒钟后，还是顺利转弯进入加油站。

在加油站为车加了油之后，曾岳红临时决定到店里给加油卡充值，等充完值，出店门时，被一位穿黄色皮夹克身材魁梧的男子挡住了去路。那男子好像是故意的，因为曾岳红先前并未觉察有人在前面，而是突然间出现在前面，站在狭窄的门口，占据一大半位置，关键是堵在了曾岳红面前。曾岳红觉得好奇，便伸头左右观察，男子似乎有意回避她，总是背对着她，使她无法看清其面孔。无奈，曾岳红向门口的空位走去，男子却挪动了脚步，又横在她前面，而她还是无法看清其长相。曾岳红发出"嗨"的一声，坚定而轻柔，想告知男子后面还有人，而男子默默地离开了门口，走到不远处的一辆咖啡色轿车旁，笔直地站着，留给曾岳红一个侧后影。曾岳红出来后，好奇地观望男子许久，却不能肯定……

三十八、公司团年

在二〇一三年九月十三日，有一条消息，说是相识十年、结婚八年的著名影视歌三栖巨星，在微网上宣布了离婚。离婚的理由也耐人寻味，说是缘分已尽，尽管还爱着对方。有人调侃说，"二〇一三九一三"，就是"爱你要散就要散"。

中国文字，是象形文字，从远古时期的甲骨文开始，字迹像事物的形状，非常形象，即或是不知道如何发音，单从字形上就可明白所表达的意思。可不知何时，却有了谐音寓意，与文字本身的意思毫不相干，比如"五二〇"，也因谐音被人们认为代表"我爱你"。有人在微信上得到一条消息，时间是"二〇一三一四"，说是代表"爱你一生一世"。同是"二〇一三"，却有大相径庭的解意，"爱你一生"和"爱你要散"，是风马牛不相及的事情。事实上，二〇一三年与别的年份也没有什么不一样，国泰民安。而今年是二〇一九，按谐音可称"爱你已久"。

山城都市有山有水，人杰地灵，也是温泉资源丰富的都市，有南温泉、北温泉、东温泉等，有的居住小区已经将温泉水引入住户家里。

有人说，在寒冷的冬季，泡在温泉池里，打个盹，或是美美地小睡一番，在温暖柔和的池水中，什么也不想，什么也不做，静静享受宁静和温暖，是人生的一大乐事，也是泡温泉的最高境界。只是大多数现代人泡温泉，总是匆匆地来，又匆匆地离去，谈不上心情的彻底放松。往往是从平日里纷繁复杂的工作生活中，来到另一处嘈杂涌动的温水中，只是换一种热闹的方式生活,终究没有逃离。

根据人的年龄和性格,有人喜欢安静,有人喜欢热闹,年轻人,正青春活力四射,是不会厌倦泡温泉的——热闹的环境,众人聚在一起,有说有笑,大喊大叫,娱乐嬉戏,发泄他们过剩的精力,这是他们工作之外的休闲方式。

中国的年末,不是按照公历时间,而是中国特有的农历时间,以春节为分界线。在中国,总会把在公立一月末或二月份的春节前一天作为年末,而不是公历的十二月三十一日,年终总结会、团拜会、聚餐、团年等,都以此为时间节点。在山城都市,通常冬季的集体休闲节目为泡温泉。

时间很快转入年底,过年前要团年,是分部公司的惯例。冬季泡温泉,是山城都市人的一种享受,也是公司春节前聚会的特色。

住酒店,一般是从第一天下午开始,到第二天中午之前离开,公司的团年活动,便会在第二天吃完午餐后结束。活动的第一天午餐后出发,到达酒店后,便是开会,因此,人们的自由活动,便是在第一天的晚上和第二天的上午进行。

晚餐后,有人待在酒店房间里,躺在床上看电视。因来酒店的途中,他晕车、感到不舒服,仕坚持开完会、吃过晚餐后,便待在酒店的客房里休息。因不是平时的作息时间,身体中的生物钟被打乱,无法入睡,便手拿遥控器,仔细挑选电视节目,静静地独自享受。不用与人争抢,爱看什么台,就看什么台,爱看什么节目,就看什么节目,逐台节目一一浏览,没有人反对;空荡荡的房间,音响开得特别大声,而没人有异议,随心所欲。

有一些人聚在棋牌室打麻将,噼里啪啦的机器混合麻将的声音,与人们紧锁眉头、不言不语、神经高度紧张的表现,形成反差,仿佛刚经历一场表面平静的战争,一场厮杀激烈、丝毫不斯文的缠斗,而每次自动麻将机洗牌的声音,就像战场上,每次发动进攻前擂起的战鼓,震撼人的心魄,促使着人们奋力拼杀。

麻将曾作为"国粹",可以训练人们的智力,据说,经常打麻将的人,不易得老年痴呆症。特别是老年人,邀约几位老友,聚在一家小麻将馆里,既可锻炼脑力，又不用花费很多金钱。人们经常看到有退休人员，清晨吃完饭，便早早地来到麻将馆门口等候，由于等待的时间长，老人们自备小板凳，安静地坐在小凳子上。麻将馆门口聚集的老人越来越多，老人们开始相互交谈，气氛越来越热烈，直到麻将馆开门营业，老人们涌进去。那急迫的样子，仿佛国外圣诞前夜的大降价，人们等待着涌进商场，抢夺早已看好的物品，而老人们则是占据麻将桌，为了一天的娱乐。

在公司团年时，打麻将的人群中，有中年人，有年轻人，男男女女，或许是室内禁止吸烟的缘故，没有人抽烟，甚至在厕所也没有人吸烟。有手气不佳输了的人，借口抽烟离开麻将桌，到户外小憩，悄悄地抽一支香烟，就像战斗间隙偷得的悠闲，让紧张的神经得以放松。麻将桌上的人们，几乎都是常客，牌桌上的输赢，大家看得不是太重，却碍于面子，觉得输了面子上过不去，会被人嘲笑，直到下一次牌桌上赢回来，而赢回来的，不是钱，是面子，除非从此不再打麻将。但公司里的员工都知道，打麻将不仅是娱乐，也是聚会交流的方式。在中国，没有品酒会，没有在big house邀约朋友同事们的聚会，在中国，以餐馆为聚集地点，会因环境的嘈杂、空间的狭窄封闭而焦灼，三杯酒下肚，局势常常不再受控制。比如一个喝醉之人，不受本人意识掌控的发狂似的举动，足以使整个聚会的欢乐氛围消失殆尽。而将人们的注意力转移到麻将上，汇聚了人气，也没有失控的风险，不失为一种好的社交方式。

参加团年活动的大多数人去了温泉池。由于温泉酒店，只提供每人一张免费的温泉票，只能进出温泉池子一次，于是人们泡温泉，不是选择在晚上，便是在第二天上午，大多数人选择晚上泡温泉，原因是第二天要返回，而泡温泉是会消耗体力的。

酒店的温泉，为室外温泉，虽然有路灯，光线还算明亮，但与白天相比，却是大相径庭，看不清整个温泉池和四周的情况，有着摸黑前往的感觉。而白天衣冠楚楚的人们，此时，夜晚，天寒地冻，却只带着单薄的浴巾，穿着酒店备的浴袍，虽然并不厚实，却宛如一座保命的堡垒，将严寒阻隔在外。如果不穿浴袍，女人仅穿泳衣，男人穿泳裤半裸身体，刺骨的寒风，在水雾升腾中凝结的细细的冰凌，已与寒冷的空气混合在一起的气雾，飘散在人的身上、脸上，冰冷刺骨，就像无数细细的冰针刺在肌肤上，人的体温陡降，就像冰凌蹿进骨子里的感觉。白天，女人妖娆，风情万种，大多因穿着各种时髦样式的衣服，而庄重帅气的男子，之所以如此，则是因为衣着庄重，但在温泉池旁，身上仅有遮羞的一两片布，无论男女，几乎"坦诚"相待，却是另一番情景。有胆小体弱的年轻女子，担心寒冬裸露泡温泉，会感冒生病，便不愿将全身泡入水中，却又不愿意失去尝试的机会，也或是不愿失去热闹，于是换了泡温泉的鞋，穿着厚厚的冬装，将裤脚卷到能够卷到的最高处，尽管只到小腿，在一处因水温高，没人愿意进入的小池子里，双脚浸入水中，将皮肤烫得通红。

人们都到大池子泡温泉，有精力充沛的年轻人，则在温泉池子中游泳，使得原本平静的池水，被搅和得翻腾起来。有人想在池子中安静地泡着，或者和邻近的几位讲述趣事，原本是享受，却被打扰，于是，来到小池子边，毫不犹豫地下水，全然不顾池子里有人大喊水温高。

进入小温泉池的男子，发现有位女子双脚浸入水中，人却坐在池子边，正悠闲地享受着温泉带来的暖意，就像身处冰雪世界的苦寒环境，却踏在温暖的浴盆中，像极了中国人普遍喜欢的烫脚，着实是一番惬意的享受。男子饶有兴趣地观察着女子，忘却自身的处境，直到感到不妙，像突然间被刺了一下，猛然间跃出，浑身肌肤发红——被小温泉池子里的水烫的，已经到了忍受的极限。旁边大温泉池，有人看到男子滑稽的动作，有些神经质，便大笑起来，说是刚才告诉过男子，而男子没听，其后果便是烫出一身的"红皮"。男子笑了笑，口里说着没什么，便回到大温泉池里，与众人待在一块儿。

刚才发生的一幕，有人看着表情有些异样——一位帅哥，半裸地泡在池子里，而对面一位浑身衣服裹着的女子在泡脚，他小声地说"泡脚的温泉水"，口气中带着不快。人人都泡身体，唯独这位女子只用来泡脚，难道是女子的泡脚水？帅哥泡澡，浑然不觉。看到帅哥微笑的面容，并不介意，而只是觉得能够安静地待在温暖的泉水中不被打扰，才是目的。

在卡拉OK房间里，聚集了不少的人，有人拽着麦克风不放手，准备做整晚的麦霸，高声歌唱，时而温情浪漫，时而狂放不羁，随着播放的音乐，声嘶力竭地嚎叫，尽情释放心中的激情；无论是高兴，还是郁闷，大喊大叫，将心中的不满或是欢乐，抛向空中，换来浑身舒畅。与此同时，点上一些小吃和啤酒，人们在熟悉的同事、朋友中完全放松自己，全然没有平时工作时的矜持。

不知不觉，夜深了，酒店外的空地上，由砖石砌成的矮墙内，早已架起的烧烤架，此时已释放出一阵诱人的香气。原本通知夜里十二点钟吃烤全羊，却有消息灵通之人，提前半小时到达现场，分得了美味的羊肉。很快两只烤全羊被瓜分得所剩无几，使得按时来到的人，只见到一副骨架。先到的，一人一只羊腿，尽管用的是小羊烤制，但整只的羊腿都在一个人手上。特别是几位年轻小伙子，每人手中抓着一只，仿佛四大金刚似的，神气活现地站立在烤架旁，那模样，仿佛手握武器的卫兵，守护着人们的财富，而那种炫耀般的表情，让人觉得有点可笑，他们只顾自己摆造型，却忽略有人没能吃上，不过这是后话。先来的年轻人，还以为没到现场的人，是不想吃烤羊肉，进而他们几位勇挑重担似的，将战场打扫一番——外出集体活动，没人会将剩余的食物打包带回家，要是那样的话就很浪费，在如今提倡光盘行动，以不浪费食物为荣的风气中，这几位年轻人，便承担起"清道夫"的工作。不过，此时是将美食揽入腹中，权当别人不喜欢吃烤羊肉，用嘴贪婪地撕扯羊腿，心满意足。却不知，按通知时间到达的人们，已无烤羊肉可吃，有人只得悻悻而返，整个晚上空着肚子，直到早餐时间。

戴黑框眼镜的崔耿生，被人拍到了与其他三位年轻人一起，一人举着一只烤羊腿，被人们戏称为"四大金刚"。于是，没吃到烤羊肉的人，权当看了一场免费的滑稽戏表演。有些人大度，不在乎一顿烤肉，看到别人开心，也是一件愉悦的事。而饿着肚子睡觉，权当难得的减肥，因为，年底的聚会，人们吃得很丰盛，不缺半夜三更的这顿加餐。

几天后，人们听到崔耿生在打电话：

"那是小魏，嘴里含有一块儿（肉）。"

崔耿生笑了，不知是被电话另一头的笑声所感染，还是觉得照片中的动作太过夸张而发笑。

"小孙站在烤架旁的那一张（照片），眼睛发光耶。"

崔耿生继续说。眼睛发光，一般指动物在黑夜中的情景，几乎不用来描述人。动物拥有夜视能力，夜晚，它们的眼睛能把收集到的微弱的光线反射出来，看起来就像眼睛在发光。而崔耿生所说的眼睛发光，是因为相机的闪光灯照在人的眼睛上而留下的光点。

"嗯，我们中午在一起吃的工作午餐，他们都在。"崔耿生对着电话说。

崔耿生将公司团年时，深夜吃烤全羊的照片发给了通电话的人，并讲述了几位同龄的年轻人的趣事。人们听不清电话另一头的声音，只是崔耿生欢喜的模样，着实让旁人羡慕。

此时，怀有身孕，不愿参与较为刺激的活动，而留在家中的顾晓敏，则露出幸福的微笑。望着窗外忽然飘下的雪，这是山城都市内，近二十年来的第一场雪，就像奇迹似的，她期待着新生命的降临，心中充满希望和甜蜜。

三十九、尾声

在都市林立的高楼之间，太阳闪耀着橘色光芒，像顽皮的孩童尽情玩耍了一整天，带着满足，带着疲惫，露出回家前的羞涩笑脸，十分迷人。

曾岳红驾着车缓慢行驶在大桥上。从桥下面开上来的一辆出租车，与平行转弯过来的小车发生碰撞，出租车的左前盖被撞得凹陷，左前灯破碎，细小的碎玻璃散落一地。交警已经到达现场，正在盘问两位司机，看他们的样子应该没有受伤。

曾岳红几乎天天都从这座大桥上过，在桥上便可看见矗立在大桥一端山丘上的高层建筑，她的家就位于中间那幢高楼。每当回家的车行驶到大桥上时，曾岳红都忍不住透过车窗观望，虽然因为距离远，总是辨识不清究竟哪户阳台才是自己家的，但她知道自己的家就在那里。

有人为了彰显自己家与众不同，便在护栏内的阳台上放满绿色植物，如九重葛、月季、吊兰。特别是木质的九重葛枝条较细，因生长速度很快，一年就可长两三米，并且由于植物的趋光性，生长出的树枝总是向外扩张，这是主人所期望的。但九重葛是落叶植物，一到冬天，整棵植株变得光秃秃，没有了夏季繁花盛开的模样。夏秋之交，狂风肆虐，大雨倾盆，本是绿意葱葱、枝繁叶茂的植物，却因大自然发威，一夜间变得花叶零落，憔悴不已。而狂风大作之夜，枝条狂乱地拍打在阳台的墙面、回廊壁、围栏上，伴随着未关严实的铝合金门发出的刺耳声响，好似一部恐怖片。暴风雨后的阳台，一片狼藉，墙顶、壁面、栏杆，包括阳台上的杂物柜，像是被猛兽入侵过似的，没有了一丝原来整洁的模样。

作为地标性风景，曾岳红居住小区四周植物很多，四季常青。早些年，因为修建大桥，破坏了原本生长在那里的树木，大桥建成后，市政绿化部门专门从外地拉来许多树木，重新种植上，重新布置一番，比原来增添了不少珍贵植物，有高大的银杏树，春季花团锦簇的玉兰，夏季开花长达三个月的紫薇，秋季满树金黄花朵的槐树、荚果渐渐挂满枝条的皂荚树、道路转角处一大片开着紫红色花的九重葛，冬季山顶的几株盛开的蜡梅——偶尔香气飘入车内，特别是清晨堵车时，总是让人神清气爽，感慨于大自然的神奇。

山城都市又被称为"雾都"，因冬季爱起雾，特别是清晨和傍晚，多变的天气，像小孩儿的脸，一天变化着多重表情。这天，天气晴朗阳光明媚，是入冬以来少有的。由于桥上车辆拥堵，曾岳红放慢了车速，夕阳西下，温暖的余晖透过车窗洒在脸上，霎时迷了眼睛。车到大桥的中心，曾岳红禁不住侧头观望，在开阔的江面正中的大桥上观赏，落霞余晖一览无余，远处的高楼、绿意葱葱的山峦、古塔，沐浴在金色的光芒中。兴奋之余，曾岳红觉得自己的眼睛再一次被阳光刺到。

开车过了大桥，向右转到商场。今天是元旦前一天，曾岳红准备小小地庆祝一番，为了早点下班回家，把中午的时间利用了起来。连着几天的加班，直到这天，才稍微轻松。

冬季的天色亮得晚，曾岳红总是两头黑地往返于公司与家之间。早上薄雾弥漫，天色朦胧时，已经驾车出了门；每当从公司出来，返回家的路上，已是路灯齐明，夜色璀璨。早上上班时，由于塞堵，车被簇拥在大桥上，而江雾尚未散去，看不清远处的景物，只好随着每天出现的各式各样的车辆，缓缓地往前行驶，却也不觉无聊。夜晚返家时，总会发现新的风景：桥头旁那座大楼楼顶飞鸟造型的灯饰变换了模样，不再是展翅飞翔的姿态，而变成一只巨大的眼睛，随着移动的光影忽睁忽闭，闪耀迷人；到后来，楼顶上的灯光不再闪烁，墙面的光影变为跳舞的少女，随着灯光忽明忽暗，忽红色、忽蓝色地变化着曼妙的舞姿。这时，曾岳红想，如果再放上一首动感十足的曲子，就把车停在路旁，跟随大楼光影的变化舞动起来，多有意思。而当离近时，才发觉墙面上只有光影、没有音律，如沉睡般寂静，使得过路车辆的轮胎与柏油路面的摩擦声显得格外刺耳，立即没了跳舞的兴致。远观与近距离接触的感觉是如此迥异。

曾岳红左手拎着在商场购买的物品，右手提着从超市购买的食材，好在红酒可装入挎包里，不然，曾岳红走出店门时的模样定会十分的夸张。

回到家里，拿出一块上好的牛肉，准备做黑椒牛排，调料用现成的——曾岳红喜欢用黑胡椒，而不是淡黄色的白胡椒，白胡椒是用水浸泡过的，去除外皮而磨成的粉末，虽然细腻，却没有了自然晾晒后碾压的香气。牛肉是内蒙古大草原生长的原生态牛，大理石花纹明显，最适合做牛排。在制作时，加上新鲜的橙汁，盘子边沿装饰几小块氽过水的绿色花椰菜，定会显得"高大上"。曾岳红计划着，等他回家，做两块不太厚的牛排，既容易熟，又便于入味。曾岳红不是不会做，只是手艺尚有些弱，没有他做的美味。

餐桌上，甜点、饮品，一应齐备，曾岳红又准备了五彩斑斓的水果，用白瓷盘盛着，在盘中放上几粒干果，干果为带皮的紫色花生和一些核桃仁，既美容又健脑。曾岳红不是素食者，对食物向来挑剔，她坚信"人是铁，饭是钢，营养来自何方——吃的食物"的理念。

夜空是热闹的，从傍晚直到深夜，礼花和鞭炮声都不绝于耳，连开到最大的电视声音也时常被淹没。于是，按捺不住，来到阳台上，远处、近端、桥上、江边、对岸的山间、楼下的路旁，或遥遥深邃，或咫尺身边，鞭炮声连连。江边、山顶、屋顶、房前，红色、橙色、黄色、亮白，或一花独放，或万点星空，或银河瀑布般的火花倾泻而下，礼花绽放，震耳欲聋的爆破声，响彻宽阔江面的两岸。屋里电视节目的精彩纷呈，屋外连绵不绝的各式礼花，忽东忽西，忽远忽近，忽楼顶绽放，忽高楼之间回荡，姹紫嫣红，色彩缤纷。此时，什么都不想，什么都不做，仅仅随着绽放的礼花，心花怒放，心情舒畅。

夜晚的天空，五彩斑斓，响声不断，住户的阳台上，一对情侣相拥着，正在观看美丽的夜空。男子搂着身旁女子的肩，女子身材和发型与曾岳红一样，不同的是身着宽松的休闲服，而不是合身的职业装。夜空中绚烂的礼花，映照着这对互祝新年快乐的幸福情侣的背影。

看着美丽的夜景，男子脑海中浮现出中学时见到曾岳红的情景：立秋后的一天下午,天气很闷,课间休息时间,一个女孩儿来到花园中。没有别的同学在场,人们纷纷躲在教室里,担心暴雨突然来临。女孩儿漫步在草木间,贪婪地呼吸着清新的空气,一边放缓脚步,舒展手臂,眼睛四处观看。先前在教室里上课,专注地紧盯黑板的眼睛,已经有些疲倦,此时,在树丛中草坪旁,觉得十分的舒适。目光扫过树丛,平视远方,再移到脚前的地面,原本不经意的一瞥,却发现花台边有一群快速移动的蚂蚁,正朝着草丛奔去。带着好奇心,顺着蚂蚁移动的方向找过去,看见一只尚在挣扎的蚂蚱,被一群勇敢的蚂蚁包围着——蚂蚁的个头儿与蚂蚱相比相差悬殊,却由于群体的力量,蚂蚱只有招架之功、无还击之力,也无法脱身,只能等待时间来决定它的命运。此时,上课铃声响起,女孩儿转身离去,又不时转头望望蚂蚁的方向,却由于距离已远无法看清,只能带着遗憾,依依不舍地离开。在教学大楼高层过道上,一个男孩子正饶有兴趣地观看着女孩儿的一举一动,非常专注,连上课铃声都未听到,直到另一位男孩儿急匆匆地在他背后拍了一下,男孩子才回过神来,急速返回教室。

生活继续着。赵永芳依旧是每天早上送南南上幼儿园,然后到送报站领取报纸,骑上电瓶车到各小区送报,依然熟练迅速地送完报纸,赶着时间,去接南南回家。

只是有一天,赵永芳因事耽搁,晚了一会儿到幼儿园。别的小朋友都被家长接走了,只有南南独自一人站在幼儿园的大门口,眼巴巴地盼着妈妈来接自己。圆圆所在大班的小朋友,也陆续被守候在院门外的家长接走了,这时他看见一位小女孩儿孤零零地站在大门口,便主动前去打招呼:

"你家大人还没来?"

"嗯。"南南点点头。

"愿意到我们家吗?我爷爷来接我,我们一块儿去?"

"不知道。"南南拿不定主意。

"你家谁来接你?"

"我妈妈。"

"你爷爷不来接你吗?"

"我爷爷不在都市。"南南两只小眼睛望着大门外的人行道,盼望妈妈立即出现。

"在外地?"

"在农村。"南南诚实地回答道。

"你去过你爷爷家吗?"

"寒假就去,我爷爷来接我。"

"有什么好玩的?"

"有柚子树,黄黄的柚子挂在树上。"

"整个冬天吗?"圆圆好奇。

"嗯。"

"那不是挂好多好多的柚子?"圆圆很是惊奇。

"对呀。"南南很是自豪。

"真想去看看。"

"放寒假来我爷爷家玩嘛。"南南邀请圆圆。

"爷爷,寒假可以到南南爷爷家去玩吗?"圆圆征求自己爷爷的意见。

"都不知道在哪里。"

"我妈妈知道。"南南解释道,"妈妈就快来接我了,刚才老师说了,妈妈晚一点来接我。"

这时,赵永芳来到幼儿园,见南南和一位比她年纪大点、个头高点的男孩儿说着话,旁边站着幼儿园的老师和一位老人,老人大概是男孩儿的爷爷,因和圆圆长相相似,老师就是教南南班的老师,赵永芳认识。一直担心南南一个人待在幼儿园,会孤单焦虑,却见着南南兴高采烈地与小朋友说着话,很是开心,赵永芳的心踏实了。

"南南,等久了吧?"

"妈妈,"南南见着妈妈,很是高兴,但让赵永芳感到意外的是,南南没有说有多么想自己,而是将话题转向了旁边的小男孩,"爷爷家的柚子树上还挂着黄黄的柚子吗?"

"挂着的,"赵永芳笑着回答,"爷爷专门留给南南的,还不止一棵树呢。"

"圆圆想去看爷爷家的柚子树。"南南指着身边的小男孩。

"好哇，欢迎。"赵永芳转向圆圆和老人说道，"我们每年都回乡下过年，返回都市时，会带上很多的柚子，有几麻袋。"

"爷爷，我们去南南的爷爷家，看柚子挂在树上。"圆圆对身旁的老人说。

"好哇。"圆圆爷爷说，"正好几天后就放假了，过段时间我们就去，要是南南爷爷家方便的话。"

"方便，欢迎随时来玩。"

临别时，赵永芳将南南爷爷家的地址和电话留给了圆圆爷爷，以方便联系。

春节前的一个周末，圆圆在家人的陪同下，来到南南爷爷家。看到屋前的一棵高大的柚子树上，挂满了黄灿灿的大柚子，圆圆驻足观望，被眼前的景象惊呆了，很是欢喜，许久不愿离去。南南爷爷解释道：

"那是一棵老柚子树，年年都会结很多的柚子。"

在一旁的圆圆爷爷心中感慨老柚子树生命的旺盛。

"柚子不会掉下来吗？"圆圆好奇地问，看着细细的枝条上，挂着沉甸甸的柚子，圆圆不由得担心起来。

"别看这棵柚子树老，长得特别好。"

"确实枝繁叶茂。"圆圆爷爷感慨地说。

"比我的年纪都大。"南南爷爷小声地对圆圆爷爷说。

"太了不起了，还结这么多的果子。"

"是呀，"南南爷爷说，"你们走的时候，带一些回都市吧。"

"谢谢。"圆圆爷爷说。

"谢谢。"圆圆听说要送柚子给他们吃，也学着自己爷爷说话。

农村的一切，都给圆圆带来了新鲜感。南南爷爷家的一只"四眼"黑犬，在院子里闲逛。一只大白鹅，好奇地伸长脖颈，"昂！昂！"地叫着，直视圆圆，圆圆刚开始被吓着了，躲在自己爷爷身后。其实大白鹅不是挑战圆圆这位小朋友，而是对到访的陌生人的警惕。当认识圆圆一行人后，大白鹅便表现得友善了。随后的时间里，圆圆与这只白鹅熟悉了，好像大白鹅喜欢上了圆圆，圆圆和南南走到哪里，大白鹅便跟随到哪里，人们都说大白鹅成了两位小朋友的"保镖"，就连与大白鹅朝夕相处的南南爷爷也都称赞不已。

圆圆一家离开时，南南爷爷送给他们半袋子老柚子树上的果实，然后又拿了一大袋柚子，托圆圆家人带到山城都市——一位邻居的儿子，就在离圆圆爷爷家不远处的公司当保安，春节不回家，待在公司里，保安的家人听说南南爷爷家有从山城都市来的客人，而且住得离保安不远，便托南南爷爷的客人，将柚子带到都市里交予保安。

返回山城都市的第二天，圆圆爸爸便来到保安所在公司的大门口，将从乡间带回来的柚子交予保安。保安看着熟悉的水果，高兴得几乎流泪。他在都市当保安，挣点儿钱贴补家用。由于春节即将到来，人人都回老家过年，公司员工集体放假，偌大的公司园区，需要有人照看和守护。其他保安都回老家过年，探望年老的父母，一大家子团聚，祭祖走亲串户，亲朋好友联络感情，这是中国人几千年来的传统。这位保安自告奋勇地担负起值班的任务，不单是为公司，也因为在节假日上班，工资会翻倍。

保安谢过圆圆爸爸，等他的车离开后，便将袋子带回保安室，准备下班后，带回居住的屋子。

这时，保安看见来到公司的崔耿生，担心崔耿生误会，便主动打招呼：

"没回去？"

"哦，有点儿事还得处理。"

崔耿生平静地回答。见保安提着一袋子东西，显得十分沉重，人朝一边倾斜，也没多说，因为比力气，他肯定不敢与保安相比，因此不敢贸然开口说要帮忙之类的话。

公司为了家在远方的员工，能有时间回到老家与父母团聚，提前了两天放假，当然，节后返回公司上班的时间，也比别的公司早两天。崔耿生因为要解决用户的疑问，特意来到公司。此时的公司，几乎看不到人，只有守门的保安还在，不至于显出人走楼空的冷落感。崔耿生原本在家照顾怀孕的妻子,怀双胞胎的妻子,比别的孕妇多一倍的辛苦,做丈夫的更是不敢懈怠。想着几个月后,家中新添的两个小生命,定会增添不少的事情,虽有老辈人的帮忙,小两口也会忙个不停,比如给小孩喂奶,年轻人还是相信母乳喂养,小孩子的身体才能长得更加强壮,因为母乳更有营养,更适合婴儿的吸收。家中的事情,自然不能让妻子操心,崔耿生便笨手笨脚地干起了家务,虽然不是十分熟练,但也算认真,就像做科研,总会取得进展,只是做同样的事情,他花费的时间精力不比别人少。

在家忙碌的崔耿生,突然接到用户打来的电话,想证实一些数据。由于公司规定不允许在家办公,因此,数据都存放在公司的电脑里,于是,崔耿生将家中诸多琐事暂时搁置,赶往公司。

保安将一袋柚子放入办公桌下,随后又忍不住打开袋子闻了闻柚子的香味。柚子代表家的味道、亲人的关怀,使得独自守护公司大楼、确保假期公司万无一失的保安,充满信心。因为有家人的支持,即使在寒冷的深冬季节,内心也暖乎乎的。

偌大的办公室,空无一人,要不是刚才遇到保安,崔耿生便会觉得过于冷清,但还有保安在办公楼值班,便觉得此时的办公室只是比平日安静。

元宵,又称"汤圆""汤团",古时叫"浮圆子""米圆了"。元宵节为农历正月十五日,古时为"上元节",也名"元夜""元宵""元夕"。此节民间有挂灯、打灯谜的习俗,故亦有"灯节"之称。

这年元宵节社区组织灯会,大家积极参与制作花灯。社区统一发放制作花灯用的灯具——可充电的灯珠,比传统的蜡烛稍亮一些,没有明火,也杜绝了发生火灾的隐患。

圆圆和家人忙碌了好几天,当圆圆爷爷在花灯上写下灯谜后,便大功告成。一大早,圆圆和爷爷便带着制作好的花灯到社区指定地点,并登记编号,随后社区工作人员将花灯悬挂起来。等活动结束后,可将自家的花灯领回家,挂在阳台上。

这时的异地机场,因傍晚突降大雪,导致飞机跑道结冰,机场被迫关闭,许多乘客困在了机场。圆圆爸爸将外套内的毛衣领口往上拢了拢,以便盖住脖子，只是，这一动作是徒劳的，随着手的移开，拢起的衣领塌陷下去，他不禁缩了缩头，好让脖子少露在外面，以便保暖。

前一天晚上，天气预报会降雪，圆圆爸爸觉得有些夸张，因为当地好几年没下过雪了。今天虽说气温还不是很低，刚零度以下，天空中竟飘起雪花，落在脸颊上，冰凉的，让从未在现实中看见过下雪的人们，十分的惊喜。

圆圆爸爸手里拖着拉杆箱，急匆匆地在机场快步行走，今天是元宵节，他赶着回家与家人一起观灯猜谜，这是儿子许久的愿望。这时，突然听到候机大厅里的广播声，说是突降大雪，机场临时封闭，所有航班暂停起飞。他猛然间停住脚步，四处张望，不知所措，这时，手机铃声响起。

"新闻说你那里下雪了。"

"嗯，下雪了。"圆圆爸爸有些激动。

"你在机场？"电话里的声音询问。

"我在机场，准备返回。"圆圆爸爸回答道。

"爸爸今天回来吗？"儿子接过妈妈的电话问道。

"准备回来的，现在飞机停飞了，不知道得等多久。"

"今天还回得来吗？"

电话另一头的圆圆的声音，换成了温柔的女人声音，是圆圆的妈妈。

"不晓得，好多人哦。"圆圆爸爸一边环视机场大厅中等候的人群，一边说着话。

"好吧，等过一会儿再说吧。"那头挂了电话。

众多受阻的乘客，滞留在机场。机场大厅咨询台围着很多人，圆圆爸爸奋力挤进人群，询问咨询台的服务人员，被告知几小时后，等雪小了，机场的积雪清除后，便可起飞。圆圆爸爸紧绷的嘴角微微往上翘，露出高兴的神态，终于可回家见到儿子了。他渴望及时回家，见到他所爱的人们，父母妻儿在远方等待着，他内心充满了暖意。

元宵节的夜晚，灯会场地的一处悬挂着许多的灯谜，圆圆与妈妈、婆婆、爷爷在一起，饶有兴趣地猜着花灯上的字谜。不一会儿，圆圆和爷爷俩便猜出好几个，爷爷带着圆圆不停地往返于领奖台和灯谜现场——领完小奖品，返回再猜字谜，祖孙俩不亦乐乎。

各式各样的花灯，五彩缤纷，喜庆吉祥。人行道旁的灯笼上，有图案和文字，猜测其意思，如指的是字，还是一种动物，圆圆特别喜欢。当捧着一堆铅笔、橡皮擦、笔记本，自信满满、得意洋洋地返回家中且得到众人的夸奖时，小孩子的虚荣心得到了满足。

圆圆抱着一大堆奖品，满载而归，回到家中，一家子老老少少，热热闹闹，边谈论着灯会上的趣事，边问起未归的圆圆爸爸。先前打电话对方未接，不知是已经在回来的飞机上，还是电话没电了，此时，家人再次拨打电话，电话接通了，圆圆爸爸说，当地雪停了，飞机晚点起飞，他已经下飞机了，即将到家。

得知爸爸即将回家，圆圆高兴地要将奖品拿给爸爸看，还说要告诉爸爸，他们是如何逛灯会猜谜语的。家中几位成年人听着圆圆幼稚却很诚恳的话，开心大笑，夸奖圆圆懂事，会想着分享了。

婆婆说：

"我们煮汤圆，等爸爸回来吃夜宵。"

此时的异国都市，正是白天时间，杨青松正与女朋友付静在一家中餐馆，吃着国内常见但在国外稀罕的小汤圆，雪白的小汤圆忽隐忽现地漂浮在碗中，浓稠的汤汁上，漂浮着乳白色的米粒，散发出阵阵酒香味，与漂浮的几粒鲜红的枸杞子一起，组成色香味俱全的小吃——"醪糟汤圆"。

今天正是中国传统的元宵节，能在大洋彼岸吃上在国内北方都不多见的醪糟小汤圆，杨青松感到幸运。这不仅是这段时间以来，分隔两地的恋人的团聚，并且有着进一步的发展——杨青松已经和付静在异国订婚，准备不久后，付静回国便结婚。至于以后付静是在国内发展，还是依然在国外工作一段时间，杨青松此刻觉得都不重要，即使是后者，那只不过是两人之间的地理距离远了些而已，如今交通如此的发达，往来并不困难，到时候，不是杨青松乘飞机过去看望，便是付静回国探亲，就这么简单。至于有了小孩子以后，搁在哪边抚养，也不是难题，双方老人都健在，都还可以帮上忙，总之，美好的生活在等着他们，杨青松不再纠结。

此时的异国街道上，人烟稀少，没有国内节日的热闹气氛，但阳光正暖洋洋地洒在身上。杨青松知道，过了今天，自己就得回国，重新投入工作，而身边的付静，已经开始了新一年的忙碌。在新年的时间划分上，西方国家和中国是不一致的，西方在公历十二月下旬，圣诞节前，便放假庆祝一年的年末；而在国内，一般在公历来年的一月底到二月中旬这段时间，为一年的年末，中国传统的春节过后，才是真正新的一年的开始。

杨青松内心充满力量，这力量不仅因为即将到来的婚姻，组建自己的家庭，也因为对未来生活的憧憬——他坚信，从长远来看，在国内生活更幸福，更适合事业发展。因此，杨青松将在新的一年里，更加努力。

后 记

  城镇化，城市化，使得越来越多的人汇聚到大都市。山城重庆是中国最年轻、面积最大的直辖市，也是西部唯一的直辖市。山城重庆有着中国大都市的特点，也有着西部特色，那就是川渝等西部地区浓郁的家庭氛围。比如在当今节假日期间，人们纷纷外出旅游，重庆人出游时则是扶老携幼，全家人一起出动，而不只是年轻人或老年人等单一年龄段组团外出。小说《那一片云》中，以主人翁杨青松在山城都市的表亲一家为代表，表现了祖孙三代之间浓浓的亲情。虽然杨青松在山城都市的工作时间并不长，但就像现代诗人徐志摩《偶然》中的诗句：

我是天空里的一片云，
偶尔投影在你的波心——
你不必讶异，
更无须欢喜——
在转瞬间消灭了踪影。

你我相逢在黑夜的海上，
你有你的，我有我的，方向；
你记得也好，
最好你忘掉，

在这交会时互放的光亮!

远道而来的杨青松，又匆匆离开，就像天边的那一片云，偶尔投入位于山城都市的分部，处在分部危难时期动荡的波心，在与同事的交往、与表亲一家的接触中，彼此绽放光亮，进而使得杨青松获得生活的启迪。

都市的扩张，来都市生活工作的人口的剧增，无形中给都市带来冲击。农村人向往都市，将在都市稳定地工作生活，当作奋斗的目标；都市人，希望在都市中生活得更好，于是更加努力地打拼。

《那一片云》展现在读者眼前的就是这样的一道风景，这也是我努力向读者呈现的都市画卷。当然，都市节奏快捷、变化莫测，众生百相，远远不止这部小说中描写的人物，现实比小说更加精彩多样，作者也只是写出其中比较具有代表性的人物。

《那一片云》是我的第一部长篇小说，但不会是唯一的一部，作者将继续在大千世界中，挖掘出普通人的闪光点，并以生动形象的文字描写，呈现在读者的面前，递交一份满意的答卷。这部满满地包含着我辛勤劳动的作品，将接受广大读者的检阅，并希望得到广大读者的喜欢。

莫　文

2019年1月27日于重庆